王阳明纪行

探访王阳明遗迹之旅

［日］冈田武彦　著

徐修竹　译　　吴　光　策划审校

浙江人民出版社

图书在版编目（CIP）数据

王阳明纪行 ：探访王阳明遗迹之旅 /（日）冈田武彦著 ；徐修竹译. — 杭州 ：浙江人民出版社，2022.10（2023.5重印）

ISBN 978-7-213-10804-4

Ⅰ. ①王… Ⅱ. ①冈… ②徐… Ⅲ. ①纪实文学-日本-现代 Ⅳ. ①I313.55

中国版本图书馆CIP数据核字(2022)第179080号

王阳明纪行——探访王阳明遗迹之旅

WANG YANGMING JIXING——TANFANG WANG YANGMING YIJI ZHI LÜ

[日]冈田武彦 著 徐修竹 译

出版发行 浙江人民出版社（杭州市体育场路347号 邮编 310006）
市场部电话:(0571)85061682 85176516

责任编辑 张世琼
责任校对 戴文英
责任印务 程 琳
封面设计 厉 琳
电脑制版 杭州大漠照排印刷有限公司
印 刷 杭州富春印务有限公司
开 本 880毫米×1230毫米 1/32
印 张 12.875
字 数 275千字
插 页 16
版 次 2022年10月第1版
印 次 2023年5月第3次印刷
书 号 ISBN 978-7-213-10804-4
定 价 88.00元

王阳明肖像（余姚市文物保护管理所藏）

王阳明画像（余姚市文物保护管理所藏）

瑞云楼遗址碑记

王阳明出生地瑞云楼遗址（1986年摄）

余姚四先贤碑（1989 年摄）

贵州省修文县龙冈山全景（1989 年摄）

阳明洞入口（1989年摄）

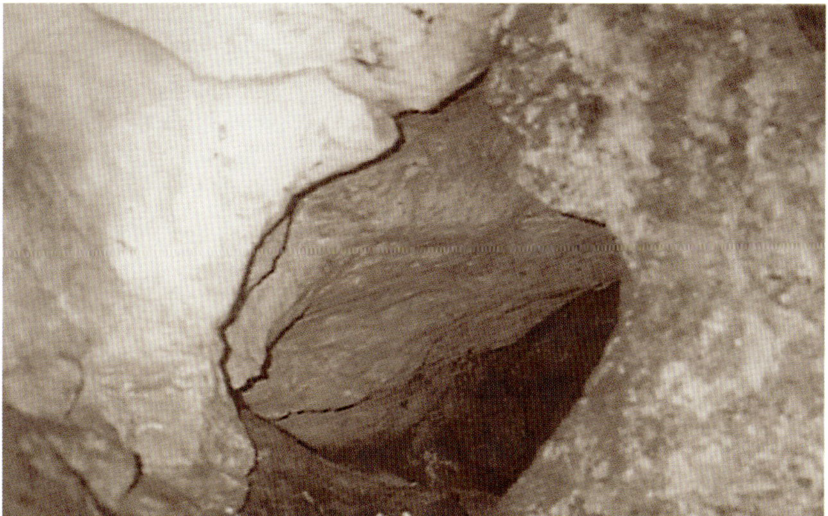

阳明洞内的石床（1989年摄）

阳明先生遗爱处（1989年摄）

王阳明手植柏树（1989年摄）

龙冈书院（1989年摄）

绍兴王阳明故居旧址（1986年8月摄）

绍兴王阳明故居前的水池（1986年8月摄）

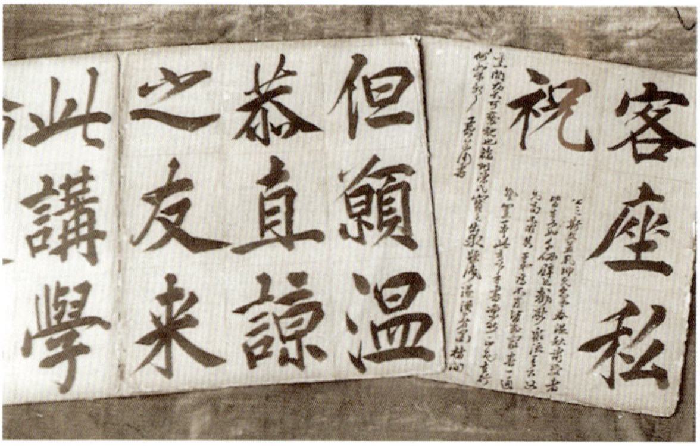

王阳明《客座私祝》手迹（余姚市乡贤研究会供图）

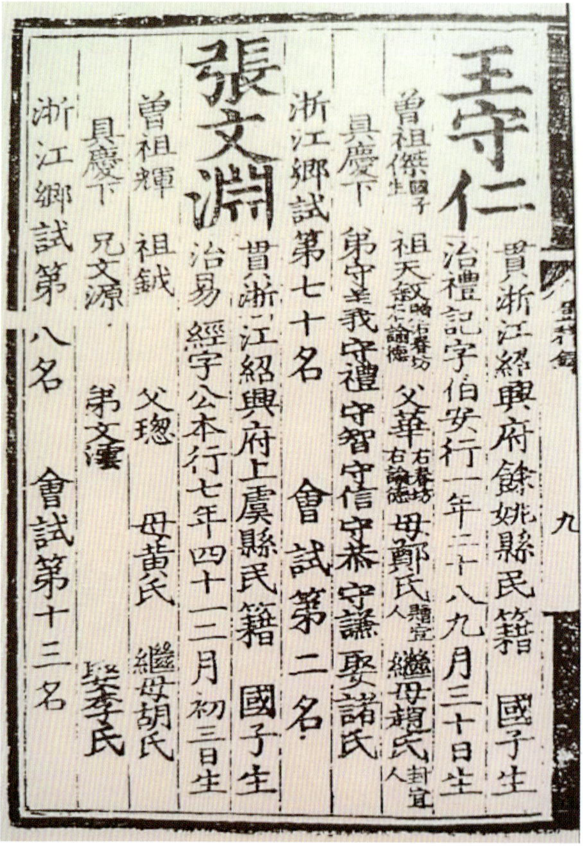

王守仁　貫浙江紹興府餘姚縣民籍　國子生
治禮記字伯安行一年二十八九月三十日生
曾祖傑國子生　祖天叙贈右春坊右諭德　父華右春坊右諭德　母鄭氏贈宜人　繼母趙氏封宜人
具慶下　弟守義守禮守智守信守恭守謙　娶諸氏
浙江鄉試第七十名　會試第二名

張文淵　貫浙江紹興府上虞縣民籍　國子生
治易經字公本行七年四十二月初三日生
曾祖輝　祖鉞　父璁　母黄氏　繼母胡氏
具慶下　兄文源　弟文澐　娶李氏
浙江鄉試第八名　會試第十三名

明弘治十二年（1499）进士登科录

吉安阳明书院

江西崇义纪功岩（又称“平茶寮碑”）

庐山阳明纪功碑（又称“平宁王碑”）

余姚王阳明故居全景（2006年3月摄）

1986 年，王阳明遗迹日中联合考察团杭州结团仪式合影

1987 年，日本学者在福冈市欢迎中国学者（前排：右一福田殖教授，左一岩佐昌璋教授；后排：右二吴光所长，右三冈田武彦教授，左二钱明助理研究员）

1987年3月30日，吴光（中）在九州大学教养部学术谈论会上作题为《黄梨洲的学术与著作考辨》的演讲，左一为冈田武彦教授

王凤贤（右四）、吴光（右三）作为代表接收日本友人的王阳明墓修复捐款

修复前的王阳明墓遗迹

修复前的王阳明墓之墓碑基石

重修后的王阳明墓全景

1989年4月5日，重修王阳明墓揭碑仪式，左侧揭碑者为冈田武彦

1989年4月5日，重修王阳明墓揭碑仪式，讲话者为王凤贤

重修后的王阳明先生之墓

1990 年 3 月，冈田武彦教授（后排左一）、吴光教授（后排左二）与著名神话学专家王孝廉教授（后排左三）座谈王阳明与中国古代史

1990 年 4 月 11 日，时任浙江省社会科学院院长王凤贤应邀访问福冈市，作题为《关于中国文化》的演讲报告，主持人为冈田武彦先生

1992年4月，考察团成员在冈田武彦先生指导下举行祭奠王阳明先生仪式

1992年4月，吴光（中）与考察团成员在青龙铺码头祭奠王阳明先生

1992 年 4 月，考察团成员在江西省大余县青龙铺码头合影

1993 年 4 月，考察团赴严子陵钓台考察（左一为地主正范，右二为吴光）

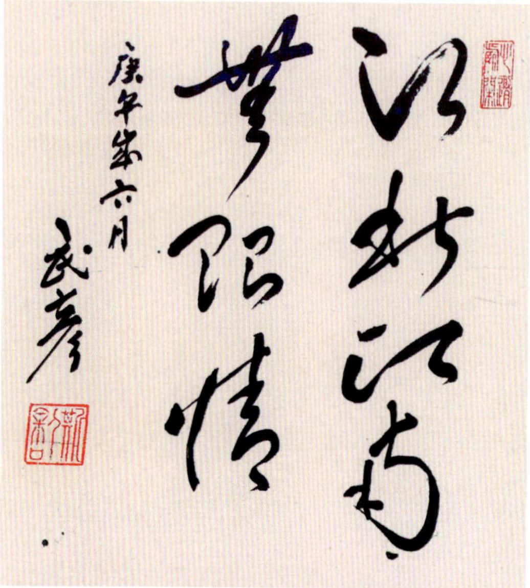

冈田武彦先生手迹

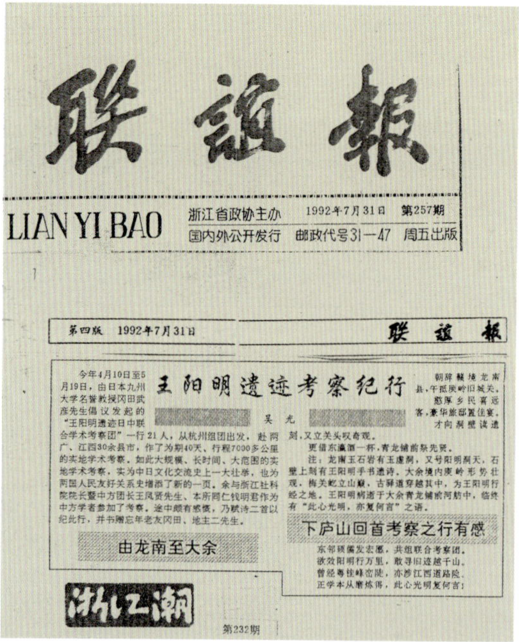

联谊报

LIAN YI BAO 浙江省政协主办 1992年7月31日 第257期

国内外公开发行 邮政代号31—47 周五出版

第四版 1992年7月31日 联谊报

王阳明遗迹考察纪行

吴光

今年4月10日至5月19日，由日本九州大学名誉教授冈田武彦先生倡议发起的“王阳明遗迹日中联合学术考察团”一行21人，从杭州组团出发，赴两广、江西30余县市，作了为期40天、行程7000多公里的实地学术考察。如此大规模、长时间、大范围的实地学术考察，实为中日文化交流史上一大壮举，也为两国人民友好关系史增添了新的一页。余与浙江社科院院长暨中方团长王凤贤先生、本所同仁钱明君作为中方学者参加了考察。途中颇有感慨，乃赋诗二首以纪此行，并书赠忘年老友冈田、地主二先生。

由龙南至大余

朝辞赣境龙南县，午抵庾岭旧城关。
憨厚乡民喜迎客，豪华旅邸置佳宴。
才向洞壁读遗刻，又立关头叹奇观。
更借东瀛酒一杯，青龙铺前祭先贤。

注：龙南玉石岩有玉虚洞，又号阳明洞天，石壁上刻有王阳明手书遗诗。大余境内庾岭形势壮观，梅关屹立山巅，古驿道穿越其中，为王阳明行经之地。王阳明病逝于大余青龙铺前河舫中，临终有“此心光明，亦复何言”之语。

下庐山回首考察之行有感

东邻硕儒发宏愿，共组联合考察团。
欲效阳明行万里，敢寻旧迹越千山。
曾经粤桂峰峦陡，亦涉江西道路险。
正学本从磨炼得，此心光明复何言！

浙江潮

第232期

吴光创作的王阳明遗迹考察诗两首（发表于《联谊报》）

目录

第二章　再访王阳明遗迹

第三章　探访龙场与阳明墓揭碑

第四章　考察阳明晚年遗迹

《王阳明纪行——探访王阳明遗迹之旅》日文版原序

冈田武彦

本书是在日本的同仁与中国的阳明学者协力下，历经数次，对分布在中国各地的王阳明遗迹进行考察的旅行记录。特别是在中国西南地区的旅行，至今仍历历在目，在我心中留下鲜明而深刻的印象。时而沿着羊肠小道跋涉在崎岖延绵的山路间，时而倾听幽谷空旷的回响；乘坐在巴士上，虽然因为山路险恶而疲惫不堪，但仍忍不住想要探出身去，眺望夜空中的月亮洒落的银色的光辉，感悟旅途的愁苦；望着巍峨的群山，遥想当年阳明先生叱咤风云、指挥三军的英姿；伫立在阳明落星之地，回想其临终情景，不禁潸然泪下。我们也受到了当地少数民族的热烈欢迎，还与他们一起载歌载舞度过了一夜，令人难以忘怀。

这段旅行的经历，已经过去了10多年。尽管后来遇到了不少困难，但我当时认为在中国各地旅行还是可以实现的，因此立刻联系了很早就开始从事先贤王阳明研究的浙江省社会科学院的学者们。在他们的协助下，完成了考察旅行。之后，我们以中日联合考察团的形式开展了考察活动。我们考察的王阳明遗迹，且不说日本人，很多就连中国学者也从未踏足过，特别是第五次考察，历时很长，大家一直同甘共苦。也因此，这段考察的经历令我终生难忘。这次考察能够顺利进行，除了得到浙江省社会科学院的帮助外，也得到了考察地所在的各省、市、县相关部门的大力支持。

通过这几次考察旅行，我深深感到探访遗迹对于阳明学研究者，或者对阳明思想怀有深切关注的人而言，是何等的重要。王阳明与朱子不同，他除了是一位思想家，还是一位政治家和军事家，其一生波澜壮阔。

这本旅行记录并不是追求风雅的产物，文章均以日记的形式作简洁记述，如果日后能为探访阳明遗迹的人们提供参考，我将不胜欣喜。本书的出版得到了株式会社登龙馆社长田中櫑子女士及其他工作人员的支持和协助，在此表示深深的谢意。

吾心自有光明月，千古团圆永无缺。

——王阳明

江北江南无限情。

——冈田武彦

《王阳明纪行——探访王阳明遗迹之旅》中文译本序

吴　光

王阳明（1472—1529），名守仁，字伯安，浙江余姚人，是中国明代伟大的哲学家、军事家和政治家，也是中国思想史上堪与朱熹媲美的儒家思想家与教育家。他生于浙江余姚，卒于江西南安（今属赣州市大余县），葬于浙江山阴县洪溪乡（今属绍兴市柯桥区兰亭乡）。生前因平定南赣匪患与宁王朱宸濠叛乱有功，封新建伯、特进光禄大夫柱国兼南京兵部尚书。卒后38年（明隆庆元年，1567），追赠新建侯，谥“文成”。因曾筑室于会稽山阳明洞天，自称阳明子、阳明山人，故学者称其阳明先生。

王阳明文武双全，一生事功卓著，但人生道路坎坷，多灾多难。他成就了伟业，陶铸成圣人，是立德、立功、立言的“三不朽”者。简括而言，他有四大事功：一是“平乱”，即平定了江西、广东、福建、湖南四省交界地区的匪乱和广西思恩、田州地区少数民族土司的武装暴乱。二是“设县”。平乱之后，奏请朝廷设置了福建平和县、广东和平县、江西崇义县，促进了当地经济的发展与文教的进步。三是“平叛”。平定了明朝宗室宁王朱宸濠的叛乱，解除了地方诸侯对中央王室的觊觎分裂威胁。四是“讲学”。在贵州、江西、浙江、江苏等地聚徒讲学、兴办教育，创立了遍布南北的姚江学派（即浙中、江右、泰州、南中、北方、楚中、粤闽、黔中等王门八派）。他被尊称为“三不朽”者，可谓实至名归。

王阳明的思想学说，远承孟子心性之学，近继宋儒陆九渊之象山心学，而自成一家之言。那么在今天，我们应该如何定位王阳明的学说呢？我认为，所谓阳明学，就是由王阳明所奠定、其弟子后学所传承发展，形成于明代中叶、兴盛于明末、转型于明清之际、开新于近现代的良知心学。这个良知心学，以良知为德性本体（心体），以致良知为修养方法，以知行合一为实践工夫，以明德亲民为政治应用，以经世致用为为学目的，是富有人文精神的道德人文主义哲学。它和陆九渊、陈白沙、湛甘泉心学乃至孟子心性之学不同的地方，就在于它是以“良知”为本体的良知心学。这个良知心学，兴起于中国、盛行于东亚而远播于欧美西方，可谓影响至远至大，乃至在当今中国，兴起了以传承弘扬阳明心学为旨归的当代显学思潮。

犹忆20世纪80年代中至90年代中，日本著名中国学家、阳明学研究权威冈田武彦（1909—2004）先生发起组建了一个“王阳明遗迹日中联合学术考察团”，进行了数次大型国际学术交流活动。参与这项活动的日本学者大多来自九州地区和东京地区，主要发起人除了冈田武彦先生，还有九州大学教养部教授福田殖先生、福冈市爱日书院院长菰田正郎先生、山形县东北振兴研修所理事长地主正范先生等。另有300多人次参与了资助中国修复王阳明之出生地（浙江省余姚市瑞云楼）、悟道地（贵州省修文县龙场驿阳明洞）、逝世地（江西省大余县青龙铺）、安葬地（浙江省绍兴市兰亭乡鲜虾山王阳明墓）的捐款活动。这些募捐活动的主要发起人是：曾任福冈市市长和国会议员的进藤一马先生、九州大学名誉教授冈田武彦先生、九州大学教养部教授福田殖先生、福冈市爱日书院院长菰田正郎先生、山形县东北振兴研修所理事长地主正范先生。冈田先生则是“发起人代表”。中国考察活动的参与者以浙江省社会科学院的学者为主体，有浙江省社会科学院的老院长沈善洪先生，有继任院长王凤贤先生，还有吴光研究员（时任浙江省社会科学院哲学研究所所长）、王保民先生（时任浙江省社会科学院外事办主任）、钱明研究员（时任浙江省社会科学院哲学所助理研究员）、邱明先生（时任浙江省社会科学院外事办翻译），另有叶树望（时任余姚市文管会副主任）、陈辉（杭州大学日语翻译）以及广东、广西、江西、贵州等省（自治区）社会科学院的外事干部与研究人员。由冈田先生发起组团的考察总共7次，双方参与者200多人次。我们跨越了北京、上海、江苏、浙江、安徽、广东、广西、江西、贵州、四川、湖南等地，总计行程2万余里。这也许是中日学术交流史上规模最大、时间最长、参与者最多的以王阳明遗迹考察为主题的学术考察活动。

本书就是上述王阳明遗迹考察活动的实录，也是一部中日阳明文化交流互鉴的历史书。书中所记录的，是考察团成员所亲历的真实故事，也是沿途见闻王阳明生平事迹与历史影响的真情实录。本书的主要作者是考察团发起人和领队冈田武彦名誉教授，他记录了王阳明史迹考察与文化交流全过程。为使读者更全面地了解探访考察王阳明遗迹的背景与成果，我们附加了三篇附录：一是考察团日方团长地主正范先生所撰的《王阳明遗迹考察别录》，二是曾任考察团中方团长的吴光所撰的《〈王阳明纪行〉补录》，三是本书中文版译者徐修竹馆员依据相关参考资料所综合的《日本学者考察王阳明遗迹之旅简览》。

作为一部学术考察交流的实录书，本书作者坚持了实事求是的原则，既不渲染，也不贬损，如实地记录了历史事实以及自己的所见所闻。在这些中日两国学者联合进行的学术考察交流活动中，作者始终本着“人民友好，友谊为重”的原则，坚持“文明互鉴，谦虚互学”的态度，充分尊重两国人民平等友好的真挚情感。通过始终一贯的友好交流、合作考察，团员们既增长了历史知识，又建立了真诚的友谊。尤其是当我们拖着疲惫的身体，忍着饥饿与寒冷，行走在崎岖险峻的山路上时，大家都深切感受到当年王阳明经历居夷处困、百死千难的磨炼而保持乐观豁达的心境与意志之不易，这也激励着我们每个考察队员坚定克服万难的意志与决心。也正因为经历了许多艰难困苦，所以当冈田先生在考察途中赠我以陆九渊诗句“墟墓兴哀宗庙钦，斯人千古不磨心”时，我即回复《王阳明遗迹考察纪行》诗二首，其一曰《由龙南至大余》:“早辞赣境龙南县，午抵庾岭旧城关。憨厚乡民喜远客，豪华旅邸置佳宴。才向洞壁读遗刻，又立关头叹奇观。更借东瀛酒一杯，青龙铺前祭先贤。”[①]其二曰《下庐山回首考察之行有感》:“东邻硕儒发宏愿，共组联合考察团。欲效阳明行万里，敢寻旧迹越千山。曾经粤桂峰峦陡，亦涉江西道路险。正学本从磨炼得，此心光明复何言!”因此，从一定的意义上可以说，《王阳明纪行》这部书的

① 赣州龙南县玉石岩有玉虚洞，又号阳明洞天。石壁上刻有王阳明手书遗诗。大余境内庾岭形势壮观，梅关屹立山巅，古驿道穿越其中，为王阳明班师必经之地。王阳明病逝于大庾岭下章江青龙铺的河舫内，临终有“此心光明，亦复何言”之语。

日文版及其中文译本，凝聚了中日两国人民的友好情感，凝结了数千年来两国人民血脉相通、文明互鉴的文化精神，是两国人民深厚友谊的具体象征。

1989年4月，冈田先生再次组团来中国，他在参加绍兴举行的重修王阳明墓揭碑仪式并参访贵阳市阳明祠遗迹后写的“纪行”中表露心愿说:“希望等修复工程竣工之后，再次来参观这座焕然一新的阳明祠。同时也希望届时王阳明的哲学思想能够受到世界各国学者的关注，阳明学研究能够再度复兴。”这在当时，是一位80岁高龄的阳明学研究专家的美好期盼。而如今我们可以告慰这位毕生敬重、研究、践行阳明学的日本友人的在天之灵：今天，在中国浙江、贵州等地，在世界，已有多处复建阳明祠，王阳明的哲学思想已经受到世界各国学者的关注，阳明学的研究也已经普遍展开而成为中国的显学了。我们这些勉强堪称阳明后学弟子的学人，谨怀着无限的敬意，向冈田先生虔诚奉上浸透了先生心血与智慧的力作——《王阳明纪行》的中文译本，以作为当代阳明良知心学复兴的助力!

本书的日文版，由冈田武彦先生亲撰，日本东京株式会社明德出版社出版，株式会社登龙馆于平成九年（1997）发行，发行者为田中櫑子先生。本书中文版的出版，得到了日中友好人士、日本郭沫若研究会会长、九州大学名誉教授岩佐昌璋先生的大力支持，他亲自出面与冈田武彦著作权继承人冈田靖彦先生和日文版版权所有人明德出版社代表佐久间保行先生、登龙馆代表田中櫑子先生联系，取得了他们的书面授权。本书中文译本是由曾在日本京都大学留学、现任余姚市文物保护管理所文博馆员的徐修竹女士倾力翻译的，由当年亲身参与联合考察的吴光研究员全面主持、策划、审读译文并加上注解。中文译本的出版，得到了余姚市社科联、市文保所和余姚市蓝城集团阳明文化书院的大力支持与资助，同时，也得到了浙江人民出版社领导与责任编辑的支持。在此，我谨以本书译者代表的名义向所有支持和资助本书中文版出版的个人、机构与公司致以最诚挚的感谢！并期望得到当年考察亲历者的批评补正，也真诚感谢广大读者朋友的阅读指正！

第一章

梦回江南

1986 年 8 月 22 日—8 月 29 日

一、梦回江南

赖山阳曾经泊船于天草洋，遥望西方，回想中国春秋时代吴王夫差与越王勾践争霸天下激烈战斗的历史，感慨万千，遂作《泊天草洋》一诗，其中咏叹道：

云耶山耶吴耶越，水天仿佛青一发。

其意为，遥望西方所看到的，究竟是吴地，还是越国？在水天交接之处，依稀可见如发丝般纤细的一缕青色。

我常常想着，如果有机会，一定要去中国探访四位先贤的遗迹。他们是：对日本幕末维新时期的朱子学者和阳明学者产生极大影响、提倡致良知学说的明代大儒王阳明；接受阳明学的精华，提倡新朱子学，对阳明后学末流自称遵从良知而放纵私欲、乱世之纲纪深感忧虑，以救世为己任，痛感当时政治的腐败堕落、高唱清议，因而受到非东林党派的专权者激烈弹劾打压，一生郁郁不得志的东林学派大儒顾宪成、高忠宪；继承东林学派的精神，作诗吊唁东林六君子，深受他们刚正不阿之品格鼓舞，提倡朱王折衷的学风，以诚意为本，主张正人心之说以维持世之纲纪，为拯救濒临灭亡的明王朝而倾尽全力，在明朝灭亡后绝食以殉国的刘念台。

当听闻中国开放了这些遗迹所在地区，允许外国人士访问时，我就开始策划组织一个访问团，团员以九州大学出身的宋明学研究者为主，还有信奉阳明学并在日本的教育上倾注心血的同僚们，以及对儒学怀有浓厚兴趣的学者和社会人士，一同访问中国。

我们的旅行团由学者和将学问实践于社会活动的人们组成，因此，探访王阳明及明末朱子学者的遗迹，对于我们而言有着切实深刻的意义。这是因为，无论是朱子还是阳明，都以究明天道并付诸实践为使命。用他们的话来说明，就是以“讲学明道”与“存养践履”为宗旨。

团员构成如上所述，此次访问中国之旅虽以学术探访为目的，但团员自身也深受宋明学问和精神的感染，也可说取得了额外的重大收获。

昭和六十一年（1986）8月22日下午，20名团员从长崎机场出发，踏上前往上海的旅途。

团员名单

此次参加中国访问团的九州大学出身的学者有：福田殖（九州大学教授）、难波征男（福冈女子学院短期大学教授）、边土名朝邦（活水女子短期大学教授）、牛尾弘孝（大分大学助教授）、小宫厚（久留米工业高等专门学校讲师），他们几乎都是宋明儒学方面的专家。

上野日出刀（活水女子大学教授）和海老田辉巳（北九州工业高等专门学校教授）是九州大学每周六举行的宋明研究会的成员。

还有3位学者，分别是毛利春元（佐贺女子短期大学助教授）、横尾文子（同校讲师）、细川章（同校讲师）。其中毛利先生是研究西方哲学的专家，横尾女士是研究日本近代文学的学者，研究课题是北原白秋。这二位都对中国的风土和儒学怀着深厚的兴趣，因此与我们同行。

细川女士在大学讲授图书馆学，并且是日本唯一一处举行古式释奠礼（祭奠孔子）的多久圣庙（孔子庙·佐贺县多久市）的管理人，家中也保存着不少古汉语典籍，她不仅奔波于佐贺县的文化事业，还致力于整个西日本地区的文化发展。

来自福冈的菰田正郎（爱日书院院长）、农士学校时代受菰田熏陶的三岛正士，以及来自大分县、同为农士学校出身的加来组社长加来茂之也是访问团的成员。

菰田先生从10多年前就开始作为福冈的东洋思想研究会事务局干事，致力于东洋思想的普及，现在担任我的《传习录》讲读会的主持人，并且为福冈县的教学革新而奔走尽力。

三岛、加来二位先生都参加《传习录》讲义的听讲，同时也是阳明学的崇拜者。特别是加来先生，为了出席每个月一次的听讲，特意往来于大分和福冈。在访中期间，他还用美声吟诵诗歌，让我们深受感动（此于后文具体叙述）。

参加访问团的还有来自路途遥远的山形县的地主正范，来自东京都的柳桥由雄、竹下肥润和八重夫妇，来自千叶县的越川春树，来自和歌山县的多屋平夫。

地主先生继承了延续至明治六年（1873）的藩校“文会堂”的教学精神，担任山形县羽黑町东北振兴研究所的理事长，为志同道合之学友发行机关杂志《耕心》，致力于教化人心。他还时常讲读儒学书籍，举行研修会，促进教学振兴。

柳桥先生是日本乡学研修所的所长，致力于普及宣扬不为世人所熟悉的儒学以及编辑儒学全集。

越川先生是集英学园的园长，以儒学精神教育儿童和青少年，同时也是研究大原幽学的学者，享有很高的社会声誉。

竹下先生携夫人参加了此次考察访问。他时常关注国际文化交流，对于如今国内的年轻人不爱读书的现象深为忧虑，因而创立了全日本读书俱乐部，作为管理方代表每个月发行《读书新闻》，为鼓励民众读书而不辞辛劳，多方奔走。

多屋先生是京都大学出身的医生，现担任和歌山县多屋林业会会长，在山林树木方面有着深厚造诣。

本次访问中国的计划主要由前年访问过无锡（江苏省）东林书院遗迹的难波征男先生制订，而我则借着受邀参加1986年10月在浙江省宁波市召开、由浙江省社会科学院主办的黄宗羲学术研讨会的机会，向自己所属大学学院的同事说明了此次计划，并有幸拜托他们完成前期准备工作，收获颇丰。

此外，还要感谢伊藤女士。她从大阪大学毕业之后，在北京留学7年，此后作为关西国际旅行社的导游时常来往中日之间。如果没有她的协助，我们与浙江省社会科学院的学术交流和友好往来就无法实现，并且旅途也无法一路顺畅。伊藤女士为了协助我们完成学术交流的使命，还事先阅读了我撰写的关于王阳明、刘念台的著作。以前她也曾有过作为翻译随学术访问团访问中国的经验，我们便如同乘上一艘大船，让她担任掌舵人一般，放心地将团队交给她来带领。

52年前的中国之旅

对我来说，这次是时隔52年再度访问中国，而到江南则是第一次。坐上飞机，我就像被母亲带着第一次乘汽车的孩子一般，心中充满兴奋和欣喜。

飞机飞行了大约1小时后，转向西南方向，渐渐下降高度。这天天气晴朗，从机窗朝下望，可以看到海水泛着黄色。

我没想到长江流域一带的海水会泛黄。联想到那美丽的江南风景，我不禁感到有些意外，但仔细一想，长江是世界第四大河，比黄河还要长将近1000千米，从西部山脉夹带黄土流入海中也不是不可能。不过，入海口的黄色并没有像黄河那么深。

我望着黄色的海面，不禁回想起52年前，我坐在5000吨级的船上，在狂风中前后左右剧烈摇晃着渡过黄海抵达塘沽时的情景。

那次是大学毕业时，在恩师的带领下，与几名同学一起前往中国旅行。我晕船晕得厉害，因为剧烈呕吐，几乎连续两天没有进食。我们同行的人中，只有一个人毫不受影响，能够泰然自若地吃饭，令我惊讶万分，至今仍记忆犹新。

之后我才听说，这个人是被派遣来监视我们的刑警。就当时日本的政治形势来说这也是不得已之举，与现在任何人都可以自由地批判政治、自由地前往海外旅行的环境相比，简直恍若隔世。

越靠近塘沽，海水越黄，船在黄色的、泥沼一般的海水中航行。到达港口时，一群彪形大汉乌压压地进入船舱中，把我吓得倒吸了一口冷气。

我们从港口乘坐汽车前往天津，从车站眺望，可以看到5000吨级的船的甲板上挤满了劳工，船在泥沼中如蛇形一般逆流而上。

旅行时虽然已是3月，但中国的北方依然被严寒包围着。在天津可以看到一些身着深蓝色棉服的大汉拱着手，在街上来来回回走着，令我有些害怕。

离开天津后，汽车朝着戈壁地带行驶。到达某个车站，站台上有个像布袋和尚那样大耳垂、肚子肥圆的男人在卖馒头。若不是中国的水土，是养育不出这种风貌的人的。

在北京，故宫屋顶金色的瓦片映衬在湛蓝的晴空下，光辉夺目，雄伟壮丽，我们尽情欣赏着这一美景。登上景山，想到李自成攻破京师时，明朝的末代皇帝崇祯帝自缢于此，不禁黯然叹息。

看到将人力车当床，躺在上面打瞌睡的车夫，我心中百感交集。登上杂草丛生的城墙，遥望城外荒凉的原野，我不由得想到古代征夫充军边关，归乡遥遥无期，何等悲切。前往公园，看到人们将鸟笼挂在街头路边的树枝上，弯腰倾听鸟儿的鸣叫，看着他们自得其乐的样子，我感受到了中国人豁达乐观的一面，内心也不由得舒畅起来。

二、中国的变化

中国的阳明学

在回忆昔日访问中国的种种往事的当儿，飞机飞到了长江三角洲上空，这里运河的河道如渔网般纵横交错。

此次访问中国，我还有另一目的。那就是我想到实地亲眼见证一下，现在的中国和几十年前相比，究竟发生了怎样的变化。当然，关于中国的变化，我也从新闻、报纸以及访日的中国学者口中大致有所了解，但我还是想眼见为实。

我曾经撰写了《中国与中国人》一书。我在书中肯定了中国切实发生的变化，阐述了中国古代思想的特点，社会主义制度在中国的历史演变过程中所处的历史性地位以及中华民族的华夏意识，最后，我认为中国不会再变回以前的旧中国，我对中国继承和发扬传统文化，脱胎换骨成一个崭新的中国充满了由衷的期望。

如我所述的那样，中国正在一步步地发生变化。我原以为这种变化会发生得更晚些，没想到中国的发展是如此之快。这或许是因为中国的信息化发展要比我预想得更迅速吧。

1982年，国际朱子学研讨会在夏威夷举行。当时，我有幸受到中国著名学者冯友兰先生及其女儿的邀请参加了会议。那是我第一次与中国大陆的学者接触，也因此得知了中国发展的日新月异。因为以往，朱子学和阳明学都被作为唯心主义学说而受到激烈的批判，一般而言是不太会有中国学者参加海外的学术会议的。

正因为有这样的变化，日本、欧美的朱子学、阳明学研究者可以往来中国大陆进行交流。只是，在夏威夷举行的那次学术会议上，学者们依然坚持朱子学是客观唯心主义，阳明学是主观唯心主义的基本哲学观点。当然这是会议的主流论调，学者们个人私底下并不是完全赞成这一观点。从大陆学者能出席夏威夷的国际学术会议这一点，就可以看出中国思想学术界发生的变化了。

在学术会议将阳明学定义为主观唯心主义并加以激烈批判的风潮中，浙江省社会科学院的学者却顶着一边倒的学术舆论，出版了《王阳明》一书。我不由得想，或许他们才是真正在进行阳明学研究的人，于是开始关注起他们来。

清代以后，阳明学在中国衰落，在朝鲜不成气候，却在日本兴盛发展，其中有多种原因。中国清初将阳明学视为“明亡之罪皆在阳明”而加以激烈批判，在清代的近300年的历史中，阳明学彻底衰落。这种倾向一直延续至今。10多年前，我访问中国台湾时，中国的哲学大师钱穆先生曾说：“阳明学（研究）必须学习日本。”明治时代（1914），编著《传习录集评》的孙锵访问日本时，看到阳明学在日本的兴盛景象，惊叹不已。

朝鲜因其民族性及李氏王朝的政策，只有朱子学得到发展，而阳明学萎靡不振。或许因为日本的民族性与阳明学非常契合，阳明学在日本普及兴盛，直到现在，依然有很多人推崇阳明学，并在社会活动中活用、实践阳明学。我衷心希望通过此次访华，可以为中国的阳明学的振兴贡献一己之力。

上海的现代化

飞机飞越长江三角洲地区，下降到达上海机场，从长崎机场出发大概花了1小时40分。因为是团队旅行，海关没有对行李进行检查。当地气温29℃，和福冈的气温没什么差别。

走出机场，我们乘上观光巴士。这里看不到日本大城市的机场外停靠的一排排的出租车或包租车，狭小的机场里，只能看到拥挤的人群来来往往，让人想象不到这是大上海的机场。

巴士上的导游叫蒋伟强。蒋先生操着一口流利的日语，我问他是不是在日本留学过，他回答只是就读杭州大学期间学习了日语。

巴士内部的设施和日本的观光巴士并无二致，但在中国，这已经是超级豪华的巴士了。在城市街道或者郊外行驶的公交车基本都是由两节车厢组成，并且都很陈旧。

上海到16世纪为止都还只是个安静的小渔村，现代化以后发展成国际大都市。现在是中国的经济、工业、商业中心，也是中国最大的港口城市。总人口约1200万，老城区人口约640万。曾经因为西力东渐，外国列强在上海设置了租界，其中也有日本的租界，老一辈日本人都知道，成为中日战争导火索的“一·二八”事变就发生在这里。

一般来说，中国的北方人身材魁梧，性格豪爽，而南方人的身材和性格都和日本人有些相似，相比北方人，南方人性格中充满了追求自由、展现自我的精神。清末以后的革命运动都发生在南方，或许也和这种性格有关。而上海往往成为革命运动的中心地。

近代上海曾有“鸦片之都”之称，是无数瘾君子的栖身之地。如今鸦片早已被清扫一空，虽然人民的生活贫困，和日本无法同日而语，但低收入者也能实现温饱。我回想起52年前在北京见到的从事苦力的劳动者的悲惨生活，同时也看到了社会主义建设的效果。

站在中国历史的视角上，我认为中国要改变过去的面貌，必须再次重视并包容传统文化，建设一个崭新的中国，除此之外别无他途。

现在的上海市民燃起了建设现代化城市的热情。从机场到市区，所到之处道路都得到了扩建，也建起了高楼大厦。进入市区后，街道上行驶着有轨电车，每一辆都载着满满当当的乘客。

我们的巴士在自行车流和步行者人流中缓缓前行，行至延安路，两旁种着高大的梧桐树，形成一条林荫道。我们在友谊商店兑换了人民币，买了一些特产。团员们都争相购买纪念品，不少人对印材和篆刻很有兴趣。而我知道这里的绢织品很有名，买了刺绣的桌布。

中国的1元人民币相当于日本的约45日元，所以物价对日本人而言非常低。之后听说，中国大学的教授每个月工资通常是160元到200元，换算成日元为7200日元到9000日元。但是，友谊商店是专门面向外国人的商店，商品价格比普通商店高7倍。虽然我理解中国需要外币储备，但将商品高价卖给外国人的做法，还是令我抵触。

中国曾经有外国人专用的公园，中国人不得入内。虽然现在已经没有这种事了，但是开设友谊商店，却不让中国人入内，这难道不会伤害中国人民的自尊心吗？

我们在友谊商店以外的其他地方也进行了购物，根据买卖对象不同可以自由地讨价还价，可以窥见过去中国人经商之道的余风，对此我也只能苦笑。国营商店的营业员对待顾客的态度官僚而冷淡，完全失去了昔日中国商人的优良传统，令我有些失落。

巴士通过南京西路和浙江中路，过了桥，穿过昔日的租界区，于下午4点20分到达蓝天宾馆。这是一座西式的宾馆。

我因为身体状况的原因选择在宾馆休息，想要外出的团员在伊藤女士的带领下前往黄浦公园，参观上海的夜景。之后团员告诉我："公园内光线昏暗，人群嘈杂。公园附近的和平饭店也几乎坐满了人，有中国人也有外国人，人们一边喝啤酒一边听乐队演奏。那支乐队是昭和三十年（1955）初期成立的老乐队。"

我听了团员的描述，一边感慨中国也终于渐渐迎来了歌颂自由的时代，一边不禁对上海人民充满朝气的精神面貌赞叹不已。

三、浙江省社会科学院

美丽的杭州

第二天早上6点半，我们从宾馆出发前往上海机场。来到街上，道路两旁种着夹竹桃和木莲，洁白的花朵和鲜红的花朵交相辉映。渐渐靠近市中心，骑自行车上班的人就慢慢多了起来。他们中的很多人是工厂的工人，实行昼夜三班倒的轮班制。

中国的街市和日本不同，不管走到哪里都是熙熙攘攘的人群，常常看到大白天就有人逛街的场景。这或许和劳动者的工作时间有关。

早上7点38分，我们到达上海机场。上午8点45分，我们从上海机场出发，飞行大约20分钟后，飞机开始下降高度。从机窗向下望去，右前方可以看到在雾霭笼罩中若隐若现的西湖全景。北宋文学家苏东坡担任杭州太守时，对西湖实施疏浚工程，用挖出的淤泥修建了一条长堤，即苏堤。

苏堤横跨西湖南北，而湖中还有一条唐代大诗人白居易所建的白堤。白堤将孤山和北山连接在一起，登上孤山，西湖美景便一览无余。

西湖位于杭州市西面，因而得名。三面被青山环绕，风景优美秀丽。福冈市大濠公园的水池就是仿照西湖挖建的。

杭州因为有美丽的西湖而成为与苏州齐名的中国风景名胜地。杭州市的规模与福冈市相仿，人口约120万。这里在春秋末期属于越国，汉代称钱唐，南宋时迁都于此，称临安府，杭州因而得以繁盛。这里自古以来就是文人墨客的聚集之地，现在不仅是有名的旅游城市，还是一座在迅速发展中的工业都市，是江南工业地区的核心。

欢迎宴

上午9点15分，我们到达杭州机场。杭州机场有些萧条，气温21℃。走出机场，王凤贤（浙江省社会科学院副院长）、吴光（浙江省社会科学院哲学研究所副所长）、钱明（浙江省社会科学院哲学所助理研究员）等人前来迎接。

王凤贤著有《中国伦理学说史》，吴光正在编《黄宗羲全集》，钱明是阳明后学及明末思想的研究者。

我们一起在机场大楼前合影留念。我在王副院长的引导下，乘坐浙江省社会科学院的车前往杭州饭店，其他团员则乘坐巴士。上午10点30分到达杭州饭店。1小时后，沈善洪（浙江省社会科学院院长）、王保民（浙江省社会科学院外事办公室副主任）、谢宝森（《浙江学刊》主编）、任鹰（浙江省社会科学院研究人员）等人也前来。浙江省社会科学院举办了宴会欢迎我们的来访。沈院长同时也是杭州大学校长，他致欢迎辞如下：

热烈欢迎日本的王阳明研究学者们不远千里来访中国。

浙江省哲学史研究会十分崇敬王阳明，过去的30年里，中国的王阳明研究没有取得很大的进展，但是现在，阳明学不仅在浙江省内，乃至在全国都受到关注。希望今后，研究阳明学的日本学者和中国学者能有更多的交流机会。各位的来访也迈出了中日学术交流的第一步。在阳明被贬谪的贵州龙场也在筹备召开阳明学研讨会。各位如有出席的意向，我可代为联系。在此，我代表浙江省的学者，对各位的来访表示衷心而诚挚的欢迎！

干杯之后，我作为访华团一行的代表，也发表了感谢辞：

我年轻时对西方哲学很感兴趣，而大学时，听了恩师楠本正继教授的《传习录》讲义，开始转而研究中国哲学。恩师当时刚从德国留学归来，学术上习惯用西方的哲学方法研究中国哲学，但渐渐地转向用东方思维方法研究东方哲学。这也是恩师深受其家学影响的缘故。

恩师的祖父名叫楠本端山，是幕末维新时期的大儒，虽然是位朱子学者，但也深受王阳明及其门下的归寂派，以及东林儒者顾宪成、高忠宪，明末的刘念台的学问的影响。不仅是端山，当时日本的朱子学、阳明学大儒，都受到这些学说的影响。恩师继承家学，我也受其教导。恩师宅中收藏有历经三代人之心血收集的宋明儒学相关文献。九州大学所藏宋明儒学相关史料文献多过其他大学，同时还集中了日本最多的宋明儒学研究者，也是基于上述原因。

我时常怀着一定要去探访王阳明的遗迹的愿望，但因各种原因而未能成行。承蒙社会科学院各位的帮助，今日我终于实现夙愿，能够与九州大学出身的宋明儒学研究者为主的访问团一起探访阳明遗迹。今天，又受到各位的隆重款待，我表示衷心的感谢!

吴光先生将与我们同行探访遗迹，并担当我们的向导，我们对此表示万分感谢。我们虽为探访遗迹而来，但仍有许多未知未明之处，也请各位多多指教。我们的访华如能为今后的中日友好往来贡献一份力量，我们将不胜荣幸。

致辞完毕，我为中日友好而干杯。之后，在访华团秘书长难波征男先生的示意下，日本方的团员一一作了自我介绍。

沈院长介绍了中国方面的研究情况：

我与王副院长都研究宋明理学史以及伦理史。“文化大革命”后，我们是最早开始研究阳明学的。吴光原本研究黄老之学，现在研究阳明后学，正在着手编校出版《黄宗羲全集》12册。谢保森研究朝鲜朱子学，任鹰对欧洲与中国哲学进行比较研究。

在宴席上，我向浙江省社会科学院赠送了我所编著的《影印朝鲜徽州刊本朱子语类》《刘子全书》，以及《刘子全书遗编（上、下）》2册、《王阳明文集》、《刘念台文集》，浙江省社会科学院回赠了《黄宗羲全集》第1册、第2册和《浙江学刊》2册等书籍。

欢迎宴上喝的酒，除了啤酒之外还有绍兴黄酒。这里的绍兴黄酒属于加饭酒。虽然我到上海以后也一直喝着绍兴黄酒，但果然只有在黄酒的故乡，才能喝到远比在日本所喝的更美味的黄酒。下午1点30分，我们带着几分醉意坐上巴士，出发前往绍兴。

杭州市的街道上，骑自行车的人和步行的人混杂在一起，道路两旁种着梧桐树，树冠呈拱形掩映着路面。巴士首先驶向西湖，路沿着湖边驶过净慈寺、动物园、虎跑寺，渡过钱塘江大桥。左边河口开阔，连接大海，右边的山上可以望见六和塔。

通过钱塘江大桥后，眼前展现一片广阔的田园风光。一望无垠的碧绿的水稻田中，河道纵横交错。路边种了很多梧桐树，笔直地延伸向远方。道路两旁不时可见桑麻田，河道上还有人驾舟往来。农家散落在青翠的田间，从房屋的构建来看，这里的人们应该过着富裕的生活。阳光映照在房屋雪白的墙壁上，这幅景象至今仍鲜明地印在我的脑海中。

听介绍说，现在农民只要把农作物收成的二成上交政府，剩余的可以自由买卖。相比在狭小的房屋中过着拥挤生活的城市劳动者，农村人民的生活要富裕得多了。

虽然中国农村的风貌和我小时候日本的农村几乎没什么区别，但有一点只有在中国才能得见，那就是河道中的水量十分丰富，几乎感觉不到水流。中国自古以来就有“南船北马”之说，在江南地区往往以河川水路代替陆路，来到中国后我才亲身感受到了。

巴士驶入绍兴市内，下午3点30分，到达入住的绍兴饭店。休息15分钟后，我们出发一路前往憧憬已久的余姚。下午4点50分经过上虞县。

据吴光先生介绍，从这里往南20公里，有明代嘉靖年间所建的汉代著名思想家王充的墓。又行驶了一会儿，远远望见了在王阳明的传记中也有记载的四明山。导游蒋先生说，中日战争时，中国新四军曾以四明山为根据地，顽强地与日军作战。

这次旅行，上海、绍兴、杭州、无锡、苏州都有当地的翻译陪同。上海是朱瑜（中国国际旅行社上海分社），绍兴是钱飞瑛女士（绍兴市外事办公室），杭州是王瑛（中国国际旅行社杭州分社），无锡是刘锡平（同无锡分社），苏州是姚绍平女士（同苏州分社），而蒋伟强担任全程陪同导游。

此次访华学术旅行收获了超过预期的成果，并且团员们在和睦友好的气氛中度过了愉快的旅行时光。这当然要归功于同行的伊藤女士卓越的处事应变能力和人格魅力，同时也不能忘记上述翻译者的协助。

四、四先贤碑

冯英霆女士

下午6点10分，我们一行人到达余姚。余姚市最近刚从县升格为县级市，是个市区人口约1万规模的小城市。

巴士驶入市区，没有高楼大厦，看上去像个比较落后的乡镇。街上行走的是手推车和行人，看不到一辆汽车。建筑物多数还是老式的房子，除了市人民政府的大楼外，没有称得上楼房的建筑，很多都是路边小店铺。听介绍说，这里过去曾经是海盗的根据地。人们的脸色浅黑，目光锐利。团员中的一人说，这里的人们的风貌和王阳明有相似之处。

巴士一到余姚市人民政府门前，周围的人立刻聚集过来，把巴士团团围住。因为极少有外国人到访余姚，人们就像看西洋镜一样地打量着我们。巴士经过余姚市人民政府中央入口，停靠在政府大楼后的宿舍门前。宿舍在余姚市人民政府第一招待所里，在日本相当于公务员宿舍。当然，里面的设施非常简陋，和日本的公务员宿舍不可相提并论。

我们立刻被迎至余姚市人民政府的迎客厅，一位名叫冯英霆的女士前来欢迎我们，这是一位年过40岁、神态干练、皮肤略黑的女副市长。在介绍过后，冯女士与团员一一握手，她有着干练的作风，握手的力道比外国男性还大。我曾数次与外国女性握过手，但这位冯女士完全没有柔软的触感，简直像战场上的军人与战友告别时那样用力握手。

冯女士向我们致欢迎辞如下：

> 我谨代表余姚市人民政府，向各位的到来表示热烈的欢迎！余姚市是王阳明先生的故里，王阳明先生是中国伟大的哲学家，龙泉山上留有他的史迹遗存，明天我将带领大家前往参观。让我们为中日友好贡献自己的力量。

我表达感谢说：

> 此次我们能访问崇敬已久的阳明先生的故乡，并且受到热烈的欢迎，我们感到非常高兴和荣幸。这不仅是我个人的感受，也是我们访问团全体团员的感受。
>
> 日本人推崇和喜爱阳明学，这是因为日本人民的民族性与阳明学十分适合。因此，日本的阳明学研究非常兴盛，并且在企业家和一般的社会人士中，也有不少阳明学的爱好者。可以说是这股力量铸就了今日的日本。非常感谢您在百忙之中招待我们参观阳明先生的遗迹。

然后我向副市长赠送了我编著的《王阳明文集》。

大家合影留念，之后便各自回指定的房间休息。晚上7点15分，我们在第一招待所的食堂吃了晚餐。

因为这里是乡镇小城，所以没有空调，也没有冰箱。晚餐时端上桌的被叫作“余姚啤酒”的啤酒和饮料都是温的，但是绍兴黄酒依然很美味。饭菜也都是在日本吃不到的充满地方特色的本帮菜，能够尽情体验地方特色饮食文化，也是一大收获。

饭后，我们三三两两地前往市区参观。余姚市人民政府政府位于余姚市区中心，周围建了一些低层楼房，一楼基本都是商店，街头卖着西瓜、枣、梨等水果。

这里的梨和日本的不同，又青又小，并且或许是因为喷洒过农药的关系，表皮有很多地方都褪色了。之后我们在宿舍吃了梨，这梨虽然个头小，但泛着青色，看上去很美丽。

街边是卖各种点心和日用品的铺子，人们骑自行车或步行往来，十分拥挤。

招待所前面有一条宽约20米的河，叫舜江。余姚出身的朱舜水就是以这条舜江取号舜水。太阳下山后，舜江两岸的渔船灯火星星点点，渔民在灯火下修补渔网。这里的渔船大多有篷，渔民晚上都是睡在船中的吧。

招待所附近有个酒家，听团员说，人们在那里排成一列买酒喝。招待所与舜江之间有一条宽约15米的道路，路边也是一溜摊贩，卖西瓜、梨等。西瓜非常便宜，一个只要70日元左右。

与阳明学相遇

我因为长途汽车旅行而疲惫不堪，晚饭后，在招待所附近稍作散步便回房间休息。虽然就寝时已经是晚上9点，但一想到我终于来到了对自己的人生产生重大影响的王阳明的诞生地，脑海里便有各种思绪频频闪现，怎么也睡不着了。

我因为听了恩师楠本正继先生的王阳明《传习录》讲义深

受感化，开始专攻中国哲学。而阳明学在我之后的人生中，也成为将我一次次从无尽的烦恼困苦中拯救出来的力量。回想起这些往事，我的眼眶湿润了。

高中时，我就感受到人生的各种矛盾，就像水洼中的鱼一般挣扎苦恼，为了解消自己的困顿，我开始看各种哲学书和文学书，还去拜访对禅宗有深厚造诣的教授，听他讲授禅学，学习坐禅。但最后，我对初中时的前辈和辻哲郎先生的学说产生了兴趣，打算考取东京大学，拜和辻先生为师，不过因为家庭的各种原因未能实现。后来，我得到渡边斌衡先生的帮助，终于考入九州大学读书，那时，我遇到了楠本正继先生。

如上文所述，当时的楠本先生刚从德国留学归来，是一位意气风发、锐意进取的学者，与我座谈时，讲的大多也是与西方哲学相关的内容。虽然楠本先生的中国哲学观无法摆脱西方哲学研究方法的范畴，但他深受家学熏陶，渐渐形成了独特的宋明思想研究论，并取得了划时代的成就。

我自己也在不同的时期改变研究方法，从事以体验主义为核心的阳明学研究工作后，我终于也能稍稍触碰到阳明先生的心弦了。因此，此次访华旅行来到余姚，我的内心自然欢喜激动不已。阳明先生出生时的余姚，一定是比现在更加朴素的小乡村吧。我的思绪飞驰，缕缕不断。但是，想到明天的行程，我立刻服用了安眠药。

这是一张木板床，床板上铺了层席子，上面又铺了床垫。天花板上悬挂着白色的蚊帐，我正在犹豫要不要把蚊帐放下来时，伊藤女士为我送来了蚊香，我可以不用放下蚊帐安心入睡了。

中天阁

次日（8月24日）早上7点过后，我们吃完早饭，前去参观舜江岸边开设的鱼菜市场。伫立在横跨舜江、建造于元代的通济桥上，感受余姚早市的风情。上午8点，我们乘坐巴士前往龙山公园，10分钟后到达公园。公园所在的山叫龙泉山，王阳明的父亲王华曾经在山上读书，因此王华被称为“龙山公”，晚年又称“海日翁”。

明宪宗成化十七年（1481），龙山公考取进士第一，官至南京吏部尚书，后受封新建伯。王家在此之前是默默无名的落魄家族，因为龙山公而一跃成为显赫名家。龙山公因喜爱山阴（现绍兴地区）的佳山丽水，又因那里是祖先乡里，之后便迁居越都，也就是现在的绍兴。

进入公园后，正面有一块匾额，上面写着“龙山公园”四个大字。沿着台阶向上走，有一个圆形的门，上面有匾额写着“山青水秀”四个字。进入门又沿着台阶向上走了一段，我们看到了1981年6月1日余姚市人民政府所立、刻有“阳明先生讲学处”字样的匾额。但是，额面已经有些破损。从“阳明先生讲学处”的入口进入，眼前便是阳明向门人讲学的中天阁。

这里的建筑分为两部分，前面是梨洲文献馆，后面是中天阁。入口处各悬挂有匾额。梨洲文献馆是为了纪念余姚的黄梨洲（黄宗羲）而设立的。然而里面却很少有与梨洲相关的资料。

我们在中天阁受到了茶水招待，余姚的叶树望先生（文物保护管理所副主任）为我们讲述了中天阁的历史沿革。中天阁建于五代时期，其名取自唐代诗人方干之诗，主体建筑一直留存至清乾隆年间，后毁损，由余姚县令重建。现存建筑建于清光绪年间。王阳明50岁至54岁时，在余姚中天阁为门人讲学，门人数量最多时达300人。

这里除了阳明之外，还陈列了另外三位先贤的资料，与阳明相关的资料，是阳明晚年所写的《客座私祝》真迹和阳明的两幅画像。画像中的阳明都是晚年的形象，一幅是彩色画，另一幅是线描，都形神兼备地刻画出了阳明的风骨气质。

彩色画像的年代应该比较早，而线描画则出自当代画家之手。虽然画像禁止复制，但在吴光先生的再三恳求下，终于得到了许可。拍摄的照片在我回国后寄给了我，我立刻拜托团员菰田先生做成复制件分发给团员们。

根据叶先生的说明，阳明先祖的墓在距离这里6公里的地方，并且那是否是真正的阳明祖墓，目前的调查考证工作仍在进行中。此外，阳明出生的瑞云楼距离这里2公里，现在是民居。因为这两个地方都无法通车，加之时间关系，只好放弃了对这些遗迹的探访。

四先贤碑

龙泉山上立着余姚四位先贤的碑，1981年3月11日由余姚市人民政府建立。四先贤是汉代的严子陵、明代的王阳明、明末清初的朱舜水和黄梨洲。

严子陵，名光，字子陵。年轻时便以学问闻名于世，与东汉光武帝同游学。光武帝即位后，严子陵更名改姓，隐居不出。光武帝爱其贤，想要起用他，好不容易找到他的隐居之所，3次派遣使者下聘书，才终于将他请至洛阳。

光武帝立刻前去严子陵的馆舍拜访，与他共卧寝床，严子陵将脚压在光武帝的腹部上。次日，有臣子上奏严子陵冒犯帝星大不敬，光武帝笑着说："只是与昔日旧友同寝罢了。"并未责罚严子陵。

严子陵被任命为谏议大夫，但他坚辞不受，隐居富春山农耕垂钓，直至80余岁逝世。严子陵因气节高尚，后人在其碑上刻"汉高士严子陵"以纪念。

王阳明初名云，后改名守仁，字伯安。因曾在会稽山阳明洞筑草堂，世称阳明先生，即阳明学之鼻祖。

阳明为南京吏部尚书王华的长子，明成化八年（1472）出生在余姚。少年时沉浸于"五溺"，即任侠、骑射、辞章、神仙、佛教，30岁之后终于悟到佛教、老庄之非，归本于儒学。

28岁时进士及第，35岁时因弹劾宦官刘瑾被投入大牢，又被贬谪贵州龙场。在龙场悟出"心即理"[①]，提倡"知行合一"之说。

---

① 光按：查《王阳明全集》及钱德洪著《阳明先生年谱》，整个有关龙场悟道的资料都没有"心即理"三字，而只有"忽中夜大悟格物致知之旨……始知圣人之道，吾性自足，向之求理于事物者误也"一段话。黄宗羲著《明儒学案·姚江学案》之王阳明小传记载龙场悟道，也只说"圣人之道，吾性自足，不假外求"，也没有"心即理"的记载。窃以为，"心即理"思想是陆九渊首倡，王阳明读陆九渊书并论及"心即理"思想当在龙场悟道之后。阳明心学的创新在于确定"良知者心之本体""良知即天理"。阳明心学思想应该按"良知即天理""知行合一""致良知""明德亲民"四大部分去解析。详见吴光：《阳明心学的理论结构、根本精神和当代启示》，载《光明日报》2017年2月4日。

39岁，贬谪期满调任庐陵县（今江西省吉安）知县，之后历任各官职，平定南方山贼暴乱。

48岁时，平定宁王朱宸濠叛乱，50岁任南京兵部尚书，封新建伯。因深刻感悟人生种种经历，49岁时提出“致良知”之说，成为明代的代表性学者。

56岁受命平定广西思恩、田州之乱。次年叛乱平定，又讨伐八寨、断藤峡山贼，归乡途中，在南安（江西省大余县）去世，年57岁。临终前对门人留下“此心光明，亦复何言”的遗言。《传习录》记录了阳明的学说精华，为后世传诵。

朱舜水是旅日学者、诗人。名之瑜，字鲁屿，号舜水。为复兴明朝前往交趾（越南）、安南（缅甸）、日本乞兵，万治二年（1659）流亡日本。九州柳川藩儒者安东省庵以一半俸禄资助舜水，并终生拜其为师。宽文五年（1665）水户藩主德川光国招舜水为宾客。从此，水户学风深受舜水学问影响。舜水虽为程朱学者，但也接受阳明学。他尊崇古文学，对日本汉文也有较大影响。83岁逝世。

黄梨洲，名宗羲，字太冲，号梨洲，又号南雷。明末清初学者，是魏忠贤弹压东林党之祸中殉难的东林学者黄尊素之子。黄梨洲与东林党子弟相交，师从父亲的友人刘念台。明朝灭亡后，他组织义勇军抗击清军，却失败了。他也曾渡海至日本求援。

一直以来，学术界都认为黄梨洲并未到过日本，其真伪也尚未解明。陪同我们的吴光先生说：“根据梨洲的私淑门人全祖望的记录，梨洲确实到过日本。”福田殖教授也说：“广濑淡窗之弟旭庄也记述过梨洲到过日本。”

眼看明王朝复兴无望，梨洲著《明夷待访录》，论述建立理想王朝的政治理念，批判了君主专制统治，提出民主思想。他不出仕清廷，而推荐其子黄百家和弟子万斯同参与编修《明史》。

黄梨洲继承其师刘念台的学风，思想学说上相比刘念台则更接近王阳明，但批判阳明后学末流的狂禅倾向。他力排空谈，提倡经世致用之学，开创浙东史学。对于宋明思想，他也从史学角度给予评价，撰写了著名的《宋元学案》《明儒学案》。

我对“文化大革命”后，余姚市人民政府立四先贤碑来纪念先贤遗风的举措深表赞赏。

我们参观了四先贤碑和中天阁，又散步至山顶。这里有以阳明、舜水、梨洲命名的亭子，还有阳明为纪念刘球而写下的“祭忠台”的石碑。刘球是明代永乐年间的进士，官至翰林侍讲，正统初年力谏王振，应诏批判时政而触怒王振，被投狱杀害。

山上的亭子里有当地人带着孩子过来玩耍，我们用拍立得相机为他们拍照，把照片送给他们，他们非常高兴。竹下夫人还把买的特产分给孩子们，孩子们害羞地接了过去。他们天真无邪的样子给我留下了难忘的印象。

黄梨洲墓

从龙山公园的山顶向南眺望，可以看到荒野的尽头，四明山像羽毛一般若隐若现。四明山与王阳明也有着很深的联系。他曾带领弟子游览四明山，并进行教化。

根据阳明传记记载，阳明于明武宗正德七年（1512）十二月，也即41岁时，从考功清吏司郎中升任南京太仆寺少卿，恰逢其妹婿兼爱徒的徐曰仁升南京工部员外郎，在赴任途中相遇，二人便一同乘船返回乡里。船上，阳明为徐曰仁讲授自己对《大学》与朱子不同的见解，曰仁听后，认为阳明之说才是孔门正统，不禁欣喜雀跃。

次年二月，阳明携曰仁等弟子数人，从上虞登四明山，一边游览山水一边往宁波方向前行，又从宁波返回余姚。

当时，日本了庵桂悟和尚（年83岁，奉敕命赴明）正准备归国而滞留宁波，阳明前去拜访这位日本高僧，瞻仰其学德风貌，亲笔手书《送日东正使了庵和尚归国序》相赠。我一边回想阳明事迹，一边久久地眺望四明山。

上午9点30分，我们在龙山公园门口集合，拍摄纪念合影后，在余姚市的先导车和警车的开道下，前往黄梨洲墓参观，汽车驶向四明山麓。约1小时后到达，通过田间小道走向梨洲墓，步行约10分钟后来到墓前。

墓四周的景色很像我小时候所见的农村风景。略宽的道路旁有几户农家，面前是一条约10米宽的河流，农妇们在河边清洗食物和衣服。成群的鹅沿着河边踱步嬉戏。

梨洲墓位于虎山山麓，“文化大革命”时遭到破坏，1980年，余姚市人民政府进行了修复。“文化大革命”时，许多古代文化遗产都惨遭破坏，梨洲墓也难以幸免。虎山上栽着许多虎口松，与之相对的另一座山叫龙山，因取龙虎相对之意，而称这座山为虎山。

梨洲的遗骸葬在山间的洞穴中，入口被积石堵塞。墓前有一片约30平方米的空地，墓用石块垒成，四周种植着山茶花。

梨洲的遗骸按照其临终遗言，没有放入棺中便直接入葬。梨洲在遗言中说道："丧祭着普通服饰，做七等丧仪一概省略。"或许是因为梨洲认为自己未能达成复明使命，而留此身不朽亦无用，并且也不喜盛大奢靡的葬礼祭祀。

从梨洲墓步行约10分钟到达其父黄尊素之墓，途中还经过梨洲的龙虎草堂。我返回巴士时，还有团员仍在参观黄尊素墓。墓前有马、羊、虎等动物石雕的墓石遗迹，这些也在"文化大革命"中被毁坏了。根据余姚市人民政府的计划，黄尊素墓预定在10月完成修复。黄尊素是遭阉党弹压而死于狱中的"东林七君子"之一。

上午11点20分，我们回到余姚第一招待所，吃过午饭后，我们走过通济桥，登上舜江楼参观。舜江楼原是钟楼，始建于元代，现存建筑建于清光绪十一年（1885）。这里陈列着河姆渡文化的原始生态图，还有一些古代文物遗迹。管理人介绍说，余姚在距今7000年前已经种植水稻了。

五、青藤书屋

越　都

下午2点50分，我们一行人离开余姚，再次前往绍兴。巴士在广阔的田间不断行驶着。我一边在疲惫的脑海中回想着在余姚的所见所闻，一边望着车窗外的景色。车内播放着韦伯之类的曲子，我放松心情，打起了盹儿。

下午4点15分左右，我们经过上虞车站，渡过曹娥江，靠近桥时，路边立着一块往宁波、岑南方向的道路标识牌。又行驶了一阵子，看到路边搭着一个临时戏台，正在表演越剧。这个剧团似乎正在各个农村巡回演出，我们下车，观看了5分钟越剧表演后，再度出发前往绍兴。

下午5点半，我们到达绍兴饭店。我们将行李放在房间后，立刻前往食堂吃晚餐。晚餐时喝的是西湖啤酒和绍兴花雕酒。我因为身体原因没法喝啤酒，便只喝绍兴酒。我知道喝点绍兴酒，并适度吃点中国菜，这样就不会损伤肠胃。

我在旅行中一直保持这种饮食习惯。团员中有人一直吃中国菜而吃坏了肚子，我幸免于难。陪同的伊藤女士已经吃惯了中国菜，每次只吃少量，她的饭量小得惊人。

绍兴人口约15万，包括郊区人口约113万。这里在春秋时期是越国都城，旧名会稽，是一座拥有3000年历史的古都，留有众多的名胜古迹。现在绍兴建起了许多工厂，发展成为一座工业城市。说到绍兴，人们首先会想到这里生产的绍兴黄酒。这种酒已经有2000年的历史，是中国八大名酒之一。

25日上午7点30分左右，我们前往宾馆食堂就餐。食堂正中央挂着南宋爱国诗人陆放翁（陆游）的诗匾额。

上午8点15分，我们在会客室集合，召开了研讨会。首先，我拿出事先准备的资料，介绍了东林儒者刘念台的生平事迹和学术思想。接着，我向大家介绍了吴光先生，请他发表讲话。

吴光先生原本研究道家，现在研究黄宗羲思想，致力于完成《黄宗羲全集》的编校出版，是一位充满干劲的学者。吴光先生论述了明朝灭亡之际，黄梨洲为求援军而渡海前往日本之事，他说："黄梨洲的私淑弟子全祖望在其著作《梨洲先生神道碑文》与滃洲老民著《海东逸史》中记录了此事。"以此为论据证明黄梨洲渡日确有其事。而清末梁启超否定黄梨洲渡日，是因为他未读到黄梨洲亲著记录朱舜水事迹的《两异人传》。[①]

上午9点20分，我们从绍兴饭店出发。巴士通过绍兴城区，到达绍兴黄酒酿造厂。我们前往工厂内参观。一路上，我们看到路人大多还是骑自行车，而汽车只在市政府前看到了两辆。带领我们参观绍兴城区的是钱飞瑛女士。她去年刚从杭州大学外语专业毕业。

酒厂内有16个大型酿造桶，都是日本生产。从酿造桶所在的厂房前往另一间房子，里面摆放着很多画有图案的酒壶，都是手工绘制。参观结束后，我们来到会客室，听一位讲解员女士向我们介绍绍兴酒：

> 绍兴酒有加饭酒、香雪酒、善酿酒、无纪酒4种，又分为甜口和辛口。本厂的年产量为4万吨。在1910年的西湖博览会和1925年巴拿马召开的万国博览会上获得过金奖。中华人民共和国成立以来，绍兴酒获4次金奖，并在巴黎、马德里的博览会上获奖。产量的60%出口国外，销往全世界的30多个国家。

---

① 关于黄宗羲乞师日本的史实，详见吴光著《黄宗羲著作汇考·行朝录考》，台北学生书局1990年版。又见浙江古籍出版社1986年5月版《黄宗羲全集》第2册附录：吴光著《黄宗羲遗著考（二）·行朝录考》。

绍兴酒的酒精度数在16度到20度，适量饮用有利于血液循环。

听完介绍后，我们用10年陈的加饭酒干杯，之后又品尝了香雪酒，入口时的美味与芳香令我无法忘怀。

绍兴酒放入酒坛后需要储藏5年，出口的酒则需要储藏更久。但是瓶装酒如果不尽快喝掉就会变味。过去，家里生下女儿时，会酿造大量的酒，等女儿长大成人出嫁时，将这些酒作为嫁妆带去夫家。这种酒被称为“常置酒”。

会客室里挂着一副对联，上面写着陆游的诗：

百岁光阴半归酒，一生事业略存诗。

青藤书屋

接着，我们参观了明末著名文人、书画家徐文长（徐渭）故居青藤书屋。听说这附近还有刘念台曾经讲学的书院，我通过车窗望向矗立着电视塔的小山。巴士驶入解放路，经过秋瑾女士纪念碑，驶向胜利路。

秋瑾女士在鲁迅的小说《药》中有写到。秋瑾女士1904年赴日本留学，在日本期间参加留学生革命运动，之后加入光复会，通过东京的中国同盟会继续革命活动。1906年，在上海发行《中国女报》，致力于女性解放运动。次年回到故乡绍兴，继续为革命事业奔走，因事败而被捕处死。

巴士到达胜利路后，我们下车，在狭窄的小巷中左曲右拐地前行，终于来到了青藤书屋前。在前往青藤书屋的途中，居住在这里的人们用好奇的眼光打量我们。

青藤书屋原名榴花书屋。书屋附近种有石榴树。明末清初的大画家陈洪绶因崇敬徐文长，曾慕名前来拜访。也因此，这间书屋顿时声名鹊起。在中国绘画史上，这里是青藤派的发祥地。

书屋分为两间，前室朝南，窗外有个小天井，种着一株青藤。青藤书屋由此得名。窗下有个石砖垒砌的小池塘，称为天池。

距今10多年前，我在中国台湾的台中市购买过徐文长的一幅名为《天池》的书轴，写在绢布之上，绢布是明代后期之物，字体充满了徐文长的书法特点。我自己有七八分的把握认为这是真品。在这里看到天池时，脑海中顿时浮现出自己书房中徐文长的书轴来。

书房内陈列着徐文长的画像和他的书法作品，还悬挂着陈洪绶亲笔题的“青藤书屋”匾额。室内东边的墙上嵌着《天池山人自题像赞》石刻。

徐文长初字文清，后改文长，号天池山人、青藤道士、田水月。嘉靖三十六年（1557），任浙闽总督胡宗宪幕僚，为抗击倭寇出谋划策。晚年归绍兴。徐文长擅长书法、绘画、诗文、戏曲，自称书法第一、诗第二、文第三、画第四。而后世对其书画评价最高。

徐文长摒弃传统绘画手法，大胆地采用泼墨写意的手法，成为青藤派的鼻祖。他的书法刚健磅礴又不失婉转流利。其诗文也力排拟古风气，彰显个性，吸收古文创作之精华，但又不失其自我风格，对公安派产生了重大的影响。徐文长是“绍兴三人”之一，后世称“书之羲之，画之徐渭，文之鲁迅”。

我希望在绍兴探访刘念台的遗迹，但因为时间不够而未成行。根据《绍兴名人名胜录》记载，绍兴西小路有明末建筑物，这里有刘念台的故居。此外，刘念台讲学的蕺山书院位于绍兴蕺山东侧。书院最早建于南宋绍兴年间，明代崇祯年间刘念台在此讲学，康熙五十五年（1716）重修。清末，书院旧址被改造为学堂，继续讲授学问。

鲁迅故居

我们参观完青藤书屋后，乘坐巴士经过鲁迅路，上午10点15分，我们在鲁迅纪念馆前下车，前往参观鲁迅故居。之前还是淅淅沥沥的小雨，这会儿变得大了起来。因为纪念馆在修葺中无法进入，我们便只参观了故居。

故居宅邸很大，里面布置着鲁迅的祖母、父母的房间以及用品复原陈列。宅邸内有个百草园。在故居的对面，隔着庭院是三味书屋。鲁迅从12岁至17岁时，曾在这间私塾读书。塾生都有自己的桌子、椅子以及笔墨纸砚。他们主要在这里学习“四书”“五经”和诸子百家经典。

这间书屋保留着原本的样子，和其他私塾不同，这里没有供奉孔子像，取而代之的是悬挂着鹿与松树的画轴。讲坛前排列着约10张课桌，其中只有一张课桌朝着讲台放在左边的角落里。根据说明，这是专门给不勤勉于学业、上课迟到的学生用的，据说鲁迅也使用过这张课桌。

我被团员们怂恿着坐到了椅子上，拿起桌上的笔摆出写字的姿势，然后拍照留念。接着，有两三个团员也学着样子，体验鲁迅当年求学的经历。

参观完鲁迅故居后，我们沿着鲁迅路前往文物书店。我们三三两两地进入书店内，各自买了中意的文物书画，我买了笔和墨。此时，雨下得更大了。因为下午我们还计划探访王阳明故居和兰亭以及王阳明墓，我在心中暗暗祈祷雨快点停吧。

六、阳明墓

阳明故居

下午2点半左右，我们参观了王阳明故居。此时雨势渐小。这故居原本是南京兵部尚书王守仁府邸，因此又称王府，位于绍兴上大路王衙弄。我们一行人撑着伞，沿着高耸而略显斑驳的民居白墙间的小巷，如穿过缝隙般前行，来到故居前。

现存建筑建于清代，原本的建筑毁于太平天国运动。但是，当时的石门的门框和柱子依然残存，可以窥见王府当年是何等气派。此外，这里还残留着饮酒亭和天文台的遗迹，饮酒亭所在的位置依然保留着明代旧居的样貌。据同访的团员竹下夫人所说，现在那里住着一位生活贫困的老妇人，已经全然没有了阳明在时饮酒亭的风雅情趣。

天文台遗迹在进入石门的位置，据说阳明曾在此观测天文。只有石墙还保留着原本的样子，天文台遗迹高约2.35米，长约

53米，宽约17米。

王衙弄之前，有一个长约35米，宽约25米的长方形池，被称为王衙池。我想着这或许是碧霞池吧，但似乎并不是。这个池原本也在阳明宅邸内，根据阳明的年谱记载，阳明于明嘉靖三年（1524）旧历八月，53岁时，在中秋之夜，一轮皓月的皎洁光辉下，与弟子百余人聚集在碧霞池边举行了一场酒宴。

酒意正酣，众人或投壶（将箭矢投入壶中，胜者令败者饮酒作罚），或聚算，做种种游戏，还有人击鼓，或泛舟池上。阳明见众人沉溺于酒兴，便作诗告诫他们。诗中写道：

> 须怜绝学经千载，莫负男儿过一生。

又写道：

> 铿然舍瑟春风里，点也虽狂得我情。

《论语》中有以下内容：

> 子路、曾皙、冉有、公西华侍坐。……鼓瑟希，铿尔，舍瑟而作，对曰："异乎三子者之撰。"子曰："何伤乎？亦各言其志也。"曰："莫春者，春服既成，冠者五六人，童子六七人，浴乎沂，风乎舞雩，咏而归。"夫子喟然叹曰："吾与点也！"

孔子听了曾皙的志向后，感叹着称赞了他。

阳明在诗中说："曾皙的志向，乍一看是舍弃了世间一切，似乎有一心想要实现自己高远志向的狂者之风，实际上这是在世事上不断磨练积累的结果。我的心境也与他相同。"阳明见弟子们轻蔑世事，有高谈阔论而舍弃道义的倾向，便作诗暗中予以训诫。弟子们听罢诗，次日便来到阳明面前为昨夜的狂态认错反省。

碧霞池上有一座天泉桥，弟子还可泛舟嬉戏池上，想必池要比现在这个大许多吧。

天泉桥也和阳明有着很深的渊源。

明嘉靖六年（1527）五月，56岁的阳明受命平定南方思恩、田州少数民族叛乱。当时阳明的肺病已相当严重，他向朝廷请辞委命，但未获准。

阳明出发前往思恩、田州的前一夜，两位高徒钱绪山、王龙溪前来拜访。阳明向二人传授了良知之宗旨的"四句教"。对于"四句教"的解释，二人各持己见，辩论不已，但未得结果。二人虽然都讲本体与工夫，但他们观点的不同在于，是更侧重于本体，还是更侧重于工夫。

王龙溪认为："良知的本体是无善无恶，只要顿悟此无善无恶之心体，有即为无，可一齐得本体与工夫。这是先生之根本宗旨。"

而钱绪山则认为："做为善去恶之工夫，才能达到无善无恶之本体。"相比领悟本体，更应重视积累工夫的磨练。二人请阳明评判各自的观点孰是孰非，阳明在夜色中与二人相伴来到天泉桥上，说道："龙溪之论只适用于上根之人，上根之人，世间难遇。因此教授初学者要积累工夫以达本体。"这段"天泉证道"成为千古佳话。

我伫立池畔，回味着昔日阳明与弟子们的这段名垂青史的对话。

兰　亭

参观完阳明故居，我们前往位于兰绪山麓（绍兴西南约15公里）的兰亭。巴士驶出郊外，四周的景色便与日本别无二致。巴士一路驶向兰亭，我远眺着低矮而延绵不断的丘陵。巴士中，大家难得地谈论起中国的风俗来：

> 中国从1978年开始实行家庭联产承包责任制，农业产量开始飞速增加。过去，中国人家里生了女儿，会用她出生时的体重来给她取名，比如七斤、八斤之类的。还有，爷爷83岁的时候出生的孩子，会取名叫八三。男孩子出生一周后，会让他出家，这是为了祈祷这个孩子健康成长。鲁迅也是如此。

大家谈论的当儿，巴士已经到达兰亭附近。距离绍兴大约25分钟的车程。在田间步行大约5分钟，就来到了兰亭的入口处。兰亭种了很多竹子。古时，越王勾践在这里种植兰草，汉代在这里建造了驿站，兰亭由此得名。

兰亭因为书圣王羲之而天下闻名。东晋永和九年（353）三月三日，王羲之与友人41人聚集于此举行曲水宴，曲水流觞，诗赋唱和，王羲之为这场聚会作序。我看了这里的曲水，规模很小，很意外。

兰亭入口西侧是一片竹林，通过这片竹林便是鹅池，池边建有碑亭。碑上刻有“鹅池”二字，“鹅”字为王羲之手书，“池”字为其子王献之手书。

鹅池后面有一条潺潺流淌的小溪，这便是曲水。现在的兰亭建造于明嘉靖二十七年（1548），1980年进行了全面修复。我们在这里购买了刻有曲水之宴的拓本，又出于对书圣的崇敬购买了笔墨。

王羲之是阳明的祖先。阳明的书法遒劲典雅，其中也流露着王羲之的书法风格。

阳明墓

下午4点55分，我们一行人乘上巴士前往阳明墓。同行向导是虞静女士，她毕业于绍兴的日语学校。

阳明墓位于市区西南16公里的洪溪。阳明逝世于嘉靖七年（1528），享年57岁。根据《王阳明年谱》记载：“（翌嘉靖八年）十一月，葬先生于洪溪。是月十一日发引，门人会葬者千余人，麻衣衰屦，扶柩而哭。四方来观者莫不交涕。洪溪去越城三十里，入兰亭五里，先生所亲择也。”

墓在清康熙、乾隆年间以及民国时期得到数度修葺。

下午5点10分，我们到达洪溪。此时雨已经停了，但道路泥泞，步行艰难。洪溪有一所中学，我们询问了那里的一位老人墓的位置，回答说“阳明的墓在山间种着古松的地方”，不惧险阻的团员在吴光先生的带领下，拨开被雨水淋湿的齐人高的细竹和荆棘，脚下打着滑，在泥泞中前行，终于找到了墓地。

（第二次考察这里时才知道，阳明墓不在山间而在山麓。具体参考下一章。）

这里是一块约1平方米的空地，周围耸立着古松。但是，这块空地上就连一片墓砖的碎片都没有。询问之后才知道，阳明墓在“文化大革命”中被彻底毁坏，墓石被用作建造中学的地基。两位团员采摘了野菊供奉在空地上，一起闭目向阳明祈祷冥福。我情不自禁地流下眼泪。

一行人返回山下。大家与我怀着同样的心情，返回山下的路上，每个人都一言不发。我们在山脚合影留念后，朝着巴士走去。

据说这座山上还有阳明父母的墓。并且，以前山脚下还有墓碑。当然现在已经荡然无存。山脚下的是阳明的墓碑吗，山间的是阳明父母之墓吗，或者反过来？现在没有定论。但最初建造的阳明墓，规模一定是很大的。

世事无常，谁都不会想到阳明死后还要面临如此悲惨的遭遇。我感慨万千，一边走，一边禁不住热泪盈眶。这一日探访阳明墓，在我心中留下深刻的印象。

下午6点20分左右，我们回到绍兴饭店，立刻前去吃晚餐。晚上8点，部分有志团员集中在我的房间，开了一场研讨会。

孔子庙之谈

吴光先生对我们说：“现在和‘文化大革命’时不同，孔子庙是受政府保护和管理的。但是，在‘文化大革命’中被破坏的孔子庙，在文化事业发展得好的地区被修复了，而在文化事业发展不怎么好的地区，就没有得到修复，还是被破坏的样子。”孔子庙又称圣庙、孔庙、文庙，最有名的是山东曲阜的孔子庙，那里有孔府、孔庙、孔林。浙江省衢州市也有孔府、孔庙，这叫孔氏南宗，孔子的一支子孙从曲阜移居到南方后定居在那里。曲阜去年秋季举行了祭祀孔子的典礼，也就是释菜礼。祭祀孔子的典礼又被称为释奠或者释菜，释菜是释奠的简略形式。孔子的子孙有“衍圣公”称号，这是官方授予孔子嫡系子孙的爵位。中国台湾的孔家是民国时期77代衍圣公孔德成的子孙，自称是孔子的直系后裔。曲阜已有孔子78世孙，是旁系。衢州的孔氏南宗是孔子48代孙、衍圣公孔端友的后代，民国初期被封为南宗奉祀官，也自称孔子75代嫡长孙，具体世系传承还有待考证。

团员细川女士告诉我们，佐贺县多久市的孔子庙中的楷树是用从曲阜带来的树种种植培育的。

曲阜的人们崇敬孔子，但是现在的曲阜已经旅游化了。中国有两个孔子研究会，一个是本部始设于北京、后迁移至曲阜的中国孔子基金会，另一个是设于清华大学的中华孔子学会。

明末阳明学

就算是对阳明学很感兴趣的人，一说到明末的阳明学，对此有所了解者也是寥寥无几。这是因为，一般人很难得到关于这方面的资料，并且相关的研究论著也非常少。我们围绕明末阳明学的话题，与吴光先生进行了以下交谈。

吴光：您认为王门的王畿（龙溪）和王艮（心斋）的

学说的分歧点是什么？

冈田：这两人都属于良知现成派，王畿的方法论是顿悟，王艮的方法论是实践。

吴光：您认为王畿的学说是虚无主义吗？

冈田：并不能这样说。

福田：现成派主张“圣俗一致”。

吴光：您认为阳明四句教（无善无恶心之体，有善有恶意之动，知善知恶是良知，为善去恶是格物）是阳明晚年的思想吗？

冈田：我认为是的。

吴光：刘念台与王畿的学说有没有差异呢？可以将刘念台的学说称为工夫即本体吗？

冈田：可以。我将阳明学分为现成派、归寂派和修正派三派，距今20年前担任美国哥伦比亚大学客座教授时，我在明代思想讲座上第一次提出了这种分类。

吴光：在中国，华东师范大学的冯契先生首先研究明末阳明学。

接着，吴光先生结合自身的求学经历，回答团员们的提问：

我有很长一段时间中断了研究工作。我的学生时代是小学6年、中学6年、大学5年，和日本的学者修了几乎同样的课程。我原本对道家很感兴趣，在中国人民大学读研究生时（1978—1981）研究道家。我之所以对道家感兴趣，是因为“文化大革命”时期的政策，我认为人民应该拥有自由，政府干预应放宽松一些。老子提出了“无为而无以为”的大众伦理。秦始皇之后，汉初黄老思想盛行，“文化大革命”后也兴起了类似的风潮。我的治学理念是，聚集民众思想而成一家之说（“会众以合一”）。我想要独立钻研学问。虽然我对阳明还没到崇拜的地步，但看了阳明遗迹，我也受到了很深的震撼。

沈　园

26日上午8点，我们一行人从绍兴饭店出发，前往参观与陆游有着深厚渊源的沈园。沈园原本是位于沈氏宅邸内的一个有名庭园，位于绍兴郊外的禹迹寺旁边。

陆游（1125—1210），绍兴人，南宋爱国诗人，字务观，号放翁。南宋绍兴年间，秦桧与金求和，打压众多主战派，陆游也是其中之一。秦桧死后，陆游被重新起用，任宝省阁待制。乾道二年（1166）与淳熙七年（1180）他竭力主张抗金，触怒朝廷，以65岁的年纪退隐归乡，病逝乡里。

陆游的诗大多抒发爱国之情，同情百姓困苦，并批判时政，气势雄浑，情感奔放，笔意流畅，辞旨明快，同时又有秀婉清雅之气。

陆游初娶表妹唐琬为妻，夫妻感情和睦，但因婆媳关系不和，唐琬最终再嫁赵士程，陆游也另娶他人为妻。

31岁那年春天，陆游偶尔游沈园，遇见了同样前来游玩的唐琬夫妇。唐琬也注意到了前夫陆游，遣人给陆游送去酒菜。陆游心中百感交集，提笔在园内墙壁上写下一首饱含对唐琬思念之情的《钗头凤》。唐琬也作诗唱和。陆游题诗的墙壁直到淳熙年间依然存在。

唐琬去世后，陆游直到晚年都对她念念不忘，他怀着与唐琬的回忆，作《沈园》诗一首。其诗如下：

城上斜阳画角哀，沈园非复旧池台。
伤心桥下春波绿，曾是惊鸿照影来。

斜阳即夕阳，画角是画有纹样的角笛，惊鸿是受惊而飞舞的鸿雁，常用来比喻美人，这里指亡故的前妻。

我因为略感疲劳，便放弃了沈园之行，在宾馆的商店内看了看古董商品。上午9点半，参观的团员们返回绍兴酒店。

上午9点40分，我们乘坐巴士返回杭州。巴士再次行驶在田间道路上，约2小时后到达钱塘江河口。从钱塘江大桥向前望去，能望见月轮山顶上矗立着六和塔。朝河口方向眺望，江面上渔夫驾着小船撒网捕鱼的情景尽收眼底，真是美如画卷。

巴士进入杭州，穿行在西湖公园中，最终停在湖畔的花港饭店前。我们在这里吃完午餐，下午则各自参观湖边的名胜古迹。

七、虎跑寺

净慈寺

下午2点，我们从花港饭店出发。7分钟后到达西湖边的净慈寺。这座寺始建于五代后周时期。现在正在修理中，一般不允许参观，但我们得到了特别许可。

净慈寺的住持云月禅师出来迎接我们，并引导我们进入寺内。寺内十分荒凉，各处都在修理中。大雄宝殿的三座佛像建于五代时期，“文化大革命”时被完全破坏，现存为复制品。白木为胎，但尚未贴金箔，之后应该会完工。

在云月禅师的带领下，我们与到访这里的静冈县曹洞宗的僧侣一起参拜了位于山间的如净禅师之墓，并一同烧香念诵般若心经。如净之墓幸运地保存完好，但五代时期的三尊佛像在“文化大革命”中被毁，还是令我感到无限遗憾。

据说王阳明弹劾宦官刘瑾而遭贬谪，前往西南蛮荒之地贵州时，途经净慈寺，与妹妹在此依依惜别。

观看越剧

杭州市的市花是桂花，但西湖岸边种了许多水杉树。这种杉树在日本也有栽种，日本的杉树据说是产自美国。

下午2点55分，我们参观黄龙洞。这里原本是道教的道观，里面种了很多竹。进入里面后还看到香雪亭、长乐亭等亭子，香雪亭中正在上演越剧。身着鲜红戏服的演员和着伴奏音乐进行表演，越剧与喧闹的京剧不同，比较安静，情绪表达也很细腻。

我在七八年前参加过中国台湾的台北市举行的国际学术会议。某天晚上，我和东北大学的金谷教授以及美国哥伦比亚大学的迪·巴利教授一起观看了京剧表演。那出戏主要表演昭君出塞的故事，有京剧特有的华丽绚烂的舞台和服装，演员的表演十分夸张，音乐也很喧闹。那种高昂喧闹的音乐并不是我所喜好的。50多年前我在北京观看京剧时，就有这个感觉了。

金谷教授是第一次观看京剧，完全被那华丽的装束和表演所倾倒，连连称赞“真精彩，真精彩”。但是迪·巴利教授却说:“我更喜欢日本的能剧。”我记得当时我向他说明了京剧和能剧的不同是“动与静的不同”。

之后，我又有机会在福冈观看了两三次京剧，果然还是与我的兴趣不合。

我们在香雪亭观看了一会儿越剧表演后，移步长乐亭。长乐亭位于山崖下，有一支中国民乐管弦乐队正在演奏，其中有古琴、月琴等乐器。那旋律就算对中国民乐毫无兴趣、只喜欢西方音乐的我听了，也觉得轻快悦耳。我想象着，唐玄宗皇帝时的宫廷乐队，或许还要比这规模更大吧。

乐队指挥看到我们正在旁听，突然停下了正在演奏的乐曲，改成日本民谣《樱花》，以此向我们表示欢迎。我们按照日本的习惯给他们小费，可惜的是他们没有接受。尽管如此，演奏者们不卑不亢的态度还是给我留下了好印象。

虎跑寺

下午3点50分，我们从黄龙洞出发，4点10分到达石屋洞，在这里购入了中国的名茶龙井茶。10分钟后，我们前往虎跑泉。

这时，天空开始淅淅沥沥地下起雨来，我们买了雨伞，沿着山坡向上走。山路两旁种着竹林，让我有种步行在镰仓圆觉寺中的错觉。登上山坡后，我们看到有一眼泉水正在喷涌。我们用这泉水泡了龙井茶品尝。这里原本是个寺院，还有辛亥革命时期的著名僧人李叔同的纪念馆。李叔同出家后法名弘一大师，在音乐和艺术领域做出了杰出的贡献。这座寺院初建于唐代元和十四年（819），1983年重建，现在寺院被废弃，成为旅游景点。

虎跑寺和王阳明也有着渊源。王阳明年轻时患有肺疾，弘治十四年（1501）30岁时，奉朝廷之命重新审录江苏死囚，因不听医生的告诫过度操劳而病情复发，因此，次年返京复命后，上疏告病返乡。

当时，王阳明在京师曾经一起唱和诗文的友人邀请他加入诗社，王阳明叹息“吾焉能以有限精神为无限之虚文也”，遂返回越中，筑室阳明洞，修行道教养生之法导引之术。据说修行有效，王阳明还习得了千里眼。

王阳明在这一时期，一心修行道教，想要将现实世界的一切纷扰全部抛却。但是，一想到80多岁的祖母，还有父亲，就无法断绝现世的牵挂，为此深感苦恼。但是某日，他突然领悟到：“此念生于孩提，此念可去，是断灭种性矣。”

由此，王阳明领悟到鼓吹超越现世的佛、道之误，以人伦为本的儒教才是正道，决心通过疗养恢复健康后，要为天下苍生而尽自己之力。

次年，王阳明因读北宋诗人苏东坡的诗句“西湖真西子，烟树点眉目”，将西湖比喻成春秋时期越国美女西施，而对西湖充满向往，遂移居西湖边疗养身体。居住杭州期间，他往来于南屏山的净慈寺、大慈山（虎跑山）的虎跑寺等名刹。

某日，阳明拜访虎跑寺，见有一僧人坐禅三年而不语不视，便道出禅机般地大声喝道："这和尚终日口巴巴说什么！终日眼睁睁看什么！"那僧人受惊而睁开了眼。阳明便问他母亲是否尚在，僧人回答尚在。阳明又问他是否想念母亲，僧人回答，不能不想。阳明遂对他论述爱亲是人之本性，僧人流泪向阳明表示感谢。

第二天，阳明再次拜访寺院，见那位僧人不在寺内，据说已经返回家乡去了。

我一边回想阳明在虎跑寺的逸闻，一边走下山坡。

离别宴会

我们一行人离开虎跑寺后，来到友谊商店购买特产和纪念品。然后前往预定举行晚宴的酒店——位于西湖畔的楼外楼酒店。楼外楼建于1849年，是一家已经有将近140年历史的著名酒店。我们在这里设宴答谢浙江省社会科学院的各位同仁。宴会菜品豪华，不禁令人想到古代王公贵族才能享用的美食。宴会的花费换算成日元大概是5000日元，这相当于中国大学1个助教1个月的工资。

宴会从晚上6点40分开始，首先由宴请方代表致辞。事务局的难波先生首先感谢社会科学院对此次访问团探访遗迹的协力和帮助，特别是向与我们同行、凡事亲力亲为的吴光先生表达诚挚的谢意。我代表一行人致辞：

非常感谢各位对我们的热情周到的招待。尤其是吴光先生与我们同甘共苦，不辞辛劳为我们作向导，这份情谊，我将铭记在心。探访阳明墓时，吴光先生冒着雨为我们披荆斩棘，开拓道路，帮我们寻找阳明墓地遗迹，他的深情厚谊，令我感动落泪。对大家的感激之情，我们毕生难忘。今后，我们也希望与杭州大学、浙江省社会科学院的诸位同仁一起，为构筑中日友好的纽带而努力。今天，感谢各位在百忙之中出席宴会，能在此与各位畅饮欢谈，我深感荣幸！

干杯后，沈善洪院长说：

江西、贵州也保存有阳明遗迹，我们也希望将来能有机会考察那里的遗迹。今后，我们愿以阳明学研究为契机，推动中日友好往来。

吴光先生说：

我在这次旅行中学习到很多。我与各位同行，只是做了我应该做的事。各位对阳明思想有着深刻的理解，我也深受启发。今后，我会为中日两国的学术交流贡献我的绵薄之力。

团员菰田先生热情洋溢地向此次中方提供帮助表达感谢，他列举东渡日本的鉴真和尚、朱舜水、教化道元的如净禅师等人，对中国人给予日本人的帮助深表谢意，并欢迎在座的中方同仁到访日本。

接着，王凤贤教授（副院长）致辞：

浙江省社会科学院以宋明研究为中心，此次能够成功开展中日友好考察活动，也是因为通过宋明理学的研究，将中日两国人民的心连接在了一起。今后，希望我们能在学术上有更多交流。遗迹探访团中有3位团员已经年逾七旬，他们的精神令我十分感动。因为明天社科院的成员们还要进行研究工作，非常遗憾无法为各位送行，在此，祝各位身体健康，旅途顺利。

酒宴正酣，大家都喝到兴头上时，团员海老田先生拿出自己作的贺诗，加来先生朗声吟诵：

四海波平起瑞烟，五风十雨润桑田。
福如东海杳无际，寿比南山长不骞。
鹤宿老松千载色，龟潜江汉万丈渊。
芙蓉之雪大瀛水，神州磅礴辉九天。

接着又吟诵了杜牧的《江南春》诗。这首诗虽然描写的是春日江南的景物，但此时此地吟诵却也很应景：

千里莺啼绿映红，水村山郭酒旗风。
南朝四百八十寺，多少楼台烟雨中。

我们都陶醉地倾听吟诗。据说现在的中国，没有日本那样的吟诗习惯。

八、东林儒者之街

湖　州

遗迹探访的预定计划已经完成了三分之二，剩下的只有东林儒者遗迹了。27日，我们前往遗迹所在地江苏省无锡市。

若根据原定计划一路乘坐巴士前往无锡，旅途会很疲劳，因此我们打算先到湖州市，然后从湖州乘船渡过太湖前往无锡。但是不巧遇到台风登陆，湖州也受影响，船只暂停航行，无奈只好乘坐巴士前往无锡。

上午8点50分，我们从宾馆出发。途中，我们在西湖边下车欣赏苏堤，大家以西湖为背景拍照留念。西湖笼罩在氤氲的雾气中，景色若隐若现。休息10分钟后，巴士继续向湖州市前行。沿途经过浙江大学、纺织工厂、住宅区等，路边种着泰山木、红木莲、百日红等植物，还能看到成片的荷花和广阔的桑田。沿途风景和日本农村别无二致，道路两旁种着高大的树木。巴士朝着余杭县行驶，过了10点，风雨开始加剧，没有整修的道路一时间坑坑洼洼，巴士摇晃得厉害。

从余杭县经过大运河，继续向西北方向的武康县前行。上午11点10分，我们到达武康县。此时大雨滂沱，路面状况也很差。中午12点25分，我们到达湖州市。

湖州市人口约18万，市区人口12万。这里是毛笔的著名产地，因为当地盛产优质的羊毛。我在工艺美术店购买了王一品的笔，据说是毛笔中最优质的。

贵宾酒店

下午2点30分，我们从湖州出发，继续前往无锡。下午3点40分，我们到达位于太湖畔的夹浦。从车窗向外望去，可以看见有帆船漂浮在太湖上。之后我们到达湖边的金村，下车休息几分钟，欣赏太湖风光，远眺湖光水色。

之后，巴士北上到达宜兴市。市区西面远处有群山延绵起伏。据说汉代道教始祖张道陵曾在那里修行。

据团员多屋说，战争时期，他的亲哥哥就死在这里。他觉得因为台风的缘故改变行程可以通过这里，对他而言是无比庆幸之事。我听闻这番话，心中隐隐作痛。

我们终于进入无锡市，晚上6点30分到达入住的锦园宾馆，天色已经昏暗。锦园宾馆坐落在太湖之滨，在这里可以尽情欣赏太湖美景。入口有保安站岗，大门紧闭。

我们放下行李，立刻去吃晚餐。晚餐时喝的酒叫惠泉酒，是当地生产的酒。

我与福田副团长住的房间装修摆设十分气派，卫生间足足有20平方米，十分宽敞。因为太过气派，团员们纷纷前来这房间参观。我在这房间里挥毫题字，并将作品赠送给一部分团员。

次日清晨6点半过后，我们去宾馆附近散步。因为台风过境，雨虽然停了，但风依然很大，路边杨柳的枝条在风中左右飘摇，如女性的长发拂过荷花池面。

宾馆东面有个荷花池，沿着旁边的道路走大约30米，就来到太湖边。路的右侧有个巨大的藤花棚，棚前有一块用水泥模仿太湖石浇筑而成的景观石。以前，我一直认为到了太湖就能看到太湖石，并且很容易能买到，但事实并非如此，我第一次看到真正的太湖石反而是在无锡车站内，就算想购买太湖石，也没有卖的地方。

我慢悠悠地踱着步来到太湖边，从这里可以很清楚地望见太湖三山。太湖东西长60公里，南北宽45公里，面积是琵琶湖的3倍，是个巨大的淡水湖。古人所说的“包孕吴越”，就是形容太湖的壮丽辽阔。

荷花池中，粉色和白色的荷花竞相开放，相映成趣，如果再早些时间来，整个池面都被荷花覆盖，该是多么美丽的景象。我看着池中的荷花，想起喜爱荷花，以及将荷花比作君子的周濂溪来。

无　锡

上午8点40分，我们从宾馆出发，前往留有东林书院遗址的无锡市。无锡市是江苏省有代表性的工业城市，总人口387万，其中市区人口82万。南临中国五大淡水湖之一的太湖，西靠惠山，是一座美丽的江南城市。巴士通过5年前修建的新运河，接着通过旧运河，停靠在市区的一角。

我们从这里穿过民居之间狭窄的小巷前往东林书院。庆幸的是，书院依然保留着原来的风貌，占地面积约三分之一公顷。原本周围有河水流淌，还有松柏茂林，听讲学者都是乘船前来的。

书院前有个牌坊，上面有“东林旧迹”的匾额。现存建筑建于清乾隆年间。据说在明代时，这匾额上写的是“观海来游”。

书院内有丽泽堂和依庸堂，两间都保存着东林儒者相关的资料。丽泽堂内藏有《东林会约仪式十一条》。

东林书院是北宋程明道、程伊川兄弟的高徒杨龟山讲学的地方。北宋的儒学就是从这里流传至南宋。明末时，顾宪成和高忠宪因在这里讲学而声名鹊起。

顾宪成，字叔时，别号泾阳，无锡人。万历八年（1580）进士。当时，明神宗正起用张居正施行改革，一扫前朝宿弊，呈现治世之象。然而张居正死后，政治局势巨变，党争纷起，朝政再度陷入混乱局面。

明代实行“京察”的官员考核制度，即每隔6年审查中央官吏的任职情况。明神宗万历二十一年（1593）实行的“京察”，拉开了朝廷党派矛盾争斗的序幕，此次“京察”之后，当时的内阁首辅王锡爵被迫致仕，而与此有牵连的顾宪成也因触怒神宗，被削职遣返故乡无锡。回乡后，他在杨龟山的东林书院聚集门人授业讲学，使东林书院得到复兴。

顾宪成虽是朱子学者，但也接纳阳明学的学说精华，提出新朱子学。但是，当时阳明后学左派盛行，学子往往打着“遵循良知”的旗号放纵世俗私欲，生活作风放荡，淆乱世之纲纪。

顾宪成提倡朱子学，主张对道德要有深刻体认，并匡正人伦，竭力挽救世俗之流弊。

当时政治腐败，想要通过讲授学问来匡正人心拯救世风，势必会涉及批判时政。顾宪成还受各地学校和书院之邀前往讲学，讲学议政的风气由此在全国传播。

以顾宪成为首的这一派党人被称为东林党，最终卷入朝廷党争的漩涡中，与其他党派，即反东林党派形成激烈的党争局面。特别是反对派遣税监的李三才遭受弹劾之际，顾宪成写信给内阁官员，竭力为李三才辩护，更加激化党争矛盾。顾宪成在党争白热化中病逝。

高忠宪，名攀龙，字存之，别号景逸。忠宪为其谥号。他与顾宪成同为无锡人。万历十七年（1589）进士。因受排挤不得志，与顾宪成一起复兴东林书院，并在此讲学。

明熹宗即位，起用东林党成员，高忠宪也是其中之一。时逢宦官魏忠贤专权，迫害东林党人，高忠宪被革职下野，东林书院也遭破坏。天启六年（1626），朝廷开始逮捕东林党人，高忠宪因受牵连，也在逮捕之列，捕吏前往其宅邸抓捕。当日半夜，高忠宪写下遗书交代家人，上疏后，投入自宅的池水中自尽，时年65岁。其遗书中写道：

> 臣虽削夺，旧系大臣，大臣受辱则辱国，故北向叩头，从屈平之遗则，君恩未报，愿结来生。

高忠宪一手按在胸前，一手扶岸，从容赴死。刘念台听闻此事，赞叹他“若非学力坚定者，不可用如此死法”。

高子止水

高忠宪也是新朱子学者，在体认方面的学术造诣比顾宪成更深。他的通过静坐加深体认的学说，对日本幕末时期的朱子学者楠本端山（平户藩儒者）的学问产生了重大影响。端山践行高忠宪的静坐法，钻研深潜缜密之体认。高忠宪和端山的体认之学对我也有很大影响，通过研究二人的学说，我才对道统有了领悟。

我在东林书院粗略浏览了东林学者的资料，向管理员说明东林学对幕末维新思想产生了怎样的影响，尤其是对我的恩师的祖父楠本端山的学术的影响，而我也受其学统之熏陶，并赠送了管理员我在20年前撰写的关于东林学的论文。同时，我也询问是否可以要一份顾宪成和高忠宪的书法拓片，可惜未获允许。那是因为受政府委派前来的朱文杰先生，并没有十分理解我对东林学的评价。

东林书院遗迹是今年初对外开放的。去年，难波先生曾来此访问。我与难波先生进入当时的管理员陆少吾先生的办公室，他充满期待地迎接我们。东林书院遗迹的修复和保护也得到了顾宪成的第十四世孙、现任东林小学校长的顾希炯先生的个人资助，他也一起来迎接我们。他们看到我们时，脸上洋溢着欢迎远方友人的喜悦。

当前，中国自不必说，即便在日本，关心东林学的也只有我们这些人而已。光凭这一点，我们此次考察东林书院遗迹也有重大的意义。

从东林书院出来步行四五分钟，我们看到一所中学，校园的一角竖着一块“高子止水”碑。虽然周围用铁栅栏围着，但我们还是进入里面凑近了观看。石碑正面刻着“高子止水”，字是郭沫若亲笔，整片区域大约8平方米。

九、苏州的孔子庙

寒山寺

上午10点55分，我们离开东林书院，到达无锡市的梁溪饭店。在这里吃完午餐后，我们前往无锡车站。候车大厅里悬挂着陈毅的诗：

> 闽赣路千里，春花笑吐红。
> 铁军真是铁，一鼓下汀龙。

中午12点35分，我们坐上由无锡站发车的列车（蒸汽机车）前往苏州。车内十分舒适，车厢中部空出走廊，两边都是座位，一个座位之间用小桌隔开，乘客两两面对面而坐。每张小桌上摆放着盆栽，乘务员在车厢内卖着画等商品。下午2点20分，列车到达苏州车站。

苏州市位于长江三角洲以南，太湖以东。苏州市西面是延绵起伏的丘陵地带，东面是星罗棋布的湖泊河道，是典型的江南水乡。这里是与杭州齐名的名胜之地，也是中国著名的旅游城市之一。人口包含郊区在内530万，市区人口68万多。富含悠久历史气息的街市内，残留着春秋时期的城墙遗址。连接北京和杭州的大运河流经城市附近，水运十分发达。这里自古以来就是著名的丝绸产地，近年来城市工业也有很大发展。

我们前去参观苏州城外的寒山寺，距离市区约3公里至5公里，这里还有著名的枫桥。寒山寺始建于梁武帝时期，因为唐代诗人张继的《枫桥夜泊》而天下闻名。据传唐代时，这里居住着两位叫寒山和拾得的高僧，因此得名寒山寺。

寺内布置得如同庭院一般，游客众多，不分男女老幼。这座寺院曾七度遭火焚毁。寺内有一座钟楼，我和几个团员一起登上钟楼敲响大钟，听着钟声，体会当年张继乘坐在客船上，半夜听到钟声的心境。这里还有张继的诗碑，加来先生在碑前吟诵了《枫桥夜泊》诗以表纪念。

月落乌啼霜满天，江枫渔火对愁眠。
姑苏城外寒山寺，夜半钟声到客船。

诗碑的字由清末著名学者俞樾题写。据说，后来张继重访枫桥，写了一首《枫桥再泊》诗。

白发重来一梦中，青山不改旧时容。
乌啼月落寒山寺，依枕尝听半夜钟。

这首诗没有被收入《全唐诗》中，或许是后人伪作也未可知。寒山寺有卖寒山、拾得、《枫桥夜泊》等作品的拓片，一些团员便购买留念。

文庙（孔子庙）与玄妙观

参观完寒山寺后，我们接着去参拜苏州的孔子庙。圣堂内没有孔子像，只挂着一幅孔子的画轴，庙里十分破败。这座文庙在“文化大革命”时被破坏，还未得到修复。庙的占地面积约有1500平方米，比寒山寺要宽广得多，庭院里杂草丛生，前来参观的人也很少。

与那些挤满男女老幼信徒的道教的道观不同，这里平时前来参观的只有三三两两的人，正门时常紧闭。

参观完文庙后，我们前往玄妙观。这里是道教的道观，因此门庭若市，人群相互拥挤着，十分热闹。我捐了一些钱，之后买了些纪念品。一行人中也有人买了一把月琴，我买了一把胡琴作为留念。这时，我突然想起在长崎听过的由胡琴、月琴、太鼓合奏的明清乐曲来。

接着，一行人前往友谊商店。我购买了两幅画轴，虽然价格很高，但我非常喜欢，还是买下了。因为这家店的画都不错，我还推荐同行的团员购买。

下午5点30分，我们到达下榻的南林饭店。这家饭店的设施都是仿造日本的饭店而建的。商店里很少见地卖着淡水珍珠，我买了3条珍珠项链。

上海·返回日本

8月29日上午8点，我们从饭店出发。巴士驶过十全街、市中心、人民路，驶向车站。苏州每年接待约17万外国游客。

列车在昆山停靠后前往上海。昆山是清初大儒顾炎武的出生地。沿途的铁轨挨着运河，从车窗向外望，可以看见运河上航行的渔船。车厢内，服务员为乘客倒茶水，还卖着挂轴、刺绣等商品。

上午10点35分，列车到达上海。我们乘坐巴士直接前往蓝天宾馆。将行李放到各自的房间后立刻去吃午餐。酒水是上海啤酒和白头葡萄酒。

下午1点，我们乘坐巴士前往著名的豫园参观。这里原本是富人的宅邸，建筑物和庭院都充满浓郁的中式风情。但我兴味索然。

返回宾馆途中，我们又去了趟友谊商店，购买了心脏病的药。然后在伊藤女士的带领下去文具店购买诗笺，然而没有找到中意的，感到很失望。晚上7点40分，我们返回宾馆，各自整理行李，做好回国的准备。

8月30日早上6点30分，我们吃完早餐。之后，我们乘坐10点起飞的航班从上海返回大阪机场。到达大阪是日本时间10点05分。团员们依然精神奕奕。我们在机场大厅举行了解散仪式，我与团员一一道别。

此次考察王阳明、东林儒者遗迹的学术访华旅行，无论对日本还是对中国，都属首次。能够在旅行中取得重大的收获，一是策划旅行的时机得当，二是得到浙江省社会科学院的鼎力相助。只是，此次旅行虽然成功考察了王阳明和东林儒者遗迹，但由于时间有限未能考察刘念台的相关遗迹，感到十分遗憾。

我衷心期待中国的学者能够切实研究明清时期儒者、并以崭新的视角重新审视他们哲学思想的现代意义的那一天早日到来。

第二章

再访王阳明遗迹

（1987 年 11 月 30 日—12 月 10 日）

一、瑞云楼遗址

从厦门到杭州

昭和六十二年（1987）12月上旬，我再度前往杭州、绍兴、余姚考察。这是一趟计划之外的旅行，可以说是上天的恩惠。

昭和六十一年（1986）8月下旬，我们访华团一行在吴光先生（浙江省社会科学院哲学研究所所长）的引导下考察了王阳明遗迹。如前章所述，位于绍兴市郊外的阳明墓碑在“文化大革命”中被彻底毁坏，连一块墓碑的残片都没看到。当时，我们爬上据说是阳明墓所在位置的山腰，看到这一情景，只得采摘野花供奉在空地上，满怀着遗憾回国。我没有想到，一年多之后会再度考察阳明墓。

与吴光先生告别时，我们向他表达了希望修复阳明墓碑的心愿。之后，在浙江省社会科学院与绍兴县人民政府（绍兴县为今绍兴市柯桥区）的努力下，修复工作被提上了日程，吴光先生向我详细讲述了设计图以及所需经费，并来信说希望得到日本友人的资助。我与团员们商量后，决定发起经费募捐活动。

昭和六十二年9月上旬，我参加了孔子诞生地曲阜（山东省）召开的国际孔子研讨会，会上，我遇见了沈善洪先生（浙江省社会科学院前院长，现任杭州大学校长）。我与他约定一起参加12月1日至5日在厦门大学（福建省）召开的国际朱子学研讨会，他告诉我用于修复阳明墓所希望得到的资助金额，回国后，我赶忙投身于募捐活动中。

之后，我又收到吴光先生的好几封来信，他希望我从厦门返回的途中再访杭州、绍兴、余姚，最终我接受了他的邀请。与上一次一样，这次吴光先生也将亲自迎接并陪同引导。

11月30日，我在脑海中描绘着江南冬季的景色，与牛尾弘孝先生（大分大学助教授）从长崎机场出发前往上海。我们预定的行程是在上海住一晚，第二天傍晚前往厦门。在中国，从走出上海机场到乘上飞往厦门的航班的这段时间，我们的一切行程都由上海国际旅行社负责安排照顾。如果旅行社好好实行原定计划，我们的旅行应该非常轻松愉快，但因为旅行社没有按原定计划安排行程，使我们的厦门之旅苦不堪言。

曲阜的研讨会结束后，我与3位日本人，还有来自韩国、新加坡的20多位学者一起，在中国国际旅行社社员的带领下前往西安旅行。从那位社员的态度中，我深切感受到与中国人约定事项时，必须要格外仔细。在那次前往厦门的旅途中，我更是有切身体会。

中国人比日本人更热心，更深情厚谊，但是在遵守约定这点上，他们也比我想象的要差一些。他们就算违约，也不会有什么负罪感。

我并没有打算一味对中国人进行批评。不如说，这也是中国人的一种外交手段，或者处事方式。《孙子兵法》中有句话叫“兵不厌诈”，但是兵法上的诡诈与道义上的欺诈性质不同，不能一概而论认定这是错误的。

我们到达上海时，恰逢寒潮侵袭中国大陆。去了厦门也一样寒冷刺骨，无奈只得在厦门购买了防寒衣。这对于一直认为厦门处于亚热带，应该很暖和的我而言，完全是预料之外的情况。

在厦门大学举行的国际朱子学研讨会结束的第二天，即12月6日下午2点20分，我与牛尾先生和吴光先生3人从厦门出发，下午3点50分到达杭州机场，然后乘坐杭州大学的专车前往大学专家楼。谢庭藩教授（杭州大学副校长）招待我们在专家楼食堂用餐。这是我从日本出发后初次喝到正宗美味的绍兴黄酒。

从厦门出发后的旅行都由吴光先生全程陪同引导，托他的福，我们就像在日本国内旅行一样顺利畅快。牛尾先生感叹说："从上海到厦门的旅行就如地狱般痛苦，但来到杭州又像到了极乐世界。"

来到杭州后，杭州大学的陈辉先生担任我们的随行翻译，给我们提供了很大帮助。杭州也因为寒潮大幅降温，杭州大学的空调设施并不完善，我在寒冷中十分怀念暖炉。或许是吃了安眠药的缘故，当晚我很快就沉入梦乡。

瑞云楼遗址

12月7日上午8点，我们从下榻的专家楼乘坐出租车前往杭州站。道路两边那些如同巨大拱门一般将路面遮盖起来的梧桐树，叶子也在寒风中枯萎凋零，与盛夏时的景象有天壤之别。路面上应该有很多落叶，但都被清扫得干干净净。听说半夜2点左右，清洁工就开始清扫街道了。辛勤工作的劳动者们都穿着防寒的服装，嘴里呼出白气，匆忙行走在冬日清晨的寒意中。

上午8点20分，我们乘坐上海始发开往宁波的特快列车前往余姚。车内很舒服，但没有空调。列车行驶一阵后，我从车窗望见耸立在钱塘江畔的六和塔。窗外展现出一幅江南冬日的画卷，我眺望着冬景，眼前仿佛闪过去年在巴士上看到的江南夏日风光，不由得再次发出感叹。

上午11点，到达余姚站。魏翼唐先生（余姚市文化局局长）、胡丁先生（余姚市文学艺术界联合会副主席兼秘书长）等人前来站台迎接我们。我们避开自行车流来到车站前，乘坐出租车到达余姚宾馆。这座宾馆采用了现代化设施，十分舒适。余姚宾馆还在扩建中，如果全部完工的话，前来余姚的外国游客也会增加吧。

吃完午饭后，下午2点30分，章亦平先生（余姚市人民政府正市级巡视员）带领我们去参观王阳明出生的瑞云楼遗址。现在住在那里的人叫叶祖宪，他向我们详细说明了瑞云楼遗址的情况。

建筑是古朴的砖瓦房，但庭院很宽敞。因为得知我们要来考察而事先在庭院里摆放了桌椅。我穿着夹克衫坐到椅子上，一边喝乌龙茶，一边听现年53岁的叶先生如同追寻一个个回忆一般静静地讲述。庭院的角落里拴着一条狗，一见到我们就冲着我们叫个不停，但叶先生开始讲述时，那狗忽地变得很老实，安静地蹲在角落盯着我们看。

叶先生说，清代顺治十六年（1659），江南地区也被清兵占领，当时瑞云楼似乎已不存在。嘉庆年间（1796—1820），叶氏先祖在瑞云楼的原址上修建了寿山堂，但也毁于道光年间（1821—1850）。现存建筑已经有百余年的历史。

叶先生的祖父是个进士，号叶香道，光绪年间上京，获光绪帝之许，在自家祖宅悬挂“古瑞云楼”匾额。叶先生年幼时，日军曾闯入家中，给匾额拍了照片，并抢走了家中的藏书。这块匾额连同其他藏书一起在“文化大革命”时被红卫兵烧毁。

之后，章亦平先生也进行了说明，余姚市人民政府计划参照礼部侍郎倪宗正的清晖佳气楼，在这里修复瑞云楼。

阳明画像

我们离开瑞云楼遗址后前往龙山公园。龙山公园的山腰有王阳明曾经讲学的中天阁，我们的目的地正是那里。站在山腰眺望，远方的四明山脉便一览无余。虽然正值严冬，但天气晴朗，这片景色与去年夏天所见并无二致。眼前的余姚市区和更远处广阔延绵的平原都笼罩在一层淡淡的雾霭之中。

如前章所述，前往中天阁的途中有严子陵、王阳明、朱舜水、黄梨洲四先贤故里碑。相关人士介绍说，这些碑也在“文化大革命”时被红卫兵破坏了，但幸亏还保留着老照片，根据照片这些碑都复原重建了。

中天阁和上一次来访时一样，陈列着阳明的画像和阳明晚年所写的《客座私祝》，这次又多了阳明在江西赣州期间写给父亲的家书。这封家书是首次对外公开，其书法很有阳明晚年的风骨。其他陈列物品中还有阳明使用过的小砚台，据说赠予了妻弟。

章亦平先生说："将来，余姚市人民政府计划召开阳明学国际研讨会，为此，希望能得到国内的社会科学院和国外学者的帮助来重建瑞云楼。也希望你们能够赠送给我们一些阳明学相关的文献资料。"我答应尽我所能来提供帮助。

这天下午5点30分，冯英霆女士（余姚市副市长）、邵九华先生（文化局副局长）、胡丁先生、魏翼唐先生、章亦平先生等人为我们举行了欢迎宴会。去年夏天，冯英霆女士与我们见面时，大约是因为紧张的缘故，她的举止让我感到有些男性的刚硬，但这次再会时，她就给人一种女性的温柔感。

当天，余姚市文化局向我赠送了由胡匡一先生所绘的阳明画像一幅。次日上午，胡丁先生挥毫题写一副对联相赠。对联内容为：

高心能格竹

兀坐聆天声

丁卯冬一日，日本国一代阳明学巨擘冈田武彦先生，以八十高龄再度来姚寻访阳明故里，敬聆宏旨，得益良多，临别书赠以求大教。

中国余姚胡丁

对联中有"兀坐"一语，这是因为昨日我对胡丁先生说："我曾经想传承阳明以及王门的归寂派心学，东林以及崎门的朱子学，以静坐为学问之宗旨，但是近年来，我却把让身体安静下来的'兀坐'当做学问的宗旨了。"

重建阳明墓碑

12月8日上午6点30分起床，窗外的蔬菜田覆盖着一层薄薄的霜。7点30分，我喝了点粥暖了暖身子，然后前往余姚站，与胡丁先生道别后前往绍兴。

列车行驶了约1小时20分钟后抵达绍兴站。绍兴县人民政府人员前来迎接我们，带领我们前往入住的绍兴饭店。去年，我在这座宾馆住宿过，今年再来，宾馆已经被拆除重建，面貌焕然一新。餐厅还是和原来的一样，当时给我留下深刻印象的楼门已经不复存在。

我们在绍兴饭店吃了午饭，在李月兔先生（绍兴县文联主席）的带领下前往3公里之外的阳明墓遗迹。沿途道路被扩建，墓地的杂草树木也被清除，可以清楚看到墓地的全貌。

阳明墓遗迹位于兰亭山山腰稍微靠近山脚的位置，呈馒头形状。这里比前年夏天我们来访时推断的阳明墓位置更靠下一些。陪同人员向我们介绍说："墓碑在'文化大革命'中被彻底破坏[①]，但是阳明的遗骨现在仍在墓中。"我在阳明墓前恭敬地低下头，双手合十献上祭拜。

墓的地基上还残留着墓碑的底部，墓碑的三分之一残片目前保存于兰亭。阳明的墓是嘉靖七年（1528）由其弟子王畿、钱德洪等人修建的，兰亭保存的墓碑残片是民国时期由蒋介

① 光按：据李月兔局长和当地老乡说，王阳明墓是在抗日战争时期被日军飞机炸毁的，因为当地驻有国民党抗日军队。"文化大革命"时该墓被红卫兵彻底毁坏。

石命人修建的墓碑的一部分。阳明墓的下方是兰亭中学的校园，为了纪念王阳明这位伟大的教育家，校名改为了“阳明中学”。

下午2点18分，我们前往兰亭参观后，管理人员将墓碑残片拿到兰亭的茶室内向我们展示，我们对墓碑残片拍照留念。

我们在茶室中品了茶，管理人员还向我们赠送了由渠玉九、傅振照绘制的《王守仁墓碑图》以及前日绘制的墓碑重建设计图复印件。之后设计图又经过了修改，我们以修改后的图纸为蓝本，听阳明墓修复委员会委员对阳明墓重建的规模、竣工时期、所需经费等进行详细报告。工程预计于1989年内完工，经费约人民币24万元（折合日元约960万）。我当场提出了日本方预计可以提供的援助资金金额，中方向我们表示感谢。

下午4点30分，我们返回绍兴饭店。5点30分，钱宝荣先生（绍兴县人民政府县长）举行宴会招待我们。宴会上，我一边畅饮芳香馥郁的正宗绍兴黄酒，品尝难得一见的甲鱼料理，一边听钱先生介绍绍兴的现代化发展情况。钱先生才30出头，非常年轻，洋溢着将绍兴建设为新兴都市的热情和干劲。新中国的建设，需要像他这样年轻有为的官员作为生力军。

探访阳明墓遗迹时，发生了一件不寻常的事。吴光先生在墓地发现了一株灵芝。他将灵芝赠送给了我，我看着灵芝，感到我和王阳明之间有着不可言喻的奇妙缘分。回到日本后，我将灵芝切割成小块，分给了去年与我一同访华的20位同伴。

二、中国人的特质

在杭州大学

12月9日上午8点30分，我们乘上从绍兴出发的列车，再次眺望着江南的冬日景色前往杭州。上午10点10分，我们到达杭州大学专家楼。王凤贤先生（浙江省社会科学院副院长）在钱明先生和王保民先生的陪同下前来看望我们。去年夏天，我们已经和王凤贤先生以及钱明先生见过面了。今年春天，钱明先生在我们的邀请下与吴光先生一起访问了福冈等地。

王凤贤先生原本计划出席在厦门大学召开的国际研讨会，因为贵阳市（贵州省）贵州大学和贵州师范大学主办的阳明学研讨会也在同一时期举行，便临时决定与沈善洪院长、钱明先生一起参加贵阳的阳明学研讨会。王先生说："这次会议虽然参加人数只有30余人，但是发表的论文质量高，讨论的内容非常充实。"在我看来，中国大陆举办的国际性学术研讨会，可能因为缺乏经验的缘故，和别国相比尚有很多不完善的地方。

众所周知，贵州的龙场是王阳明的贬谪之地，在当时是一片语言不通、遍布瘴气的蛮荒之地，但王阳明在这里大彻大悟。并且，贵阳也是王阳明首次提出"知行合一"的地方，学习阳明学的人都对这里满怀憧憬和向往。

我常常希望能够考察阳明悟道的龙场阳明洞，但因为龙场处于经济落后尚待发展的地区，所以现阶段考察那里应该是不可能的，说白了就是“可以过去旅行，但是交通条件非常恶劣”。阳明洞位于半山腰，内部相当宽敞，可以在里面生活，距离山下的村落大约1.5公里的路程。王阳明就在那里生活，每天下山到村子里的池塘取水，然后运到山上。

清代光绪八年（1882），日本阳明学者三岛中洲考察阳明洞并作诗，刻于贵阳的阳明祠石碑上，一直保存至20世纪60年代，在“文化大革命”中被破坏，幸而其拓片得以保存下来。清代以后，阳明学在中国衰微，传入朝鲜后，因为朝鲜的民族性以及尊崇朱子学、实行科举制等原因，并未得到普及。而传入日本后阳明学却迅速传播兴盛，甚至还有日本人亲自前往贵阳旅行，探访阳明遗迹。

下午2点40分到4点10分，我在杭州大学举行了讲座。演讲的题目是《阳明学及其现代意义》。中心思想是："阳明学因为兼容并包了朱子学，才有了现代意义。它成了拯救西方哲学的低迷状态，除去近代科学文明的弊端，使其正常发展的根基。”

听讲者有教师和学生约30人。讲座在冰冷的会议室结束之后，听讲者提出了以下问题：

1. 为什么阳明学会在日本盛行?

2. 关于阳明的简易之学可以除去人类文明的弊端，请再作详细介绍。

3. 为什么它会成为使文明正常发展的根基?

4. 阳明学是不是禅学?

5. 心学思想会阻碍中国的现代化发展吗?

讲座结束后，因为距离晚饭还有一段时间，陪同人员便带我去参观西泠印社。傍晚时分到达西泠印社，纪念馆已经关门，不过可以欣赏傍晚霞雾笼罩下的西湖。晚上6点，王凤贤先生在望湖饭店设宴款待我们，并赠送我们杭州特产的丝绸作为纪念品。晚上8点左右，我们返回专家楼。

从晚上8点30分到12点，我与同住专家楼的石崎佳代子女士一起一边喝绍兴黄酒，一边闲聊对中国的印象。通过闲谈，我们对中国人的面貌有了更深的了解。

在厦门时，我也听了一同出席国际朱子学研讨会的早稻田大学教授土田健二郎先生讲述他在中国居住一年的所见所感，作为了解中国人的参考。居住在中国的日本人中，有喜欢中国的，也有不喜欢的。

中国人的特质

12月10日上午8点25分，我们从专家楼出发，在吴光、钱明、陈辉3位先生的陪同下参观浙江图书馆，张翼翔副馆长向我们介绍了图书馆的大概情况。

这座图书馆分为本馆、古籍部和湖州嘉业堂藏书楼3个馆，"文化大革命"时，个人家藏书大多被烧毁，而图书馆的古籍得以幸存。每天都有上千人使用图书馆，并且也在计划建造新的图书馆。

古籍管理员吴启寿先生向我们介绍了馆藏的《文渊阁四库全书》。这部《四库全书》原本藏于中山公园旁的古籍部，由原本和丁丙兄弟的抄本，以及中华人民共和国成立后从民间收集的三部分组成，整套全书册数完整。

上午10点，我们前往中山公园旁边的古籍部，在那里阅览了宋版《通鉴纪事本末》，元版《分类补注李太白诗》，开元、天宝年间的雷峰塔藏经卷等典籍。之后在市内吃了午饭，打算乘坐下午4点15分发车的卧铺车前往上海。

为了乘上预定的列车，我们11点过后到达杭州站，但是因为女列车员的工作失误，我们无法乘车。吴光先生和钱明先生提出强烈抗议，与站长等人进行交涉，要求他们办理乘车手续，但是问题没有得到妥善解决。最后，当我们登上4点15分的卧铺车时，吴光先生还在和列车长争论。在这种情况下，钱明先生立刻决定改变行程与我们同行，一起乘上了卧铺车。也因此，我们来不及和吴光、陈辉两位先生道别，列车就启动了。

这件事的主要原因是女列车员的工作失误，但是她完全没意识到自己的错误，还一个劲地大声为自己辩解。

列车是始发广州、终点站为上海的卧铺车，我们来到自己的铺位，隔壁铺的中国人对我们很热情，将自己的铺位让给我们，我们可以躺下休息。

列车到达上海站，站台上立刻挤满了下车的旅客。乘客不仅将大件行李从车窗往外递，还直接从车窗跳下来。这和我50多年前在北京站看到的情景相比完全没有变化。见此情此景，我不禁疑惑，中国何时会真正实现现代化呢？

我们在上海入住酒店，这里需要我们外国人支付高额的住宿费。中国人虽然热情好客，但缺乏人情的方面也比日本人要多。不管怎样，因为有钱明先生的同行，我们顺利地登上了从上海出发飞往长崎的航班。

第三章

探访龙场与阳明墓揭碑

1989 年 3 月 30 日—4 月 10 日

一、阳明墓的修复

请求资助修复经费

昭和六十一年（1986）8月下旬，“王阳明·东林儒者遗迹考察团”20人访问中国浙江省，考察绍兴、余姚的王阳明遗迹（参考第一章）。在绍兴考察了位于绍兴郊外洪溪的王阳明墓。

王阳明墓碑位于山腰，因为在“文化大革命”中被彻底破坏，完全不见踪迹，被大片荆棘和杂草覆盖着。访问团一行人满怀沉重的心情下了山，我向吴光先生表示：大家都迫切希望能够修复墓碑。返回浙江省会杭州之后，我们也向浙江省社会科学院传达了这一愿望。

浙江省社会科学院了解我们的希望之后，与绍兴县人民政府沟通，计划修复阳明先生墓。吴光先生来信（1987年9月15日函）协商日本友人资助修复经费事宜，资助金额在150万到300万日元。

昭和六十二年（1987）冬12月上旬，我再度访问绍兴和余姚（参考第二章）。我参加12月1日在厦门大学（福建省厦门市）举行的国际朱子学研讨会时，原本打算和牛尾弘孝先生（大分大学助教）结伴出席，但吴光先生来信希望我返回途中能转道浙江省访问杭州、余姚、绍兴。所以，研讨会结束后，我在吴光先生的陪同下再次考察了余姚、绍兴的阳明遗迹。

资助墓碑修复

前往厦门之前，我与福田殖（九州大学教授）、菰田正郎（爱日书院院长）两位先生商议，首先起草了一份“王阳明先生墓碑修复资助发起人”的委托书，委托进藤一马、井上义人、高木厚保、佐古纯一郎4人为顾问，菰田正郎和福田殖为主要负责人，地主正范等17人为发起人，松尾正威为事务局代表，我为发起人代表，然后将委托书发送给日本各地的同仁们，开始发起捐款。

委托书内容如下：

谨启

谨祝各位万事顺利。

去年夏天，“王阳明·东林儒者遗迹考察团”访问中国浙江省，在浙江省社会科学院哲学研究所所长吴光先生的陪同下，考察绍兴、余姚等地的阳明先生遗迹。王阳明的墓碑曾位于绍兴郊外，但在“文化大革命”中被破坏，现不存。考察团成员怀着沉痛的心情采摘野菊，恭敬祭拜而归。

近日，收到吴光先生来函，得知已成立“王阳明墓修复委员会”（浙江省绍兴县人民政府、浙江省社会科学院），计划明年春修复重建王阳明墓。墓碑修复预计需投入资金700万至800万日元，计划于1989年春竣工。中方希望日方能提供资金方面的援助。

众所周知，阳明学对日本人的思想形成产生过重要作用。我们希望能够为中方提供资金方面的援助，推动中日友好的发展。

敬请诸位同仁理解上述事项缘由，为王阳明墓修复重建不吝捐助。

昭和六十二年（1987）11月

王阳明墓碑修复援助发起人代表、九州大学名誉教授冈田武彦

捐助者遍及日本全国各地，总计收到来自281人的300多万日元捐款，同时还收到来自各地同仁的鼓励和感谢的信件。我们将其中的340万日元连同捐款者名单通过浙江省社会科学院交给绍兴县人民政府。

昭和六十三年（1988）4月15日，我收到中方寄来的公函，其中有一封信，内容为浙江省社会科学院、绍兴县王阳明墓修复委员会、绍兴县文物保护管理所收到日方捐款，对日方的慷慨厚意表示郑重的感谢。浙江省社会科学院寄来的文件中提到："捐款暂时由社会科学院保管，收到绍兴关于墓碑修复工程的详细计划、预算、设计图后，修复委员会将会把款项移交绍兴县人民政府。修复工程由社会科学院全权负责。工程预计明年清明节（4月5日）之前竣工。"

绍兴县文物保护管理所寄来的文件中提道："会将捐款的日本友人的姓名刻录在碑记中，名单由文物保护管理所收藏，在展厅中陈列复制品。工程分为一期和二期，一期为建造墓

地，二期为建造墓道，并在左侧新建碑廊与王阳明史迹陈列室。”并附上了详细记录工程名称、数量、金额等事项的工程概要表。

我向捐款者报告了这些内容，并计划于平成元年（1989）清明节与同仁们前往参拜阳明墓碑。

二、前往贵阳

结成访华团

此次访华目的是“考察贵州王阳明史迹”和“参加王阳明墓揭碑仪式”，以上海为起点，访问贵阳、成都、绍兴、余姚、杭州等市县，考察时间为平成元年3月30日至4月10日的12天。

这一时期正值学校开学之际，企业也处于财务年度交替，事务繁忙，我不禁担心参加者会不会达不到预期人数，但出乎意料的是，报名参加者多达34人。于是分成福冈和东京两队，分别从日本两地出发。东京队有3人比大部队晚些时候出发，选择能够赶上4月5日举行的阳明墓揭碑仪式的日期前往中国。此外，东京队中有1人还是在东京工业大学攻读硕士学位的中国留学生耿丽华女士，她在此次旅行中兼任我的随行翻译。

我担任团长，福田殖先生（九州大学教授）和柳桥由雄先生（乡学研究所所长）担任副团长。海老田辉巳先生（北九州工业高等专门学校教授）担任秘书长。他们3人都参加过3年前的“王阳明·东林儒者遗迹考察”访华旅行。

团员中有大学教授、助教、高专学校教授、社会知名人士、律师、诗吟会会长、自由职业者等，很多人是已故阳明学泰斗安冈正笃先生的学生，或者是先生学问的推崇者。

此次访华旅行由俱乐部（President）公司负责行程安排，该公司的事务局长积裕司先生全权负责旅行的一切事项。关西旅行社两名人员作为随行导游兼翻译，杭州大学外国语学院的马安东院长和浙江省社会科学院的钱明助理研究员也一同参加。马安东先生曾在日本留学两年，今年3月刚回国，是位日本通，也精通日语。钱明先生是阳明学研究者，3年前我们考察王阳明遗迹时，他给予我们很大帮助，是一位前途无量的年轻学者，也曾到访过九州大学。

3月30日下午2点，关东的团员从成田机场出发，乘坐中国民航飞往上海。九州的团员在同日下午4点50分从福冈机场出发飞往上海。两队人员约定在上海的酒店集合。

上海的变化

我和福冈的团员一起乘上飞往上海的中国民航。团员中的大多数人都是熟悉的面孔。这是我第三次访华考察阳明史迹，并且，这次的旅行我终于可以前往憧憬已久的龙场（贵州省）考察，实现多年的夙愿，我的内心激动不已。

出发前，团员们在机场的贵宾室集合。在旅行社的安排下，我们可以订购中国旅行的纪念品和特产。我对因为在中国购买纪念品而拖着沉甸甸的行李心有余悸，因此订购了很多中国茶叶和中国制造的工艺品。不得不说订购真是帮了大忙，当时我以为订购这么多纪念品应该足够了，但是每当访问一个陌生的地方，我的目光都会被自己喜欢的东西所吸引，不知不觉就这也买，那也买。

出发之日，天空有薄薄的云层，飞临上海上空时视野稍微开阔了些，都是看惯了的景色，并未感到很新奇。

晚上6点30分，航班到达上海机场。完成通关手续后走出机场，外面挤满了前来接机的人群，我们找了一会儿，才看到前来迎接我们的马安东先生和钱明先生。

再次见面，我和两位先生互道问候，乘上他们事先安排好的巴士。陪同的向导是上海外国语学院毕业的于珍丽女士。大约5分钟后到达机场附近的日航龙柏宾馆，我们各自进入房间安置行李，北京时间晚上6点45分在酒店大厅集合，与东京出发的团队会合，举行结团仪式。

这座酒店采用了最新式的装潢与设施，与日本一流酒店相比也毫不逊色。听说一个人住一晚的费用高达16000日元。就算这座酒店属于中日合资，这费用也实在太高了。我询问了原因之后得知，20年后这座酒店将无偿转让给中国，因此住宿费十分昂贵。

从机场到酒店的道路和1年多前相比已经整修一新，机场附近又造起了新的高楼，可以看出这一年来，改革开放使得中国的经济发展呈现前所未有的活力。三年前经过这里时，道路还在整修，一年多以前来时，情况也和三年前差不多。但今年来到这里，道路宽敞整洁，令人惊叹。并且，一年前狭小的居民房和政府的行政楼也换成了新建的楼房，这也是中国改革开放政策的成果。

我认为中国的经济政策是相当成功的。中国物资储备丰富，不管去哪个饭店，都有琳琅满目的菜色，可以尽享各种美味。

我根据以往在中国旅行的经验，特别注意旅行中的睡眠和饮食。吃中餐时，一开始吃六分饱，稍微习惯之后再慢慢增加饭量，午饭和晚饭时，不喝啤酒而喝绍兴黄酒，有助于肠胃消化。我的肠胃因为胃酸分泌少，如果不喝酒而一直吃中餐，很容易引起腹泻，这也是我的经验之谈。

我们乘坐巴士前往程桥饭店，在那里吃晚餐。虽然餐桌上也端上了绍兴黄酒，但团员七田秀孝先生拿出一瓶他随身带的佐贺名酒“天山”。我在佐贺县邀请七田先生参加访问团并得到他的欣然应允时，曾品尝过这酒，七田先生由此记在心里，这次旅行时特意带了一瓶。回到酒店之后，我和几个年轻的学者在房间里举杯共饮。

访问玉佛寺

3月31日上午8点30分，我们享用早餐，早餐是西式的自助餐。饭后，我们回房间收拾好行李后到走廊下集合，预定乘坐傍晚的飞机前往贵阳（贵州省）。上午9点30分，我们从酒店出发前往玉佛寺。

巴士的随行导游是武汉大学毕业的徐志宏先生。巴士经过上海动物园接近老市区时，随处可见新建的高楼林立。右侧有一片4层高的普通公寓楼，租金是每天7元到8元（1元相当于约30日元），电费和煤气费约20元，每个住户的月租金约百元。

巴士驶入延安路，这里是老住宅区，公交车、自行车和行人熙熙攘攘。道路两旁种着梧桐树，时值早春，树枝尚未发出新芽。行人的穿着也比以前新潮了很多，女性的服装色彩绚烂，艳丽夺目。或许是气温接近20℃的缘故，让人感到有些微热。上午11点20分，我们到达玉佛寺。

这座寺院是禅宗寺，建于清代光绪七年（1881），“文化大革命”时遭到破坏，1976年得到修复。建筑模仿宋代宫殿的样式。虽然是禅寺，但前来烧香礼拜的信徒络绎不绝。光绪年间，慧眼和尚从缅甸带回坐、卧两尊玉制佛像供奉于寺内，玉佛寺之名由此而来。

穿过天王殿挂着匾额的那道门后，便来到大雄宝殿。这里镇坐着一尊巨大的观音菩萨像。两侧是两个童子，四周是众多的罗汉。仔细看观音像的脚，那脚下踩着一条鲶鱼。这条鲶鱼可以预知地震，因此安置于此处。大雄宝殿的里面还有一间般若大室，里面供奉着躺卧的玉佛像。这座玉佛像呈横卧之姿，用淡青色的大理石雕刻而成，肌理光滑，圆脸，朱唇，右肘弯曲，以手掌支撑头部。乍一看，与其说是佛像，倒不如说更像一尊妩媚的女性雕像。

上午11点50分，我们从玉佛寺出发，通过繁华的南京路前往和平饭店，在那里共进午餐。和平饭店面朝黄浦公园，有几个团员走到黄浦江边，想要看江上往来的船只，但岸边挤满了年轻游客，怎么也看不到船。

饭后，我们各自去附近的繁华街道散步了30分钟左右。我邀请柳桥、山口、熊木、大谷等团员穿过拥挤的行人，走了约10分钟来到朵云轩。我打算在这里购买中意的书画作品。以前来这里的时候，曾买到过一幅有鉴赏价值的书画。但是这次来时，店内大变了样，而且中意的书画连一幅都没有。我万分惊讶，但是为什么会变成这样，其中原因也不得而知，只能备感失落。

1楼摆放着文具用品，2楼和3楼都是用于展示和贩卖的书画作品。一楼有卖品相上乘的鸡血石印材。这种印材在日本价格昂贵，但在原产地中国价格相对便宜。不过即便如此，上等材质的印石在中国依然价格高昂。团员熊木买了一块上好的鸡血石印材，山口买了墨，大谷买了拓本。我想找找有没有好的诗笺，但没找到心仪的，只得两手空空返回酒店。

前往贵州

下午2点40分，我们从酒店出发前往上海机场。完成行李检查和登机手续。下午4点20分，航班在预定时刻之后的20分钟终于起飞。考察贵州是我多年以来的夙愿，如今即将实现，我不禁心潮澎湃。我通过王阳明年谱中的记载，想象着阳明龙场悟道时的情景。在我任由思绪飞驰时，飞机也飞离了太湖，爬升到云层之上。

贵州省对当时的王阳明而言，完全是一片蛮荒之地。就算现在，与浙江省这样经济发达、物产丰饶的东南沿海地区相比，那里也依然是一片经济落后之地。这么想着时，飞机缓缓下降高度。从飞机上向下望去，贵州的山野似乎很贫瘠，没有森林，山顶和山坡都散落着灰白色的岩石，其间点缀着绒缎一般的油菜花田。这里的景色和西安附近的景色完全不同。

3年前的夏天，我从山东省前往西安，飞机临近西安上空，眼前出现一片似乎能把人的内心也变得荒芜的茶褐色的沙漠地带，我仿佛置身于丝绸之路上。而贵州的群山与此相比又是全然另一种景象，或许把北海道群山的森林除掉，就是这种景象吧？对此，我多少有点新奇感。

晚上6点40分，我们到达贵阳市郊外的磊庄机场。或许因为已是黄昏时分又身处高原地带，我感到周围的空气有些许寒意。我们立刻乘坐两辆巴士前往花溪宾馆。道路两侧种着树木，随处可见盛开的桃花，有很多菜地，几座简陋的平房民居稀稀落落散布其间。说是民居，其实就是用石板将四周围起来，然后在上面盖个屋顶，看上去相当破落。那些是布依族居住的屋子，苗族的住房是用木头建造的。

生活在贵州省的少数民族有50多个，这些少数民族与实行计划生育的汉族不同，他们可以自由地生育孩子，并且不用交税，还能得到政府的补助。

省会城市贵阳的人口约133万，其中布依族数千人，苗族数万人。贵阳市位于云贵高原的东部，乌江支流南明江沿岸，海拔1000多米，地处一个小小的盆地中。北有通往四川、重庆的川黔线，东有连接湖南株洲的湘黔线，西南是到达广西柳州的黔桂线，西有直至云南昆明的贵昆线，是一个交通枢纽之地。南明江的支流穿市区而过。贵阳是煤炭产地，中华人民共和国成立后，这里的工业得到飞速发展。

贵阳·花溪宾馆

晚上7点15分，我们到达下榻的花溪宾馆。这座宾馆坐落在森林之中，看上去有些陈旧，前来入住的旅客也很少，很是冷清。我们通过灯光昏黄的走廊前往各自的房间，用钥匙打开房门都费了很大劲。这里的设施都老旧不堪。进入房间，我感到寒气侵身，但一想到布依族和苗族的住房，就觉得能够住这样的宾馆已经是万幸了。想到已经来到王阳明贬谪之地贵州，我不由得有些紧张。

我们来不及冲个澡驱散旅途的疲惫，赶紧先去吃晚饭，我初次喝到了贵州特产的茅台酒。这里深处大陆腹地，气候严酷，绍兴黄酒已经不适合，只有度数相当高的酒喝着才够味儿。

晚饭后，按照预定计划，我以《王阳明在龙场》为题开了个小讲座。讲座内容是我曾经发表在《九州话题》上的文章的概述。我事先复印了杂志中的《龙场悟道》和《蛮地教化》两篇文章，作为参考资料分发给团员们，以便他们了解详细内容。

我发表的文章主要以《王文成公全书》作为参考，其中详细记录了阳明在龙场的情况，看了我的文章再实地考察，就能十二分地达成此次旅行的目的了。

首先，我记录一下发表于杂志的文章的内容概要，然后阐述考察龙场的情况，最后介绍中国学者的调查报告。

三、龙场悟道

阳明贬谪

弘治十八年（1505）五月，明孝宗驾崩，年幼的明武宗即位。当时，宦官刘瑾专权，扰乱朝政，南京监察官（户科给事中）戴铣等人上疏力谏，与刘瑾相争，反被打入狱中。见此情形，王阳明挺身而出，上疏弹劾刘瑾，触怒刘瑾，被投入大狱，贬谪贵州龙场驿丞。王阳明时年35岁。

前往贵州途中，王阳明逃脱了刘瑾派遣的刺客的追杀，一时间想要隐居避世。据传，当时他受到相识的道士的指点和鼓励而放弃了隐居的念头。正德三年（1508）春，王阳明到达龙场。正德五年，贬谪期满的王阳明升任江西省庐陵县知县。

教化门人

为了逃脱刘瑾的毒手，王阳明一度想要隐姓埋名避世不出，在道士的劝诫和鼓励下一转心境，舍弃消极的念头，堂堂正正地前往贬谪地。从中可见王阳明与世之常人不同的伟大胸襟和气度。但是离开京城的王阳明的内心，也并非完全平静超脱。他饱受艰险挫折，还要与人生的坎坷和磨难苦苦斗争。

身处这样的境地，王阳明仍寄希望于讲学授徒，教化门人。

他教导弟子们在良师益友的帮助下学习圣学的重要性。王阳明对圣学的追求热情实在令人钦佩感叹。王阳明与世间那些在明窗净几下读书的学者不同，他一生大部分讲学都是在困苦艰难和戎马倥偬之中进行的。而他那简易真切、充满生命力的哲学思想，也是在这样的环境中诞生的。

王阳明即将离开钱塘前往龙场之际，写下一篇《别三子序》送给他的妹婿徐曰仁和山阴的蔡希颜、朱守忠三位弟子，其内容如下：

> 自程、朱诸大儒没，而师友之道遂亡。“六经”分裂于训诂，支离芜蔓于辞章业举之习，圣学几于息矣。有志之士思起而兴之，然卒徘徊咨嗟，逡巡而不振；因弛然自废者，亦志之弗立，弗讲于师友之道也。夫一人为之，二人从而翼之，已而翼之者益众焉，虽有难为之事，其弗成者鲜矣。一人为之，二人从而危之，已而危之者益众焉，虽有易成之功，其克济者亦鲜矣。故凡有志之士，必求助于师友。无师友之助者，志之弗立弗求者也。自予始知学，即求师于天下，而莫予诲也；求友于天下，而与予者寡矣；又求同志之士，二三子之外，邈乎其寥寥也。殆予之志有未立邪？盖自近年而又得蔡希颜、朱守忠于山阴之白洋，得徐曰仁于余姚之马堰。曰仁，予妹婿也。希颜之深潜，守忠之明敏，曰仁之温恭，皆予所不逮。三子者，徒以一日之长视予以先辈，予亦居之弗辞。非能有加也，姑欲假三子者而为之证，遂忘其非有也。而三子者，亦姑欲假予而存师友之饩羊，不谓其不可也。当是之时，其相

与也，亦渺乎难哉！予有归隐之图，方将与三子就云霞，依泉石，追濂、洛之遗风，求孔、颜之真趣，洒然而乐，超然而游，忽焉而忘吾之老也。

今年三子者为有司所选，一举而尽之。何予得之之难，而有司者袭取之之易也！予未暇以得举为三子喜，而先以失助为予憾；三子亦无喜于其得举，而方且憾于其去予也。漆雕开有言："吾斯之未能信。"斯三子之心欤？曾点志于咏歌浴沂，而夫子喟然与之，斯予与三子之冥然而契，不言而得之者欤？三子行矣，遂使举进士，任职就列，吾知其能也，然而非所欲也。使遂不进而归，咏歌优游有日，吾知其乐也，然而未可必也。天将降大任于是人，必先违其所乐而投之于其所不欲，所以衡心拂虑而增其所不能。是玉之成也，其在兹行欤！三子则焉往而非学矣，而予终寡于同志之助也！三子行矣。"深潜刚克，高明柔克"，非箕子之言乎？温恭亦沉潜也，三子识之，焉往而非学矣。苟三子之学成，虽不吾迈，其为同志之助也，不多乎哉！

增城湛原明宦于京师，吾之同道友也，三子往见焉，犹吾见也已。

通读这篇送别序文，字里行间洋溢着王阳明对弟子的关爱与期望。读了序文之后，想必三位弟子追求圣学的热情更为高涨，热血更为澎湃吧。

王阳明是世之罕见的伟大教育家，他有着随时随处感化众人的灵丹妙药，并且他的文章雄浑有力，情感真挚，读过王阳明的全集的人应该都有这样的深切体会。这是王阳明深厚的文学造诣和伟大的人格共同成就的精神财富。

蛮地的生活

正德二年（1507）十二月，王阳明从浙江钱塘出发，历经两个月半后到达龙场。当时，龙场春光正盛，王阳明便写下了诗句：

莺花夹道惊春老，雉堞连云向晚开。

正如王阳明诗中所写，龙场山花烂漫，黄莺在枝头鸣唱报春，一派春意盎然的景象。

龙场是中原地区的人们所无法想象的蛮荒之地，位于贵阳西北部，山中只有少数民族部落居住。从地图上一看便可知，贵州距离北京遥远，地处偏隅，当时尚未开化，也没有接受过中原文化的影响。明代以后才正式成为独立的行政区域。

贵州的行政中心是贵阳，龙场是贵阳西北方险峻山路中途的一个寒僻村落，气候恶劣，王阳明与当地居住的少数民族也语言不通，他的年谱中有以下记载：

龙场在贵州西北万山丛棘中，蛇虺魍魉，蛊毒瘴疠，与居夷人鴃舌难语，可通语者，皆中土亡命。旧无居，始教之范土架木以居。

王阳明来到龙场，马上开辟荆棘建了一间小屋，在里面居住。这是一座仅有一人高的小草庵，只能缓解旅途的疲劳。王阳明将野生荆棘围成篱笆，用土堆成低矮简陋的台阶。

虽然茅屋破败，四下漏风，但屋顶用茅草堆成，漏雨时可以马上修葺。清晨可听见溪流的潺潺流水声，傍晚天色渐暗时，可欣赏森林雄浑壮美的景象。

当地少数民族过着狩猎野猪和鹿的蛮荒生活，但民风淳朴，大家聚集到王阳明周围，说着听不懂的少数民族语言。渐渐地，他们在王阳明的德化感召下，与王阳明建立了真挚深厚的情谊，每日给他送食物。王阳明也认为，这就是太初之时黄帝唐尧时代的理想世界。他写下诗句道：

缅怀黄唐化，略称茅茨迹。

即便身处逆境之中，王阳明也顺应环境，追求正道，随遇而安。王阳明觉得如此蛮荒之地是黄、尧的理想世界，体现了他的浪漫主义情怀。

之后，王阳明发现了一处古老的洞穴，他移居洞中，并将洞命名为“阳明小洞天”。他的仆从因为再也不用忍受建屋之辛劳，反而很是高兴。王阳明为洞穴生活写了一首诗：

夷居信何陋，恬淡意方在。
岂不桑梓怀？素位聊无悔。

从中可见，王阳明已经达到了《中庸》所记载的“君子素其位而行，不愿乎其外。素富贵，行乎富贵；素贫贱，行乎贫贱；素夷狄，行乎夷狄；素患难，行乎患难。君子无入而不自得焉”的境界。王阳明住在常人难以忍受的阴暗狭小洞穴中，一日三餐仅有“一箪饭，一瓢汁”，但他一心追求圣贤之道，丝毫不感到生活艰苦，颇有颜回之遗风。他作诗道：

邈矣箪瓢子，此心期与论。

龙场生活最困难的莫过于确保饮食。仆从为此常有不满和怨言，王阳明因而作《谪居绝粮请学于农将田南山永言寄怀》诗，开头写道：

谪居屡在陈，从者有愠见。

这是说，孔子周游列国，来到陈国时饥渴难耐，门人中也有因饥饿疲惫而患病者。无法忍受这种困苦的子路愤懑地问孔子：“君子亦有穷乎？”孔子回答：“君子固穷，小人穷斯滥矣。”这就是“固穷之节”，王阳明决心要保守这份气节。

为了确保有足够的粮食，王阳明学习当地少数民族的做法，燃烧草木，开垦土地，亲自耕种。他的努力终于得到了回报，收获的粮食在食用之后甚至还有剩余。王阳明便将剩余的粮食或施舍给独居的贫苦之人，或开设宴席，或喂食鸟雀。他在诗中写道：

山荒聊可田，钱镈还易辨。
夷俗多火耕，仿习亦颇便。
及兹春未深，数亩犹足佃。

岂徒实口腹？且以理荒宴。
遗穗及鸟雀，贫寡发余羡。
出耒在明晨，山寒易霜霰。

这首诗不禁让人想起田园诗人陶渊明的《移居》诗来：

农务各自归，闲暇辄相思。
相思则披衣，言笑无厌时。
此理将不胜？无为忽去兹。
衣食当须纪，力耕不吾欺。

龙山公的灾祸

王阳明获罪贬谪龙场，其父龙山公也因此受牵连，转任南京吏部尚书，调离北京。然而龙山公因不与刘瑾来往而触怒刘瑾，刘瑾以龙山公任礼部侍郎时与其不相干之事为由，强加于罪，勒令其致仕。龙山公听闻后反而欣喜，穿戴正装返回乡里，并说："如此吾儿便可免于罪责了吧。"但是，事亲至孝的王阳明听闻此事后，深感自责，写诗道：

采蕨西山下，扳援陟崔嵬。
游子望乡国，泪下心如摧。
浮云塞长空，颓阳不可回。
南归断舟楫，北望多风埃。
已矣供子职，勿更贻亲哀！

自身的境遇是自作自受，毫无怨言，但让亲人也因此感到哀伤，却是王阳明所不忍心的。然而，若在这贬谪之地空老，别说复兴圣学，连为父母尽孝心都无法做到，也无法授徒传道。

并且，那些将自己作为师长尊敬崇拜的年轻弟子们将来该何去何从？一想到此，王阳明便归心似箭，恨不能早一日离开此地。他站在清澈的溪流旁，叹息岁月徒然而过，作诗感怀道：

> 溪水清见底，照我白发生。
> 年华若流水，一去无回停。
> 悠悠百年内，吾道终何成！

龙场悟道

得知龙山公被迫致仕的王阳明，深感如虎狼般凶狠的刘瑾，其杀意仍未消除。这时，他意识到自己的内心仍残存着生死之念。

王阳明对于荣辱得失，早已达到超然洒脱的心境，但他还未超脱生死之念。他为此感到愕然，决心从死中克服这一念，他打造了一口石棺，日夜端坐其中，静心冥思。终于有一夜，他忽然如醍醐灌顶般顿悟，如狂人一般跳出石棺，欢喜不已。一直以来都让他困顿不已的对于“格物致知”的疑惑，也如拨开云雾见青天般消散。这就是千古有名的“龙场悟道”。

王阳明将所悟之道用心中所记的“五经”来验证，得到一一契合，因而作《五经臆说》。以上事迹都记录在王阳明的《行状》中。

但《年谱》中对此记载则如下：

> 日夜端居澄默，以求静一；久之，胸中洒洒。而从者皆病，自析薪取水作糜饲之；又恐其怀抑郁，则与歌诗；又不悦，复调越曲，杂以诙笑，始能忘其为疾病夷狄患难也。因念："圣人处此，更有何道？"忽中夜大悟格物致知之旨，寤寐中若有人语之者，不觉呼跃，从者皆惊。始知圣人之道，吾性自足，向之求理于事物者误也。乃以默记"五经"之言证之，莫不吻合，因著《五经臆说》。

若圣人遭遇这种境况，一定会有其对处之道。王阳明怀着这种信念，在深夜突然大悟"格物致知"的真意，大喜过望而在梦中大喊出声，仆从都被吓了一跳。王阳明终于领悟到圣人之道不在心性之外求，一切都在心性之中，求诸心性外之事物是大误。

《王阳明先生出身靖乱录》中的记载则多少带了虚构的成分，其关于龙场悟道的内容如下：

> 所谓龙场悟道，即悟出万物万理皆在人心中。也就是阳明对于《大学》"格物致知"的理解。所谓"格物"就是穷尽事物之理，所谓"致知"就是真正地认识。阳明一直都没有领悟"格物致知"的真意，是因为他如朱子那样在心性之外寻求天理。通过龙场悟道，他终于明白天理在于心性之内，而不该从心性之外去寻求。由此，阳明脱

离了朱子学，与陆象山的心学相通，创立了自己的独立学说。

王阳明的超脱生死是否与佛教相同呢？而这又如何能够解明“格物致知”呢？

王阳明对于生死的领悟与佛教的顿悟不同，可以说是领悟了“格物致知”的精髓，也就是领悟了圣学的核心。王阳明对于克服生死之念的重要性有如下论述：

学问功夫，于一切声利、嗜好，俱能脱落殆尽，尚有一种生死念头毫发挂带，便于全体有未融释处。人于生死念头，本从生身命根上带来，故不易去；若于此处见得破，透得过，此心全体方是流行无碍，方是尽性至命之学。

这里，王阳明并不是提倡只追求生死超脱而轻视心外事物，而是强调若无法超克生死一念，就无法穷尽天下万物之理而探究其本源，也就无法达成儒家以实现穷理为目的的理想。因此，王阳明的克服生死一念，其实就是格物致知的学问。概括来说，王阳明所悟之道，即“格物致知”是通过克服生死一念的方式，来追求心性内的内外一体的生命体的学问之道。

而王阳明也不是一下子就达到了这一境界，他经历了无数挫折和磨难。但是，龙场悟道对于王阳明之后的学问之道，有着里程碑的意义。当然，从后来王阳明的思想发展轨迹可见，这也绝非一条平坦之道。

四、诸生云集

建造何陋轩

随着时间流逝，龙场的少数民族百姓渐渐与王阳明结下了深厚的情谊，王阳明也学会了一些少数民族语言，努力与少数民族百姓亲切交流。

刚来到这片蛮荒之地时，王阳明住在荆棘与杂草丛中，之后终于住进了洞穴之中。但是，洞穴阴暗潮湿，有损于身体健康，长年罹患肺病的王阳明尤其无法忍耐这样的居住环境。见此情景，少数民族百姓们便提出要帮助他建造一座木屋，王阳明接受了他们的好意，不到一个月，木屋就完工了。

当时，王阳明作了《龙冈新构》诗两首以纪念。通过这两首诗，可以想象当时屋子的情形。

谪居聊假息，荒秽亦须治。
凿巘剃林条，小构自成趣。
开窗入远峰，架扉出深树。
墟寨俯逶迤，竹木互蒙翳。
畦蔬稍溉锄，花药颇杂莳。
宴适岂专予，来者得同憩。
轮奂非致美，毋令易倾敝。

营茅乘田隙，洽旬始苟完。
初心待风雨，落成还美观。
锄荒既开径，拓樊亦理园。
低檐避松偃，疏土行竹根。
勿剪墙下棘，束列因可藩。
莫撷林间萝，蒙笼覆云轩。
素缺农圃学，因兹得深论。
毋为轻鄙事，吾道固斯存。

王阳明将这间小屋命名为“何陋轩”，并在《何陋轩记》中记述了命名缘由：

昔孔子欲居九夷，人以为陋。孔子曰：“君子居之，何陋之有？”守仁以罪谪龙场。龙场，古夷蔡之外，于今为要绥，而习类尚因其故。人皆以予自上国往，将陋其地，弗能居也。而予处之旬月，安而乐之，求其所谓甚陋者而莫得。独其结题鸟言，山栖羝服，无轩裳宫室之观、文仪揖让之缛，然此犹淳庞质素之遗焉。盖古之时，法制未备，则有然矣，不得以为陋也。夫爱憎面背，乱白黝丹，浚奸穷黠，外良而中螫，诸夏盖不免焉。若是而彬郁其容，宋甫鲁掖，折旋矩矱，将无为陋乎？夷之人乃不能此。其好言恶詈，直情率遂，则有矣。世徒以其言辞物采之眇而陋之，吾不谓然也。始予至，无室以止，居于丛棘之间，则郁也。迁于东峰，就石穴而居之，又阴以湿。龙场之民，老稚日来视予，喜不予陋，益予

> 比。予尝圃于丛棘之右，民谓予之乐之也，相与伐木阁之材，就其地为轩以居予。予因而翳之以桧竹，莳之以卉药，列堂阶，辨室奥，琴编图史，讲诵游适之道略俱。学士之来游者，亦稍稍而集，于是人之及吾轩者，若观于通都焉，而予亦忘予之居夷也。因名之曰“何陋”，以信孔子之言。
>
> 嗟夫！诸夏之盛，其典章礼乐，历圣修而传之，夷不能有也，则谓之陋固宜。于后蔑道德而专法令，搜抉钩縶之术穷，而狡匿谲诈，无所不至，浑朴尽矣。夷之民方若未琢之璞，未绳之木，虽粗砺顽梗，而椎斧尚有施也，安可以陋之？斯孔子所谓欲居也欤？虽然，典章文物，则亦胡可以无讲！今夷之俗，崇巫而事鬼，渎礼而任情，不中不笄，卒未免于陋之名，则亦不讲于是耳。然此无损于其质也。诚有君子而居焉，其化之也盖易。而予非其人也，记之以俟来者。

《周易》中有“神而化之，使民宜之”的记载，意为使用不可思议的力量感化民众，将民众引导向正道。以不可知的力量感化人的德行，即被称为“神化”，这是记述圣人德化之伟大的词语。孔子被称为圣人，孔子所到之处，民众自然能被“神化”。因此，孔子就算住在鄙陋的蛮夷之地，也“何陋之有”。

读罢《何陋轩记》，可以知道王阳明以孔子为理想，亲身实践其圣人之道。王阳明是一位以体验为本的思想家，其体验也与其他儒者有着巨大差异。王阳明通过这种体验千锤百炼所得的哲学思想，不仅对当时的儒者产生重要影响，也鼓舞着后世之人的内心。

建造君子亭

王阳明在何陋轩前面建了一座亭，在其周围种竹，命名为“君子亭”，并作《君子亭记》。之所以命名为“君子亭”，是因为亭四周栽种象征君子的翠竹，王阳明自己也将竹的竿枝叶的风姿比作君子的四道，即“君子之德”“君子之操”“君子之时”“君子之容”。这也可以说是王阳明理想中的君子的形象。

但是当时，王阳明的弟子却认为王阳明已经修得了君子之四道，说：“夫子盖自道也。吾见夫子之居是亭也，持敬以直内，静虚而若愚，非君子之德乎？遇屯而不慑，处困而能亨，非君子之操乎？昔也行于朝，今也行于夷，顺应物而能当，虽守方而弗拘，非君子之时乎？其交翼翼，其处雍雍，意适而匪懈，气和而能恭，非君子之容乎？夫子盖谦于自名也，而假之竹。虽然，亦有所不容隐也。夫子之名其轩曰‘何陋’，则固以自居矣。”

对此，王阳明回答：“小子之言过矣，而又弗及。夫是四者何有于我哉？抑学而未能，则可云尔耳。”

正如王阳明的弟子所称赞的那样，可以毫不夸张地说，王阳明是罕见的在立德方面做到极致的大儒。他就如《中庸》中所说，做到了“顺应境遇而兴道”，有着强大的感化世人的力量。

众所周知，王阳明的心学是在继承宋代陆象山的心学基础上发展的学说，一般而言，提倡心学者，相对于学识，更出众的是他对人的感化能力，比较陆象山与朱子就可知。而在感化他人的能力上，王阳明比陆象山有过之而无不及。

宾阳堂与玩易窝

王阳明除了何陋轩、君子亭之外，还建了“宾阳堂”和“玩易窝”，并分别作记。宾阳堂得名于其向东而建，其典出自《尚书·尧典》中的“寅宾出日”之语，寓意朝着东方的日出礼拜，小心谨慎地为成为君子努力而毫不懈怠。

《玩易窝记》对取名由来记载如下：

> 阳明子之居夷也，穴山麓之窝而读《易》其间。始其未得也，仰而思焉，俯而疑焉，函六合，入无微，茫乎其无所指，孑乎其若株。其或得之也，沛兮其若决，瞭兮其若彻，菹淤出焉，精华入焉，若有相者而莫知其所以然。其得而玩之也，优然其休焉，充然其喜焉，油然其春生焉。精粗一，外内翕，视险若夷，而不知其夷之为厄也。于是阳明子抚几而叹曰：“嗟乎！此古之君子所以甘囚奴，忘拘幽，而不知其老之将至也夫！吾知所以终吾身矣。”名其窝曰“玩易”。

当时，王阳明回想孔子熟读《易》而三断编绳的往事，决心要修得通天地人三才的《易》之理，以神明修炼德行。《易》详细记载了自然界的法则，指明了遵循此法则的人生之道，是一本古代的智慧之书。而王阳明备尝人生艰辛，看透生死，到龙场之后自然会想要研读此书。

王阳明在触怒刘瑾被打入大狱之后，就对《易》特别向往。他在狱中作了《读易》诗，其中写道：

囚居亦何事？省愆惧安饱。
瞑坐玩羲《易》，洗心见微奥。
乃知先天翁，画画有至教。

这是将《易》的卦辞——爻辞中训诫他人的句子串联起来作成诗句。

赶赴远离京师的贬谪之地龙场的途中，王阳明也未懈怠于读《易》，他在给储柴墟的诗中写道：

忆昔与君约，玩《易》探玄微。
君行赴西岳，经年始来归。
方将事穷索，忽复当远辞。
相去万里余，后会安可期？
问我长生诀，惑也吾谁欺。
盈亏消息间，至哉天地机。
圣狂天渊隔，失得分毫厘。

在描写梦中与友人交谈的诗中也写道：

起坐忆所梦，默溯犹历历。

初谈自有形，继论入无极。
无极生往来，往来万化出。
万化无停机，往来何时息！
来者胡为信？往者胡为屈？
微哉屈信间，子午当其屈。
非子尽精微，此理谁与测？
何当衡庐间，相携玩羲《易》。

如上所述，王阳明建何陋轩、君子亭、宾阳堂、玩易窝，统称为“龙冈书院”。王阳明在这里教化少数民族以及儒家子弟。

龙场的教化

王阳明的教化方式与通常的开设讲席讲读经书不同，他常与弟子一同或游览山岳，或临溪望月，或弹琴高歌，在潜移默化之中教导弟子。他的教授风格可以从以下三首诗中窥见一斑：

诸生夜坐

谪居淡虚寂，眇然怀同游。
日入山气夕，孤亭俯平畴。
草际见数骑，取径如相求。
渐近识颜面，隔树停鸣驺。
投辔雁鹜进，携榼各有羞。

分席夜堂坐，绛蜡清樽浮。
鸣琴复散帙，壶矢交觥筹。
夜弄溪上月，晓陟林间丘。
村翁或招饮，洞客偕探幽。
讲习有真乐，谈笑无俗流。
缅怀风沂兴，千载相为谋。

诸　生

人生多离别，佳会难再遇。
如何百里来，三宿便辞去？
有琴不肯弹，有酒不肯御。
远陟见深情，宁予有弗顾？
洞云还自栖，溪月谁同步？
不念南寺时，寒江雪将暮？
不记西园日，桃花夹川路？
相去倏几月，秋风落高树。
富贵犹尘沙，浮名亦飞絮。
嗟我二三子，吾道有真趣。
胡不携书来，茆堂好同住！

诸生来

简滞动罹咎，废幽得幸免。
夷居虽异俗，野朴意所眷。
思亲独疚心，疾忧庸自遣。
门生颇群集，樽斝亦时展。

讲习性所乐，记问复怀腼。
林行或沿涧，洞游还陟巘。
月榭坐鸣琴，云窗卧披卷。
淡泊生道真，旷达匪荒宴。
岂必鹿门栖，自得乃高践。

王阳明的教化方法，即所谓的“随处点化人”。这种教化方法也是基于他的心学理论并实践的结果。同时也有他曲折坎坷的命运的影响。当时的王阳明倾慕孔子、曾皙等圣贤的超脱遗风，以自得为高践。

说立志

龙冈书院开设后，不断有学子慕名前来。王阳明为他们写了“立志”“勤学”“改过”“责善”四个教条，作为弟子们必须遵守的学规。其中最需要注意的是“立志”。王阳明在此后的人生中也时常论述立志，立志说是阳明学的重要学说。

王阳明在龙场论述的“立志”，成为鼓舞人心的千古名篇。其内容如下：

志不立，天下无可成之事，虽百工技艺，未有不本于志者。今学者旷废隳惰，玩岁愒时，而百无所成，皆由于志之未立耳。故立志而圣则圣矣；立志而贤则贤矣。志不立，如无舵之舟，无衔之马，漂荡奔逸，终亦何所底乎？昔人有言，使为善而父母怒之，兄弟怨之，宗族乡党贱恶

> 之，如此而不为善可也；为善则父母爱之，兄弟悦之，宗族乡党敬信之，何苦而不为善、为君子？使为恶而父母爱之，兄弟悦之，宗族乡党敬信之，如此而为恶可也；为恶则父母怒之，兄弟怨之，宗族乡党贱恶之，何苦必为恶、为小人？诸生念此，亦可以知所立志矣。

王阳明所说的立志，目的是成为圣人、贤者。圣人的志向，宋代儒者曾经强调过，其根源在于立志，这也是王阳明所强调的内容。对王阳明而言，立志同时也是培养学问的根基。王阳明在龙场对诸生所论述的立志说，也是阳明学思想的根基之一。

五、云贵秀地

前往龙场

4月1日上午7点30分，我未等前台打来起床电话便醒了。或许是昨晚喝的茅台酒与安眠药的助眠效果很好，我整晚都熟睡，早上感觉神清气爽。离吃早饭还有1小时，我便出门散步。

走出花溪宾馆的正面玄关再往右下方走，有一段下坡路，道路两侧的林木已经冒出新芽，仿佛宣告着春天的到来。再走一段路后，眼前出现一个小小的湖，湖水清澈，碧波荡漾。湖畔的杨柳垂下绿丝绦，还种着不少花树。对面的山丘上并排建着一些看上去像是疗养所的别墅，倒映在平静的湖面上，湖中有几羽鸭子轻快地划开水面游泳。

对于匆忙赶着旅途行程而感觉疲惫的我而言，这样宁静的环境真如上天的恩赐。散步途中我遇到了柳桥、钱明二位先生，一起在湖畔散步后返回宾馆。返回途中又遇到了晨跑的团员。之后听说，团员中有不少人都去湖畔散步了。宾馆所在地区现在已经被指定为自然景区，开发成国家公园。

这里的早饭与通常口味浓重的中餐不同，口味清淡，我们用餐很愉快。一想到马上就要前往龙场，实现夙愿，又有些兴奋。宾馆位于贵州省的省会贵阳的西南部，龙场位于贵阳市的西北约40公里处。从宾馆到龙场约50公里的路程。

上午9点，我们从花溪宾馆出发前往贵阳市区。巴士在田间道路上行驶，我左右眺望着裸露石灰质岩石的山丘。约20分钟后，巴士驶入贵阳市区。市中心地带道路整洁，我们离开市中心，进入工业区。贵州是煤炭的产地，路上到处都堆积着煤炭，我看到工人们用二轮拖车之类的工具运输煤炭的身影。进入工业区后，道路变得有些肮脏，人们的服装也满是污垢，流淌过街道的河流也受到污染。路上有很多少数民族市民来来往往。

贵州的风景

巴士驶出郊外，朝高原地带行进，这一带都是农田，随处可见油菜花田点缀其中，如一幅平缓起伏的画卷在眼前展开。巴士沿着曲折的道路蛇形前行。

眺望远处，可以看到奇峰突兀的群山包围着这片地带，这种景象在日本是难以想象的，真是大自然神奇的造化，这种绝妙壮丽难以用言语形容。有的山峰尖锐呈锯齿状，有的山峰如同一顶帽子，还有的山峰如大大小小的竹笋林立，望着眼前美景，我不由得起了绘画的兴致，一边望着车窗外，一边在记事本中画下了群山的姿态。

根据王曜辉、雷华熙的记载，王阳明在《飞云崖记》中称赞这里的群山“天下之山聚于云贵，云贵之秀萃于斯崖”。

王阳明在贬谪龙场期间，游览了贵州的名胜古迹，并写下赞叹贵州山水风情的诗。根据王、雷的记载，王阳明在龙场时还画过山水画，据说现存于日本。我一边欣赏窗外不断变化的奇峰异景，一边想着，我们现在通过的道路，或许正是当年王阳明所走的路。此刻，我的心情就像进入世外桃源一般。

根据王阳明的“居夷诗”中的描写，他从湖南省芷江县的沅水驿涉江西行，前往位于贵州省境内的平溪卫，又转道西南前往黄平县的兴隆卫，从那里稍稍南下来到都匀卫，又往西出贵阳前往修文县的龙场。

当时的贵州是山贼盘踞的蛮荒之地，王阳明在平溪馆所作诗中也有“蛮烟瘴雾承相往”的句子。因此，获罪之人往往被发配贵州的崇山之中。王阳明也是其中一人。

明代时，朝廷在贵州驻扎了大量军队，但贵州接受中原文化熏陶却是在王阳明到来之后。王阳明对当地的少数民族采取怀柔的方式，对他们进行教化，在当地传播中原礼仪习俗。也因此，这里至今还残留着明代以来的风俗。

上午10点45分，巴士到达龙场所在的修文县。市中心有几栋高层建筑，而道路有不少还未整修，路面状况并不好。路上行人用扁担扛着货物，或背着行囊，或赶着驴子，很有怀旧的风情。

龙场距修文县的县人民政府约1.5公里。巴士驶向城外，停靠在泥泞的路边。我们在这里等待前来接待的修文县文物管理员，在他的带领下前往龙场。

上午11点05分，巴士向右转弯之后，在一条田间小道上行驶一阵子之后停下了。一下车就看到眼前是一片被森林覆盖的山丘，那里就是阳明洞。山丘的周围是农田，盛开着油菜花。路边竖立着一块古旧的刻有“阳明洞”字样的小石标。

根据王阳明《年谱》记载，龙场是荆棘丛生、瘴气流行之地，现在已经全然没有那种蛮荒景象。我没想到农耕文化在这里已经发展到如此程度，不禁哑然失声。拨开荆棘探寻阳明墓遗迹的记忆，愈发鲜明地浮现在脑海中。

阳明洞

我们下车步行约50米便到达阳明洞的正门前。周围用石墙围着，正门是一扇铁格子门，正紧闭着，上方用浮雕刻着“阳明洞”三字。我们从身穿明代服装的门卫那里买了票，沿着右手边的山坡向上走，开始参观这里。在山坡的入口处是玩易窝，文物管理员向我们说明，这是把其他地方的建筑移建到这里的。

又向上走了一段路，眼前出现一个大型的钟乳洞。这里就是王阳明悟道之处吧，我的内心感慨万千。入口处刻有明代隆庆年间贵州宣慰使安国亨所书“阳明先生遗爱处”七字，以及清代道光年间修文县的县令庞霖所书“奇境”。

“奇境”二字的左肩位置刻有明代万历五年（1577）夏，云南左参政、盱江罗近溪（名汝芳）来此探访字样。罗近溪是王阳明的再传弟子，良知现成派的大儒。

王阳明一行所居住的洞穴，宽敞度大概能容纳近百人，内部的天井和周围都长有瑰丽的钟乳石。

我询问王阳明静坐悟道的石棺在哪里，回答说在左侧深处的小洞内，因为入口狭窄，内部阴暗而无法看清。团员中有人带了手电筒，借着手电筒的光，我们稍微往里走了走，发现内部深处被石头堵住了。管理员告诉我们，这个洞窟以前是通的，但因为里面曾经发生过杀人事件，所以现在堵上了。我回忆《年谱》中记载的王阳明主仆当年在洞内的生活以及他们的心境，不由得感慨万千。

王阳明在逆境之中，亲自伐薪做饭照料生病的仆人，为他唱越地的民歌来安慰鼓励他，并且为了超脱生死的苦境学习古代圣人静坐悟道。王阳明各种苦行的情景在我的脑海中浮现。如果现在让我在深夜中独自静坐于这个洞窟中，我能够不畏惧魑魅魍魉，泰然自若到达自得的心境吗？

洞穴前有一片广场，前面设了栅栏。站在那里，眼前呈现一片田园风光。我们匆匆沿着石台阶向上走，前往洞穴上方参观龙冈书院、何陋轩、君子亭等景观。这些建筑当然不是当时所建。附近还建了阳明祠和亭子，阳明祠荒废已久，墙上刻着到此游览之人的诗句。以前这里还有王阳明的塑像，现在已经不存。

总之，祠堂内部十分破败，这也是“文化大革命”时遭到破坏的结果。“文化大革命”的风暴都波及了这样偏远的地区，可见其规模之大，在日本是无法想象的，可想而知其对传统文化的破坏有多深刻、多惨烈。

我曾经因为寻访在“文化大革命”中被彻底破坏的阳明遗迹而内心伤感遗憾不已，但没想到在贵州这样的偏僻地区也难以幸免。在参观完龙场前去参观贵阳市内的阳明祠时，这种感受更加深刻。

管理员告诉我们，因为“西安事变”而有名的张学良，曾被蒋介石软禁于此。当然，身为阳明学的崇拜者的蒋介石也到访过这里。

从山丘上俯视下方，可以看到森林中有数亩空地。管理员说，那里曾经是王阳明耕种过的土地。阳明洞原名东洞，王阳明来到之后改称阳明小洞天，后称阳明洞。因王阳明备受学者仰慕，他来到这里后，也时常有客来访，如此一来粮食就捉襟见肘，于是王阳明便开拓土地亲自耕种。

六、良知千古光

龙场的沿革

我参加昭和六十二年（1987）12月在厦门举行的国际朱子学研讨会时，沈善洪先生（杭州大学校长）、王凤贤先生（浙江省社会科学院院长）以及中国社会科学院哲学所研究员一行曾前往贵阳龙场考察王阳明遗迹，并对其沿革的情况进行了调查。

这次考察阳明遗迹前，我拜读了沈教授撰写的调查报告，据此对龙场的现状和沿革有了更清晰的了解。这里，我也发表一些我的个人见解。

贵州大学图书馆收藏有民国二十三年（1934）中国书店出版的《王阳明集》1部、《王文成公全书》24册、《阳明集要三编》15卷、《王文成公全集》10册。阳明经过贵州省内的玉屏、镇远、黄平、贵定、龙里等地，最后到达修文县的阳明洞，在这里著《五经臆说》46卷和书信、文章共23篇，编纂《居夷诗》1卷。阳明洞内现存21块石碑。修文县文化馆内藏有阳明诗48首的手稿，但真伪尚未鉴定。

阳明洞位于贵州修文县城东面1.5公里的龙冈山的入口处，原名东洞。洞内宽敞，可以前后自由往来。洞内有钟乳石奇景，形成天然的床榻和座位，其中大的空间可以容纳七八十人坐卧。王阳明居住于此，后洞改名为阳明小洞天，后世称阳明洞。

从正德三年（1508）三月到正德五年十一月，王阳明一共在阳明洞居住了3年。刚到龙场时，王阳明没有住处，只能在县城南面1公里处的某座孤山小洞搭建草庵居住，之后移居东洞。王阳明虽身处逆境，仍怀着乐观的态度，他在诗中写道：

> 夷居信何陋，恬淡意方在。

从中可见他豁达高远、随遇而安的心境。

因为洞穴内阴暗潮湿，王阳明在当地少数民族百姓的帮助下建造了何陋轩、君子亭、宾阳堂等，当时的建筑已经不复存在，留存后世的建筑为清代重修，也在“文化大革命”中被彻底破坏。

1977年，政府依照清代建筑样式对阳明洞各建筑进行了重建。1983年，阳明洞改建为阳明公园，对外开放，迎接国内外游客观光。工作人员也试图复原其中的阳明塑像，但经过几次尝试都因不符合原型而未能实现。

明嘉靖三十年（1551），距阳明死后23年，巡按贵州监察御史赵锦将龙冈山顶阳明创建的龙冈书院改建为阳明祠。之后清历经乾隆、嘉庆、光绪和民国，阳明祠经过几度修葺扩建成为一座四合院，其中包括正殿、东西配殿、元气亭、僧房等。正殿内供奉着阳明塑像，嘉靖以来，这里是祭祀王阳明的主要场所。抗日战争时期，张学良被蒋介石软禁于阳明祠东殿2楼。

蒋介石来到阳明洞会见张学良时，亲手书“知行合一”四字，刻于君子亭旁的巨石上，这块石刻保存至今。此外，王阳明居住阳明洞时期曾写下大量诗文，这些诗文不仅具有很高的文学价值，而且对研究阳明的哲学思想以及当时贵州的政治、军事、文化情况而言都是极为宝贵的文献资料。

王阳明当时写下的诗文中，有一篇《瘗旅文》。记有自京城来的吏目父子及仆从3人，行至龙场暴死于此，王阳明叹其境遇与自己相似，厚葬3人，并为他们写下祭文。这是一篇文辞凄美、哀婉恳切的千古名作，字里行间饱含王阳明身为一个哲学家的真挚情感和“同是天涯沦落人”的悲叹。

龙场还保存有历代文人官吏到访时留下的众多碑文石刻。其中一部分前文已经介绍，其他还有明代崇祯时的巡按御史冯晋卿的《游阳明洞记》碑。该碑保存至今。

清代道光年间，修文知县许大纶令人誊写王阳明在龙场所作诗文，刻成石碑置于王文成公祠内，共计21块。祠堂内亭子上还随处可见诸如“化启遐陬”“化启西南”“化启姚江”等题额。祠堂大门两侧有一副楹联，为罗绕典手书，其内容为：

三载栖迟，洞古山深含至乐。
一宵觉悟，文经武纬是全才。

清光绪八年（1882），日本东宫侍讲三岛中洲访阳明洞。他曾作诗道：

忆昔阳明讲学堂，震天动地活机藏。
龙冈山上一轮月，仰见良知千古光。

中洲的门人爱甲猪帮助和木藤武彦将诗刻成碑，置于贵阳城东扶风山（东山）的阳明祠内。但是，这块诗碑在“文化大革命”中被破坏，现仅存残碑。浙江省社会科学院向我们赠送了诗碑拓片。现在政府正计划修复该诗碑。

1982年，阳明祠被贵州省人民政府指定为省级文物保护单位，并计划与其他阳明史迹一起修复。

阳明的德化

通过王阳明的德化可知，龙场的少数民族对他心悦诚服。某日，思州府（贵州省思南县）的一个下级官吏来到龙场，或许是因为嫉妒王阳明的人缘和威望，他对王阳明十分傲慢无礼，还侮辱了王阳明。得知此事的少数民族百姓群情激奋，将那官吏殴打了一顿。思州长官将此事状告至按察副使（宪副）毛应奎（号拙庵）处，毛宪副遣人对王阳明分析祸福利害，劝他立刻前往思州役所谢罪。但是，王阳明对此并不应答，而是给宪副写了一封书信，力陈自己信奉之理念，言辞恳切，至情至理。其信内容如下：

> 昨承遣人喻以祸福利害，且令勉赴太府请谢，此非道谊深情，决不至此，感激之至，言无所容！但差人至龙场陵侮，此自差人挟势擅威，非太府使之也。龙场诸夷与之争斗，此自诸夷愤愠不平，亦非某使之也。然则太府固未尝辱某，某亦未尝傲太府，何所得罪而遽请谢乎？跪拜之礼，亦小官常分，不足以为辱，然亦不当无故而行之。不当行而行，与当行而不行，其为取辱一也。废逐小臣，所守以待死者，忠信礼义而已，又弃此而不守，祸莫大焉！凡祸福利害之说，某亦尝讲之。君子以忠信为利，礼义为福。苟忠信礼义之不存，虽禄之万钟，爵以侯王之贵，君子犹谓之祸与害。如其忠信礼义之所在，虽剖心碎首，君子利而行之，自以为福也，况于流离窜逐之微乎？某之居此，盖瘴疠蛊毒之与处，魑魅魍魉之与游，日有三死焉。然而居之泰然，未尝以动其中者，诚知生死之有命，不以一朝之患而忘其终身之忧也。太府苟欲加害，而在我诚有以取之，则不可谓无憾。使吾无有以取之而横罹焉，则亦瘴疠而已尔，蛊毒而已尔，魑魅魍魉而已尔，吾岂以是而

动吾心哉！执事之喻，虽有所不敢承，然因是而益知所以自励，不敢苟有所隳堕，则某也受教多矣，敢不顿首以谢！

看了王阳明的书信后，思州的长官深感羞愧，毛宪副也深深敬服王阳明的气节与品德，带领诸生向王阳明求教学问。毛宪副之后返回浙江乡里，临别时，王阳明为其作序相赠，还为其写了《远俗亭记》。

说服豪族

王阳明的名声渐渐传播，贵州大定府水西（黔西县）地方的土著豪族安贵荣遣人给王阳明送来米和肉，王阳明辞谢不受。之后，安贵荣又赠送王阳明金帛鞍马。安贵荣世袭宣抚土司最高官职，在当地拥有很大势力。对此，王阳明写信致安贵荣道：

某得罪朝廷而来，惟窜伏阴崖幽谷之中以御魍魉，则其所宜。故虽夙闻使君之高谊，经旬月而不敢见，若甚简伉者。然省愆内讼，痛自削责，不敢比数于冠裳，则亦逐臣之礼也。使君不以为过，使廪人馈粟，庖人馈肉，园人代薪水之劳，亦宁不贵使君之义而谅其为情乎！自惟罪人何可以辱守土之大夫，惧不敢当，辄以礼辞。使君复不以为罪，昨者又重之以金帛，副之以鞍马，礼益隆，情益至，某益用震悚。是重使君之辱而甚逐臣之罪也，愈有所

> 不敢当矣！使者坚不可却，求其说而不得。无已其周之乎？周之亦可受也。敬受米二石，柴炭鸡鹅悉受如来数。其诸金帛鞍马，使君所以交于卿士大夫者，施之逐臣，殊骇观听，敢固以辞。伏惟使君处人以礼，恕物以情，不至再辱，则可矣。

《标注阳明先生全集》作者许舜屏论道：“在艰险中保持操守，若无学问之功底则无法做到。阳明确实遵守了孟子的教导。”

孟子的教导是指“其交也以道，其接也以礼”。王阳明最初辞谢安贵荣的赠物，是因为在他人赠予物品这件事上也要保守君子之道，此外还因为他看透了安贵荣的野心。后来，安贵荣果不出所料展露了野心。

安贵荣曾因讨伐贵州驴山苗族叛乱有功而被朝廷任命为贵州布政使参政，但他并不满足，要求削减水西一带朝廷诸驿站，以此扩张其在当地的独裁势力。因朝廷迟迟未准许，安贵荣想干脆直接将各驿站归入自己的势力下。王阳明当时任龙场驿丞，因此安贵荣赠送王阳明礼物，有着明确的政治目的。安贵荣见王阳明接受了其中的一小部分礼物，便派遣使者前往王阳明处，陈述朝廷对自己的功劳赏赐不公，请王阳明协助自己要求朝廷削减驿站。王阳明便再次写信给安贵荣，向他说明朝廷的赫赫威严和强大力量，最终说服了他。

当时，有地方豪族拉拢安贵荣的部下酋长阿曹和阿礼发动叛乱。听闻此事后，王阳明又写信给安贵荣，向他陈述地方长官责任的重要性，劝他立刻出兵平息叛乱。王阳明在信中写道：

> 夫连地千里，孰与中土之一大郡？拥众四十八万，孰与中土之一都司？深坑绝坉，安氏有之，然如安氏者，环四面而居以百数也。今播州有杨爱，恺黎有杨友，酉阳、保靖有彭世麒等诸人，斯言苟闻于朝，朝廷下片纸于杨爱诸人，使各自为战，共分安氏之所有，盖朝令而夕无安氏矣。

安贵荣读信后深感忧虑，他听从王阳明的劝告出兵平息叛乱。当时，王阳明不过是蛮荒之地一介驿丞，但他能不屈服于权贵，动之以情、晓之以理说服土司豪族，这是因为他通过龙场悟道坚定了内心绝不动摇的信念。王阳明的努力使贵州免于进一步的战乱，他的功绩令州人称颂不已。

贵阳阳明祠

我们在龙场参观到下午1点30分左右，然后返回贵阳市，在市区的饭店吃完午饭后，前往位于市内的阳明祠。阳明祠坐落在一条有些脏乱的坡道上。

入口处的石台阶上有一块1982年贵州省人民政府建的石标牌，前面散落着垃圾和尘土，看上去很破败。阳明祠四周围着红色的砖墙。进入正门后，右侧也是一堵红砖墙，左侧有一些大概是清末时期的建筑，并排建着四五间破旧的二层民房，在无声诉说着这里的人们生活的贫苦。此外，还有两株年代久远的桂花树。

走了大约50米后道路向右转，出现一段台阶，从这里进入正堂。台阶的右侧散落着被破坏的石门柱、石梁、基石、石狮雕像之类的。从它们被破坏的状况可以想象，当时不是用锤子，而是用铲车等工具对这里进行了大规模破坏。“文化大革命”期间，红卫兵对中国各地的文化遗产都进行了破坏，不知他们现在是何种心情。

进入正堂，内部被破坏得惨不忍睹，但修复工程正在井然有序地进行。从走廊朝左前方望去，可以望见两座山峰。据说贵阳书院就在右边的山上。

王阳明38岁时，受贵州提学副使席元山的邀请，在贵阳书院讲授知行合一之说。听王阳明讲学之后，席元山与毛宪副一同修复了书院，亲自带领诸生向王阳明行拜师之礼。

贵阳市文物管理委员会于1987年12月7日撰写了关于阳明祠的调查报告。其中内容如下：

> 阳明祠位于扶风山麓的扶风山寺南侧，是为纪念明代哲学家、教育家王守仁而修建。他在龙场教授学生，并受聘讲学于贵阳书院。门人数量众多，影响广大。王守仁逝世后，他的弟子汤哻、叶梧、陈文等人请于贵州巡抚王杏，购买白云庵旧址修建祠堂，供奉牌位，春秋祭祀，王杏为祠堂撰写碑记。但是，白云庵遗址现已不存。

阳明祠最早修建于明代嘉靖十三年（1534），经数次迁址，没有定址。清代嘉庆十九年（1814），贵州巡抚庆保在扶风山重建阳明祠。嘉庆二十四年（1819），提督学院张輶将贵山、正本、正司三书院中设置的阳明祠改建作他用，这些阳明祠遂被废弃。三书院院长便协力在扶风山寺南侧将一度中止建造的阳明祠进行再建，由此阳明祠才有了定址。光绪五年（1879），唐炯、罗文彬等人重建阳明祠。祠中有张輶、唐炯的石刻碑记。

阳明祠大门上方有“王阳明先生祠”横额。沿道路左行登上八享堂，其中有一神龛，原本供奉有王阳明塑像，现不存。左右两侧各有石碑，均高2米余，其中一块刻有王阳明侯衣冠像，造型精致，另一块刻有明代朝廷追赠阳明新建伯时的敕书，为清末贵州书法家远思铧所书。

左侧角落另有一石碑，高1米，刻有日本三岛中洲之七言绝句与跋文。

八享堂前设有露台。左侧较长走廊下的墙壁上嵌有石刻，其中有王阳明闲坐小像与他所作诗歌跋文等。右侧较短走廊下所嵌石刻为行草所书阳明家信与《矫亭记》。露台下立有一块半碑。八享堂对面有回廊，庭院中有两棵树龄百年的桂花树，天空澄净，秋高气爽时节丹桂飘香，芬芳四溢，祠内更显幽静典雅。

1966年至1976年持续10年的“文化大革命”之中，阳明祠被严重破坏。1982年2月23日，贵州省人民政府将阳明祠指定为省级文物保护单位，计划逐步修复。

根据上述报告的内容，基本明确了阳明祠的创建及沿革历史，并且可知阳明祠的修复计划也已确定。从目前亲眼所见修复施工现场的情况推测，几年之后，阳明祠将展现出全新的面貌。若有机会，希望可以等修复工程竣工之后，再次来参观焕然一新的阳明祠。同时也希望届时王阳明的哲学思想能够受到世界各国学者的关注，阳明学研究能够再度复兴。

七、薛涛笺

夜行列车

此次考察遗迹之旅的计划预定的行程是：上海—贵阳—成都—上海，都乘坐飞机，但因为贵阳到成都的航班太少，最终只得乘火车前往。只是火车需要行驶20小时，如此长时间的火车旅行对我来说还是首次，心里还是有一丝不安。

但事实证明，这一切都是杞人忧天。事后回想起来，我还从未体验过给我留下如此深刻印象的旅行。其中原因之一，是因为这次我们乘坐的是软卧。

这是我第二次在中国乘坐卧铺火车，第一次是从杭州到上海的卧铺火车。当时因为情况突然，我混在中国乘客的人群中乘车，连在卧铺上躺下休息的时间都没有。但是，中国乘客顾及我年事已高，虽然是木板铺搭的床铺，但还是请我躺下休息。而这次因为乘坐的是软卧，环境就好多了。并且我们包下了一节车厢，那就更加舒适。一个隔间有四个床铺，窗边有小桌，上面放着盆栽、茶壶、茶杯和茶叶。床铺分为上下铺，与日本的卧铺车基本没什么区别。

下午5点30分，列车从贵阳站出发，我们终于朝着唐玄宗曾经落难逃亡之地成都前进了。窗外天色还比较明亮，火车大部分时间沿着河边的山岳地带行驶，基本没遇到什么深山幽谷，时而又疾驰在广袤的平原上。越接近四川省，耕地就渐渐多起来，随处可见油菜花田。晚上6点，我们前去餐车吃晚饭，餐车提供葡萄酒、啤酒以及中国制的各种酒类。

我回到铺位后，与同室的团员一起喝绍兴黄酒。团员七田先生拿出了随身携带的由自己的酿酒厂酿制的日本酒“天山”，还有的团员带了茅台酒。

和我们同室的还有二村先生和耿丽华女士。耿丽华女士是正在东京工业大学就读的中国留学生，由二村先生介绍过来担当我的随行翻译。她的父亲是中国大学教授，也是一位工学专家，目前正在德国留学。耿丽华女士聪慧机敏，翻译也十分流畅熟练。

我们一边喝酒一边闲聊，团员都是各行各业的佼佼者，不断有人前来我的隔间，与我们谈论各自的人生观、社会观、人物评论、经验谈等话题。大家聊得十分投机，不知不觉忘了时间，等注意到时夜已深沉。我也不时前往其他团员的隔间，加入他们的话题。漫谈一直持续到将近零点，我服用了安眠药后沉沉入睡。

从贵阳到成都的距离是467公里。火车进入四川省境内，一片田园风光便在春雨中如画卷般展现在眼前。四川省比贵州省更加土地肥沃，农民的生活也更加富裕。我一边想象着玄宗皇帝落魄逃难至四川省会城市成都的情景，一边漫不经心地眺望窗外。沐浴在绵绵春雨中的竹林、毛豆田、油菜花田等景象不断从眼前闪过。火车静静地朝成都驶去，只有车轮发出略微沉重的哐当哐当声。

不知不觉中，我忽然想起据说是唐代李昭道所绘的《明皇幸蜀图》。这幅画描绘了唐玄宗前往蜀地的亡命之旅，是一幅青绿山水画，构图雄奇，峰壑奇峭，云霞蒸腾，用笔飘逸秀丽。

看了这幅画，我不禁想，唐明皇或许就是翻越过画中这样奇峭的崇山峻岭前往成都的吧。但实际上，从贵阳到成都的道路上并没有这样绝壁奇峰的景色。据说这幅画是唐玄宗回到都城洛阳后，李昭道回想起玄宗亡命时的境况而画成的。但实际上，李昭道在唐玄宗亡命蜀地26年前就已亡故，这种说法当然不是事实。尽管如此，玄宗一行骑马穿行在险峻峰峦之间的身姿，还是深深烙印在我的脑海之中。

到达成都

我们来到了有着悠久历史的中国西南大都市成都。

成都是一座位于四川盆地中心的大都市，市区人口约140万。这里的气温冬季最低0℃，夏季最高气温31℃左右，因此尽管深处中国大陆腹地，这里依然温暖如春。因为位于盆地中，一年中下雨的日子很多，我们到达时正值雨停，空气清新爽朗。

巴士随行导游是四川外国语学院毕业的罗凡、吴健蓉两位女士。她们肤色白皙，姿容端丽，言行举止十分得体。听她们说，四川的女性非常能干。

成都是一座有着2200年历史的古都，三国时代，蜀汉刘玄德与诸葛孔明曾在此大展宏图。自古以来，成都便是内陆水运的交通要地，通过岷江到达乐山、宜宾，通过沱江经内江、泸州连通长江。成都是周代末期古蜀国都，当时已经叫作成都，汉代因蜀锦非常有名而又被称为锦官城、锦城。

中华人民共和国成立后，先后修建了成渝线（成都—重庆）、宝成线（宝鸡—成都）、成昆线（成都—昆明），成都通往东、南、北的交通都变得更为便利，往西也建成了通往西藏拉萨的川藏公路。现在的成都已经变成水陆空交通一体化的交通枢纽，拥有千里沃野，盛产大米、茶叶、麻、漆、药材等农作物，也是纺织品的著名产地，当地特产的蜀锦以色彩鲜艳、花纹华丽而著称。

在距离成都西北15公里、流经灌县的岷江上，有一座2000年前的大型引水灌溉水利设施。这是蜀郡守李冰父子修建的都江堰。当时岷江时常泛滥，洪水危害百姓。李冰切割江岸的岩石，放入竹笼中沉入江底，在江中建起一座人工岛，将岷江分为外江和用于灌溉的内江两股支流，从那以后，岷江再也没有泛滥过。

成都之名在秦汉时代便为世间所知，三国时代，这里是蜀汉的都城。历史上，数个独立政权在这里先后更替割据。到了唐代，成都繁盛至极，与扬州并称为天下两大都市。“安（安禄山）史（史思明）之乱”时，唐玄宗曾到此避难，被称为“诗圣”的杜甫也曾于此躲避战乱，在这里居住了4年有余，写下许多脍炙人口的诗作。

成都还有因“薛涛笺”而有名的女诗人薛涛。薛涛字洪度，是唐代名妓。原本生于长安的良家，因父亲任蜀地官吏而移居至此。之后家道中落沦为妓女，因善作诗而有名。晚年隐居于成都郊外浣花溪（花潭）畔万里桥边。浣花溪因杜甫草堂坐落在此而闻名。当地盛产优质纸张，薛涛便将其制作成小型的深红色笺纸，在上面写诗赠答文人名士，渐渐地在文人中声名鹊起。这种笺纸便被称作“薛涛笺”或者“浣花笺”，也因此流行一时。晚唐诗人李义山（商隐）的诗中也有“浣花笺纸桃花色”的句子。

我们到达成都站后，随即前往入住的岷山宾馆。这是一座1980年新建的18层酒店。工作人员引导我们至2楼餐厅吃午餐。餐厅墙上装饰着酒仙李白的赞酒诗。四川料理以麻辣而闻名，相比甜味的广东料理，我反而更喜欢四川料理。特别是久闻四川麻婆豆腐非常辣，亲口品尝之后，果然名不虚传。

因为夜行火车的车厢中略有些闷热，到达宾馆后，我想马上冲个澡换一身衣服，但因为出了点差错，我的行李还没送到。随行导游立刻察觉到了我的需求，四处奔走为我买来了丝绸衬衣和袜子。我还是第一次贴身穿丝绸衬衣，触感十分舒适，之后我又购买了10件作为礼品。

拜访画院

下午5点30分，我们从宾馆出发前往成都刊刻工艺厂参观。到达后，我们立刻被请至2楼，舒朴基先生（中国美术家协会四川嘉州书院副院长）向我们介绍中国绘画。

“这里有18名研究员，都是有名的画家。中国画的画风以长江为界线，分为北宗派和岭南宗派两派，我们被称为嘉州派。这个画派吸收了西洋画的技法。我们在东京、山梨县等地都举办过画展，今年7月准备在广岛县举办画展。”

我参观了2楼陈列的作品，虽然没有发现让我心动的传统绘画作品，但有一幅横轴画很不错，便推荐团员三岛购买。在现代画作品中，也有两幅非常有意思的作品，有着日本现代画中所没有的中国独特的画风，便推荐团员二村购买。二村将其中一幅赠送给了我，我感激地收下了。回国后，我把画装裱之后挂在书房里，为书房更增添几分风雅情趣。四川省是大熊猫的故乡，所以团员中也有人拜托画院的画家为他们画了熊猫与竹子。

望江楼公园

参观完画院，我们途经毛泽东雕像回到岷山宾馆，听说雕像所在的位置原本是阳明书院旧址。

晚上9点，大家集中在一个房间内，我向团员们说明了两次考察阳明墓时的情况以及重修墓碑的概况，柳桥副团长陈述了考察龙场的计划和感想。4月，任二松学舍大学教授的疋田先生为大家作了关于幕末维新时期的阳明学者、被称为“但马圣人”的池田草庵与阳明学的关系的讲座。

第三天，我们前往参观成都市区。早春的街道两旁并立着刚抽出新芽的柳树，经过昨夜雨水的冲洗显得格外青翠。我们首先前往位于市区南郊锦江岸边的望江楼公园。途中，导游向我们介绍了李冰的引水灌溉水利工程。导游手册上写着，这个水利工程叫都江堰。

上午9点半，我们到达望江楼公园。公园里种植着各种名贵品种的竹子，这里的竹林十分有名。竹林中有条小径，两旁建着亭台楼阁。三三两两的市民在这里散步。其中有一座望江楼，建于清代初期。成都没有明代以前的古建筑，据说都毁于明末清初的社会动乱。

望江楼临锦江而建，是一座下两层四角形，上两层八角形的塔形建筑，造型优雅。一些团员登楼参观，而我则伫立楼前欣赏其建筑艺术之美。团员们各自在公园内游览。沿着公园的小路走，来到薛涛的美丽白色雕像前，我停下脚步，细细端详雕像那优美的身姿。

公园内有售卖薛涛笺，我便赶紧前去购买。这可以说是此行的最大收获。我一直在寻找合适的诗笺，找遍了上海、北京和其他城市，也拜托别人替我留意，但总是找不到称心如意的，这次一看到薛涛笺，我就赶紧掏腰包了。

为什么我如此执着于寻找诗笺呢？因为我的恩师楠本正继先生曾在清代的诗笺上挥毫题字，给我留下了难以忘怀的深刻印象，时常想着要是自己也能买到那样精美的诗笺并在上面题诗就好了。薛涛笺虽不能说十全十美，但买了之后，我的内心终于感到了充实。我购买了两本薛涛笺，并推荐团员们也购买了。

这本诗笺的封面上写着“薛涛笺　庚申年秋　望江楼公园制”。回国后，我马上在诗笺上题诗送给友人们，而今手里只剩下5张了。

购买薛涛笺时，一幅屈原的画像突然映入我的眼帘。那是一幅水墨的人物画。众所周知，楚国的爱国诗人屈原晚年被顷襄王流放江南，不忍眼睁睁看自己的国家灭亡而投入汨罗江殉国。这幅画以锐利遒劲而流畅的笔触表现了忧国诗人屈原老年时的风貌，其中还能让人感觉到暗藏着某种禅机。于是我当即买下这幅画，并赠送给了团员二村。

武侯祠

我们离开望江楼公园，站在万里桥上欣赏江上的风景。万里桥因诸葛孔明曾言“万里之道始于此”而得名。我们走过万里桥，前去参观武侯祠。这座祠祭祀的是三国时代辅佐蜀汉刘备的诸葛亮。这里原本是刘备的墓，后人将诸葛武侯与刘备合祀。但祠却被称为“武侯祠”。

入口的大门上悬挂着“汉昭烈庙”匾额，进入大门之后是刘备殿，关羽和张飞也合祀其中。东廊的墙上刻有南宋抗金名将岳飞所书的诸葛亮《前出师表》《后出师表》。武侯祠位于刘备殿的后方，门上挂着“武侯祠”匾额，来这里参观的游客络绎不绝。从诸葛亮殿往左走是刘备墓。武侯祠中正在进行着修复工程。

杜甫草堂

中午12点7分，我们前去参观杜甫草堂。我们先在少陵草堂前拍了合影留念。草堂中有个茶馆。杜甫的诗史堂内立着杜甫的站姿像，还悬挂着朱德、董必武、陈毅、郭沫若等人亲笔的杜甫像赞。书房内陈列着很多与杜甫相关的资料。工部祠（杜甫祠）前还有陈毅挥毫题的字。

下午1点50分，我们参观了附近的纺织工厂。如前文所述，成都因为是织锦的著名产地，因而在历史上被称为“锦官城”。我在这里购买了几块织锦作为纪念品。我们从纺织工厂前往珠峰宾馆用午餐，入口处有藏族人在贩卖熊掌。四川省内居住着数量众多的少数民族，其中有不少人到成都行商，他们每次都会在成都逗留数日进行买卖。

成都还是竹制品的生产地，因此我们也参观了竹制品工厂。我购买了一个在日本见不到的小巧精致的竹编花瓶，作为旅行的留念。之后我们回到宾馆前往机场，途中在川菜馆吃了晚饭。晚上6点50分，我们乘上了飞往上海的航班。

飞机于6点58分起飞，一路向上海而去。向下望去是一片片麦田和油菜花田，但很快也消失在云层之下。经过约3小时的飞行，航班终于到达上海机场，我们马上入住附近的日航龙柏宾馆。第四天，我们乘坐火车前往绍兴。第五天是清明节，我们预定参加当日举行的王阳明墓揭碑仪式。

八、阳明墓揭碑仪式

赴绍兴

4月4日上午6点，考察团一行人在宾馆大堂集合，我向大家介绍后来加入的野村太郎、小林日出夫、佐野幸一3位团员。之后立刻乘坐巴士前往上海站。我们欣赏着上海清晨的光景到达车站，在车站有工作人员给我们分发早餐便当，里面是两个西餐面包，两个水煮鸡蛋，一片芝士和一个橘子。我虽然没什么食欲，但还是匆忙吃完早饭上了车。

火车准时发车，但或许因为是单程线，到达各站点的时间比预定时刻有所延迟，经过约4小时的行驶，我们终于到达充满回忆的杭州。然后，经过王阳明曾经数次到过的钱塘江，望着屹立于江畔山顶上的六和塔，继续朝绍兴前进。

下午3点10分，一行人到达绍兴车站，分乘两辆巴士，而我则乘坐前来迎接的车辆，前往龙山宾馆。王凤贤（浙江省社会科学院院长）、章榴先（绍兴县副县长）两位先生在宾馆迎候我们。前来宾馆迎接的还有谢宝森先生（浙江省社会科学院）和黄宣民先生（中国社会科学院教授），我们亲切握手以表达再次见面的喜悦。

当天傍晚，绍兴县人民政府举行了欢迎晚宴，招待国内外远道而来的嘉宾。日本方面除了我们考察团一行，还有原国士馆大学教授志贺一朗夫妇。中国方面出席的有朱毓秀先生（绍兴县政协主席）和陈俊民先生（陕西师范大学教授）。

首先由张陆文先生（绍兴县常务副县长）致欢迎辞：

> 尊敬的国内外各位学者，各位来宾，先生们，女士们，我谨代表绍兴县人民政府，向出席王阳明墓碑修复揭碑仪式和国际阳明学研究会的各位表示热烈的欢迎和衷心的感谢。
>
> 王阳明祖上原为绍兴山阴人，其先祖移居余姚，因此，他的出生地是余姚。王阳明是明代中期著名的哲学家、教育家，他的影响波及海内外各国。他的墓历经数次改修，又数次荒废，最终鲜为人知。中华人民共和国成立以后，阳明墓被列为绍兴县级文物保护单位。

前年，绍兴县人民政府出资修复阳明先生墓，并且得到日本友人的资金捐助。幸得国内外专家学者、朋友的鼎力相助，阳明先生墓修复工程已经顺利完成。今天，又承蒙各位不辞辛劳来到绍兴参加阳明墓揭碑仪式，我们深受感动。为此，我们特意准备粗酒淡饭和传统文艺表演，以表对各位的敬意，并祝愿中日两国友谊长存。加饭酒（绍兴酒）年代越久，香味越醇厚，馥郁的芳香令人沉醉。晚宴后也请各位欣赏精彩的文艺演出。

只要我们齐心协力，阳明学一定能够在全世界发扬光大。让我们一起为世界文明的发展贡献力量！

我作为日本方一行的代表发表感谢辞：

今天，承蒙绍兴县人民政府设欢迎晚宴款待我们一行，对于中方的盛情款待，我深表感谢。同时，也非常荣幸能够在清明节之际，参加王阳明墓碑修复揭碑仪式。

最初看到阳明墓碑被严重破坏的情景，我的内心非常沉痛，殷切希望能够将它修复，如今心愿终于得以实现，我真是有说不出的喜悦。日本人对阳明学十分关心，希望今后能够推动阳明学研究，为世界文化事业做出贡献。

我在发表考察阳明墓碑遗迹时的感想时，不由得热泪盈眶，言语哽咽。但是，耿丽华女士还是将我的话精准地翻译了。

宴会结束之后是文艺表演，节目有少女跳日本舞蹈，年轻演员表演击鼓，还有唱歌、吟诗等。回到宾馆房间后，王院长、谢教授和翻译马安东先生过来看我。王院长赠送我《浙江十文化名人》《王阳明的心学》《黄宗羲全集》3部书。

为了资助王阳明墓碑修复工程，我向日本的有志之士发起募捐活动，并将筹集的资金交给绍兴县当局，绍兴县当局将捐助者的姓名刻在了碑上。之后，得知了此事的铃木国雄先生又以个人名义捐助5万日元，这笔捐款交给了王院长。明天，也就是4月5日的揭碑仪式上，我将把这份捐助的账单转交给绍兴方。王院长告诉我，之后会建造纪念馆，届时会把捐助者的姓名刻在纪念碑上。

这次旅行的目的是考察龙场、参加阳明墓揭碑仪式，以及参加余姚召开的国际阳明学研讨会。想着明天就要参加庄严肃穆的揭碑仪式了，内心不禁有些许紧张。

王阳明墓碑修复报告

4月5日是中国的清明节。上午8点，我们出发前往阳明墓。我乘坐王院长的车到达仪式现场，而其他团员早已乘坐巴士先一步到达了。中国方面的相关人员和嘉宾也早早到场，人群中还有普通市民和孩子。

我登上七八十级台阶，来到仪式会场。墓碑焕然一新，庄严耸立。我第二次考察墓碑时，在兰亭的茶馆看过绍兴县人民政府的墓碑修复设计图，因此知道修复工程的大致情况。这次也拿到了阳明墓碑修建合同的复印件，看了其中补充说明的部分，了解了其规模。根据合同记载，工程费用共计252430元，入口处的石台阶有10段，宽3米，在第一阶、第二阶和第三阶设有栏杆。墓冢的封土高22.5米。

参加揭碑仪式的国内外知名人士约有150人，还有很多普通市民参加。上午9点，揭碑仪式开始，主持人是绍兴县县长。首先由章榴先先生（王阳明墓修复委员会主任）作修复报告。

> 尊敬的各位来宾，女士们，先生们，以及到场的每一位朋友，下面请允许我代表王阳明墓修复委员会，向大家作王阳明墓的修复状况报告。
>
> 王阳明是明代著名的哲学家，其祖先是山阴人，后迁居余姚，现在终于又回归祖籍地。弘治十二年（1499）中进士，被封为新建伯，官至南京兵部尚书。先生天资聪颖，博览经书，精通兵法。他文治武功，向世间提倡良知心学，后世称为阳明学，对明代中期的思想领域产生巨大的影响，其思想学说还远播至日本、朝鲜、东南亚各国等。
>
> 嘉靖七年，先生在江西省南安县病逝。先生曾数次讲学于山阴，对故乡怀有深切的思念之情。先生去世后，门人王畿、钱德洪护其灵柩归越，葬于现在的绍兴县兰亭乡花街鲜虾山南麓。明清时代，墓历经数次修理。1937年，当时的驻留军长官为其建碑，并作碑文。之后，墓碑渐渐荒废。20世纪80年代中期，绍兴县文物管理局根据史料文献记载，进行实地调查和实证，确认位于现在的鲜虾山南麓的仅存封土与三段斜坡的大墓为先生墓地，并将这一情

况向县人民政府进行汇报。1987年，经绍兴县人民政府批准，将阳明墓公布为县文物保护单位。

1988年，成立绍兴县王阳明墓修复委员会，同时拨款10万余元，委托南京工学院副教授朱光亚先生设计，修复工程进展顺利。此外，由浙江省社会科学院介绍，日本九州大学名誉教授冈田武彦发起募捐，筹集到280多名日本友人的捐款折合人民币8万余元，合计25万元作为阳明墓修复资金。修复工程于1988年9月30日开始，1989年2月10日竣工，为期6个月，参与工程人员1万人，修复体量长70余米，宽23米，面积1150多平方米。设有台阶、平台、祭台，墓冢，为石砌大型墓，一旁立有重修王阳明先生墓碑记石碑，气势雄伟，令后世百代永远敬仰。

最后，向参加此次揭碑仪式的各位来宾表示衷心的感谢！

之后由浙江省副省长，绍兴县县长，王凤贤院长（代表杭州大学校长沈善洪先生）和我一起为王阳明墓揭碑。揭碑的一瞬间，用隶书横刻的“明王阳明先生之墓”八个大字深深印入现场所有人的眼中。

修复报告书中并没有提及阳明墓碑在“文化大革命”中遭到严重破坏。“文化大革命”中阳明学被批判为主观唯心主义而遭到排斥，借着此次揭碑仪式的机会，中国的学者们再次关注阳明学，对于我们而言，再没有比这更喜悦的事了。想必为了墓碑修复而慷慨捐赠的日本同仁们也是同样的心情吧。

揭碑仪式上发表了两则讲话。

讲话（一）

首先由中国绍兴市人民政府副市长俞国行发表讲话。

尊敬的国内外学者、各位来宾、女士们、先生们，在这春意盎然的时节，我们与各位专家学者和嘉宾相聚在绍兴兰亭鲜虾山，举行王阳明墓碑修复竣工揭碑仪式。在此，我谨代表绍兴市人民政府，对王阳明墓碑修复竣工仪式的成功举行表示诚挚的祝贺！对出席此次揭碑仪式的各位来宾，特别是从日本、美国等国家远道而来的友人们表示热烈的欢迎！

王阳明先生是明代著名的哲学家、教育家。阳明先生的心学思想远播日本，至今仍有众多的国内外专家学者研究其学说，举行纪念活动。今年是阳明先生逝世460周年，借此机会，绍兴县人民政府决定修复先生墓地。在浙江省社会科学院的大力协助，日本九州大学名誉教授冈田武彦先生发起的友好人士的慷慨捐赠，以及社会各界人士的关心和支持下，修复工程圆满竣工。在此，我谨代表绍兴县人民政府，对为王阳明墓碑修复工程提供资金援助的友人们，以及为王阳明墓碑修复提供关心和支持的浙江省社会科学院的专家学者们表示衷心的感谢！

我坚信，通过此次王阳明墓碑揭碑仪式和对阳明学的研究，一定能实现中日两国学术界的友好协力。此次活动意义重大，迈出了日后深入阳明心学研究的第一步，同时也是促进国际间文化学术交流与发展的第一步。

最后，衷心预祝此次王阳明墓碑揭碑仪式圆满举行，并祝愿中日两国人民的友谊地久天长！

阳明学与浙江省社会科学院

接着是王凤贤院长的讲话。在记录这次讲话之前，我先稍微叙述一下浙江省社会科学院与阳明学的关系。

包括这次在内，我一共对王阳明遗迹进行了3次考察，其中两次是我组织访华团进行考察，一次是我个人考察阳明遗迹。当时我参加福建省厦门大学举行的国际朱子学研讨会，返回途中与大分大学的牛尾弘孝教授一起进行了考察活动。这次访华考察取得了巨大成果，这要归功于浙江省社会科学院与绍兴、余姚市人民政府的协助。特别是浙江省社会科学院的各位同仁给予了我们莫大的帮助。这也是因为浙江省社会科学院对家乡的大哲学家、大教育家、大政治家王阳明怀有深切的关注，中国实行改革开放之后，他们便率先着手从事阳明学研究。

中国曾对传统思想，也就是儒家思想进行了严厉的批判，特别是“文化大革命”时期到达了顶点。因此，朱子学与阳明学被视为与唯物史观完全对立的唯心主义思想而受到尖锐的批判，其中阳明学还被作为主观唯心主义遭到严重排斥。

改革开放以来，中国内部思想界多少变得宽松了些。昭和五十七年（1982），在夏威夷举行的国际朱子学研讨会上，首次出现了中国学者。当时，他们仍将朱子学作为客观唯心主义，阳明学作为主观唯心主义，发表了批判性的观点。不难推断，要光明正大地研究阳明学，需要多大的勇气。

但是，沈善洪（时任浙江省社会科学院院长）与王凤贤（时任副院长）两位学者，一直坚持研究浙江先贤王阳明的学术思想，1980年发表《王阳明研究》。可以想象，二人对推动王阳明思想的研究怀着何等的热情。与现在不同的是，当时这两位学者也不得不站在唯物主义的立场，将阳明学作为唯心主义来论述。但无论如何，据我所知自中华人民共和国成立以来最早关注阳明学并进行研究的，正是浙江省社会科学院。

因为有上述的关系，浙江省社会科学院院长和副院长发自内心地欢迎我们访华，事先进行了各种调研，为我们的考察提供了种种便利，并且让研究员与我们同行，确保我们旅途的安全和考察的顺利完成，对各方面都尽可能地进行细致地安排。我们深深地感谢他们的诚挚情谊，并决心通过考察活动，为促进今后中日往来和文化学术交流努力贡献自己的力量。此次王阳明墓碑修复工程，也因为有浙江省各界人士的热情与诚意而顺利竣工。王凤贤院长在盛大的揭碑仪式上发表讲话，也一定感慨万千吧。

讲话（二）

由浙江省社会科学院院长王凤贤发表讲话。

尊敬的各位来宾、女士们、先生们，今天是清明节，能与来自国内外的各位专家学者、朋友相聚在此，举行中国明代中期著名哲学家王阳明之墓碑修复揭碑仪式，我感到非常荣幸。

嘉靖七年（1528）十二月二十九日[①]，王阳明先生逝世。今年是先生逝世460周年，为了纪念先生，王阳明墓修复工程正式启动。这项工程由绍兴县人民政府负责实施，日本九州大学名誉教授冈田武彦先生发起募捐，有超过200位日本友人慷慨资助，我们浙江省社会科学院作为中日双方的媒介，全力协助工作。在此，请允许我利用此次机会，代表浙江省社会科学院和浙江省学术界，向无私帮助王阳明墓修复工程的日本友人，向关心和支持王阳明墓修复工程的绍兴县人民政府和文物管理局的各位领导表示衷心的感谢！同时，也向今天出席揭碑仪式的国内外学者和省市级领导表示热烈的欢迎！

阳明心学已经成为一种社会思潮，不仅风靡明代中期思想界，还影响后世，远播日本，直至当今，仍是国内外学术界的重要研究讨论对象之一。中华人民共和国成立以后，因为众所周知的一些原因，阳明学研究遇到了很多否定态度。进入20世纪80年代以后，中国学术界积极开展宋明理学研究，以实事求是的科学研究态度评价王学，取得可喜的成果。

今天，王阳明墓得到修复，同时举行隆重的揭碑仪式，这代表了王阳明及其学说在中国思想史上的重要地位得到了社会的认同，也是中日两国学术界友好合作的生动见证。进一步开展阳明学研究，弘扬东方优秀传统文化，

① 光按：此处记载有误。准确地说，王阳明逝世于明嘉靖七年闰十一月二十九日，即公元1529年1月9日。

加强国际文化学术交流活动，也是我们国内外学者的共同心愿。我们浙江省社会科学院一直以来都致力于促进国际文化学术交流，愿通过我们的努力，让国内外学者间的友谊之花在浙江大地上绽放。

最后，让我们一起预祝此次国际文化学术交流活动的圆满成功。对国内外学者给予此次学术活动的热情支持、关心和指导表示衷心的感谢！

祝词（一）

接着，由访华团副团长福田殖教授发表祝词。

今天，我们日本访华团能有机会参加王阳明墓碑揭碑仪式，感到非常荣幸。回想起1986年的夏天，由九州大学名誉教授冈田武彦先生担任团长，我们王阳明遗迹考察团一行首次访问贵国，到访了杭州、绍兴、余姚等王阳明史迹所在地。当时，浙江省社会科学院沈善洪先生、王凤贤先生、吴光先生、钱明先生等人给予了我们极大的帮助和支持，特别是吴光先生一路陪同我们考察，与我们度过了难忘而愉快的旅途时光，对此我们深表感谢。此外，绍兴县人民政府、余姚县人民政府以及文物管理局的各位人士也为我们提供了协助，使我们的考察收获了超出预想的学术成果。在此表示衷心的感谢！

上一次考察时，我们考察了位于绍兴县郊外兰亭洪溪的王阳明墓遗迹，望着墓地荒废破败的景象，我们怅然若失。之后，在浙江省社会科学院的沟通努力下，绍兴县人民政府计划修复墓碑。得知这一消息后，我们日本方面承诺尽绵薄之力提供帮助。今天，墓碑终得以顺利修复，我们表示热烈的祝贺，同时也对参与此次修复工程的各位人士所付出的辛劳表示深深的敬意。

王阳明先生是明代具有代表性的思想家、教育家，他作为中国传统文化的继承者，在学术和文化领域做出了伟大的贡献，我们日本人也深受其恩泽熏陶，先生的"致良知"和"万物一体之仁"的思想，体现了基于对普天之下人类的大爱的精神。简单概括先生的思想核心，就是"知"与"爱"。迈向21世纪，人类应该热爱和平，发展文化，我相信，先生的思想将会对当今社会发展起到重要作用。

在江南春日的美好时节，我们能够从日本来访贵地，祭拜修复重建后的阳明先生墓，并参加揭碑仪式，我们感到由衷的喜悦，衷心希望通过中日文化交流，促进中日两国友谊发展。

祝词（二）

九州大学的福田教授讲话结束之后，由会务人员代读吴光先生（浙江省社会科学院哲学研究所所长）的祝词。吴光先生是王阳明墓碑修复委员会的顾问，当时因为学术研究工作出任新加坡研究员而未能与会。其祝文如下：

致绍兴县王阳明墓碑揭碑仪式及余姚县阳明学研讨会：

首先，向王阳明墓碑揭碑仪式和阳明学研讨会的成功举行表示热烈的祝贺！

修复后焕然一新的阳明先生墓，是日本和浙江两地学术文化交流的产物，是象征中日两国人民亲切友谊的永固不朽的丰碑。阳明先生墓的修复工程顺利完成，以及阳明学研讨会的成功举行，也是浙江学术文化事业发展进步的一大标志。

我因为有重要的国外研究工作而无法参加这次隆重的揭碑仪式，谨以这封祝词表达我的祝福和希望。衷心祝愿中日两国人民的友谊长存，中日两国尤其是浙江省与九州两地的学术交流进一步发展，并祝我们浙江“文献名邦”的学术文化事业蒸蒸日上，繁荣昌盛。

吴光于新加坡东亚哲学研究所

1989年3月18日

绍兴县代表的祭文

揭碑仪式上，主办方与参加的日本代表各自诵读了祭文。中国绍兴县政协主席朱毓秀诵读如下祭文：

王阳明，名守仁，字伯安。生于明宪宗成化八年（1472），逝于世宗嘉靖七年（1528），享年57岁。

王阳明原为绍兴山阴人，先祖移居余姚，王阳明出生于余姚北城武藤门内寿山堂。父亲王华考中状元后，因思念越地湖光山色，而返回原籍地，定居于山阴东光坊。王阳明天资聪颖，博览经书，熟谙兵法，精通《六韬三略》等兵书，向世间提倡心学。弘治十二年（1499）28岁中二甲进士，历任刑部主事、兵部主事、左佥都御史、南赣巡抚、两广总督，封新建伯，官至南京兵部尚书。

先生一生尽力事功，潜心立说。政务繁忙，闲暇之余热心于教育。嘉靖四年（1525）在绍兴设立阳明书院，聚集众多门人讲学3年之久，盛况空前。由此阳明学得以广泛传播和兴盛，成为明代中期以后的一种思想潮流，并远播日本、朝鲜、东南亚各国，产生深远影响。先生居越期间，仍关心当地社会民情，亲自察访。其著作中的《山阴学记》《尊经阁记》《预备仓记》《亲民堂记》《竣河记》《游秦皇山诗》等名篇，流传后世，成为重要的文学历史资料保存于绍兴。

先生生前时常对故乡怀有深深的思念。在生命的最后，完成朝廷的任务，从广西返乡，途经江西南安逝世。其高徒王畿和钱德洪护送灵柩归越，举行葬礼，葬于现在的绍兴县兰亭乡花街鲜虾山南麓。墓经数次修理，又几度荒废，幸逢社会主义建设新时代的伟大盛世，1987年，绍兴县人民政府将阳明墓公布为县文物保护单位，并成立王阳明墓修复委员会，对先生墓进行修复。今日修复工程竣工，在先生逝世460周年的清明节之际举行揭碑仪式祭典。

伏惟尚飨

日本代表的祭文

九州大学名誉教授冈田武彦诵读如下祭文：

祭阳明夫子文

自孟子没，洙泗宗序几希。
有程子出，千载传统有继。
至子朱子，道昌明于天下。
及其末季，外驰骋陷支离。
悲乎式微，徒增功利陋习。
壮也夫子，力显圣学宏旨。
其心精妙，除涤分析病患。
其志刚毅，抗息奸党竖逆。
痛歼叛宗，安普天之民心。
教化瑶壮，去边夷之宿弊。
大矣良知，简易直截咸归。
伟哉夫子，拨乱反正能弼。
其学之荣，风靡有名半世。
其流之衰，不免猖狂之病。
有清入主，士人有口尽损。
心学顿消，乡中无相承意。
尤为甚者，“文革”祸被其极。
唯赖越贤，天地福泽其命。
其极已休，堂堂揭碑盛典。
其命不绝，缕缕斯学再兴。
日东之国，夙仰夫子之学。
时境之迁，愈见斯道之长。
兹化万邦，奎运冠绝古今。
夸多斗靡，功利竟逾墨杨。

世道人心，颓废隳惰逐日。
识者患之，复兴大道何疆。
良知可致，方御天崩地坏。
神灵不昧，克鉴吾辈衷肠。

主办方事前拜托我撰写祭文，但是我不知道现代中国使用的是哪种文体，便用四六骈体文书写，用日文的训读法诵读。祭文事先复印好发给出席者。

赠送纪念品

接下来是中方向我们赠送纪念品。主办方的赠品是装在玻璃盒子中的王阳明墓碑模型，大小正好是我两个手可以捧住的程度，做工非常精美。经过团员们的一致决定，将模型保管在副团长福田殖所属的九州大学教养部内。此外，铃木国雄先生捐赠的5万日元的账单，也由我代为交给中方。

吟　诗

揭碑仪式结束后，我们得到主持人的允许，团员七田秀孝（佐贺师友会会长）拿出自家酿造的酒“天山”，倒在阳明墓前祭奠阳明先生之灵。接着，善养寺猪一郎和加来茂之两位团员在墓前吟诗。善养寺先生是日本吟诗会会长，潜心指导吟诗。加来先生是大分市加来组的会长，我举行的每月一次的《传习录》讲读会，他都会过来听讲，并发愿诵读一百遍“四书”，每天凌晨4点起床读书。

阳明洞三诗之一

夷居信何陋，恬淡意方在。
岂不桑梓怀，素位聊无悔。

四月五日　王阳明墓前献吟
善养寺猪一郎

泛　海

险夷原不滞胸中，何异浮云过太空。
夜静海涛三万里，月明飞锡下天风。

四月五日　王阳明墓前献吟
加来茂之

回国之后，团员大谷正之助还写了一首诗交给我。

参王阳明先生墓碑俨祭

远近众贤赛墓碑，山阴春日好风熙。
宗儒钦慕千年祀，合一知行万世师。

大谷先生还作了一首考察龙场诗，这里一并附记。

龙　场

争探蹊路到幽丘，废屋洞中两有忧。
缅想先贤征瘴疠，我还春日立岩头。

前往余姚

揭碑仪式结束之后，我们在墓碑前合影留念。墓碑反面刻着所有为修复墓碑捐款的日本人的姓名。接着我们前往附近的兰亭，这天或许因为是节日的缘故，兰亭正在举行曲水宴，溪水上漂浮着酒杯。这已经是我第三次来到兰亭了。

上午11点20分，我们从兰亭出发回到绍兴的酒店，下午1点30分从酒店出发参观大禹陵。下午2点20分，我们在绍兴各位友人的送别中前往余姚。我们在前导车的引导下，一边欣赏着令人怀念的江南春季的田园风光，一边前往余姚。傍晚，我们到达余姚宾馆。余姚市人民政府人员在大门迎接我们。我每次来访这座城市，都会受到当地政府的热情接待，他们的深情厚谊令我永远无法忘怀。

九、东学弘扬

阳明学国际研讨会

两年半前我所见的余姚，从街道市容来看，感觉就像乡下农村一样。而现在正在渐渐转变为现代化城市，其发展之迅速让人一惊。

早上6点，我从睡梦中醒来。我所下榻的宾馆和日本一样，现代化设施齐全。我冲了淋浴，拉开窗帘往窗外眺望，田野覆盖着一层厚厚的霜，朝雾蔼蔼。我立刻取出绘画本将这景色用速写画了下来。

4月6日举行了余姚市人民政府主办的国际阳明学研讨会。关于这次会议，我第二次访问余姚时，就听闻余姚市人民政府有这个计划。这次会议也是以王阳明墓碑揭碑仪式和清明节为契机而召开的。开幕式上，余姚市人民政府向参会人员致欢迎辞。

尊敬的各位学者、嘉宾：

今天，国际阳明学研讨会在余姚隆重举行。余姚是王阳明先生的故乡，这是全市人民的光荣。在此，我谨代表余姚市人民政府与全市人民，向出席本次研讨会的各位学者表示热烈的欢迎！

1972年，余姚河姆渡遗址的发掘，证明这里是7000年前中华民族的发祥地之一。余姚从秦朝至今，已经有2000多年的历史，自古便有“东南名邑”的美称。

余姚文化源远流长，汉代以来，特别是明清时代，人才济济，硕儒辈出，形成姚江学派，其学风不仅影响国内，还远播日本。余姚也因此被称为“文献名邦”。其中严子陵、王阳明、朱舜水、黄宗羲被称为四先贤，深受余姚人民的敬仰。近年来，随着余姚的经济发展，学术交流活动也随之兴起，每年都有国内外学者到余姚访问考察，促进了余姚与各地的文化友好交流。

在为数众多的先贤中，王阳明先生是最为杰出的，他才能高，学问深，身为文臣却文武双全，他文能开创阳明学派，武能立下高节大功，清代学者评价他“王文成公是明代第一流人物，于立德、立功、立言皆居绝顶”。最近，我们组织了王阳明先生遗迹考察团，对王阳明先生赴任过的江西、广西、贵州各地进行了考察。当地的人民至今仍崇拜阳明先生。在南昌、九江、赣州、吉安、崇义有以阳明先生命名的学校、街道、桥梁等。但是，阳明先生命运坎坷，一生辛劳，他的丰功伟绩遭到嫉恨，屡受打击和迫害，他的学术思想在很长一段时间也遭到诋毁。

今年是阳明先生逝世460周年。清明节，各位学者嘉宾参加了绍兴举行的王阳明墓揭碑仪式，今天又在这里参加王阳明学术思想研讨会。这些活动不仅是对阳明先生的重要纪念，也一定有助于公正评价阳明先生，促进国内外阳明学研究的进一步发展。

余姚市举行这样的国际学术研讨会，各方面条件并不充分，有招待不周之处，还请各位多多包涵。最后，预祝本次国际阳明学研讨会取得圆满成功！

参加这次研讨会的有来自中国各地的大学、省研究所、学术文化研究所的学者，绍兴市、余姚市人民政府代表约60人，日本方面除了我们一行外，还有志贺一郎教授以及东洋大学学生铃木敬子女士也参加会议。开幕式结束后，我们一行分成了参加会议和参观宁波两组。

此次会议的主持人是王凤贤先生（浙江省社会科学院院长），首先由沈善洪先生（杭州大学校长）发表演讲，接着是各位学者发言。发言的形式是口头发表事先提交的论文的概要。

日本学者发言时，由翻译人员翻译成中文。我发言时的翻译是李凤全先生，其他人的翻译由马安东先生担任。研讨会只有一天时间，而发言者人数众多，因此提问答疑都是概括性地进行。一般来说，中国举行的研讨会，发言者往往无法遵守时间限制，甚至有时因为时间不够，后发言的学者无法发言的情况也时有发生。但是这次大家都按计划顺利发言了。

我到了人生的晚年，相比以理性为中心的西方学风，对以体验为中心的东方学风有更强烈的感悟。例如，我深刻体会到，即便是提倡“治国平天下”和学问知识必要性的儒教，也必须把以体验为中心的神秘主义（人伦方面的神秘主义）作为其根基。这与必须以科学实证性为核心的时代风潮相矛盾，为了批判和修正这一点，我想在此记录我的发言内容。

阳明学的研究与受用（一）

王阳明是明朝一代大儒，其诗文在当时也属一流，并立下不朽功绩。对阳明进行相关的儒学研究，要将其诗文功绩也纳入研究范畴，才算完整。这并不是靠个人能够轻易完成的课题。但是，仅从思想研究领域而言，自西方思想传入以来，所谓的科学实证研究方法受到重视，近年来应用更为广泛。在中国，这种研究方法最近也开始发展起来。

学问研究需要严密的客观性，除了对学说的详细分析和解明，探究其背后世界与学说的关联也十分重要，由此，研究才有了系统的体系，才成为学问。但是，与一种学说相关的背后世界却不止一个，需要研究者着手发现其中真正重要的部分。

与这些背后世界毫无关系的学说没有专门提出的必要。而对于学说和其背后世界，以及两者的联系的理解，也会因人不同而有深浅，即便是学问性的客观研究，也难免带有研究者的主观性，其理解越深，这种主观性就越强。并且，即便是在主观性的理解中，也有基于理性或理智的场合，或者基于更加根本性的理解的场合，与前者相比，后者更为重要。特别是必须通过体验才能理解的内容，这种根本性的理解是决定性的。

对比来说，西方的哲学思想是理论性的，东方的哲学思想是实践性的。以朱子学与阳明学为例而言，朱子学以理论与实践并用为宗旨，而阳明学以实践为宗旨。二者的关系类似天台宗、华严学与禅学的关系。并且，纵观思想史可知，后者是从前者发展而来的，可以说东方学的特点就在于此，放在整个中国哲学思想史上来说也不为过。与此相对，西方学可以说始终贯彻理性主义，这是因为西方学自古以来就笃信理性主义，并有将其应用于实践的倾向。

理论性的内容基于理性主义，实践性的内容基于情意主义。但研究思想史之后便能明白，禅学与阳明学虽然基于情意主义，但那是将理性与情意集中在情意上，而并非与理性主义相对立。若将其称为情意哲学的话，那么西方哲学就是理性哲学，并且，可以说禅学和阳明学是最具有东方学特点的。只是，禅学与阳明学虽然同样提倡情意哲学，但禅学基于佛教的世界观，而阳明学基于儒教的世界观，二者的本质还是不同的。

理性哲学以实在为对象寻求认识，而在情意哲学的世界里，实在是本来浑一的存在，以其为对象进行推究，很难到达它的境界。因为理性具有常以物为对象进行判断的性质，而要到达本来浑一的实在的境界，如果不依赖直觉或者信仰等，是不可能的，这也就是内心修炼陶冶，也就是所谓的存养或者涵养所说的，若不用实践的工夫，就难免陷入肤浅粗大。

但是，如果不把理性视为固定之物，通过修炼提升理性，或许有可能达到实在的境界，但即便获得了这种理性，其中也必然掺杂着纯粹的情意，与将物作为对象的理性已经截然不同。

在情意哲学中，不把实在作为对象来追求，而是通过修炼陶冶情意纯化浑一，使浑一与实在相统一，这才是到达实在的境界的方法。换言之，修炼朴素的实在，使其达到本然的实在的境界，这便是情意哲学，也是追求将实在回归到本来的实在的哲学。如果说西方理性哲学是迈进的哲学，那么东方情意哲学就是回归的哲学。

阳明学是超克了佛、道，超克了朱子的理性哲学而诞生的情意哲学，并且到达了中国哲学思想发展的巅峰。阳明的情意哲学单单追求浑一之纯化，对于除去基于理性主义的对立思考中必然产生的弊害，定能发挥伟大的功效。不仅如此，从人伦的情意主义角度而言，阳明学对于实现以人类为中心的万物共存世界，也定能做出巨大的贡献。

阳明学的研究与受用（二）

情意哲学是基于经验主义的产物，仅靠理性主义无法得到实在的精髓，结果不免如隔靴搔痒。因此，需要阳明学这样的彻底的情意哲学。研究者必须在追求思想家的体验中体认实在，研究者必须以思想家的心为心，修炼陶冶情意，从内里开始理解。若不如此，就会犯阳明格庭院中的竹之理而失败那样的错误。

想要真正格竹之理，就要纯化竹我一体的状态，也就是唯有修炼陶冶情意，除此之外别无他法。这同时也是追求使理自觉靠自力达到纯一境界的道路。王阳明将这“理”称为“良知”。这种研究可以说是内在性的研究。所谓学问性的研究，最终必须以通过修炼陶冶情意，实现实在的体认自得为根基。如此，实在便与研究一体了。

受用是指将古代的哲学思想活用于现实生活中。但是古代的哲学思想，究竟哪些传承了正学（圣学），对此的判断因人而异，而东方哲学思想正是在受用之中发展起来的。并且，其发展并不是脱离本源，而是回归本源，也就是达到未分化的浑然一体的实在的境界。因此，受用也有将古代的学问作为活学来追求的意思。要将古代的学问作为活学来追求，就不能脱离对于现实矛盾的切实感受性和陶冶至切的情意，不能如同西方哲学那样仅停留在解说阶段。

但是，说到对现实矛盾的感受性，矛盾的内容和感受性的程度也会因人而异。并且说到受用，也不能忘记对于受用对象的评价，以及保持与受用对象一体化的关系。

受用有全面性、修正性、批判性三种。就阳明学而言，有像王门后学那样将阳明学视为宗主的，也有如明末清初的阳明学者或者日本幕末的阳明学者那样，对其进行修正并受用的，还有如明末清初的朱子学者或者李氏朝鲜的朱子学者、日本崎门学派的朱子学者那样，对其批判性地受用的。当然，对于接受和活用阳明学的哪些内容，也因各学派、各学者而异。

这是因为，人的兴趣、气质、环境会对受用的内容产生重要的影响。因此，受用也无可避免地受个人主观性的影响。并且，没有这种主观性的影响，就无法真正实现受用，学问就会变成死学，而失去“为己之学”这一学问原本的目的。

以阳明提出的学说为例，有“心即理说”“知行合一说”“致良知说”“简易说”“本体工夫一体说”“立志说”“立诚说”“存理去欲说”“省察克治说”“明镜论”“礼说”“事上磨练论”“六经说”“教育说”“异端论”“政治论”等，其核心学说是“致良知说”，若将阳明学应用于现代社会，应该选择其中的哪些学说呢？展望21世纪，应该借鉴哪些学说，如何来应用呢？并且，就算选择了其中一个学说，是将其全部应用，修正性地应用，还是批判性地应用？这一点也是因人而异。

展望今后世界的社会形势，科学技术必定将以超乎人们想象的、让人惊异的速度飞速发展进步，其结果是人类的生活必然变得更为复杂而忙碌，也因此，人类的才能和知识必然更加受到重视。另一方面，全球信息化的密集程度也必然超乎想象，将会给人类的生活体系和思想带来巨大的影响。这些都是科技取得巨大进步的产物。

科学基于自他对立的思考，其中必然内藏着助长人类功利心的因素，因此，科技进步的结果，是文明生活越丰富，人类的功利心就越助长，与人类的才能和知识增长进步相对的，是以人类之间的共存、人类与自然的共存为最终目的的人伦道德的丧失，人类变得冷酷无情的同时，自然界也受到污染，威胁人类的生存。

此外，随着信息化的过密，人们常常受到苛责，被外界所支配，因此，人们真正的主体性变得脆弱，容易产生恐惧。要挽救这些弊害，消除恐慌，首先要涵养自他一体的内心，简单直接来说，当务之急就是确立坚固的主体性。为此，首先必须追求情意哲学，也就是修炼陶冶最为简易直接的情意，这是十分必要的。

如此思考之后，对于阳明学应该受用哪部分，如何受用，就变得很明确了。

木制摔跤人偶

国际阳明学研讨会结束之后，余姚市人民政府举行了欢迎宴会，宴会结束后，晚上7点开始播放王阳明遗迹调查录像，接着是文艺表演。表演节目单如下：

一、江南丝竹

二、女声独唱

三、三人舞

四、骨笛独奏

五、男声独唱

六、女声独唱

七、笛子独奏

八、男声独唱

九、舞蹈

十、女声独唱

十一、民间舞蹈

其中，难得一见的是骨笛独奏和民间舞蹈这两个节目。骨笛是7000年前的余姚河姆渡遗址发掘出来的，被称为世界管乐的鼻祖。这次演奏使用的是陆州先生制作的复制品，陆先生以《河姆渡追想》为题作曲，并进行演奏。乐曲内容表现的是原始河姆渡人的生活情趣，令人印象非常深刻。

我最喜欢的节目，是第11个节目民间舞蹈。这个节目由一人操纵两个木偶，表现两位勇猛的大力士比赛摔跤。栩栩如生地展现了大力士勇敢、刚健、敏捷的技艺和精神，我被这精彩的表演深深吸引。我完全以为是两个人在表演，表演结束后我才知道这都是出自一人之手，不由得惊叹表演者技艺的高超。

如此精湛的技艺，若不是老一辈艺术家是无法做到的吧。这个节目可以说是当晚整场演出的亮点了。

三访瑞云楼

余姚举行的学术研讨会上，给每位出席者发的资料有正德十二年（1517）三月，王阳明46岁时写的《时雨堂记》墨迹，以及《王文成公年谱》《王阳明诗集》《余姚乡贤论》《王阳明与余姚》《王阳明书法管见》《王阳明真迹复印》。《时雨堂记》是体现阳明中年时期书法风格的代表作，是一份很好的资料。

次日（4月7日），我们参观阳明的诞生地瑞云楼和阳明晚年讲学处，地点在龙山公园的中天阁。这是我第二次参观瑞云楼，这座建筑建于清代光绪年间，这次前去时，因为要保护史迹而正在对建筑进行大规模修理，几乎看不出原本的样子。王阳明在绍兴居住的时间比较长，或许也因此，余姚没有王阳明的子孙，只有他的高徒徐曰仁、钱绪山的子孙生活在这里。

我们从瑞云楼前往龙山公园。这已经是我第三次来这里了，并且因为身体的关系无法登山，我便在入口处等待大家。

欢迎宴会

中午12点，我们离开余姚前往杭州。下午1时许，我们到达绍兴，在那里稍作休息。4月5日，我们离开绍兴宾馆时，我在一家店里看到徐文长的书轴，急匆匆地买下了。

徐文长出生在绍兴，是受到阳明学影响的文人思想家、书法家、画家。我常想买到他的书画作品，偶然的机会在绍兴发现了一幅书轴，毫不犹豫就买下了。价格出乎意料地便宜，但是保存得很差，字迹有破损。

距今约20年前，我曾在中国台湾的台中市买到了名为《天池》的徐文长书法作品。无论从时代、绢布还是书法字体来看，都应该是徐文长的真迹，虽然价格昂贵，但我还是买下了。给中国的学者们看后，都说真假不明，但在绍兴买到的这幅书轴，毫无疑问是真迹。

我常认为，中国的哲学思想若不陶冶情意便无法得其精髓。因此，鉴赏古代字画、古代陶器瓷器也是研究哲学思想不可或缺的一部分。尽管自己只是个穷书生，但还是不时去淘一些古董。

杭州曾作为南宋都城达150年之久，唐代白居易和北宋苏东坡也曾在杭州任官。

下午5点40分，我们在大厅集合前往“梦桥梁”，出席沈善洪先生（杭州大学校长）和王凤贤先生（浙江省社会科学院院长）举行的欢迎宴。这场宴会的酒水中有宋酒，非常美味。

宴会上，王院长为我作诗一首相赠。

送冈田先生

先生三回访浙江，彼此友谊倍觉亲。
资助重修阳明墓，世代瞻仰铭人心。
东西文化各相长，博采众长互补益。
中日学者常交往，弘扬东学共肩任。

为冈田武彦先生率团参加重修阳明墓揭碑式及研讨会作
后学　王凤贤　敬赠
己巳年春

我向王先生郑重地道谢。

4月8日，我们参观杭州市区。上午9点30分，我们从宾馆出发，从苏东坡所建的苏堤上船游览西湖，下午参观净慈寺、六和塔、灵隐寺、西泠印社。

我和团员们分开单独行动，在马安东先生的带领下，首先来到钱塘江附近的一个茶园，访问那里的一家生产绿茶的家庭作坊，在那里品尝了上好的绿茶。又去隔壁的房间欣赏展出的水墨画，买下了看中的一幅山水画。离开后，我们来到马先生喜欢的一片竹林，竹的大小有如孟宗竹。小路两侧郁郁葱葱，越走越觉得仿佛没有尽头。到这里的人心灵都受到了洗涤。

离开竹林，我们前往六和塔参观，之后前往上一次没来得及尽兴参观的西泠印社。又在西湖边散步了一会儿后返回宾馆。

晚上6点，我们用日本料理招待沈善洪、王凤贤、章榴先（绍兴县副县长）、章亦平（余姚市政协主席）作为答谢。日本方面，我和铃木喜一先生（信州大学教授）发表了感谢辞。宴席上，加来先生吟诵了杜牧的《江南春》，非常应时节。

宴会结束后，与我们同行担任向导的马安东先生和钱明先生，带着夫人和孩子来我的房间看望我。还有在杭州大学攻读医学的汪新、钱红萍夫妇带着高级茉莉花茶也过来了，他们还亲切地为我做了按摩。

回　国

9日上午，我们在马安东和钱明两位先生的目送下从杭州站出发，前往上海。在上海下榻的是日航龙柏宾馆。耿丽华女士因为另外有事，在绍兴王阳明墓揭碑仪式结束后就返回了日本，铃木敬子女士（上海复旦大学留学生）和我们一起前往上海。铃木女士是东洋大学的学生，正在中国留学，独自游览了中国的400多个城市，积累了许多宝贵的经历。我们有幸听她讲述众多宝贵经历中的一部分。她的专攻学科是中国哲学，但是她对于为什么研究哲学这个问题却很烦恼。于是我用《论语》中孔子的“学者为己”的话语来勉励她。

下午4点15分，我们在宾馆举行了访华团解散仪式，团员们各自说了一句感想语，就算作离别。

4月10日早上7点，我们从宾馆出发，途中吃了早饭前往机场。在机场分别乘上飞往东京和长崎的中国民航回国。

此次访华旅行，通过团员们的努力与合作，取得了超乎预想的成果。通过这次旅行，团员们都感到自己与王阳明更近了。

第四章

考察阳明晚年遗迹

1992 年 4 月 9 日—5 月 19 日

一、再度梦回

计划考察中国南方的王阳明遗迹

平成元年（1989）4月1日，我们终于考察了王阳明遗迹中我们最向往的贵州省龙场。正是早春时节，随处可见盛开的油菜花田，如同绒毯一般。那之后，每年一到春季，我的脑海中都会浮现这一光景，而考察中国南部地区的王阳明遗迹的意愿，也在我的心中愈发强烈。

中国南部地区分布着王阳明晚年的遗迹。王阳明无法请辞朝廷的严命，在57岁时，不得不拖着患有肺疾的衰老身躯，前往广东、广西平定暴乱。当他完成使命时，生命已经所剩无几，还未得到朝廷许可便踏上归乡的旅途，最终在江西省南安的船中走到生命的尽头，留下“此心光明，亦复何言”的名句，从容离世。遥想王阳明的事迹，我愈发感到考察阳明晚年遗迹，便是我一生最后的使命。

我终于下定了决心。去年，我便委托思远会的松尾正威先生制订从宸濠之乱到王阳明去世（1519）这段时期的王阳明遗迹的考察旅行计划，松尾先生痛快地答应了。他利用斯人会负责人的身份，亲自着手确定考察地点、团员的召集、与浙江省社会科学院联系等事项。幸运的是，浙江省社会科学院的钱明先生正在九州大学进行研究，便与松尾先生联系确定考察地点，并和浙江省社会科学院取得联系。

1989年，我与王阳明出生地浙江省余姚市文化局的相关人员一起，对中国南部地区的王阳明遗迹进行了小规模的考察，诸焕灿先生将当时的记录进行了整理，并将草稿寄给了我，由此可知当时考察的概要。这份草稿题为《吾心自有光明月——王阳明行迹考察记》，像这样的考察，之前从未有过，因此格外珍贵，我希望日本的阳明学爱好者也能读到这份记录，便委托海老田辉巳（北九州工业高等专门学校教授）和望月高明（北九州工业高等专门学校非常勤讲师）两位先生翻译成日文，我负责审校，在《关西师友协会志》上连载，至平成四年（1992）2月号连载结束。

但是，能作为此次考察计划参考的资料，除了这份记录外就别无他物了，预计到可能会遇到许多困难，我们请求中国各省的社会科学院提供协助。因为与浙江省社会科学院是老朋友了，并且其他各省的社会科学院中也有认识我的研究员，我们顺利得到了各方的协助。

这次考察旅行无法召集大学学者参加。这是因为顾及我的身体健康，旅行时间选定在了大学最繁忙的新学期开始阶段，也就是四五月间。没有学者参加令我深感遗憾，但也无可奈何。如果旅行时间选在暑假期间，至少也能多召集几位学者参加，但是我的健康状况却不允许。

我已是83岁高龄，我的学生们都很担心我，都说“长达40天的旅行太冒险了”，希望我至少将行程缩短至20天。其中还有来自在北京留学的学生的建议。但是，考虑到如果这次不一口气完成考察，年纪越大，健康状况就越不容乐观，所以即便这次行程很长，我也下定决心要组织一次长时间的考察旅行。

我的朋友中，有人担心我的高龄，为了缓解我旅途的辛劳，不仅为我准备了茶具，还说老人最需要注意的是预防感冒，便送给我治疗感冒的中药作为送别礼。我对自己说，唯有无病无灾顺利完成使命平安回来，才不辜负友人们的这番良苦用心。

旅行要项

最初计划的旅行的顺序是从北方到南方，如此比较顺路，也比较容易理解王阳明的心路历程。但是，如果按照这样的行程，到了南方正巧赶上梅雨季节。并且，预想到崇山峻岭多险路，我们便选择了反方向路线，先乘坐飞机飞往南方，利用巴士等交通工具考察当地，然后慢慢北上考察。

因为这次旅行时间很长，浙江省社会科学院便轮流替换随行人员。旅行日程由松尾先生安排，松尾先生在精读了我的《王阳明小传》(明德出版社)、《王阳明与孙子》以及诸焕灿的《吾心自有光明月》后，一边研究中国大陆的大地图，一边确定了考察路线。日程主要还是依据地图确定，去了实地之后可能会有不同，此外，还可能因为天气原因而不得不改变预定行程，这些我们都事先做好了心理准备。这里记录旅行的要项如下。

时间：1992年4月9日—5月19日（为期41天）

主办：日本　斯人会

　　　中国　浙江省社会科学院

费用：565 000日元/人

参加者：

日本：顾　问　冈田武彦（福冈县　九州大学名誉教授）
团　长　地主正范（山形县　东北振兴研修所理事长）
副团长　近藤美佐子（爱媛县　日之会会长）
秘书长　山口胜朗（东京都　前全国师友会事务局长）
团　员　志津田一男（佐贺县　前佐贺县立鹿岛高校校长）
大谷正之助（福冈县　北九州师友会会员）
伊豆丸欣一（福冈县　前九州朝日放送企画部长）
鸭下平治郎（埼玉县　弧堂会会员）
松尾正威（福冈县　思远会事务局）
广池佐惠子（大阪府　论语普及会会员）
金内美代子（福冈县　斯人会事务局）
秋山智代子（福冈县　小郡市　浙江省社会科学院友好协会会员）
加峰美幸（福冈县　杭州大学留学生）
松井清（东京都　亚洲留学生奖学财团理事长）
池末美光（福冈县　小郡市议会议员）

中国：团　长　王凤贤（浙江省社会科学院院长）
秘书长　钱明（浙江省社会科学院哲学研究所助理研究员）
团　员　吴光（浙江省社会科学院哲学研究所副所长[①]）

① 吴光原任浙江省社会科学院哲学研究所所长，副研究员。1992年4月时任浙江省社会科学院国际阳明学研究中心副主任、副研究员。1992年10月起任哲学研究所研究员。

叶树望（余姚市文物管理委员会副主任）
陈辉（杭州大学外事办公室讲师）
邱明（浙江省社会科学院助理研究员）
协助　广西社会科学院
　　　广东省社会科学院
　　　江西省社会科学院

日本团员中，松井清、池末美光两位先生只参与部分考察，中国团员中，钱明先生全程参加，其他各位学者分别参加前半程和后半程。

这次旅行因为必须得到广西、广东、江西三省（自治区）的政府、社会科学院的协助，因此我们特意准备了合适的礼物。我们准备了彩色纸，考虑到此次旅行的主题，选择王阳明的诗句写在彩色纸上，一共准备了数十张，所写的阳明诗句如下：

“闲观物态皆生意”“闲云流水亦何心”
“江北江南无限情”“天机动处即生意”
“谩对芳樽辞酩酊”“信步行来皆坦道”
“人生达命自洒落”“潜鱼水底传心诀”
“栖鸟枝头说道真”“人人有路透长安”
“吾心自有光明月，千古团圆永无缺。”

距离出发前往中国只剩10天了，想到江南的春色，脑海中不由得浮现出杜牧的《江南春》来。

千里莺啼绿映红，水村山郭酒旗风。

南朝四百八十寺，多少楼台烟雨中。

中国南方现在正是油菜花盛开的季节，于是我又忽地想起王阳明的诗句“油菜花开满地金，鹁鸠声里又春深”来。我只顾着想象田野的春色，此时山间应该也点缀着一簇簇桃花，不过我们到中国时，恐怕已经过了桃花盛开的季节了吧。

前往上海

按照计划，我们一行人于4月9日下午乘上5点25分起飞的航班飞往上海。这次是长时间旅行，每个人都带了重重的行李。前来送行的朋友们都祈祷我们的旅途平安。

出发前一日下午，团长地主、秘书长山口和团员鸭下来到福冈，住在我家附近的宾馆。我在家中招待3位先生，拿出清代的酒杯，大家一起举杯祝酒。大家为我敬酒，我又用北宋磁州窑的酒杯喝下一杯。酒后，我拿出这次旅行中使用的茶具和宋代吉州窑的天目茶器，为3位先生泡了抹茶。这些茶器是友人特意赠送的，我不想辜负对方的一片厚意，本打算随行携带，因行李实在太重，为防止破损想放进旅行包里，但空间又不够，只得留在自家的书斋了。3位先生捧起茶盏品尝了抹茶，我也喝下一杯，将友人的深情铭记在心。接着，我们前往我常去的餐馆，举行出发前的庆祝宴会。

机舱内空着的座位很惹人注目，出乎我的意料。这天云层很厚，接近上海的上空，云层渐散，透出阳光。机上准备了飞机餐，但我们预定在上海吃晚饭，所以并没有吃太饱。

从福冈机场出发，经过一个半小时到达上海机场。航站楼和3年前相比变化很大，装修一新，宽敞舒适。李家骏（浙江省社会科学院副院长）和钱明两位先生到机场迎接我们一行人，安排我们前往机场附近的日航龙柏宾馆安置行李。

我们在旁边的酒店吃了晚餐。团员中有人首次来中国旅行，当餐桌上陆续上菜之后，为防万一，我便向团员讲述了我过去中国之旅的经验之谈。

“中餐吃七八分饱后，稍微喝一点绍兴黄酒。如果每次都吃得很饱，四五天之后一定会拉肚子。听说就算适应中国旅行的人，到了第十天左右也会拉肚子。”

但讽刺的是，这么忠告大家的我，却是第一个腹泻的。这是我第二次担任团长考察王阳明遗迹，旅行中比任何团员都要精神矍铄，每天晚上都和团员喝绍兴酒，为团员鼓劲，助兴到深夜。这次的旅行中，我也自负地想，只要每餐吃七八分饱，喝一点绍兴酒，就算83岁的老迈之躯，也一定能平安无事完成旅行吧。然而事情完全出乎我的预想，如后文所述，这是有其必然的原因的。

这是我们第二次下榻日航龙柏宾馆，宾馆设施完善，晚上可以好好休息。之前的中国旅行中，我每天晚上都要服用安眠药来助眠，但这次没有服用。最近我已经养成了不用安眠药入睡的习惯。

前往杭州

4月10日，多云。

我和团员一起在宾馆吃了早餐。早餐是自助餐，菜品中很少见的有黑米和小豆煮的年糕汤。

7点40分，我们出发前往杭州。上海的郊外还是一如既往的杂乱。道路四处在进行修补工程，还是如同以前那样纯粹依靠人力。翻译由陈辉（杭州大学外事办公室）和钱明两位先生担任。

近年来，中国各地政府都致力于修复文物，许多珍贵的文物古迹也因此得以复原。这次旅行中，我也再次确认了这一事实，无论是中央还是地方，中国的各级政府都对保护传统文化遗产表现出极大的关心，对此，我深表敬意。

巴士离开上海，驶向杭州。行驶了一阵子之后，道路两旁变成了大片盛开的油菜花铺成的地毯。这片油菜花地毯一直延伸到杭州。过去，日本也能看到这样的景色，但现在已经看不到了。我望着油菜花田，回想起刚入学九州大学时，寄宿在福冈市郊外的农村，从那里每天来回上下学。我的眼前仿佛出现这样一幅画面：田间小道的两边是一望无际的油菜花田，有个学生快乐地走在小道上，他沐浴着阳光，身上沾染了油菜花的芳香，耳边回响着花丛中飞舞的蜜蜂的嗡嗡声。一切宛如梦境一般。

临近杭州市，巴士经过一片工业区，终于通过整洁的街道，来到西湖畔。杭州这座美丽的城市，不管来几次，都会牵动游客的心。杭州不仅有诸多风景名胜区，保存着丰富的历史文化遗迹，还残留着传统文化高度发达的宋代都城的影子。

巴士驶向我们入住的西子宾馆。这座宾馆位于西湖十景之一的雷峰夕照的山麓，三面临湖，占地面积广，大片绿树成荫，住宿的平房散布其中。保安常驻馆内巡逻，来访客人没有许可不得入内。这座宾馆名叫西子，是因为西湖又被称为西子湖。

午餐过后，我们乘坐两艘船泛舟湖上。感谢老天爷给了我们一个好天气，让我们尽情领略西湖风光。团员们纷纷拿出相机，拍下泛舟西湖的记忆。下船后，我们游览了中山公园，然后返回宾馆。

结团仪式

下午5点，我们一行人前往位于西子宾馆南侧、南屏山麓的南屏宾馆，参加在那里举行的“王阳明遗迹中日联合学术考察团”结团仪式。我们到达南屏宾馆时，中国方面的参加者早已将一切准备完毕，只等我们的到来。

仪式于下午5点过后开始。会场正面悬挂着红底白字的“王阳明遗迹中日联合考察团结团式”15个大字的横幅，演讲台上装饰着小小的中日两国国旗。参加者有40多人。李家骏先生（浙江省社会科学院副院长）主持仪式，首先由沈善洪教授（杭州大学校长）致辞，接着是日本方面担任学术考察团顾问的我、中国学术考察团团长王凤贤教授、日本学术考察团团长地主正范教授依次致辞。

王凤贤团长的致辞如下：

尊敬的冈田武彦先生、地主正范先生，以及在场的各位先生们、女士们，首先请允许我代表浙江省社会科学院，向考察团的各位表示热烈的欢迎！今天，我们相聚在春意盎然的西子湖畔，举行“王阳明遗迹中日联合学术考察团”结团仪式，我感到非常激动。

此次联合学术考察团的发起人是冈田武彦先生。冈田先生是国际著名的汉学家，杰出的阳明学研究者，是我们十分尊敬的学术界前辈。冈田先生曾数次率领团队到访浙江进行讲学和遗迹考察，已经参加过3次王阳明遗迹考察活动。并对王阳明墓重修计划给予了资金援助，为中日文化学术交流做出了巨大的贡献。这次，先生不顾83岁高龄，再次亲自率领考察团来访，考察王阳明遗迹，表现了先生对中华传统文化思想的深厚感情，我们深受感动和鼓舞。

我们的此次王阳明遗迹联合考察活动，是中日文化学术交流史上一次划时代的考察活动。在中日两国的文化学术界，像这样大规模、大范围、长时间的联合考察活动，至少在浙江省文化学术史上还是首次。

此次联合学术考察中，对王阳明生平行迹的全面性考证，必定能深化和发展阳明学研究，在冈田先生的指导下，两国学者相互切磋，相互学习，也必定能提高两国的学术研究水准，必定能推进中日两国的文化学术交流，进一步加强浙江省与日本的友好往来，使中日两国的友谊代代相传。无论从哪一点来说，这次联合学术考察活动都有着极其重要的现实意义和历史意义。我们的此次联合考察活动，将会被载入中日文化学术交流的史册中。

此次联合考察活动涉及四省一市。主要位于广西、广东、江西三省（自治区）。与王阳明先生所处的时代相比，现在交通便利。但是，我国的经济发展水平还很落后，地方的道路建设也不是很理想。不仅如此，我们的旅行条件非常艰苦。因此，此次考察活动一定会遇到很多困难。我们最需要注意的，是保证冈田先生和其他团员的身体健康，让考察活动顺利进行。

为了此次联合考察的准备工作，中日双方付出了非常大的努力。浙江省人民政府批准了我们的考察活动，浙江省社会科学院已经与各相关省市的社会科学院取得联系，得到他们的接待和协助。但是，为期40多天的行程计划中，肯定有所疏漏和不周之处，或者因为一些原因导致行动计划不得不临时变更。万一发生这种情况，我们将通过协商采取妥善的解决方案。

最后，让我们一起预祝此次联合学术考察活动取得圆满成功，并预祝考察团全体成员身体健康，心情愉快！

1992年4月10日下午　于杭州

中国方代表　王凤贤

地主团长的致辞如下：

此次，我们日本考察团13人在冈田武彦先生的带领下，能够与中国浙江省社会科学院院长王凤贤先生以及吴光先生、钱明先生、邱明先生，余姚市文物管理委员会的叶树望先生，杭州大学陈辉先生一同组织“王阳明遗迹中日联合学术考察团”，我深感荣幸。在考察活动即将开始之际，请允许我代表日本考察团发表讲话。

我们所瞻仰和学习的王阳明先生，是一位伟大的思想家、教育家、政治家、军事家、文学家，不仅在中国广受崇敬，在日本也给了官方和民间非常大的影响。我们的愿望就是能够亲身接近阳明先生，尽可能地理解他的思想。

以王凤贤先生为首的各位学者，很早便着手研究阳明先生的学术思想，1980年出版了研究成果《王阳明研究》。并且，近年来力排各种困难，顺利修复了阳明墓。对各位先生的先见性和研究热情，我表示深深的敬意。

此次，能够在各位先生以及阳明学研究领域的权威冈田武彦先生的指导下进行考察活动，我感到十分荣幸。我相信，我们考察团一定能取得令人瞩目的成果。这不仅有助于促进两国间的文化学术交流，也能为加强两国人民的友好往来做出巨大的贡献。

最后，向浙江省社会科学院的王凤贤先生和其他各位先生，对于此次活动所付出的热情和帮助表示衷心的感谢！在接下去的考察活动中，也请各位多多关照！

1992年4月10日

日本方代表　地主正范

结团仪式结束后，王院长为我们举行了晚宴。宴席上，团员鸭下先生吟诵了王阳明的《泛海》诗。

险夷原不滞胸中，何异浮云过太空。

夜静海涛三万里，月明飞锡下天风。

这首诗的创作背景是，王阳明因弹劾明武宗侧近宦官刘瑾，在北京被投入大狱，又被贬谪到言语不通、恶疾流行的西南边陲贵州龙场。在赴龙场的途中，王阳明经过钱塘（杭州）时遭遇刘瑾派来的刺客，他假装投钱塘江自尽，得以虎口脱险。他在钱塘江上乘船漂流至舟山群岛，一夜遭遇暴风，船至福建省海岸。在福建省上岸后，王阳明来到一座寺院，这首诗就是题于寺院墙上的。

其经过的真伪已经不可考，但是诗的内容表达了王阳明当时的心境，展现了旷达高远的气象，诗人王阳明的形象跃然纸上。

二、前往广州

至广州

4月11日，多云。

昨晚似乎下了小雨。早上6点30分，我和团员广池去西湖边散步。广池女士去年曾下榻于西子宾馆，偶然的机会在月色下漫步西湖。她喜悦地与我分享了当时的情景。

湖上弥漫着一层薄薄的晨雾，前方的白堤如薄云横亘，左边隐约可见苏堤，宛如一幅水墨山水画。在湖边散步时，遇到了三三两两也过来晨间散步的团员。湖面清澈，水明如镜，绿树经过夜雨的洗礼，青翠欲滴。广池女士对于能够入住西子宾馆非常满意。我也因为预测接下来的旅途会非常艰辛，能够难得地下榻坐落于风景名胜中的宾馆，甚为高兴，再次细细欣赏起西湖的美景来。

我们乘坐上午10点25分起飞的航班，鸟瞰着钱塘江，一路南下飞往广州。天空云层密布，接近广州时云层散开，有种拨开云雾见青天之感。中午12点05分到达广州机场。

以前的学生池田寿子小姐原本应该前来机场迎接我们，但没能遇上。她在九州大学攻读硕士，取得硕士学位后，就职于福冈市立美术馆。因为懂中文，去年秋天，她为了研究中国美术而被公派前往福冈市的姐妹城市广州留学。

从日本出发前，我曾和她提及为了考察王阳明遗迹而将前往广州的事，她说“希望能在广州见面”。三月初，我把旅行的日程表寄给了她。但是从杭州飞往广州的航班有所变更，比行程预定的航班晚了一班，她只能在机场白白地等待一场。我期待能遇见她，听她讲述在广州所学的中国美术界的现状，衷心希望可以和她见上一面。这个愿望在10天后我们再次来到广州时实现了。

广州的街道还保持着以前的旧貌，市区人口约380万。因为临近香港，经济发达，一派热闹繁华的景象。广州是一座商业都市，街道和日本的大都市一样，交通拥挤。熙熙攘攘的街道上，不怎么能感受到文化的气息。

我们在广东省社会科学院的李小林先生的引领下来到东方宾馆。吃午餐时已经是下午2点了。这座宾馆是五星级豪华酒店，菜品也做成了合我们日本人饮食习惯的口味。陈辉先生告诉我们，“食在广州”这句话最早就是广州人说出来的。

午餐后，我们首先前去参观位于中山七路的陈氏书院。这个书院俗称陈家祠，修建于1894年，以石雕、木雕、陶塑、铁铸等工艺装饰，很有中国古代建筑风格。正中有一个具有中国南方特色的庭院。特别引人注目的是屋檐的瓦片上排列着许多彩色陶俑，充分展现了中国建筑鲜艳浓郁的风格，但是我却觉得有些杂乱。

接着我们前往六榕路参观六榕寺。这座寺院原名宝庄严寺，南朝梁大同三年（537），云裕法师奉梁武帝之命建造，同时还建了舍利塔。但是，北宋初年，佛寺和塔都毁于火灾。北宋端拱二年（989）重修佛寺。当时的僧侣们供奉六祖慧能进行修行，将寺改名为净慧寺。北宋绍圣四年（1097）重建宝塔，塔内供奉千佛像，宝塔改名为千佛塔。宝塔外形优美，后人又称其为花塔。

北宋元符三年（1100），苏东坡到此游览，见寺内种有6株榕树，便题“六榕”二字，后人便将寺称为六榕寺。宝塔高57米，八角形，外观9层，实际为17层。庄严华丽，高耸于寺院中央。团员中有人登上了9层。北宋时代的艺术风格雄浑壮丽，苏东坡的题字“六榕”也是这种艺术风格的代表作。

书法界有“晋贵韵，唐贵法，宋贵意”的说法。北宋的书法风格雄浑刚健，我非常喜欢。我在苏东坡题字“六榕”前细细欣赏，久久不愿离去。

晚上7点，我们在宾馆吃了晚餐。

鼎湖山与七星岩

4月12日，多云。

上午7点，我们吃了早餐。8点，我们从宾馆出发，经过珠江，行驶在高速公路上，一路向南。途经清末著名政治家、思想家康有为的出生地南海县。又行驶了一阵后，道路状况变差，但可以欣赏到和日本同样的田园风光。唯一与日本不同的是田间有水牛耕地。我在巴士上听人说，广州人一般个头矮小，有印度尼西亚血统，脸形较长，颧骨较高。杭州人的体型则处于南方人与北方人之间。

从南海县朝西北方向前进，途中在县招待所稍作休息，又支付了过路费。

上午11点，我们来到距离广州市86公里、肇庆市东北方向18公里处的鼎湖山麓，在此游览了一番。鼎湖山海拔1000米，森林苍郁茂盛，古木挺拔遮天，是岭南四大名山之一。山顶有一湖，此山原名为顶湖山，传说黄帝曾在此铸鼎，因而改名为鼎湖山。

1200年前的唐代，僧侣智常在山的西南麓建造了白云寺（龙兴寺）。南麓还有明崇祯六年（1633）建造的庆云寺，山中腹有唐开元二十一年（733）入唐的日本奈良兴福寺僧侣荣叡大师的纪念碑。唐代高僧鉴真曾计划与荣叡一同渡海前往日本，第五次渡海失败辗转至白云寺。荣叡大师因病在此圆寂。

我们参观了庆云寺，又稍微走了一段，参观荣叡大师纪念碑，这里有岐阜市市长赠送的荣叡大师石雕坐像。我们在坐像前双手合十，缅怀大师为请鉴真和尚渡日所付出的辛劳。下山途中，我们听说从山路沿溪谷向上攀登4公里，有一条飞瀑，一行人便前去参观，我则先行下山等待他们。

从鼎湖山南下，下午1点55分到达位于肇庆市郊外的星湖，在湖畔的松涛宾馆吃午餐。这是一座新建的宾馆，装修色彩鲜艳，又建在风景名胜中的湖边，很能治愈旅途的疲惫。但是，离开广州后，中餐的食材变得越来越不寻常，也越来越油腻。

饭后，我们前去参观七星岩。这里是广东省著名的风景区之一,七座岩石巍然屹立，如北斗七星排列在碧水之滨，七星岩由此得名。七座岩石中，石室岩最高，造型最奇特，其中的洞窟和岩壁上刻有历代文人墨客的诗词题字。其中有唐代著名的书法家李邕（北海）的碑刻。

中华人民共和国成立后，七星岩周围挖了6个人工湖，湖光山色相映成趣，自然神秀，更添山水旖旎的风情。其中有郭沫若的摩崖石刻，其文中有“七星坠地”之语。我游览七星岩时，团员大谷先生赠送了我一根纪念拐杖。我在这次旅行中一直使用这根拐杖，直到变得无法再使用，返回日本的前一日将它留在了杭州。

晚上6点25分，我们到达肇庆，出席李市长在肇庆大厦举行的接见会。结束后，在大厦9楼会餐。这座大厦的9楼是回旋式观景台，今年3月25日刚刚对外开放。肇庆市是一座人口20万的新兴城市，兼有桂林山色和杭州湖光，风景秀美。李市长说，计划在这里建造一个供国内外游客休闲疗养的别墅群。

这天晚上，我们入住肇庆国际酒店。当夜，我辗转反侧，难以入眠，第一次服用了安眠药。从那时开始，我的肠胃便有些不适。原因之一是饭菜太油腻，并且就餐时往往与各地政府官员同坐，一不留神就饮食过量，这是我最为担心的事。

梧州的阳明遗迹

4月13日，阵雨。

早餐后，李市长向我赠送了端溪砚。李市长说，打算今后将肇庆发展为工业城市。我回答，希望能够注意环境保护。

上午6点10分，李市长送我们出发前往梧州。肇庆到梧州约150公里。我们沿着西江一路向西行驶，道路两侧是规划得井然有序的大片水田，山间也开垦了梯田，农民正在田间忙着农活。

上午9点30分，巴士行驶在深溪的山路上，道路修建得很平整。下午1点，我们进入广西壮族自治区。

梧州市位于广东省与广西壮族自治区的交界处，浔江、桂江、贺江在这里汇合，江面如同长江一般宽阔。这条江名叫鸳鸯江。通过山路时，我们下车步行了一会儿，以缓解长时间坐车的疲劳。下午1点25分，我们到达梧州市。

我们在北山饭店吃午餐，梧州市对外经济贸易公司也在这栋大楼内。

广西壮族自治区的西南与越南接壤，东、西、北分别与广东、湖南、贵州、云南相邻，人口约4000万。除汉族外，这里还居住着壮族、瑶族、苗族、侗族、毛南族、回族、京族、彝族、水族、仡佬族等少数民族。其中，壮族数量最多，因此称为广西壮族自治区。

汉族主要居住在东部，西部为少数民族居住地。少数民族中，瑶族又写作徭族，以前还写作猺族。中华人民共和国成立后改作瑶族。

广西多山地，地形可以用“八山一水”来概括。梧州使用的方言是粤语，陈辉先生说，如果没有翻译就听不懂。

嘉靖六年（1527）五月，56岁的王阳明奉命前往广西的思恩、田州平定叛乱。九月从故乡越中（浙江省绍兴）出发，十一月十八日到达肇庆，当月二十日到达梧州，在梧州开府。之后平定思恩、田州、八寨以及断藤峡的少数民族暴乱，返回梧州，经肇庆行至广东省的增城。肇庆虽然没有留下王阳明的遗迹，但是梧州现存有王阳明任两广总督时屯驻的府衙遗址。

下午4点40分，在当地乡土史专家的领路下，我们考察了王阳明逝世后修建的阳明祠遗迹。这里现在已经改建为盖路小学。

下午5点50分，我们考察了总督府遗址，现为第一幼儿园。总督府遗址周长1200米，占地面积约2.7万平方米，现在仅剩长20米、高4米的城墙，之前还挖掘出当地人为王阳明建的高4米的石碑和龟形台石（重1吨），现在都保存在博物馆内。

根据《花梧县志》记载，嘉靖七年（1528），王阳明在稽山书院旧址之后建了尊经阁，并作《尊经阁记》。尊经阁遗址位于现在的东中路，可惜现在看不到了。

明嘉靖元年（1522），知府周任修建名卿祠，祭拜汉代路博德、马援，宋代狄青，明代山云、王翱、叶盛、刘大夏、姚镆、王守仁。嘉靖十一年（1532），总督林富建四贤祠，祭祀怀园伯山云、总督尚书刘大夏、新建伯王守仁、布政使舒清。大雄寺系祠堂旧址，现已不存。中山公园前有一座抚河桥，据说是少数民族群众为纪念阳明所建，现存原桥的四根铁柱，都保存在博物馆中。

梧州市民几乎无人听说过王阳明，现在只有乡土史研究专家知道。我不禁感到几分惆怅。

三、断藤峡

王院长的讲话

4月14日，多云。

上午8点05分，我们从北山饭店出发前往位于东南部的容县，然后从那里向西北前往桂平。这段路程巴士需要行驶约9小时。晚上9点40分，我们到达桂平县的桂平饭店。

下午2点20分，我们在容县宾馆吃了午餐。这里经济比较落后，或许是因此，饭菜很油腻，餐桌上还有甲鱼料理。

从梧州到容县的途中，我们看到有卡车在山路上因为轮胎陷入泥泞中而无法前行。广东、广西的公路有很多是山路，常常在崇山峻岭中曲折迂回，各处不时发生小的山体滑坡。庆幸的是，我们的巴士一路畅通无阻。但因为经常要通过泥泞路段，需要全体团员下车才能顺利通过的情况也时有发生。

巴士在山路上行驶，幸运地没有遇到过一次下雨天气。如果遇上下雨天，旅行计划就不得不全面变更。日本团员都说，这都是阳明先生在保佑我们。

这天，我们行驶了约270公里，长距离的旅行令团员都显露出疲惫的神色。通过桂平县的山路时，我在冰冷孤独行驶的巴士中向外眺望，看到深红色的夕阳渐渐沉入山头，不由得思绪万千,百感交集。

晚餐时，容县高级办事处主任也与我们同席，这是一位年纪43岁的女性。我因为前一天开始就拉肚子，晚餐只喝了一点粥。

4月15日，晴。

上午8点起床，肠胃依旧不适，又腹泻了一阵。

9点30分，王院长发表了讲话，这里记录讲话内容的概要。

我今天讲话的主题有两点。一、王阳明先生与少数民族。二、王阳明先生与官僚。

第一点，关于王阳明先生与少数民族。首先介绍一下阳明先生治理少数民族地区的背景。

嘉靖六年（1527），广西的思恩、田州少数民族土司发动叛乱。他们的首领是卢苏与王受。因为以前也发生过这样的叛乱，总督姚镆便起兵讨伐，但是未能成功平定。于是，朝廷便命王阳明先生前去平定叛乱。

阳明先生从家乡出发，前往庐山，从那里改行水路来到两广，调查叛乱经过，将自己的想法上奏朝廷。其中陈述了“佣兵十害”“招抚十善”等见解。到达当地后，阳明采取“招抚十善”的政策，嘉靖七年平息思恩、田州叛乱。之后，阳明先生前往断藤峡，平定那里的瑶族叛乱。当时，对当地的民俗和地形熟悉的卢苏和王受也率兵参与了平乱的战斗。

就这样，阳明先生仅用半年时间，就解决了朝廷长年未能解决的民族问题。阳明先生的病情也越发沉重，他上奏朝廷请求返乡，在归乡途中经过南安，在船中逝世。

接下来，我阐述一下我个人对于阳明先生采取的少数民族解放政策的见解。

1.阳明先生希望实现民族统一，反对侵略少数民族。阳明先生15岁时曾随父亲上京，当时他梦见因征战交趾（越南）而立下战功的伏波将军马援（公元前14—公元49）。他写下《陈言边务疏》上奏朝廷，提出抵御北方匈奴的八条国防策略。从《陈言边务疏》的内容可见，阳明先生从少年时代开始就怀有民族统一思想，反对少数民族相互侵略。我很赞同阳明先生的这种见解。

2.阳明先生通过客观考察，深刻理解引发少数民族叛乱的原因。明代初期开始，朝廷变土司制为流官制。阳明先生虽然没有从根本上反对这一政策，但是也深知其中的弊端。当时的朝廷非常腐败，流官也往往徇私舞弊，因此，流官常轻视少数民族，加重他们的经济负担。阳明先生认为，这就是引发少数民族叛乱的原因。这一见解是很有道理的。

3.阳明先生在平定少数民族叛乱时，采取招抚与镇压并用的策略。并且起用归降的少数民族，例如卢苏、王受等少数民族土司。这种政策加强了汉族与少数民族之间的团结。

4.汉族相比少数民族，经济和文化更为进步。孔子也曾将汉族的文化教授给少数民族，主张“以夏化夷”。这就是儒家的教化政策。阳明先生也采用了这一政策，在思恩、田州修建学宫，之后又在南宁修建学宫。阳明先生热心于教育，贬谪龙场期间也开设书院教化民众。阳明先生的政策促进了少数民族素质的提升和生活的改善。

以上，我阐述了阳明先生解决少数民族问题的政策。在中国的民族问题上，有大汉民族主义和地方民族主义

（地方分割主义）两个极端，我认为无论哪个都有弊无益。应该像阳明先生那样，采取中间的、折中的思考方式。这就是我想讲述的问题。

第二点，关于阳明先生与官僚。

1. 阳明先生是忠于朝廷的官员。当时，朝廷黑暗腐败，阳明先生对此忧心忡忡，认为若不匡正朝政，国家就会灭亡。

2. 阳明先生是一位刚正不阿，注重礼节的官员。因此敢于反对宦官刘瑾专权乱政。正德年间，给事中戴铣等20名官员因弹劾刘瑾而被捕入狱，阳明先生为救戴铣等人仗义执言，反被刘瑾廷杖四十，打入大狱，贬谪龙场。

3. 阳明先生是一位长期遭受迫害，又对明王朝做出贡献的官员。阳明先生在江西平定了宁王宸濠之乱，并生擒宁王，又平定了南赣地区的山民暴乱。但是，因为朝廷内部的党争，他又遭到构陷。阳明先生虽然平定了宸濠之乱，但朝廷奸臣仍谗言他与宁王勾结反叛朝廷。最后，阳明先生将宸濠交给朝廷以证明自己的清白。

4. 阳明先生敢于冒死向天子直谏。明武宗将朝政交给宦官，自己耽溺玩乐。阳明先生对此谏言，批判朝廷内部的腐败，陈述江西百姓的疾苦。当时，江西自然灾害频发，百姓生活困苦。阳明先生上疏请求朝廷免除税收，拯救百姓于水深火热之中。

阳明先生有一次问弟子："为什么我为朝廷尽忠竭力，却仍遭受谗言和迫害？"一个弟子回答："因为先生的功绩受到朝廷官员的嫉妒。"其他弟子回答："因为先生的学问伟大，遭到朝廷官员的嫉妒。"对此，阳明先生说："你们没有说到最重要的点。我宁可做一个狂傲不羁的人，也不愿做一个与世俗同流合污、毫无原则操守的人，因此才对他人傲慢，犯下罪过。”这段对话充分表现了阳明先生的人格。

我的讲话到此结束。

王院长讲话之后，日本团员又和王院长进行了提问和答疑。我将当时王院长回答的内容中必须引起注意的几点记录整理了下来。

1.广西在秦始皇时期已经受朝廷统治。

2.根据文献资料记载，少数民族即便势力强大，朝廷也不会由此引发民族问题，但是当少数民族进行武装时，朝廷就会惧怕而起兵镇压。

3.关于王阳明的战术战略，在思恩、田州采取的是招抚政策，在八寨采取的是各个击破的战术。

4.王阳明体察百姓疾苦，尽力不扩大战火。

5.《论语》中没有“以夏化夷”的语句，这是后人根据孔子的立场来说明时提出的。《论语》中有“乘桴浮于海”“欲居九夷”之语，由此可知孔子的立场。一部分人认为儒教是闭塞的学问，我却认为儒教是开放的学问。

虽然当时的官僚很腐败，但是王阳明不顾个人安危，向朝廷弹劾腐败官员，并且重视土司制度，为了减轻百姓的疾苦而实行减免赋税政策。这些都是值得称赞的。

桂平县是太平天国运动时著名的洪秀全（清代宗教家、革命家）的出生地。团员大谷先生酷爱读书，对这段历史了解得很详细。

桂平是黔江与郁江的汇合地。我们乘船沿黔江而上，前往考察断藤峡。临近出发时，天气放晴了。黔江宽约650米，狭窄处约110米。这条江发源于云南省和贵州省。我们乘坐的船由铁板建造，这艘船逆流而上时，时速25公里，顺流而下时，时速34公里。河边码头停靠着同样的三四艘船。

我们逆流而上航行了约30分钟，两岸山势变得险峻，特别是右侧连绵的山体像刀切一样，群峰耸立。航行了50分钟后，到达断藤峡一带，航行至此，江面也变得越来越狭窄，河流也越来越湍急。瑶族土司就是在这里发动叛乱的。

王阳明的奏疏和《年谱》中记载了关于讨伐断藤峡贼乱的内容。山体的岩石上刻着“敕愿永通峡”五个大字。船只就是在这里折返，顺流前往桂平。断藤峡原名大藤峡，又名永通峡。这里现在已经成为旅游胜地。

为什么叫断藤峡？经过询问得知，据说以前有一株巨大的藤木一直延伸到对岸。人们可以从上面通行到达对岸。但是到了夜晚，藤枝就没入河水之中。

下午3点40分，我们下船参观建于河边的甘王寺。这里是祈求航行平安的寺院。沿江而下的途中，我们遇到了撒网捕鱼的小船，还有5艘曳航船。下午5点左右，我们在河中小岛停船，团员们下船捡了一些花纹美丽的小石块作为留念。我独自留在船中，望着团员们兴致勃勃的身姿，就像在海边玩耍的孩子一样。对于每天坐在巴士上长途旅行而感到疲惫的团员而言，这样的放松也是人之常情。

晚上6点，我们到达桂平码头。途中，我们望见右边的岸上矗立着明代的塔。这种情景只有在中国才能看到，我立刻取出绘画本画了下来，还展示给大家看。

晚餐的水果是甘蔗，和冲绳的甘蔗一样的颜色和粗细。我小时候经常吃细细的绿色的甘蔗，回想起童年时光，我便像返老还童一般吃起餐桌上的甘蔗来。

4月16日，晴。

今天天气也十分晴朗，早餐后，我来到饭店前面的庭院里，庭院中有两株古榕树，树冠郁郁葱葱，像绿色的大伞遮蔽了蓝天。

上午9点05分，我们在警车的先导下前往桂平县博物馆。博物馆大厅陈列着记录大藤峡改名为断藤峡的由来的石碑，和一块瑶族人用来磨刀的巨大磨刀石。

关于断藤峡，根据诸焕灿先生（浙江省余姚市文管局人员）的调查记录，在此介绍其概要：

> 断藤峡位于桂平县西北60里的黔江下游，原名大藤峡。这里四面环山，方圆数百里深山峡谷，地势险峻，奇峰蔽日，是兵家要害之地。其中有岩洞数以百计。峡中藤枝大如北斗，延伸至峡谷两岸，白天沉入河中，夜晚浮出水面，人可在其上行走渡江。大藤峡由此得名。在此山中行走，稍有一步不慎便会落入万丈深渊。此处的巨魁（首领）擅制毒药和石矢，寨内瑶民皆惧怕之。

平定八寨、断藤叛乱

嘉靖六年（1527），王阳明56岁。统治广西思恩、田州的土司（当地出身的世袭官吏）岑猛父子发动叛乱。一直以来，朝廷派遣的官吏，也就是流官在当地势单力薄，往往需借助当地土司的力量平定贼乱。但是平定贼乱的功绩又都归于流官，岑猛等土司得不到任何褒奖。岑猛对此积怨已久，最终发动了叛乱。

当时，提督御史姚镆前去讨伐，并生擒岑猛父子，卢苏、王受又趁机聚众叛乱，攻占思恩、田州。于是朝廷命王阳明前往平乱。王阳明在梧州开府，如后文所述，他在平乱中是以教谕使土司归顺。

之后，王阳明前往平定八寨、断藤峡暴乱。八寨是瑶族山贼的大本营，他们自成化年间以来就以8个大寨为据点，故称八寨。断藤峡位于桂平西北，这里激流汹涌，山峰陡峭，苗族乱贼盘踞于断崖绝壁之上，以此为巢穴。八寨与断藤峡相互联络，遥相呼应。自明洪武至嘉靖的百年间，八寨与断藤峡的土司拒不服从朝廷统治，时常发动叛乱，朝廷前往征讨，但往往收效甚微。

明成化元年（1465），朝廷派遣韩雍率兵10万征讨贼乱，经过长年征战，终于暂时平息叛乱。当时，官兵切断了横跨江面的大藤，大藤峡由此改名为断藤峡，又在江边立石碑刻录其功绩。

之后，八寨、断藤峡贼寇再度发动叛乱，嘉靖七年（1528）攻打州县，残杀百姓，掠夺子女家畜等财物。王阳明向朝廷请命讨伐八寨、断藤峡。是年七月，王阳明向返回湖广（湖南省、湖北省）的军队秘密传授计策，令其发动急袭。当时，卢苏、王受自备军粮，担当先锋协助征讨。历时3个月，斩敌首级3000余，攻破敌巢而归。

王阳明在给朝廷的奏疏中，记述了征讨八寨、断藤峡的理由以及战果。

臣不杀一兵一卒，不费一钱一米，只是宣扬威德，便使思恩、田州之顽迷乱贼稽首来服。比舜降服南方蛮贼有苗有过之而无不及。八寨、断藤峡之贼自然不是思、田之贼可比。八寨为诸贼巢穴，断藤峡为其羽翼。广西诸贼流窜，皆因人心之病。若不平八寨之贼乱，则两广不得高枕无忧。

今臣一举平定贼乱，清扫百数十年来豺狼虎穴。臣深深体察陛下之仁，安抚思、田之民，又体察陛下之义，巧举八善之策。

一、利用湖广归途兵马，免兵马调动之劳。

二、以“到命酬恩”召集思、田之兵，则即便辛劳亦不抱怨。

三、攻贼之不意，令贼无法遁藏。杀生虽为大恶，杀敌众多建功立业则非恶行。

四、利用湖广归途兵马，可省粮草搬运之费用。

五、一举事成，则不扰民。

六、平定八寨、断藤峡，先诛其极恶贼首，渐次德化巢贼，平乱与抚谕之道可两得。

七、八寨不平，则西方柳庆，东方罗旁、渌水、新宁、思平之贼，越数千里至贼巢窟，即便调动十万兵马亦难平定。现八寨已平，诸贼渐次归服，两广百姓可渐次安生乐业。如此则陛下无南方之忧。

八、韩雍虽平断藤峡贼，然不久贼乱又起。八寨乃百六十年间未平之凶贼，今臣既已平贼巢窟。若转移贼邑镇定，使恶贼失险难之地，则后不能再起乱。捕获之贼亦来归服，变为良民。如此，诛杀恶人，使善人安居，便可得为民父母之道。

王阳明平定断藤峡之贼乱后，在峡谷岩壁上刻下“敕赐永通峡”五个大字。阳明平定八寨、断藤峡叛乱之后作了以下几首诗：

破断藤峡

才看干羽格苗夷，忽见风雷起战旗。
六月徂征非得已，一方流毒已多时。
……

平八寨

见说韩公破此蛮，貔貅十万骑连山。
而今止用三千卒，遂尔收功一月间。
岂是人谋能妙算？偶逢天助及师还。
穷搜极讨非长计，须有恩威化梗顽。

前诗结尾还有“嗟尔有司惩既往，好将恩信抚遗黎”之句。王阳明就这样在平定叛乱中采用恩威并施的策略，感化山贼，顾及民生。这两首诗正体现了王阳明的这种心境。

但是，讨伐八寨、断藤峡并非朝廷的命令，部下中有人为此担心，王阳明便举不奉诏而调动军队保卫社稷的汉代周亚夫的事例，说：“为将者，要以国家社稷安危为重，只要有利于国家，就算不遵从朝廷的命令也在所不惜，这是古人之道。”

又说：“现在，我在思恩、田州实行德政，允许贼党投降，我知道这是良策。想要武力征服八寨的山贼是非常困难的，需要顺应时势，以仁义之名讨伐他们。就算没有朝廷的命令，也要先有所行动，然后再向朝廷报告。我是顺应时势而做了这件事。正如孙子所说：‘战道必胜，主曰无战，必战可也；战道不胜，主曰必战，无战可也。故进不求名，退不避罪，唯人是保，而利合于主，国之宝也。’”

仙女洞

巴士沿着郁江向西南行驶，前往贵港市。道路变得崎岖不堪。上午10点，我们一起下车。我转乘贵港市人民政府的专用车前往贵港市人民医院。其他人北上考察仙女洞。

我的腹泻变得严重起来，已经持续3天了。团员中有人担心我的健康而带了常备药。我怀着感激之情服用了。其中也有懂得医术的广池女士带的药品，服用之后很有效，当天腹泻便止住了。但是，王院长非常担心我的健康状况，前一天便与贵港市人民政府交涉，为我办理了手续，希望我能够前往县立医院接受治疗。我与众人分别，直接前往预定住宿的贵港市人民政府第一招待所，放下行李便前往医院。

到贵港市的一路上，道路都还算平整。行驶了一段之后，一望无际的平原上出现几座三角形的奇峰。我被这奇景深深吸引，途中拜托司机停车，下车后将这景象用相机拍了下来。贵港市人口140万，市区人口25万。12点20分到达招待所，下午2点来到医院。

医院的诊疗室非常朴素，只有一张长桌和四五把椅子。钱明先生请内科主任医师亲自为我诊疗。稍等了一会儿，一位40岁出头的女医生出现在我面前。我取出名片，坐在椅子上描述自己的病情。

女医生轻轻按压我的肠胃，用听诊器检查肠胃蠕动的状况。之后，将我的状况写在病历本上，并开了处方药。又叮嘱了我饮食方面的注意事项，在肠胃好转之前让我不要再喝酒了。我很清楚自己的症状，因此也没有询问医生其他的调养方法。

我问医生，在中国研究西医，是学习哪国的医术。医生回答我说，现在主要以美国的医学为研究对象，也稍微研究日本的医学。这位医生应该最早也是研究苏联的医学吧。医生从椅子上站起来，让我稍等片刻，便走出门外。大约四五分钟后，她拿着药回来了。交给我的是消化药、止泻药和止痛片。医药费仅仅只有7元。我正要支付，发现钱明先生已经帮我付了。

广西的很多人都没见过兑换币，若不是人民币就无法通用。因此，上街买东西也必须带人民币。团员都用兑换币向负责旅行团财务的钱明先生兑换人民币后购物。

尽管如此，如此便宜的医药费还是让我感到很震惊。一般来说，外国人在中国购物时，都要以比中国人更高的价格购买。钱明先生告诉我，我的治疗费用是免费的。对于中国人民的这份情谊，我只有深深的感激。

广西地区还没有受经济发展的污染，人民的内心纯粹朴素。我感受到居住在这里的少数民族的热情友好。他们虽然生活贫困，但是性情朴实，我们所到之处虽然经常被好奇的目光所打量，但完全感受不到狡诈的感觉。每当我和这样的人们接触时，都会憎恨文明的进步对诚实的人心所带来的侵蚀。

除我、钱明先生和团员金内之外的其他人都去考察仙女洞了。因为当地的道路状况很差，当地政府为了小型车辆能够顺利通行，事先修整了道路。前去仙女洞的团员将情况向我做了描述。

仙女洞位于仙女山，因为仙女山位于水库中，整座山看上去像个岛一样，前往山上必须要乘船。上午11点，大家到达水库，但是乘坐的船只因为引擎故障，修理之后还是无法排除故障，只得靠小船曳航，中途换乘别的船到达仙女山。这里隶属于贵港市的奇石乡。仙女山高约60米，东、西、北三面环水，山体的一半为悬崖，高度约10米，宽约15米。据说过去曾有7位仙女出现在山崖下，因此称为仙女崖。其下有个宽度大概能容纳10多个人的山洞，洞中有墓。这里距湖面约30米高，当地人开辟沼泽形成了一条道路。

山上地势平坦，据说瑶族山贼曾在这里训练士兵。根据《方舆纪要》记载，嘉靖初年，断藤峡的瑶族叛军占据此山，称为仙女寨。王阳明平定东北方的油榨、石壁、大陂的山贼时，也平定了这里。

四、历访八寨

三里镇的碑林

4月17日，晴。

上午9点05分，我来到贵港市招待所后方的郁江边散步。码头上停靠着十几艘船，我欣赏了一会儿湍流不息的江水后返回招待所。

我们一起在招待所的玄关拍了纪念合影后，出发前往125公里外的上林县。巴士向西行驶，上午10点10分，我们经过宾阳县。从车窗向右望去，是一片锯齿形的青色山脉。巴士朝着用言语无法形容的秀美奇峰疾驰而去。贵港市有很多产砂糖的甜蔗田。

上午11点25分，我们到达贵港与上林县的交界地，上林县的韦县长（女性）与工作人员一起来迎接我们，我们在他们的引导下前往县招待所。喝过茶水之后，我们在这里吃午餐。共同用餐的除了县长，还有3位县人民政府的人员。我要了一点粥喝，这里的粥叫糯玉水，颗粒个头很大，我询问当地人，回答说“这是玉米粥”。餐桌上的酒是当地特产，酒精浓度38度，入口甘甜美味。

午餐时，山口秘书长询问县长：“藏族、蒙古族、满族都有各自的文字，壮族有本民族特有的文字吗？”县长回答“有”。之后我询问才知道，壮族的文字其实就是根据汉字改变的。

这间招待所与广西其他地方的招待所不同，设备齐全，接待室等房间也很整洁。这是因为这里设有联合国机构——世界粮食计划署。听说为了开发粮食生产，去年，中国接受了联合国600万美元的资助。

上林县的居住人口有80%是壮族，他们原本是越南人。午餐后，团员与县长以及年轻的女性工作人员一起合影。这里的女性都是姿容端丽的美人。

巴士离开上林县往北行驶，下午3点50分，到达三里镇。我们在这里下车，考察和王阳明有关的摩崖石刻。这一带的山峰奇峭秀美。稍微攀登一段台阶后，摩崖石刻就位于那里的岩壁上，刻着“千军镇”“千古伟绩”几个大字。“千军镇”的左侧有解放军纪念石塔，上面刻着“革命烈士，永垂不朽，万古长青，生的伟大，死的光荣”。乡土史专家向我们说明:“千军镇是朝廷为表彰王阳明的功绩而赐予的，这块碑是嘉靖二十二年（1543）八月，由钦差整饬兵备副使郑登高修建的。”碑高2.63米，宽1.1米。

“千古伟绩”碑是为表彰参将李应祥的功绩而修建的，高3.4米，宽1.5米。王阳明当时并没有完全平定八寨之乱，在那50年后，由副总兵李应祥彻底平定叛乱。李应祥初任思恩参将，对山贼危害四方百姓十分愤慨，率军平定匪乱，开设官府，实施了开垦屯田、扩展道路等一系列善政，深受瑶族、壮族农工商人的拥戴。思恩的士大夫便将他的功绩与德行刻在崖壁上。

此外，还有万历十年（1582）冬所刻的李应祥诗碑，高0.6米，宽0.4米。《上林县志》中将这些石刻统称为“会水河石刻”或“会水河碑林”。我询问“王阳明在平定八寨时是否来过这里”，回答是“没有确证”。王阳明在平定八寨后，为了维护治安，奏请朝廷在这里设置高祥县，然而未能获准。我们踏着泥泞的道路考察了碑林。

历访八寨

考察完三里的碑林后，我们朝西前进考察八寨。这里的气温和日本的初夏相似，加上疲劳，这趟旅途让人略感辛苦。首先通过石门，从这里向北，在剥丁寨下车稍作休息。所谓“寨”就相当于村落。

到达剥丁寨，这里的村民不管男女老少都聚集过来，很稀奇地看着我们一行人。团员鸭下想用拍立得相机给一个孩子拍照，但那孩子因为害羞躲到大人身后去了。这里的八寨研究专家蓝承恩先生给了我们《广西八寨壮族农民起义概述》《八寨新考》两篇论文的复印件，由此我们知道了八寨山贼暴乱的详细情况。

根据《上林县志》记载，八寨的山贼暴乱是明代规模最大的山贼暴乱之一。八寨指当时的思吉、周安、古卯、古蓬、古钵、都者、罗墨、剥丁八个寨子。后来又加了龙哈、哈咳二寨，一共十寨。八寨地区的农民从元朝开始就发动叛乱，到了明朝不仅叛乱，各寨之间还时常争斗，波及周围各地。明朝政府由是开始了长年的镇压和残酷的杀害。王阳明前往平乱时，借用了思恩首领卢苏、王受的兵力，对八寨发动了奇袭，八寨的山贼直到官军出现在自己的根据地才如梦初醒。当时，断藤峡的山贼已经败退，八寨群匪无法抵抗，纷纷败逃，3000人被杀。

根据《王阳明全书》记载，明嘉靖七年（1528），王阳明指挥卢苏、王受的部队南攻八寨，趁夜悄声急行。寨中寂静，山贼丝毫没有察觉官兵的到来。黎明之时官兵到达山贼所在据点，最终突破石门天险。

《八寨新考》中论述道，根据《明史·土司传》记载，八寨地名为思吉、周安、罗洪、古卯、罗墨、古钵、古蓬、都者。《徐霞客游记》中记载为罗洪、古卯、古钵、都者、寨垒、那良、何罗、剥丁。王阳明等人的记载为思吉、周安、古卯、罗墨、古钵、古蓬、都者、剥丁。

我们从剥丁北上，经过古蓬、周安诸寨，穿过罗墨寨，在红水河畔下车休息，徒步走过河桥。八寨的奇伟山峰延绵到这里就大致结束了。询问后得知，这座桥是广西境内架设的海拔最高的桥。从桥上眺望河岸，岸边盛开着鲜红的花朵，美丽如画，据说那些都是木棉花。逃窜的山贼被王阳明的军队追赶到这里后杀死，残存仅数百人在渡河时遭遇暴风雨，全部溺死在河中。

巴士朝北行驶，晚上7点20分到达忻城县招待所。玄关挂着写有“热烈欢迎王阳明遗迹中日联合考察团到我县考察”的欢迎牌。或许是因为天气炎热，大厅里有很多蚊子。

忻城县的居民85%是壮族。这里也是经济尚未发展的地区，我们是首批到这里留宿的外国人。进入房间，桌上放着两盒香烟和一些苹果、柑橘，以表达对我们的欢迎。但是县城里没有公交车，而且房间里的淋浴也没有热水。钱明先生用水桶接了两桶热水帮我擦洗身体。难得的是，晚饭的菜肴并不油腻，我稍微吃了一些东西，粥还是糯玉水。我还喝了一口绍兴酒。

房间的天花板上悬挂着两张美丽的白色蚊帐。这一夜，我和钱明先生就睡在这两张蚊帐下，但到半夜2点我还是无法入睡，只得服用了安眠药。

考察卧仙岩

4月18日，晴。

上午9点45分，我们来到忻城县土司博物馆。这里原本是因功绩而被朝廷赏赐的莫氏的旧宅，原来有4万平方米的规模，现在剩下1万平方米左右。房屋都是明代建筑。莫氏在400年前，世世代代担任这里的土司，传了20代。现在大约有3万人姓莫。这里的土司制度有上千年的历史。土司制度不仅存在于中国的广西、广东、湖南、江西等地，在越南也有实行。

莫氏旧宅内有清乾隆二十六年（1761）建的忻城县知事文林郎的石碑，正殿悬挂着一幅海上升起朝阳的画，其上有“明镜高悬”四字匾额。这间屋子里还供奉着孔子像。莫氏在清光绪年间被罢免了土司。现在这里已经变成了博物馆，保存着各种历史文物遗迹。

上午11点20分，我们到达周安寨。王阳明曾在这里驻扎了6000人马。有一个小小的洞穴，据说曾有仙人居住，因此得名卧仙岩。这里的岩壁上刻着文字，详细记录了明万历八年（1580）李应祥率领10万大军讨伐山贼的经过。

从这里返回上林县，又朝着马山县前进。下午3点40分来到上林县与马山县的交界处，马山县人民政府工作人员前来迎接我们。上林县的副县长一行人也一直为我们送行到此。文森先生（《上林县志》编纂委员会主编）向我们赠送了《上林县志》，上面还郑重地写着“敬赠王阳明遗迹中日联合学术考察团的日本方”。日本人很难得到中国的府县志类的文献，因此赠送《上林县志》对我们有极大帮助。

一般来说，在日本比较容易找到中国的正史资料，但是要找一部府县志却很困难。府县志中详细记录了各府县的历史沿革、地理人文，使用十分方便。虽然人物传记的可信度并非完全没有疑问，但往往详细记载了正史中所没有的内容，因此不可忽视。例如《上林县志》第四篇第三章的第一节《八寨农民起义》中记录了从明朝景泰五年（1454）至明末清初的农民斗争历史，其中也记载了王阳明平定山贼叛乱的功绩。

下午4点10分，我们到达罗降隘。所谓“隘”是石门的意思。这座山是古代的军事要地，山顶海拔高1700米。八寨的一部分山贼在罗降隘投降了王阳明。

下午5点10分，我们到达马山县招待所。玄关也挂着“热烈欢迎王阳明遗迹中日联合考察团到我县考察”的欢迎牌。入口两侧站着年轻的女性工作人员，她们手上拿着湿毛巾，一一递给我们用来擦脸。今天早上开始，巴士旅行因为炎热和道路状况恶劣而令人苦不堪言，现在用湿毛巾擦拭脸和脖子，顿时感觉舒爽起来。

晚上8点开始晚餐。县长也出席了晚宴。这里也是为我们当向导的南宁社会科学院的黄振南先生的家乡。或许是黄先生特意嘱咐过，菜肴都做成了符合日本人口味的样式。晚宴上还特意请了3位美丽的女性歌手在宴会上演唱中国歌曲，把宴会的气氛推向高潮。团员也受气氛感染演唱了日本歌曲。我也和团员鸭下一起唱了《黑田武士》，团员伊豆丸和广池一起演唱了《樱花》。

夜晚很闷热，就像日本初夏时的气候。或许是因为房间在一楼，有蚊虫飞来飞去，我便放下蚊帐入睡。晚上10点45分，因为雷雨突然停电，大约30分钟后又恢复了电力。

五、阳明学讲座

关于断藤峡的命名

4月19日，多云。

上午10点，我们在会客室集合。我修正了分发给团员们的

《王阳明年谱抄》《王阳明小传》中的几个错误，然后举行了关于阳明学的讲座。

在开始讲座之前，首先订正一下关于大藤峡命名的误解。

断藤峡原名大藤峡，这是因为以前有一条巨大的藤蔓，一直延伸到对岸，人可以在上面通行前往对岸，因此而得名。一开始，我认为藤蔓不可能大到可以延伸至江对岸，可能是险峻山峰之间有一条藤，其枝蔓一直延伸到对面的山峰，人们在上面通行来往于两座山峰之间，由此得名大藤峡。但是，听了王凤贤先生的话后才知道，或许真的存在可以延伸至江对岸的巨大藤蔓。只是，那不是天然的藤蔓，而是人们用藤蔓编成吊桥连接对岸，通过吊桥往来于两岸之间。

辞世句的考证

这里再阐述一下关于王阳明的辞世句"此心光明，亦复何言"的考证。根据《王文成公全书》中的《年谱》记载，王阳明在临终之际，对在南安当差的门徒周积说："此心光明，亦复何言。"之后便瞑目而逝。而李卓吾的《王本年谱》中，并没有"此心光明，亦复何言"之句。

黄绾的《阳明先生行状》中记载，王阳明临终时对家仆说："他无所念，平生学问方才见得数分，未能与吾党共成之，为可恨耳。"遂逝。

门人钱绪山（德洪）在《遇丧于贵溪书哀感》中记：

> 二十九日疾将革，问侍者曰："至南康几何？"对曰：

“距三邮。”曰：“恐不及矣。”侍者曰：“王方伯以寿木随，弗敢告。”夫子时尚衣冠倚童子危坐，乃张目曰：“渠能是念邪！”须臾气息，次南安之青田，实十一月二十九日丁卯午时也。

王阳明临终时是否说了“此心光明，亦复何言”不得而知，但这句话确实充分体现了阳明学的精髓。

知行合一说

接着是关于阳明学的探讨。王阳明的学说中最有名的是“知行合一说”。这一学说看似简单易懂，实则博大精深。若没有一定的顿悟体验，无法认知其真谛。当然，仅从理论的角度来说明并不难，我以前也解释过“知行合一说”，但真正领悟还是到60岁以后。

被称为宋学鼻祖的北宋儒者周濂溪，有人见他的庭院中杂草丛生，就问他：“为何不将杂草除去？”周濂溪回答：“与自家意思一般（和我的内心相同）。”

这句话的意思也比较晦涩难懂，硬要解释的话，周濂溪认为宇宙诞生的原理内在于万事万物之中，人类和杂草也在自身的天性之中保持天理。因此，可以说杂草的内心与自己的内心是相同的。但是，像这样勉强解释其含意，当然无法真正理解当时周濂溪的深意。

我经过相当长的岁月之后，才领悟其中真意。王阳明的“知行合一”也是如此。王阳明对“知行合一”有很多阐释，但是我直到60岁之后才真正理解其精髓。某日，我心中忽然有小小的感悟，自言自语“万物根本之理就在于此啊”。从那以后，我便顺从内心所感而言，内心所想而行。

当时，我将自己的书斋改名为“唯是庵”。所谓“唯是”是“只有……仅有……”的意思，概括来说就是，表达了“根本的原理是无法名状的”之意。在此之前，我的书斋名为“高眠斋”，所谓“高眠”取自北宋学者邵康节的诗句“虽贫无害日高眠”。当时我虽然生活贫苦，但仍有高眠之志向。过了60岁之后偶获小悟的我，感到世间一切都归源于一个浑一的生命的律动。其或为知，或为行，都不外乎一个浑一。这就是知行合一。

朱子学认为“先知后行”，与王阳明的“知行合一”相比较，朱子主张“知”，而王阳明主张“行”。朱子将“知”与“行”分割开来，王阳明将“知”与“行”合而为一。二人学说的差异都是源自朱子以“知”为主，王阳明以“行”为主的学术主张。朱子虽然以“知”为主，但实际上也提倡知行并用，王阳明将其都集约于“行”中，并提出了“知行合一说”。

这里所说的“行”，并不仅仅是“实践”的意思，还包含了情意的修养。将抽象的情意具体化，即所谓实践。这是一个事物，即为“行”。实践的源头在于情意，因此我将以“行”为中心的学说称为“情意主义”。王阳明在真正的情意中加入了“知”。如此一来，真正的“知”中便含有情意，这也可以说是“知行合一”。

王阳明晚年提倡“致良知说”，所谓“良知”指“知行”的本体。因此，良知并不单单指知觉，还包含着情意。王阳明认为人人都和圣人一样有良知，只是未能达到良知的境界。因此，阳明学可以说是简易的哲学。王阳明的这种简易的哲学，却达到了中国思想史发展的巅峰。

阳明学在思想史上的位置

接着论述阳明学在思想史上的位置。

我们可以通过《论语》学习儒教的始祖孔子的思想，但是读过《论语》之后，我们感觉孔子只是在阐述日常生活的道理，而并没有论述什么高深浩远的哲学原理。并且，同样是论道，孔子也会根据不同的门人而采用不同的方法。孔子提倡的最高的道德是“仁”，在解释“仁”时，孔子也只是阐述如何做才算是“仁”，而没有阐述“仁”的本体。“仁”的本体直到宋代才被进行论述。例如，朱子认为“仁”是“爱之理，心之德”，是形而上学的本体。

一般认为孔子是“六经”的编订者，他不但精通“六经”，博学多识，而且是一位怀有深刻思想的儒者。因为“六经”中包含很多关于宇宙、人生、社会、历史、哲学等方面的内容，而孔子对这些内容都有着深刻的理解。但是，他对门人详细讲述“六经”之道时，并不涉及高深的思想内涵，仅仅只是集中在具体的日常生活中进行讲解。

孔子的教育方法由孟子继承并发展，但在孟子之后就停滞不前。这是因为当时除了儒家，道家、佛教的思想也开始发展起来。特别是汉朝末年传入的佛教，在魏晋南北朝时期得到发展，唐代初期达到兴盛，多部佛教典籍被翻译成汉文，最终形成华严、天台等带有中国特色并包含高深哲学理论的宗教。

佛教包含广大深远的哲学理论，同时又强调坐禅的必要性。也就是说，佛教是强调教学与修道二门并用的宗教学说。但是在中国，相较于教学，也就是理论哲学方面，往往更倾向于重视实践修道方面。为此，在华严、天台之后，将此二宗的教学与修道二门集中于修道，以实践哲学为宗旨的禅宗开始兴盛，从唐代末期到宋代，禅宗风靡一时。

这种发展倾向，与“六经”的思想并不停留在理论方面的发展，而是集中在孔子的日常实践中是一样的。这与西方哲学一味地在理论层面发展形成鲜明对照。这种倾向也明显地体现在朱子学向阳明学发展的过程中。朱子提倡知行并用，而王阳明将知行集中于“行”，提倡“知行合一说”。这种思想发展是典型的东方思想式的。

将西方思想与东方思想相比较，西方思想是理论性的，东方思想是实践性的，也因此东方思想是简易学问。在东方思想范畴中，将中国与日本相比较，日本更加注重实践，也更纯粹。清末学者张君劢对此论述道：“日本人信奉阳明学，比中国人更注重实践。而中国人操纵理论，主张自我，相互争论。”

我认为相比朱子学，阳明学更具有东方思想的特点。朱子学中有一些西方思想的东西。日本人的民族性更适应阳明学，因此，与中国人相比较，日本人更欠缺理论性。日本人具有更强烈的在实践中消除理论的倾向。就连我自己也缺乏理论性。

但是，从另一个角度来看，理论越是在实践中被消除，哲学精神就越能得到深化。这是与西方思想相对的东方思想的特点。这实际上也将成为拯救西方科学文明的弊害的巨大力量。当然，我们不能否定科学文明，但是时至今日，当我们默默看着科学技术日新月异地发展时，其弊害也随之悄然而生。而东方思想中，有着纠正这些弊害，使其朝着正确方向发展进步的重要力量。

明治维新以后，日本进入了文明开化的时代，一方面文明日益进步发展，而另一方面，西方文明带来了各种弊端。为此而忧虑的阳明学者中，便有人发行了《阳明学》杂志，从明治时代一直延续至昭和时代，试图拯救日本于西方文明弊害之中。他们从阳明学与日本传统思想的一致性的立场上提倡阳明学。换言之，他们认为日本的神道与阳明学是一致的。我认为，日本人在潜意识中仍然是信奉神道的。

不巧的是，那个时期的我，言行思考尚未完全领悟阳明学的精髓，对此我个人感到十分惭愧。

答　疑

我的讲话结束后，是提问答疑时间。

近藤：日本人吸收并消化了其他国家的各种思想，是不是因为日本人的内心有一种特别的消化力？

冈田：我认为这种消化力就是神道。日本人自古以来，就活用儒、道、佛三教，形成自己特有的思想，我认为儒教是最适应日本的民族特性的。我一直学习并研究儒教，以前我去中国台湾地区时，曾经说过："我虽然学习儒教，但并不是学习中国的思想，而是学习我自己的国家的思想。”儒教已经完全日本化了。

最近，儒教在亚洲各国的现代化发展中起到了一定作用，日本就是很好的例子。在国际学术研讨会上也经常探讨这个问题。但是，其中也有人认为并非如此。前年在夏威夷举行的国际学会上讨论了这个问题，中国香港的某位学者说：“儒教反而是现代化发展的障碍。”但是最近，西方学者中也有人研究日本的现代化，认为产生作用的是神道。神道具有吸收和活用其他思想学说，并产生鲜活的生命力的特性。但是，神道仅仅存在于日本人的潜意识中，并未显现于意识层面。今后，有必要唤醒民众的意识，使神道成为一种自觉性。

近藤：今后，也有必要对神道进行解说吧？

冈田：有解说的必要，但是我更倾向于让西方学者去理解，由西方学者来理解我们要更好。以前，我前往夏威夷参加学会，认识了一个叫德依西的德国西方哲学研究者。当时，我问他对西田哲学的看法，他回答“摩诃不思议”。要用西方的哲学概念来说明以西田为代表、以禅为中心的东方体验哲学，就不得不去搬弄那些晦涩难懂的理论。现在想想，西田对于东方思想的解说方法是不是错了。

我认为没有必要勉强从理论上来解释东方的体验哲学思想。我希望西方学者理解东方思想，是理解其思想精神，并通过西方学者之口来进行解说，如此更好。德依西教授认为“哲学必须是理论性的”。当时，我并没有进行反驳，心中却默默地说，那么，你内心每一个瞬间的律动，都是哲学性的吗？

东方思想中，所有言行举止和内心活动若没有一个绝对性，就称不上是哲学。例如，询问“佛为何物”时，无论怎样从理论层面解释佛教的内容，都是虚空，只有当自己的一切成为佛后，才能领悟何为佛。这就是体验的世界。王阳明正是从千难万苦的体验中领悟了良知。

地主：王阳明与朱子的人生态度是不同的。王阳明的“此心光明”之语纯粹而高妙。这是由经验中诞生而来的，阳明称之为“宇宙万物皆有良知”。由此推断，世间万物都有生命，我们必须好好珍惜世间的一切。

冈田：这种想法与王阳明的思想稍有不同，你的这种想法更接近于神道。神道认为万物皆有灵性。

若万物皆有良知，则万物皆为一体。王阳明的万物一体论是十分高深的学说。人常怀有与万物一体的内心，在各自的职分中实践并实现，这才是王阳明所说的万物一体论。万物一体论要求与万物一体，但现实中要做到是非常困难的。与万物一体十分重要，但反过来说，也能通过相生相灭来确保万物的调和。例如，狮子靠捕杀其他动物来维持生命，被捕杀的动物又吃了很多草。这些动物又会因为病菌而死去。在人类的社会中，不能只有温柔的情谊，若没有严厉的制裁，就无法维持社会的和谐。

地主：王阳明是一位理想家，另一方面，他又直面现实，在实践中活用孙子兵法。

冈田：是的。我们心怀高远的理想，这是非常重要的。但是另一方面，如果忘记面对现实，理想终究只是空想。因此，我出版了研究《孙子兵法》的论著。《孙子兵法》是最深刻阐述现实的思考方式原理的经典。孙子的兵法犹如一柄名剑，根据使用者的不同，既能成为活人剑，也可变为杀人刀。王阳明巧用《孙子兵法》，首先采用“不战而屈人之兵”的战法，对于拒不降服者则进行征讨。《孙子兵法》中，以“不战而屈人之兵”为最理想的结果。这也被称为“神武不杀”。我的名字叫武彦，“武”为“止戈”的字形，兵法的理想在这个字中也得到了体现。

地主：“彦”是好男儿的意思吧。

冈田：可惜我并不是个好男儿。（此时大家同时大笑。）

志津田：王阳明在万死之中领悟了良知。日本人接受并消化了良知。我看王阳明的万物一体论，觉得王阳明好像有量化的人生观。

冈田：孟子说：“舜为人，我也为人。”的确，王阳明具有量化的人生观。例如，他说圣人与凡人的差别，就像大家都是纯金，只是含金量有所不同，但是纯金这一点是相同的。

山口：王阳明提倡良知说，要实现良知也必须通过努力。

冈田：误解阳明学的人往往认为“将良知视为完美无缺的道德标准，然后把一切交给良知来判断，这就是王阳明的思考方式”。这种认识是错误的。因此，王阳明晚年教导门人说：“不要忘记良知二字之上还有‘致’字。”

山口：日本人往往放空自我，接受外国的文化。例如，将儒教、佛教、道教、基督教原原本本地接受进来。这就像水往低处流，自然地接受外来文化。今天，我们考察王阳明遗迹的旅行也是如此。

冈田：原原本本地接受外国的文化，这是神道的力量。

志津田：我无论如何都感觉在基督教里无法得到精神上的

满足。

冈田：基督教在日本并不盛行。

志津田：韩国人有60%都是基督教徒，这是因为牧师广为布施传教。日本人在这方面做得不够。

冈田：江户时代虽然以朱子学为官学，但是各藩却有各种学派的儒学者。不过在韩国却是朱子学一边倒的情况，所以阳明学不能像日本这样发展兴盛。

钱明先生最后发言，将我的观点进行总结阐述。钱先生花了一年的时间在九州大学进行研究，比较理解我的思考方式。此外，王凤贤院长也发言说："王阳明征讨思恩、田州时，并不是亲临第一线指挥战斗，而是坐镇南宁进行指挥。因此，这些地方几乎没有留下王阳明的亲笔遗墨。"

六、思恩府遗迹

考察思恩府遗迹

上午11点30分，我们吃完午饭，下午1点出发。1点50分，我们到达思恩府遗址。思恩府原本位于平果县，因为交通不便，明正统七年（1442）迁移至此。王阳明在贵州的时期思恩府位于马山县，但也因交通不便迁移至南部的武鸣县。

思恩、田州府遗址还残留着一些过去府衙的遗迹。府下设十三堡，其中的六堡设于马山县。十三堡由朝廷派遣流官管辖，王阳明来此之后，将其中的九堡换由当地土司管理。因为王阳明认为，任用当地有势力的土司管理更为有利。思恩府遗迹的四周环绕着高约10米的石墙，形状与八达岭长城相似。城门遗迹尚残留，其中祭祀着道祖神，水牛悠然自得地在门前小憩。我们朝城墙走去，沿着泥泞的道路来到村中。因为道路泥泞，我还差点滑倒。在一条小河边，王院长还捡到了一个宋代的开元通宝钱币。

欢迎文艺演出

晚上6点，我们吃了晚餐。餐桌上出现了猪舌头、竹鼠肉、鸽子肉、四色豆等稀罕的菜肴。

因为晚上有一场马山县艺术协会主办的欢迎文艺表演，晚餐后，我们步行七八分钟前往会场。会场中有大约200名瑶族男女老少聚集在一起，十分热闹。现场举行了赠品交换仪式，之后，壮族、瑶族、侗族等少数民族表演了各自的民族舞蹈。男女舞者身穿华丽夺目的民族服装热情地起舞，实在是人生难得一见的景象。现场还演奏了《四季歌》《索朗节》（ソーラン節）等日本民谣，在这样贫困的乡村地区，能听到如此音色清亮的歌曲演奏，令人耳目一新。

节目单如下：

一、壮族民族舞——秤杆之舞

二、壮族民谣三首

三、舞蹈——黄河的源泉

四、日本歌曲合唱——四季歌、索朗节
五、壮族现代歌舞——红棉树、红水河
六、二胡齐奏——壮乡欢歌
七、歌曲——欢杯
八、侗族民族舞——新娘
九、壮族情歌合唱

我们这边，团员伊豆丸和广池、钱明与金内分别演唱了二重唱，陈辉演唱了歌曲，团员鸭下表演了吟诗，王院长演唱了京剧。我与近藤副团长演唱了《荒城之月》，但因为年事已高，演唱中途忘了一部分歌词，让我紧张得冷汗直冒。舞台上放着纸和笔墨，不知道是不是钱明先生事先准备的，大家请我题字，我便挥毫写下了“万千奇峰竞秀态”七个大字。

上林、忻城、马山一带的群山千姿百态，奇峰竞相矗立。对于看惯了江南山水的人而言，若来这里旅行，会感到自己仿佛置身于画中才会出现的仙境一般。我思考着该如何用文字来描述这景象时，想起了北宋著名文学家欧阳修描写滁州（安徽省）被群山环绕的景象时，最初用了数十字，又进行了精简，最后剩下“环滁皆山也”五字的描写手法，于是题写了上文的七字。

演出的最后，考察团全体团员一同站在舞台上合唱《萤之光》作为告别。当地壮族民众热情淳朴的民风令我终生难忘。

演出结束后，我们三五结伴地返回旅馆，途中，我们遇到在忽闪忽闪的灯火中敲锣打鼓、高声歌唱的少数民族的露天营地，我们便加入其中。最初我以为是村子里的什么祭祀活动，有人拿出相机打算拍照留念时，陈辉先生突然大声对我们说：

“这里禁止拍照。”我定睛仔细一看，发现前面有座祭坛，还摆放着死者的遗像。于是团员们纷纷朝着遗像双手合十表示哀悼，并将随身带的人民币供奉在祭坛上。死者的遗族向我们表达了感谢，目送我们离开。

新思恩府遗迹

4月20日，晴。

早餐吃了豆腐汤。原本预定上午9点出发前往武鸣县，不过稍微耽搁了一会儿，到9点07分才正式出发。

我们越过奇峰林立的山岭，9点40分到达金刚寨。据说王阳明的军队曾在这里驻扎。山间残留着城墙遗迹，我借了双筒望远镜朝遗迹方向看，果然看到一些类似城墙的东西。这段城墙究竟是不是王阳明的军队建造的，目前仍存疑。

上午10点15分，我们到达马山县的杨墟。这里曾是王阳明军队的大本营，残留着城墙遗迹。土墙高约3米，宽2米，现在是民宅。王阳明就是从这里发兵征讨八寨山贼暴乱。据说直至1950年，杨墟遗迹还完整保留着。

上午10点30分，我们考察了杨墟书岩。其上有南宁府的官员所刻文章，落款日期为嘉靖七年（1528）八月中秋，内容主要记载了王阳明率军征讨八寨时经过这里的情况。这篇石刻文章原本位于洞穴中，为了让我们一行人方便考察，马山县出资500元将周围的岩壁凿去。叶树望先生抄写了石刻的内容：

剿除八寨□□新建伯尚书阳明王公兴师统兵八寨□□督□□戈回□□□□□□□□军冬梁瓒等请勒石□□□□□嘉靖七年秋八月中秋日□□□□奉议大夫南宁厅府同知谏□□□□□

这是我们首次在石刻中看到王阳明的名字。

上午12点18分，我们到达武鸣县宾馆。气温30℃，大厅摆放着电风扇和藤椅，庭院中并排放着很多盆栽。武鸣县外事办李主任向我们一一问候。武鸣县居民也以壮族为主。

下午2点40分，我们到达武鸣县人民政府所在地，前往考察新思恩府遗址。我们首先考察了这里的孔子庙遗址。之后，我们坐在广场的桂圆树下一边乘凉，一边听当地乡土史专家的解说：新思恩府旧名荒地站，这里曾是马的栖息地，田地荒芜，不适合人居住。王阳明平定八寨之乱后，于嘉靖七年将思恩府迁移至此，并修建学校开设讲堂。对此，王院长说："王阳明并没有迁移新思恩府，也没有在这里修建学校。王阳明是无暇修建学校的，并且也没有讲学的体力，应该是招聘教师进行讲学。在南宁也是如此。"

当询问乡土史专家依据的文献资料时，他回答说是清代的府县志。王院长说："希望你读一下王阳明的《年谱》。"

新思恩府遗迹只剩下长1600米、高7米、宽3米的土墙，修建于嘉靖七年。现位于府城中学内，于是我们便前往府城中学。府城中学校园内有河流穿过，河岸上立着纪念王阳明的"水月岩"石刻。

我们一行人来到镇政府的办公室，工作人员倒茶招待我们，询问我们为什么千里迢迢从日本来到这里考察王阳明遗迹，王院长回答："日本的明治维新以阳明学为主导思想而取得成功。日本人十分崇敬王阳明。冈田先生是国际知名的阳明学者，也是阳明学研究的权威。毛泽东也曾引用过王阳明的话。要知其真髓就必须亲临实地。"

室内的墙上悬挂着马克思、恩格斯、列宁、斯大林、毛泽东的画像。也因此，王院长刚才特意提到了王阳明与毛泽东的关系。

我们考察这里时，为了方便考察团的巴士通行，镇政府暂停了当地的公交运行，安排了警察进行警备和做安保工作。

晚上6点30分，我们到达南宁的邕州饭店。从武鸣到南宁的道路状况良好，巴士旅行十分舒畅。晚餐的菜肴不是很可口，服务生的服务也不尽如人意。

晚上11点就寝。但是，经过了1小时我还是毫无睡意，便服用了安眠药，并整理了日记。

参观南宁

4月21日，晴。

南宁是广西壮族自治区的首府，市区人口约100万。上午9点05分，我们从宾馆出发，在南宁市文物管理局局长的陪同下前往青秀山参观。这里有一座凤凰塔。青秀山原名青山，但是据说青山这个名字不吉利，于是改名为青秀山。街道两旁绿树成荫，据说这里的树木四季常青。街道两旁还种着夹竹桃。

上午9点50分，我们来到薰泉。嘉靖年间，被奸人所害的薰传作曾到此地游览，因此得名薰泉。王阳明也曾到访这里，因此岩壁上刻着“阳明先生过化之地”几个大字。

上午10点40分，我们来到阳明先生讲学处——敷文书院。王阳明曾在这里讲学授徒。

上午11点，我们来到人民公园，公园内有王阳明的画像与万历三年（1575）左江道的《修复王文成公敷文书院记》石刻，可惜都已损毁无法辨别。据说原本都埋藏于地下，后来移至此处。王阳明讨伐山贼的特点之一，是在平定叛乱后，在当地修建学校，教化民众。王阳明在南宁也修建了学校。

嘉靖六年（1527）十一月二十五日，王阳明至梧州开设军政府，奉旨陈述讨伐之十害和抚慰之十利，首先劝说思恩、田州的土司归降，并借用他们的兵力攻打八寨、断藤峡的山贼。不过，王阳明本人是在南宁指挥战斗。根据王阳明在南宁所作诗文，可知王阳明屯驻南宁有5个多月之久。王阳明看到在战乱中逃难的百姓返回故土，心中平添几分欣慰，他最迫切的愿望就是让百姓安居乐业。在此期间，王阳明的军队攻破八寨、断藤峡，消灭了山贼。当时，王阳明已经肺结核晚期，终日饱受病痛折磨，平定八寨、断藤峡山贼时，喜悦之情和安民的使命感在他心中激荡，于是他便将当时的心情写进了诗中。

午餐后，团员们各自前往市区参观购物。我也在当地人的陪同下前往百货商店和古董店，但是没有发现十分中意的商品，最后两手空空地回去了。

晚上7点，广西社会科学院在南宁宾馆设宴款待我们。宴会的菜肴很丰盛。这天从傍晚开始就下起了小雨，但宴会结束后返回时却雨过天晴，可以看到夜空中的点点星光。

七、湛甘泉墓

湛甘泉与王阳明

4月22日，多云。

上午6点45分，我们从邕州饭店出发，7点30分到达南宁机场。在这里，我和负责引导我们在广西旅行的黄振南先生（南宁社会科学院），以及担任翻译一直在我身边同行的黎白絮女士（南宁师范学校日语教师）分别了。黎女士用流利的日语向我道别，她是个情绪极为克制、喜怒不形于色的人。

飞机于上午9点08分起飞，9点58分在广州机场着陆。广东省社会科学院的李小林先生在机场迎接我们，我们乘坐巴士前往广东迎宾馆（广州）。上午11点20分到达宾馆。

我们计划明天考察增城的湛甘泉遗迹，下午2点，我在宾馆二楼的会议室为团员们讲解王阳明与湛甘泉的关系。还发表了关于瓷器与时代精神的关系的讲话作为参考。之所以讲瓷器与时代精神的话题，是因为瓷器很能反映宋、元、明代的时代精神，而这也是宋、元、明代儒学思想发展的背景。例如，朱子学与宋代精神、阳明学与明代精神都有密切的联系。

明弘治十五年（1502），31岁的王阳明领悟了老庄与佛教之非，转向儒教。弘治十七年（1504）九月，王阳明被任命为兵部武选清吏司主事。这一时期，已经有学子向王阳明拜师学习了。但是，王阳明眼看他们沉溺于记诵辞章之学，而不知体认身心的圣学，便勉励学生要立下必为圣人之志向。

但是，当时有的学者认为王阳明的主张是异端邪说，对王阳明进行非难。只有陈白沙的门人、时任翰林院庶吉士的湛甘泉与王阳明志同道合，二人携手提倡圣学。湛甘泉稍年长于王阳明，当时，他继承程明道的学说，主张体认天理之学，他的学说与王阳明提倡的体认身心之学异曲同工。二人一同在京师致力于圣学的复兴。

湛甘泉，字元明，初名露，后改名雨，又改名若水。明宪宗成化二年（1466）出生于广东省甘泉郡沙贝村。各地学子纷纷前来拜湛甘泉为师，称他为甘泉先生。

弘治七年（1494），29岁的湛甘泉师从陈白沙，学问大进，被寄予厚望。湛甘泉见到陈白沙之后，就断了出仕的念头。湛甘泉35岁时，陈白沙去世。

弘治十八年（1505），40岁的湛甘泉奉母之命参加科举，考中进士，被选为翰林院庶吉士，又为编修。当时，王阳明正就职于吏部开展讲学。二人初次见面就在这一时期。当时，王阳明34岁。自那以后，二人成为挚友，结下了深厚的情谊。也因此，王阳明43岁时，为湛甘泉之母题写了墓碑，而湛甘泉则为王阳明撰写了墓志铭。

王阳明和湛甘泉都以体认之学为宗旨，到了晚年，二人的学问上多少产生了一些不同。湛甘泉晚年提倡“随处体认天理”之说，进一步发展明道体认之学。而王阳明自龙场悟道以来，转向了心学，晚年提倡“致良知说”，完善并进一步发扬陆象山的心学理论。

按王阳明自己的话来说，二人的学问都以体认之学为本，只是间接与直接、迂曲与直达的差别而已。

也因此，王阳明对湛甘泉的学问略有批判。湛甘泉在王阳明去世之后，又活了30多年，颇为长寿，他在挽救王学末流（现成派末流）的猖獗之弊上做出了贡献。

二人的学问虽然有所差异，但门人中有很多人认为二人是殊途同归，也有不少门人同时拜于二人门下。当时，王、湛二人门下有数千门人，相互维持着势力，王门派的学说更符合时代潮流而发展兴盛，而湛门派摄取了王学的部分学说，对两家学派进行调和。

湛甘泉之后升任南京礼部、兵部尚书，明世宗嘉靖三十九年（1560），以95岁的高龄在广州去世。也有说法说湛甘泉是客死于浙江，去世前三日仍在讲学。阳明学派又被称为“浙派”，而白沙、甘泉学派被称为“广派”。湛甘泉在江苏、浙江、安徽、福建、江西各地都修建了书院、学校，数量多达56所。

湛甘泉墓

嘉靖七年（1528）九月，王阳明拜访增城，当地官员为纪念王阳明五世祖王纲及其子王彦达的忠孝之心，修建了增城庙祭祀二人。王阳明此行正是为了祭拜先祖。并且，湛甘泉的家也在增城，王阳明也想顺道拜访老友。

王阳明于是年八月从南宁出发，九月十日抵达广城（广东省）。在增城停留了两个月。他拜谒了王纲、王彦达祠，拜访了湛甘泉。前去湛甘泉家时，除了满怀对湛甘泉的思念之情，也希望能借与老友相会之机抚慰因征战而疲惫不堪的内心，怀着这样的心情，王阳明写下了《题甘泉居》一诗：

我闻甘泉居，近连菊坡麓。
十年劳梦思，今来快心目。
徘徊欲移家，山南尚堪屋。
渴饮甘泉泉，饥餐菊坡菊。
行看罗浮云，此心聊复足。

王阳明还在湛甘泉家中的墙壁上题诗，诗中记述了他对大义殉国的远祖王纲的思慕和得到挚友湛甘泉的欣慰之情。

书泉翁壁

我祖死国事，肇禋在增城。
荒祠幸新复，适来奉初蒸。
亦有兄弟好，念言思一寻。
苍苍蒹葭色，宛隔环瀛深。
入门散图史，想见抱膝吟。
贤郎敬父执，童仆意相亲。
病躯不遑宿，留诗慰殷勤。
落落千百载，人生几知音？
道通著形迹，期无负初心！

4月23日，星期四。

从昨晚开始到今天早上一直下着小雨。白天雨停了，变成多云天气，傍晚又下起了小雨。

上午8点30分，我们出发前往增城。从广州到增城大约60公里。增城县位于广州的东北方向。巴士上，王院长作了《访思恩遗迹》诗一首：

思恩城头烈日照，黄副所长细介绍。
首席翻译刮刮叫，汗流浃背听报告。

上午10点30分，我们到达增城县新塘镇。新塘镇人口约3万，是一个正在发展中的城市。进入市区，街上很多骑摩托车的人，道路拥挤。

10点40分，我们来到新塘镇人民政府。工作人员引导我们进入2楼的会议室。起初，我们不知道镇政府的位置，进入新塘镇后，李小林先生下车询问了一个骑摩托车的男子，这个男子便让李先生坐在摩托车的后座上，带他到了镇政府，李先生为了表示感谢，给了他5元钱。只是因为这点小事就给对方5元钱，我对此感到不理解，询问之后才得知，这种摩托车其实就相当于出租车，我这才恍然大悟。巴士驶入市区之后，有个穿着类似日本暴走族服装的男人，身边并排停着数辆摩托车。地主团长问："那是中国的暴走族吗？"当听到回答说那些是出租车时，大家一同大笑起来。

会议室内，湛坤耀先生（湛甘泉二十七世孙）和陈副镇长（湛甘泉研究专家）向我们作了说明。湛先生说，甘泉庙位于镇政府数公里之外，已经被破坏了，其旧址现在是一座小学。湛甘泉先祖墓以及湛甘泉墓还保存完好。

陈先生说："自从3年前国士馆大学的志贺一郎教授来访后，这里才开始对湛甘泉加以关注。"志贺教授是湛甘泉研究的专家，我也在杂志上介绍过他的专著。多亏了志贺教授来访此地，我们也能考察湛甘泉遗迹。陈先生还说，今后他打算花3年时间收集整理湛甘泉相关资料。

我们还在会议室观看了湛甘泉的书翰和肖像画的复制件，但是没法观看真迹。

陈先生说："因为《甘泉文集》的序文是由臭名昭著的内阁首辅严嵩所写，便有人说他和严嵩交往密切。但湛甘泉在1540年就已辞官，而严嵩于1542年踏上仕途，严嵩在朝廷权倾一时的时候，湛甘泉早已归隐乡里，二人之间不可能有交往关系。不如说是严嵩擅自借用了湛甘泉的名声。"

关于湛甘泉逝世之地，陈先生介绍说："有一种说法是湛甘泉在浙江去世，但实际是在广州去世的。最初葬于白云山，3年后，门人将他移葬至增城县永和镇天长岭。罗浮山的朱明洞有湛甘泉的亲笔遗墨石刻。湛甘泉还为其师陈白沙写了碑铭，他也是一位非常有名的书法家。署名时，如果赠予达官显贵，落款是甘泉，赠予一般人落款是若水。"

湛甘泉辞官后，居住于现在的广州市湛家大街。故居在鸦片战争时被烧毁，现已改建为公园。陈先生还提到了湛甘泉的祖先："湛甘泉的先祖始于元朝。但也有人说元朝是蒙古族建立的王朝，所以应该始于宋朝。这种说法是错误的。"陈先生还向我们介绍了湛甘泉研究的最新资料《湛氏祖谱》，以及香港增城同乡会出版的《增城县志（嘉靖版）》。

中午，我们在新塘镇人民政府前的河边的食堂吃午餐。午餐后前往考察湛甘泉叔父的庙，据说现存建筑的屋顶部分是嘉靖年间建的。湛甘泉幼年时曾在这里学习。

接着，我们前往新塘镇甘涌小学。小学的入口处挂着“宋奉训大夫湛公祠”的匾额。团员金内与钱明先生和小学生打了乒乓球。

这里稍微介绍一下新塘镇。在志贺一郎教授所主编的论著集中，有一篇守松先生写的题为《新塘·怀枝·湛若水》的文章，文中写道，新塘镇在明代以前还只是东江的一个大河湾，明弘治年间，增城县沙贝村的湛甘泉在任期间，堆叠垒石填筑河湾、水塘，修建堰堤，由此诞生了新塘。湛甘泉晚年辞官归乡，在这里盖屋为家。后来，这一带的人们便将湛甘泉的故乡也称作“新塘”。

湛汝松先生在《湛甘泉与新塘》一文中写道，为了纪念湛甘泉，新塘人不仅在湛甘泉的出生地修建了甘泉小学，还在刻有“真儒甘泉湛先生祠”的尚书府遗址修建了菊泉中学，后改名为新塘中学。

此外，广州民间文艺研究会的《湛若水与湛家大街》一文中写道，湛甘泉50岁时，利用为母亲守丧3年的机会，在广东省南海县的西樵山大科峰开设了大科书院，讲学授徒。守丧结束后，也托病继续讲学。70岁时辞官，居住于现在的广州市湛家大街。之后专心于教育活动，在自宅附近开设了天关书院。

湛甘泉终生以培养人才为己任，他门下弟子有3900余人。南京、江苏、安徽、湖南、广东等地的将近40所书院都得到过他的金钱资助。为了纪念这位著名的教育家，人们将他晚年居住的地方命名为湛家大街。

湛甘泉开设的天关书院现已成为民居。这里传承了“天关”之名，到了清代，“天关”被讹为“天官”，后改名为天官里，现为天德政北路的天官后街。

此外，志贺教授对新塘也进行了调查：湛甘泉的祖先元德的居住地是广东省甘泉郡沙贝村。增城位于新塘东北40公里处（现在的增城县）。湛甘泉故居在新塘（沙贝村），增城是其讲学地。

我们一行人从新塘镇小学前往湛甘泉墓。墓位于丘陵地带，没有像样的路，我们穿梭在野草和田地间来到墓前。看上去像是古路的墓道两侧立着文武官员和兵马的石像，由此可以推断墓的规模比王阳明的墓还要大。墓还残留着古代墓葬的样式。来到这里，忽地就想起探寻王阳明墓时的情景，内心感慨万千。我得知这座墓没有在“文化大革命”中遭到破坏时，心中像是放下了一块大石一般。

墓的入口有新立的石板，上面刻着：

赠太子少保

明南京礼吏兵部尚书湛公讳若水之墓

谥文简

新塘旅港湛氏宗亲会　立

公元一九九一年辛未年冬月吉旦重修

当地人告诉我们，这座墓曾被人盗挖过。

下午3点24分，我们从增城出发。下午4点25分，我们回到了广州的宾馆。

八、从广东至江西

从广州到韶关

4月24日，昨晚下了小雨。

昨晚，我拜托钱明先生与正在暨南大学留学的池田小姐联系，约定今天上午10点，池田小姐前来宾馆看望我。我便在大厅等她。因为下雨，交通拥堵，池田小姐比预定的时间稍微晚些到达。

今天原本计划参观博物馆，因为下雨而取消了行程。我询问池田小姐后得知，广州似乎并不是一座文化城市。广州紧邻香港，是繁华的商业都市，因此几乎没什么值得考察的文化遗迹。我在池田小姐的陪同下，在宾馆的商店买了中国的花鸟画等数十件纪念品。原本期待可以买到比较好的书画作品，可惜并没有，便在池田小姐的推荐下买了花鸟画。倒也不算是毫无收获的一次购物。

我们预定明天乘坐前往韶关的列车，为了减轻随身行李的重量，大家都把自己购买的纪念品打包成小包邮寄回日本。上午雨停了，我们便各自拿着要寄的包裹，在陈辉先生的带领下前往邮局。我的行李拜托其他团员帮我寄了。听说邮局工作人员会一一检查包裹内的物品，有用日文写的书籍便不准邮寄。并且，手续十分复杂，要寄一个包裹必须填写五份表格。

我走进友谊商店隔壁的书画店，想着有合适的画作就买下来，但是没有我喜欢的作品，很失望。返回日本的两三天前，我在杭州市买了两幅还值得观赏的画作，据说那是杭州大学的老师画的。有人告诉我说，以便宜的价格购买大学绘画专业的老师、学生们练习的画作，反而更划算。

4月25日，昨晚雨停了，但起了雾。

上午7点30分，我们从宾馆出发前往广州站，乘上上午8点50分发车的快车，12点40分到达韶关站。一行人在站台上集合清点行李，女列车员在车厢中打扫卫生，突然将垃圾从车窗扔到了站台上，这时，不知从哪里跑来了几个孩子，从垃圾堆里找到一些干果，捡起来走了。

我们将行李堆放到钱明先生找来的行李拖车上，一起走出车站。之后钱明先生告诉我，他拜托前来迎接的韶关市的工作人员搬运行李，对方不愿意。但听说钱明先生是公务员时，他们的态度就立刻变了。

走出车站外，有个女孩子一直缠着近藤副团长乞讨。这让我想起第二次世界大战结束后不久，我在大阪车站，也有个孩子向我乞讨，在我不留神的一瞬间抢了我身边的包裹就跑，我在后面紧追不舍，好不容易才夺回来。我希望中国能早日建设成这些孩子们不用上街乞讨的国家。

我们乘上前来迎接的韶关市中国旅行社的巴士，下午1点10分，到达入住的韶华酒家。巴士是日本造的，十分舒适。韶关市区街道井然有序，市容优美，与成都很相似。这里是三省

（广东、江西、湖南）的交界地，也是交通要冲。这里三江合流成北江，因此河面十分宽阔。

下午3点30分，我们前往参观位于韶关市西面20公里的曹溪南华禅寺。这座寺院供奉六祖慧能。楼门上悬挂着据说由宋代大文人柳宗元亲笔题写的“曹溪”二字匾额。曹溪是慧能的出生地，也是慧能广施教化之地。这次考察旅行途中能来这里参观实属侥幸。我在寺院内向团员们讲解了慧能传记的大概内容。

慧能（638—713）是中国禅宗的第六祖，一般称为六祖大师，又称曹溪大师。关于六祖的事迹记载于《六祖大师法宝坛经》的《行由篇》中。慧能出生于贫苦家庭，某日前去集市卖柴，听闻一位僧人诵经，内心顿然生悟。询问那位僧人所诵何经，回答《金刚经》。询问这部经书从哪里所得，回答：“从蕲州黄梅县（湖北省）的东林寺所得。这座寺内有五祖弘忍大师，门徒1000余人。大师一直劝勉众僧徒诵《金刚经》，自身见性成佛。”听闻此言后的慧能即刻前往黄梅县拜谒五祖，由此引发了以下耐人寻味的问答。

弘忍：“你是哪里人，有何求？”

慧能：“我是岭南新州百姓，前来拜谒大师，是想寻求成佛之道，其他别无所求。”

弘忍：“你若是岭南人，则是个野蛮之人，不得成佛。”

慧能：“人纵有南北之分，但佛性却无南北之别。野蛮人虽与和尚不同，但在佛性上并无任何差别。”

弘忍听后十分惊诧，觉得眼前这个人并不简单，但还是让他先在寺内做舂米的活儿。某天弘忍对众弟子说：“若有人自觉已悟得佛性，便作偈语，若是真有悟大意者，我便授其衣钵，让他成为六祖。”

当时，众弟子都认为，在学识和修道方面都十分优秀，并且担任大师代理一职的神秀才是六祖的不二人选，于是纷纷退出竞争。神秀为了回应众人的期望，便作偈语，三番四次想要前往大师房间，但怎么也下不了决心进入室内，于是便将偈语写在走廊的墙壁上，若大师看了偈语认可自己，便请求成为六祖，若大师不认可，就前往山中再修行数年。他在走廊的墙上写了这样的偈语：

身是菩提树，心如明镜台。
时时勤拂拭，勿使惹尘埃。

看了此语的大师，知道神秀尚未悟得佛性，将神秀召入室内说：“作此偈语，说明你尚未悟得佛性。你回去思考一两日，再重新作偈来看。”

但是，神秀花费数日却未能作出新偈，因而心绪不宁。

两日后，慧能听僧人说神秀诵偈之事，知道神秀作此偈语，尚未领悟佛性。于是慧能说自己想拜读神秀的偈语，请僧人带自己去神秀作偈的地方，并说自己不识字，请僧人将神秀的偈语念给自己听。听完之后，慧能又说，自己也作了偈语，拜托僧人写在墙上：

菩提本无树，明镜亦非台。
本来无一物，何处惹尘埃。

神秀的偈说的是渐修，而慧能的偈说的是顿悟。不必说，弘忍当然认可了慧能的偈语。

深夜，弘忍悄悄将慧能叫入室内，用《金刚经》的经文对他说：“应无所往，而生其心。”慧能立刻大彻大悟。这句经文的意思是达到无碍自在的境界方能领悟佛性。由此，慧能领悟到自性即佛性。弘忍说，若无法领悟此意，就算学遍万法也毫无用处。弘忍教授慧能顿悟之道，并传授其衣钵，说：“你是第六世祖了。”

弘忍担心众僧徒得知自己将衣钵传授给慧能，会对慧能起杀心，便亲自将慧能送到码头，目送他离开。慧能南下来到大庾岭（广东省与江西省交界处）时，被追赶他想要夺取他的衣钵的僧众抓住。慧能与站在僧众最前面的陈慧明展开禅问答，最终令其折服。慧能来到曹溪时也受到很多非难，但他还是在这里广为布教。

以上内容出自慧能的传记，其中或许夹杂着很多虚构的成分。但是，故事情节十分曲折，慧能禅师的形象跃然纸上，也不失为一篇好文章。

继承五祖衣钵成为六祖的慧能住在韶州曹溪的宝林寺和大梵寺，大量信徒前来皈依。中国的禅宗由此分为神秀的北宗禅和慧能的南宗禅，唐代末年以后，南宗禅发展兴盛，二者的主要差别为渐悟与顿悟。

我一边回想以上内容一边参观南华禅寺。一般来说，道教在中国的民众中被广泛信仰，而佛教似乎与民众距离遥远。但是这里却有很多前来参拜的信众。在供奉慧能的舍利子的殿前，香火更是袅袅不断。大雄宝殿（本堂）里有20多位僧人正在诵经。我们一行人在这里接受了电视台的采访。

参观完南华禅寺后，我们返回宾馆，途中听说有湛甘泉的老师陈白沙的书法作品，于是让人带领我们前去观看。在一座建在楼房之间的楼门上，悬挂着“风采楼”的匾额，据说这字是出自陈白沙之笔。但是，这个楼门是清代建筑，字体也和我所想象的陈白沙的书法风格相差甚远，究竟是不是陈白沙的真迹还很存疑。

陈白沙名献章，广东省新会县人，虽然与王阳明的学术立场不同，但是提倡心学这一点是相同的。最初前往广州时，我心想或许能够看到陈白沙的遗迹，便请求务必前去考察，但得到的答复是，若不事先提交申请就得不到广东省人民政府的许可，因此无法前去考察，十分遗憾。

我们在韶关的宾馆分配房间时，钱明先生希望和我同住一间，但是宾馆不允许中国人与日本人同住一间。这种规定也实在太死板了，我只得无奈地苦笑。

这一天晚上8点20分，我们的后续团员到达宾馆与我们汇合，第二天早餐时相互作了介绍。后续团员如下：

中国：吴光、邱明

日本：松井清、池末美光

前往翁源

4月26日，多云。

上午8点50分，我们出发前往位于韶关市东南140公里的翁源县。

上午10点30分，我们在途中的铁龙乡下车，翁源县的何副县长前来迎接我们，引导我们来到老年人活动中心的接待室，拿出苹果、梨等水果招待我们。首先，何副县长致辞并介绍了翁源县的情况，由此知道翁源县人口约33万。当地的特产是苹果，现在正是瓜果成熟的时节。接着由地主团长致辞。

稍作休息后，何副县长带领我们前去参观宋代的采铜矿遗迹。古代的人们在这里开采铜矿，而现在四周一片荒芜，只有一些铁锈色土堆还能让人联想到铜矿遗迹。据说宋仁宗时，这里有多达10万人的采矿工人。北宋时，这里的铜矿产量居当时中国的第一位。大文豪苏东坡经过这里，看到冶炼炉里通红燃烧的火焰，说：“万家灯火通明。”

下午2点30分，我们到达新江镇。小憩之后，一行人乘坐小型卡车前往位于上坝村的梅岩。因为这里道路狭窄，若不是小型卡车就无法通过。梅岩是个石灰岩构成的洞穴，是当地的风景名胜。不过钟乳洞在日本也能看到，而且和王阳明也没什么关系，所以我就放弃观光，留下休息。

根据团员记录，洞穴一共有3个，其中主洞穴宽8米，高4米，深278米。洞中分布着千姿百态的钟乳石。宋代时，双双考中进士的梅鼎臣、梅佐父子曾在这里读书，因此得名梅岩。前往参观的团员说，村民为了大家能够顺利前行而修理了道路，还帮了不少忙。

参观梅岩结束之后，我们前往翁源。在巴士上，团员松井对我说了关于当代中国人的经商方法和在埃及尼罗河上游观光时的情景的话题。

下午5点50分，巴士在山道上停车。我们下车查看，可以望见河道中突起的堤坝上，有一些古代建筑。据说那是晚唐诗人邵谒故居遗址。这里一看就是符合诗人喜好的居所，就算不是诗人的我们，也觉得这里是隐居的好地方。

晚上6点30分，我们到达翁源县招待所。招待所虽然是新建的，但浴室里并没有配备毛巾。

翁源县副县长出席晚宴并致辞，我们这边由近藤副团长致辞。池末先生带来了日本酒“月桂冠”，餐桌上还摆上了生鱼片。在中国吃生鱼片总让我不大放心，战战兢兢地尝了一口。此外还有蛇、泥鳅等不常见的菜肴。晚宴上，副县长和王院长分别高歌，松井先生唱了《象》，池末先生唱了自己创作的《追寻王阳明》。

访问和平县

4月27日，多云。

到目前为止的旅行中，晴天的日子只有3天，其他日子都是铅灰色的阴云笼罩着天空的多云天气。

上午9点，我们出发前往翁源县以东150公里的和平县。途中，我们与翁源县副县长道别。接下去，我们要翻越名为云髻山的延绵群山，巴士在深山幽谷间如穿梭在缝隙中一般地蛇行。路上随处都有山崩，道路太过泥泞车辆无法前行时，我们便一同帮忙推车。为了缓解疲劳，巴士行进于山道或者坡道上时，我们时常下车步行。

上午11点15分，我们到达翁源县南部的新丰县人民政府招待所。女县长前来迎接我们，与我们共进午餐。餐桌上有不少野味。

下午1点，我们再度出发。从新丰县北上，穿越九连山的深山幽谷朝东北方向的忠信镇前进，然后再从那里向北前往和平县。巴士连续穿越高山峡谷，可以看到峡谷下方有清澈的河水流淌，在深山中也有茶农开山为田，种着一片片茶树。越接近和平县，道路状况就变得越好，农村看上去也比较富裕。

晚上6点，我们到达和平县阳明镇的和平宾馆。6点40分，我们前去吃晚餐。和平县县长及其他政府官员一同出席，钱明先生一一向我们介绍。首先由县长致欢迎辞，接着由地主团长致感谢辞，之后王院长介绍此次中日考察团的行程和目的，然后由我致辞。

王院长说："我曾和沈善洪先生一起研究农民运动与王阳明的关系，当地对于王阳明平定叛乱，有肯定的评价，也有批判和否定的评价。"

当地人告诉我们，这里的小学也教授王阳明的思想，孩子们都知道王阳明。现在也有以阳明命名的小学。这里原名阳明镇（阳明城），"文化大革命"时改名为东风镇。"文化大革命"后又改回了阳明镇。此外，王阳明还教授当地百姓造纸法，这里制造的纸，直至今日也被叫作阳明纸。因为王阳明向朝廷上疏设和平县，所以这里的人们都很崇敬王阳明。

晚宴上有许多山珍野味。席间，团员鸭下吟诵了王阳明的《泛海》诗，还吟诵了自己创作的和歌：

心中尚念有明日，

今日空过世之人。

这里，我简要说明一下王阳明奏设和平县的经过。

明正德十一年（1516）九月，王阳明任都察院左佥都御史（监察官员行政得失和作风的职务），巡抚南、赣（江西省南部）和汀、漳（福建省）。朝廷多年来都出兵讨伐南赣地区的山贼暴乱，但是讨伐往往采用姑息的手段，并且雇佣盘踞于广东、广西一带的勇武狼兵，这些狼兵却趁机烧杀抢掠，危害百姓。当时的兵部尚书王晋卿便推举王阳明前往平乱。

王阳明制定了三条战策：

1.以前的战术都是各路军队夹击三省，但是并不奏效，因此要分割各地的山贼各个击破。

2.雇佣当地狼兵花销巨大，并且还会产生危害。因此，改用民兵，不使狼兵为非作乱，则官兵和百姓都不会有怨言。

3.平定山贼后，要立刻设法防止叛乱的再发。

正德十二年（1517）正月，王阳明前往赣州（江西省），途中降服了万安的流贼。一到赣州便立刻派遣归顺的山贼为间谍探查情报，施行“十家牌法”，明确良民与山贼之别，训练民兵提高作战能力。

正月十六，王阳明到达赣州，仅仅10日后便发兵征讨漳南地区山贼。山贼首领詹师富盘踞于汀州大帽山一带。战役初期，因为军队缺乏训练，作战不利，官兵的气势受挫，但王阳明并未雇佣狼兵，而是激励将士采用速战速决的战术，并亲自率兵进驻上杭（福建省）。又散布等秋季再举兵的假情报，实则秘密探查山贼虚实。二月二十九日，乘夜晚山贼放松警惕，发动突然袭击，不断攻陷山贼巢穴，不到一个月便消灭了汀、漳一带的山贼。

这年九月，王阳明被命提督南、赣、汀、漳军务。王阳明平定浰头（广东省）山贼时，首先发布告谕进行震慑。这是为了防止自己讨伐横水、桶冈（江西省）山贼时，他们会乘虚而入。告谕一发布，果然起到了效果。十月，王阳明平定横水、桶冈山贼，采用了分割和各个击破的战术。当时归顺的山贼也加入了征讨军的队伍。

王阳明到达赣州时，谢志珊盘踞于横水、桶冈，池仲容盘踞于浰头，各自称王。王阳明告谕浰头山贼，令其归降，然后讨伐横水、桶冈，平定三浰山贼。王阳明平定漳寇之后，为了防止山贼暴乱再度发生，便上奏设和平县。王阳明在奏疏中陈述："当贼猖獗之日，地方父老屡有取复县治之议，然其时贼方盘据，势有不能。今赖朝廷威德，巢穴荡平，若不趁此机会，复建县治以扼其要害，将来之事，断未可知。"王阳明奏请朝廷在河头设和平县，将河头的巡检司移至枋头。这是因为河头是诸贼巢穴的咽喉之地，而枋头则如同河头的唇齿。

和平县位于龙南（江西省）、河源（广东省）、龙川（广东省）三县的中间位置。王阳明在奏疏中陈述了设和平县治的理由：

> 臣等班师之日，胁从投招者尚不满百，今未两月，远近牵引而至且二百矣。若县治不立，制驭阔疏，不过一年，汎然投招之人必皆复化为盗；其时又复兴师征剿，剿而复聚，长此不已，乱将安穷！夫盗贼之患，譬如病人，

兴师征剿者，针药攻治之方；建县抚辑者，饮食调养之道。徒恃针药之攻治，而无饮食以调养之，岂徒病不旋踵，将元气遏绝，症患愈深，后虽扁鹊、仓公，无所施其术矣。

最后，朝廷准许了王阳明的奏请，设置和平县，修建学校，开设商铺。和平县对王阳明的崇敬由来已久，就连小学生也没有不知道王阳明的。王阳明平定山贼暴乱后，还尽力处理好战乱之后的事宜，这是他平乱的特点。

王阳明虽然设立了和平县，但他没有在这里久留，因此当地没有他的相关遗迹、诗文和书法遗墨。

考察浰头遗迹

4月28日，晴。

这天，我们前往和平县西北100公里外的龙南。途中，我们考察了浰头遗迹。这里说明一下关于王阳明讨伐浰头的经过。

如前文所述，王阳明平定横水、桶冈山贼之前，先向浰头山贼发布告谕，其文章内容情感真挚，催人泪下，可谓千古名篇。一些浰头山贼酋长被文章所感动，率领部下前来归降，不少山贼甚至说“愿以死相报”。但是，唯独首领池仲容不为所动，也不信任王阳明。但是，看到王阳明征讨横水、桶冈，池仲容也感到畏惧，加强了防备。王阳明采用巧计说服他归顺，让他手下的山贼都返回乡里，终于打消了池仲容的猜疑。池仲容便率主要部下前往赣州归降。王阳明款待了他们，但另一方面又暗中下令出兵，一举抓获池仲容，扫平浰头山贼。

即将征讨三浰前，王阳明给门人薛尚谦（侃）写了一封信，其中写道：

> 即日已抵龙南，明日入巢，四路兵皆已如期并进，贼有必破之势。某向在横水，尝寄书仕德云："破山中贼易，破心中贼难。"区区剪除鼠窃，何足为异？若诸贤扫荡心腹之寇，以收廓清平定之功，此诚大丈夫不世之伟绩。

上午7点50分，我们在阳明镇人民政府玄关前拍照留念，然后出发向北。我们穿梭在九连山脉的峡谷山道上，沿途多处塌方，9点45分，到达浰头巡检司遗迹所在的水口乡。浰头分为上、中、下三浰，这里属于上浰，王阳明的军队曾屯驻在这里。现存的巡检司是清代乾隆时期的建筑。

上午10点45分，我们到达李田村。这里属于中浰，是山贼的根据地。这里有个洞穴，叫李田岩。根据清乾隆时期的地方志记载，王阳明的军队在这里与山贼交战了30回，王阳明在这里停留了两个月指挥平乱战斗。

王阳明平定山贼之后，来到李田村的李田岩，写下了诗句，现不存。李田岩洞穴十分深邃。

上午11点55分，我们从广东省进入江西省。这里的道路经过整修，车辆行驶平稳，十分舒畅。

12点05分，我们进入龙南县，下午1点10分，我们入住龙南县人民政府招待所龙南宾馆。江西省社会科学院和龙南县外事办公室的人们前来欢迎我们。这里还是首次有外国人来。

在这里，我们就要和一直与我们同行的广州社会科学院的李小林先生告别了，我们为他饯行，王院长和地主团长一一向他表示感谢。但是，李先生没能买到返回广州的火车票。

考察阳明别洞

下午2点30分，我们前往距离龙南宾馆4公里的阳明小洞考察。阳明小洞又叫玉石岩，这里有摩崖石刻，称为玉石岩石刻。

一般说的阳明洞一共有3个，分别是会稽山（浙江省）阳明洞，龙场（贵州省）阳明小洞天和这里的阳明别洞。会稽山阳明洞是因明弘治十五年（1502）王阳明31岁时，在其中筑室隐居而得名。王阳明想要远离世俗杂念，却深知自己无法抛弃对祖母和父亲的念想，他认为这种念想才是人生来自有的，若抛弃了这种念想，就等于否定了人性，他领悟到了这一点，于是舍弃道教和佛教，转而笃信儒教。龙场的阳明小洞天是明正德三年（1508），王阳明37岁时在其中静坐悟道，即龙场悟道之处。

阳明别洞位于一片丘陵之上，在登山途中我们稍作休息，山口秘书长为我们朗读了在《关西师友》上连载的由诸焕灿所作的《“王阳明别洞”玉石岩调查报告书》。这里我记录一下主要内容：

> 玉石岩位于江西南部山区的龙南县。正德十二年（1517）末开始，王阳明平定横水、左溪、桶冈的农民起义，上奏设置崇义县，之后立刻率军朝东南进军，前往位

于赣州与广州交界带的浰头山，平定三浰农民起义。三浰的农民军首领池仲容与龙川的农民军首领卢珂之间有不和，相互攻讦。正德十三年（1518）正月初三，王阳明采用计策抓获池仲容并将他斩杀，招抚卢珂，即刻发兵攻打浰头山，攻下上浰、中浰、下浰38所要塞，平定三浰农民起义，然后回军小溪站。当时，在回军途中，王阳明经过龙南县，前往玉石岩游览。

玉石岩位于龙南县城北五里的桃江东岸。玉石岩分为东西两部分，东岩称为上洞，西岩称为下洞，俗称“玉石双洞”。越往里走，洞穴就越深邃宽大，可容纳不下百人。下洞的内外洞壁上有宋、元、明、清时期的几十幅摩崖石刻。洞内景观奇特，王阳明徘徊洞中，流连忘返，久久不忍离去。面对洞中奇景，王阳明诗兴大发，当即作诗：

阳明山人旧有居，此地阳明景不如。
但在乾坤俱逆旅，曾留信宿即吾庐。
行窝已许人先号，别洞何妨我借书。
他日巾车还旧隐，应怀兹土复乡闾。

诗中表达了王阳明对玉石岩二洞的极大兴趣。玉石岩也由此得名“阳明别洞”。

王阳明还在诗中描写了回军途中得到沿途百姓的热烈欢迎的情景，表达对百姓的感谢之情：

百里妖氛一战清，万峰雷雨洗回兵。

未能干羽苗顽格，深愧壶浆父老迎。

王阳明还写道：

功微不愿封侯赏，但乞蠲输绝横征。

诗中表达对百姓深受横征暴敛之苦的同情，并对当权者发出告诫。王阳明希望好不容易迎来和平的百姓能够不再生活贫苦，也不再发生山贼暴乱。

王阳明初到玉石岩时，曾在洞中宿泊，作七律诗四首。数日后，他再度游览玉石岩，又作七律诗二首。玉石岩的洞壁上有前四首以及再度来游时的一首诗的摩崖石刻，落款题为“回军龙南道中，小憩玉石岩。用韵书此。阳明山人王守仁伯安识”。题刻高80厘米，宽2米，字体为行草，至今仍保存完好。对题刻内容进行仔细考证，可以发现与《王文成公全书》所收录的内容有八处相异，可以作为校对资料的参考。

王阳明经过玉石岩，率军返回赣州后，四月，在各郡县开办社学，广施教化。五月，奏请朝廷分龙川县之地设置和平县，隶属广东惠州府。

通过上文内容记录，玉石岩的基本情况便大致可以明了。根据《龙南县志》记载，王阳明的五首摩崖石刻诗中，有四首是作于岩洞中，后一首是从这里前往龙南时所作，后人将其刻于洞壁上。此外，五首诗中，有三首未收录于《王文成公全书》中。

洞壁上还刻有一篇记录了王阳明平定三浰的经过的文章，宽2米，长3米，书法字体与九江星子县秀峰谷的王阳明摩崖石刻字体相同，可以确定是王阳明的真迹。我们考察完洞内走出洞外后，观看了这篇摩崖石刻的拓本，我自己也认为这确实是王阳明的真迹的石刻。在王阳明诗刻之上，横刻有“洞里乾坤”四个大字，这应该是后人所刻。

阳明别洞规模很大，天井中空成圆形，抬头可望见天空，仿佛身处一个巨大的圆形穹顶下。

晚上8点45分，我们前往招待所旁边的郁香苑出席欢迎晚宴。据说我们入住的宿舍也是两三天前才刚刚准备好的。

九、阳明落星地

翻越梅关

4月29日，晴。

今天计划前往龙南县西北180公里的大余县（南安）。大余在明代叫南安，是南安府的府城。我们一行人首先朝北前往南康县。王院长与担任翻译的陈辉先生预定到5月5日为止都与我们同行。王院长在巴士上向大家说明了行程安排。

上午10点，我们到达南康县。吴光先生告诉我们，这里曾经建过王阳明的祠庙。来这里的途中，我看到前方高高耸立着一座唐代的塔。进入江西省地界后，道路状况良好，有些路段可与日本的高速公路媲美，巴士以时速90公里疾驰着。

从南康县转向西南，前往大余县。那里是王阳明逝世的地方。

上午10点11分，我们遥望着王阳明逝世之地青龙铺，一路向大余前行。上午11点50分，我们到达大余的住宿地林丰大楼。午餐吃了猪耳朵做的料理。

午餐后，我们向南行进了大约20公里，下午3点10分到达梅关入口。我们在这里下车，分别乘坐两辆面包车前往大庾岭山麓。登山口有个牌坊，上面刻着“古驿道”匾额。前面停着3台用色彩鲜艳的布装饰的竹制轿子。这是王院长考虑到我们年事已高，不想让我们勉强翻越梅岭而特意雇了轿夫。我们一边感谢王院长的细心周到，一边坐上了轿子。

经过牌坊后，就是一段石板铺的上坡路，一直延伸到山顶。轿子由两个轿夫一前一后抬着，当他们把轿子抬上肩时，似乎用了很大的力气，并且还要攀登石板坡道，一定非常辛苦，因此中途稍作休息了一下。我感到有点过意不去，便与团员轮流乘坐轿子。

途中有一座祭祀西汉初年的庾胜将军的庙，我们便进去参观。庾胜将军为汉王朝统一天下立下汗马功劳，并且率军守备梅岭，后人为了纪念将军的功德，便在这里修建了庙来祭祀他。现存的庾胜庙盖着黄色瓦片，屋顶也经过修葺，整修一新，庙里挂着庾胜将军的肖像画。

梅岭海拔740米，冬季山顶积雪。这条古道曾经是丝绸贸易的必经之路，是连通中原与南方的商贸要道，也是朝贡之路，此外，还是广东前往北京的唯一道路。梅岭山顶是江西、广东二省的分界线，不仅具有重要的经济意义，在军事方面也有着重要的地位。据说这条古道是唐代的张九龄修建的。

山顶上有用石头垒建而成的H形的关门，关门入口右侧有一块石碑，上面刻着“梅岭”两个大字。关门靠近广东省的一侧横刻着“岭南第一关”五个大字，靠近江西省的一侧刻着“南粤雄关”四个大字。

王阳明曾两次通过这道关门。当时，王阳明巡抚湘、粤、闽、浙、赣五省，从增城归乡的途中已是病入膏肓。从广东省进入江西省时，越过了梅岭，当然，他应该是乘坐轿子的吧。我乘坐在轿子上，想象着王阳明当时的情景，心中百感交集。

我们是从江西省翻越梅岭的，与王阳明所走的路正好相反。出了关门后，山道变得平缓起来，途中我们还去参观了六祖（慧能）禅寺。下午5点40分，我们到达南雄县梅岭乡（广东省）的岩鼓钟门，乘坐等在那里的巴士返回住宿处。晚上7点，我们前去吃晚餐，难得的是，这顿晚餐没有招待我们的政府人员出席。

明天，我们就要前往王阳明逝世之地青龙铺考察了。晚上8点，一行人集合，听山口秘书长朗读我写的《王阳明小传》以及诸焕灿先生写的青龙铺考察报告作为预备知识。我还对王阳明的辞世句稍作补充说明。

王阳明乘坐的船停泊在青龙铺，并在船中去世。《王文成公全书》的《年谱》中的记载是，王阳明临终时，对门人周积说“此心光明，亦复何言”后溘然长逝。但是其他资料记载与之不同。这里介绍一下《王阳明小传》中的内容。

十一月，王阳明从广城向北前行。当时，他给门人何性之

（廷仁）写了一封信说："区区病势日狼狈，自至广城，又增水泻，日夜数行不得止，今遂两足不能坐立。须稍定，即踰岭而东矣。"王阳明的痢疾应该是结核病引起的并发症。

十一月二十五日，王阳明翻越位于广东省北部的梅岭，来到江西省南安（大余），在那里乘船沿水路前行。根据《年谱》记载，在南安任推官的王阳明门人周积前往船中看望，王阳明起身一边咳嗽一边问他："近来进学如何？"周积便汇报了自己治理地方的政治与教育的情况，并询问王阳明病情如何，王阳明回答："病势危亟，所未死者，元气耳。"周积便叫来医生，请王阳明服药。

二十八日晚，王阳明泊舟青龙铺。翌日，他将周积叫至枕边，缓缓睁眼说："吾去矣！"周积流着泪问道："先生有何遗言？"王阳明微笑着回答："此心光明，亦复何言？"便瞑目而逝。其时为明嘉靖七年（1528）十一月二十九日[①]，时年57岁。

但是，李卓吾编的《王本年谱》中，却没有"此心光明，亦复何言"一句。

根据黄绾的《阳明先生行状》记载，十一月十九日，王阳明行至南安，临终之际对家仆说："他无所念，平生学问方才见得数分，未能与吾党共成之，为可恨耳！"言毕逝世。

钱德洪的《遇丧于贵溪书哀感》中写道："二十九日疾将革，问侍者曰：'至南康几何？'对曰：'距三邮。'曰：'恐不及矣。'侍者曰：'王方伯以寿木随，弗敢告。'夫子时尚衣冠倚童子危坐，乃张目曰：'渠能是念邪！'须臾气息，次南安之青田，

① 准确地说，王阳明逝世之时为明嘉靖七年闰十一月二十九日辰时，即公元1529年1月9日上午8时左右。

实十一月二十九日丁卯午时也。是日，赣州兵备张君思聪，太守王君世芳，节推陆君府奔自赣；节推周君积奔自南安，皆弗及诀，哭之恸。”可知周积等人奔走赶去，但没能见上王阳明的最后一面。

根据以上内容，不能确定王阳明临终时是否真的说了“此心光明，亦复何言”，但是看王阳明晚年所作诗文，说出这样的辞世句也十分合理。可以说，这句话体现了王阳明学问的精髓。

王阳明晚年的诗中写道：

> 吾心自有光明月，千古团圆永无缺。(《中秋》)
> 乾坤由我在，安用他求为？
> 千圣皆过影，良知乃吾师。(《长生》)

南宋庆元六年（1200），朱子逝世，年71岁。临终时，勉励门人“做坚苦工夫”。朱子与王阳明的辞世句明白地反映了两位大儒在学问精神方面的不同。

青龙铺

4月30日，晴。

自开始在广东、广西开展学术考察活动至今，一天下雨的日子都没遇上，真是不可思议。

团员们纷纷说：“如果遇上下雨天，就不能按照预定行程乘坐巴士通过山路，也没法从梧州前往南宁了。虽然也有些多云的日子，但是没遇上下雨天，这都是阳明先生在冥冥之中保佑我们。”考察青龙铺可以说是这次学术考察活动的核心内容，大家一起感谢天公作美。

在考察青龙铺之前，我们听说大余县一户民家中有王阳明手书石刻，便前去参观。上午8点40分，我们到达那户民家，看了他们家中保存的“理学名臣祠”石刻，这很明显是后世所作，并不是王阳明手书石刻。不如说，王阳明不可能在生前就给自己修建祠堂，还自称“理学名臣”。此外，这个字体也不是王阳明的书法风格。关于这一点，我和王院长、吴光先生达成了共识。陈辉先生告诉我们，这块石刻被这户居民当洗衣板来使用。

上午9点25分，我们考察了大余县的古码头。王阳明翻越梅岭后，为了前往南康而在这里改乘船，下章水而行。码头边有石砌的台阶，这应该是明代所建的原物留存至今吧？这里有一块石碑，上刻“南安古码头简介”几个字。

这里原本有南安府的府衙，其遗迹现已不存。我们一行人站在河埠头的石台阶上合影留念。我眺望川流不息的河水，遥想王阳明病重时，强打精神乘船的情景。河面宽约100米，水流湍急。现在的河床比明代时稍微浅了一些。

青龙铺原名赤江铺，居住着约百来户人家。上午10点25分，我们到达这里。经过和猪、鸡、鸭杂居的贫穷民家门前的小道，前方有一片水田，农民在田间辛勤劳作。沿着田间小道步行约5分钟，便来到章水岸边。在通过民家时，我们看到有一条据说是明代驿道的古道。我们越靠近河岸，内心便越充满对王阳明的哀思之情。

河岸边有一片竹林，虽然被杂草遮蔽，但还是有一片平坦的地方。大家在这里集合，地主团长等人在地上铺了一块塑料布，在上面放上馒头、水果、日本酒、绍兴黄酒、威士忌等供品，然后朝着河面恭恭敬敬地礼拜，为阳明先生祈祷冥福。我想象着王阳明躺在船中的心境，内心感到十分沉重。

团员鸭下吟诵了王阳明的《泛海》诗，接着吟诵了寺冈弥三郎所作《吊慰仪式之诗》：

奋然如梦隔幽明，无定人生无限情。
骨肉亲朋皆列席，拈香三拜泣吞声。

当吟诵到这首诗的第二句时，我老泪纵横，顺着脸颊流下，情不自禁地发出呜咽之声，只得用手帕擦拭脸。后来才知道，其他团员也都流泪了。

吟诗结束后，我们来到岸边，将酒洒在河中以祭慰王阳明的在天之灵。河中有鸭子排成一列游泳戏水。对岸有一艘船停靠在岸边，这时，船上的人渡过河，将船划向我们这边。因此有9个团员便乘上船，在稍微离岸的地方将酒洒入河中，再次祭拜阳明之灵。之后才得知是团员池末雇了船。

据说，明代时，青龙铺码头比较繁荣，这一带有不少居民。

又传，过去这里还有一座庙，某日，住持外出，将门紧闭，说："在我回来之前不得开门。"王阳明从船中上岸来到这里，看到门上有一纸文书，上书内容为"请君入内"。王阳明进入庙里，见有一匾额，上写"嘉靖五十七年开门之人关闭五十七载人生"。王阳明57岁时去世，因此也有传言王阳明的前生是这座庙的住持。

当地的研究者告诉我们，王阳明在这里住了3年，生前即有人为他建造生祠，死后又立了“王守仁文成公碑”。后来历经5次修葺，在“文化大革命”时遭到破坏。今后计划在这里建王阳明纪念碑。

我们一齐陷入了沉郁的气氛中。返回途中，我们稍微沿着河岸走了一阵子，通过村子，乘上了等待我们的巴士。经过村子的小道时，看到一头肥大的白猪背上有几只小鸡在玩耍，十分有趣，给我留下了很深的印象。村子还保留着传统而古朴、守旧而平和的生活方式。

巴士再度返回大余。回到宾馆后，部分有兴致的团员去参观了大余城墙遗迹和民族羽绒服厂。我原本想羽绒服厂或许有丝绸制的衬衫，可惜没有。回到宾馆，我和团员大谷前往附近的商店购物，买了几件夏天穿的衬衫。与我们同乘巴士的一个当地旅行社的工作人员为我们做了向导。在商店，我用中文问女性店员“多少钱”，但是女店员不回答我。我掏出了纸，她也不写。过了一会儿，她终于报了价格。我觉得价格有点太高了，但还是无可奈何地买了下来。事后才知道，那位女性店员没有一开始就报价，是因为在等待给我们当向导的那个旅行社工作人员的暗示。我猜想，我们离开商店后，女性店员给了那个旅行社工作人员一部分回扣。

在经济落后的地区，当地政府往往采取各种措施来保证我们的人身安全，对此我心怀感激。到目前为止的旅行中，中国各地的政府也尽可能地为我们提供方便。在大余县也是如此，宾馆前有巡逻的保安人员暗中为我们警备。但没想到的是，其中一个保安对团员说“给我安保费”。从这件事中也可以窥见当代中国人的另一面。

今天的晚餐吃的是类似北京烤鸭的料理。晚餐后，我们一边喝团员大谷购买的当地的38度烧酒，一边天南海北地闲聊。

考察崇义（横水）

5月1日，多云，午后小雨，傍晚转大雨。

上午8点15分，我们出发前往大余县北部80公里的崇义县。崇义县在明代时叫横水镇。崇义县人口约165万，居住着苗族、壮族、满族、白族、畲族等少数民族。山地占总面积的47%，海拔4000米以上的山峰有32座。

车上，山口秘书长为大家朗读了《王阳明小传》第八章《征讨诸贼与讲学》，因为这章正好记述了王阳明平定横水、桶冈山贼的事迹。之后，我自告奋勇要为大家朗读我所写的《王阳明与孙子》，但因为我老眼昏花，在行驶的车上更加看不清，只得讲述了以下内容：

> 王阳明平定山贼时，采用的是“以仁义感化之后再讨伐”的方式，作战中，他出神入化地运用孙子的兵法，这是因为王阳明年轻时就开始深入钻研《孙子兵法》。在平定浰头、横水、桶冈的战役中也是如此。平定山贼后，为了让当地百姓能安居乐业，他广开社学，实施教育，这是朝廷在以前的讨伐中从未有过的举措。王阳明不愧是一代大儒。

明正德十二年（1517）十月，平定了汀、漳山贼暴乱之后的王阳明着手讨伐横水、桶冈山贼。当时，桶冈的山贼很有势力，大家也认为相比横水，王阳明会更优先讨伐桶冈山贼。王阳明暗中攻打横水，横水山贼受到出其不意的攻击，根本无法抵抗，撤退至桶冈加强守备。十一月，王阳明击破桶冈、左溪，将山贼首领谢志珊、蓝天凤斩首。平定诸贼后，王阳明一边向朝廷汇报胜利的战果，一边立刻奏请朝廷设置崇义县。关于设县的理由，王阳明在《立崇义县治疏》中作了详细阐述。诸焕灿先生归纳了其主要内容，在这里记录如下：

王阳明平定横水、桶冈的农民起义军之后，为了保证人民的生活安定，立刻向朝廷上奏分割上犹、大庾、南康三县之地立县，县衙设在横水镇，县名为崇义。但朝廷没有立即予以准许立县，而是将横水划入南安府管辖之下。王阳明在那里勒石刻碑，记录了平乱的过程和功绩。桶冈位于崇义县以西140里，那里深山幽谷，到处都是悬崖绝壁。在山势高的地带，水自高处流下，注入洞穴的深潭之中，形成类似桶状的地貌，因此得名桶冈。

石碑位于思顺乡桶冈村北侧的茶寮隘，因此被称为“茶寮碑”，俗称“碑记石”。碑石高8.4米，宽4米，碑石正面刻有王阳明手书183字文，各字大小为12厘米，全文记载于《崇义县志·艺文志》中。这块石碑现为江西省文物保护单位。

正德十四年（1519），崇义县民为了纪念王阳明，在先师庙西侧修建了“都宪王阳明公祠”。祠后遭毁坏，现在已改建为崇义中学。在崇义县文化馆的庭院中有一块碑，上面刻有明隆庆二年（1568）与王阳明同乡的余姚后学所撰的《重修新建伯阳明祠堂记》，同一处还有“明新建侯王文成公祠”碑。

现在的崇义县人民政府所在地，也就是横水镇，横江沿着城北穿流而过，镇内的中心街道名为“阳明路”，县政府就位于阳明路的一头。崇义县现已成为赣南西部的旅游名胜之地，并且还是大理石的产地，县境内，海拔2000米以上的群山重峦叠嶂，连绵不绝。

我们吃完午餐后，听了王院长与叶树望先生的讲话。下午5点40分，我们前往崇义县文化馆参观阳明碑。不巧下起了雷雨，我们便冒雨观看了文化馆庭院中的两块碑。

叶先生与王院长谈感想

王院长与陈辉先生、叶树望先生将于5月5日和我们分别，返回杭州和余姚，因此，下午3点，我们在宾馆2楼的接待室集合，听叶先生与王院长谈他们在考察旅行中的感想。

叶先生的感想如下：

我能代表余姚市参加此次考察旅行，感到十分光荣。虽然只有短短的20余天时间，但是我有很多的感想。我对各位不远万里从日本来到中国实地调查阳明先生遗迹感到十分钦佩，尤其是冈田先生、地主先生等高龄的先生，不畏路途艰险，翻越崇山峻岭，在艰难的条件下进行考察，对我今后的工作有很大的激励。

昨天是个大晴天，我们前往了青龙铺。这是这次考察旅行最重要的部分。我看到大家对阳明先生的虔敬祭拜，深受感动。阳明先生的在天之灵也一定会感动的。中国的南方现在正是雨季，但是我们却得天公作美，想必雷神也被我们感动了吧。大自然也像迎接我们一样，盛开了美丽的映山红。广西壮族自治区现在还是贫困落后的地区，但是我看到农民们脚踏实地，辛勤耕作，内心很受震撼。

虽然目前为止的调查都是碎片式的，但是总合起来，取得了很大的学术成果。阳明先生的石刻拓片如果能够整理并出版的话，是非常有意义的。但是，凭我一己之力是无法完成的，今后，希望这项工作能够成为余姚市研究会的课题，也希望大家能够为我们提供协助。

虽然我在赣州要和大家分别了，但是还有冈田先生和吴光先生和大家在一起，之后的考察活动也一定能顺利完成。我们一定还有机会再相见，我祝大家身体健康。

叶先生返回余姚后，打算不久访问日本。我问他打算去哪个城市，叶先生回答："我回到余姚后，受到滋贺县的埋藏文化中心的邀请，前往日本作题为《河姆渡遗址中发掘的稻作文化》的演讲，另外还预定前往滋贺县的安昙川町作关于浙东古坟的形制的演讲。"

之后，叶先生又介绍了关于河姆渡遗址的情况："余姚在秦代就设县了，现在保存的城墙遗址是三国时代修建的。最近，在距离余姚市区25公里的河姆渡遗址发现了7000年前的稻作文化，散布在浙东平原，从那里发掘出了120吨稻米。此外，还发掘出了不用钉子，在木头上凿洞镶嵌搭建的木结构建筑。这对研究古代建筑有非常重大的意义。其他还有骨制的器具和铁器，也发掘出了动物的骨骼。目前挖掘出的文物有7000多件。这个文化被称作河姆渡文化。一般公认中国文化的起源有黄河文化和长江文化两个，现在又多了一个河姆渡文化。”

接着，地主团长询问流经余姚市区的舜江之名和舜帝的关系，叶先生回答：“舜帝在历山耕作，被叫作历山的山有9座。但是，真正的历山位于河姆渡遗址所在的余姚，因此舜江之名应该和舜帝有关。”

王院长的感想如下：

> 我虽然要早一步返回杭州，但是在冈田先生的带领下，通过大家的努力，考察活动也顺利完成了一大半。我在杭州的结团仪式上讲了此次考察的意义，而考察活动正如我预测的那样。此次考察最大的意义就在于，这是我们中日两国共同开展的考察。
>
> 我与沈善洪校长的考察主要针对的是阳明先生的学术思想，但没有以阳明先生的行迹为中心进行考察。阳明先生既是一位思想家，又是一位政治家。阳明先生在边陲之地设立和平县、崇义县，对当地的经济、文化、社会发展起到了巨大的作用。通过目前为止的调查，对阳明先生的评价也会随之改变。这为浙江省社会科学院今后的研究提供了很大的参考，也提供了宝贵的资料。旅行中，我发表了我的学术观点，但是听了冈田先生为首的日本学者们的讲话，我作为中国的研究者也受益匪浅。
>
> 不管是在深山幽谷，还是在城市街道，我们都受到了当地人民的热烈欢迎。我们共同开展考察这件事本身，就

对中日友好发展具有重要的意义。各位为中日友好做出的努力，想必当地的中国人民也不会忘记。

我和钱明先生同住时曾说，冈田先生似乎在执笔《阳明大传》。目前为止，还没有对王阳明的传记进行非常详细的调查考证。这部《阳明大传》应该会配大量的照片吧。这将是一部前无古人的、具有历史意义的巨作，也会对今后的考察研究提供重要参考。

目前为止的考察中，我们遇到了很多困难，但是大家齐心协力克服了困难。这份经历弥足珍贵。我相信，吸取前半部分考察的经验和教训，后半部分的考察一定能顺利完成。我预祝考察活动圆满完成，在上海的解散仪式上，我们再一起庆功。再次感谢日本的各位团员的帮助。

碑记石

5月2日，雨。

今天，我们计划考察距离宾馆50公里外，位于崇义县思顺乡桶冈村山路旁的碑记石。思顺即明代的桶冈。要考察这块碑记石，就必须爬一个半小时的山路。我和王院长、近藤副团长、团员志津田、伊豆丸留在了宾馆。其余团员上午8点出发。

上午9点开始下起了雷雨。将近中午时，雨势变得很大，没有要停的迹象。我很担心前去考察碑记石的团员一行人的安全，不知他们是否能顺利完成考察，平安回来。团员们预定下午3点过后回来，3点左右我便下楼来到大厅等候，但是左等右等都不见大家回来。大家肯定都被雨淋湿了，该不会有人因此感冒了吧，我的内心愈发忐忑不安起来。王院长、近藤副团长、团员志津田和伊豆丸也来到大厅，等待大部队回来。

团员志津田预计到大家肯定会被雨淋湿，一边看着中文会话教材，一边用蹩脚的中文与宾馆工作人员交涉，请他们烧好热水，保证随时可以用热水冲淋浴。

通往碑记石的道路非常崎岖险恶，大家特地请了当地的医生陪同前往。但是大家迟迟不归，我内心的不安达到了极点。下午4点30分，总算和大家取得了联系，得知大家会在晚上7点半左右回来，听到这个消息，我心中的石头才算落了地。

根据前去考察碑记石的团员的报告，道路状况比大家预想的还要恶劣，再加下着雷雨，风雨交加，更是雪上加霜。巴士冒着危险在如同瀑布一般的雨水中前行。下车后，大家沿着山路步行上山，往返路程有10公里，大家要在雨水滂沱的山路上行走，有时还必须过独木桥。考察完碑记石下山时已经是下午2点。大家都被雨水淋成了落汤鸡。

途中，大家在上野圃这个地方吃了一顿迟到的午餐，为了不感冒，大家买了替换的衣服，把身上的湿衣服都脱了。吃了热饭菜，换了干净的衣服，大家顿时有种起死回生的感觉。山口秘书长回到宾馆时，嘴唇都冻得发紫了。

碑记石又名“茶寮碑”，因位于茶寮隘而得名。此外，因碑记石所在地有一间茶寮，也就是茶馆，也成为得名原因之一。

政府允许中国人对碑记石拍照和录像，但是不允许日本人这样做。在公开资料这方面存在各种问题，这种情况在日本也不时发生。关于碑记石，文献（《崇义县地名志》）中有记载，其概要如下：

原名茶寮碑。因碑位于茶寮隘而得名。又因石上有刻文而得名碑记石。位于思顺公社桶冈大队境内。明正德十二年（1517），王阳明平定桶冈的谢志珊队伍后所建，高二丈五尺，大十一抱，凌空矗立。

晚上10点，我们在宾馆的会议室观看了碑记石的拓片。这幅拓片是为了我们一行人，特意在前几天制成的。吴光先生为我们抄写了拓片全文，记录如下：

平茶寮碑

正德丁丑，猺寇大起，江、广、湖、郴之间骚然且四、三年，于是上命三省会征。乃十月辛亥，予督江西之兵自南康入。甲寅，破横水、左溪诸巢，贼败奔；庚辛，复连战，贼奔桶冈。十一月癸酉，攻桶冈，大战西山界。甲戌，又战，贼大溃。丁亥，与湖兵合于上章，尽殪之。凡破巢大小八十有四，擒斩二千余，俘三千六百有奇。释其胁从千有余众，归流亡，使复业。度地居民，凿山开道，以夷险阻。辛丑，师旋。于乎！兵惟凶器，不得已而后用。刻茶寮之石，匪以美成，重举事也。提督军务都御史王守仁书。

纪功御史屠侨，监军副使杨璋，参议黄宏，领兵都指挥许清，守备郏文，知府邢珣、伍文定、季学、唐淳，知县王天与、张戬。[1]

---

① 光按：此碑文已收入《王文成全书》卷二十五，收入上海古籍出版社1992年版《王阳明全集》上册第947页。与碑记略有出入。

团员加峰女士给我看了她画的碑记石的素描，她画得非常写实而传神，可以想象实物的样子。

原本计划考察碑记石之前先考察思顺圩，但取消了。于是我们查阅《崇义县地名志》中关于思顺圩和阳明路的记载，其内容如下：

思顺圩：位于横水西北37公里的思顺河西边小山冈上。明正德十二年（1517），王阳明进军之地。原名回龙圩。

阳明路：明正德十三年（1518）修建，原名南大街，后以王阳明的名字命名。自崇义西大街路口往北至中山路，全长450米，宽6米。

考察郁孤台

5月3日，多云，时有阵雨。

上午8点15分，我们出发前往崇义县东北150公里外的赣州市。出南康，从那里前往赣州。巴士在山间穿行，道路状况并不差。车上展开了关于毛泽东的“向雷锋同志学习”和日本的“二宫尊德”的讨论，但其实也只是大家的闲聊罢了。

关于赣州，诸焕灿先生曾写过报告，山口秘书长便为大家朗读其文章。赣州位于江西南部的山间地带，王阳明巡抚南赣时曾在那里居住过，其府衙遗址位于阳明路上，现为赣州公园。根据诸焕灿先生的调查，公园的正门前是至德路，路的一头有一座孔子庙，王阳明曾在那里讲学和发布军令。现已被拆除，其遗址现为公安局。王阳明在赣州讲学之处除了孔子庙，还有濂溪书院、通天岩等4处。濂溪书院位于城南贺兰山的南坡上，那里也是章江、贡水、赣江的合流点。山顶有郁孤台，因孤立于高耸的山顶而得名。唐代赣州刺史李勉登郁孤台时曾写下“郁结古今事，孤悬天地心”的诗句。苏东坡也有诗写道：“烟云缥缈郁孤台，积翠浮空雨半开。”

郁孤台历经各朝各代的修葺与重建，逐渐名扬四方。现存建筑重建于1918年，朱楼碧瓦，华美绚丽，灿然一新，气势恢宏壮观。

濂溪书院原本是北宋周濂溪的讲堂，王阳明到赣州的第二年，即正德十三年（1518）九月，重建濂溪书院，亲自讲授心学。王阳明离开赣州后，书院即改名为阳明书院。至清代又增建阳明祠。书院的正上方即郁孤台。

《赣州府志》中记载：“阳明书院在府城濂溪书院，为明赣抚王守仁讲学处，久废。道光二十二年（1842），知府王藩得其旧址于郁孤台下，倡捐重建，并建祠，亲为记。”

书院原本的建筑现已不存，遗址现为赣州市第六中学。

下午3点，我们一行人前往郁孤台。不巧天下起了雨，我们撑着伞登上台阶。郁孤台耸立在苍翠的山间，是一座3层楼阁，雄丽壮美。登上3楼，可以眺望整个赣州市，团员们都争先恐后地登楼观景，我则留在楼下。

这座楼建于唐代，已经有1600多年的历史。王阳明将濂溪书院移建于此，据说书院原本是在河对岸的。一楼展示着各种书法卷轴，我一边欣赏一边等团员下楼。

参观完郁孤台后，我们前往八镜台。八镜台建于北宋嘉祐年间（1056—1063），是收取盐税的衙门。王阳明曾到此游览。

之后历经修葺，1976年毁于火灾，1986年重建。八镜台是一座色彩明丽的中国式建筑，也是著名的旅游胜地。团员告诉我，从3层眺望河上，风光无限美好。

堂内展示着书画以及唐宋时代的武具。其中有苏东坡的《虔州八境图》8首并序，以及郭沫若的《登赣州城内八镜台》真迹匾额。

宾馆卧病

这天因为松井团员感冒发烧，没有参加当日的考察，在宾馆静养休息。我也因为稍微有些热度，回到宾馆后，钱明先生便立即带我去医院检查。为我诊疗的是内科主任，是个小个子但性格非常爽朗的医生。和别的医院一样，门诊室内没有病床，只能问诊。医生给我开了感冒药，松井则打了点滴。回到宾馆吃了晚餐，但可能是因为发着烧，不怎么有食欲。

晚上12点，我开始腹泻。因稍微有些腹痛，半夜2点起来服用了桌上放着的在桂平医院配的止泻药，又喝了止痛的药水，然后把两种药都收拾好。其间我似乎失去了意识，等睁开眼时发现自己躺在地板上，便立刻起身躺回到床上。后来才知道，金内团员偶然注意到我失去了意识，大吃一惊，赶紧去找其他团员寻求帮助，尽管已经是深夜，但王院长和团员们还是赶忙来到我的房间查看情况。

不久，我便严重腹泻，并开始呕吐。王院长寸步不离地在浴室照顾我，让我很过意不去。我又躺回到床上，但因为发烧了，钱明先生和金内彻夜用冷毛巾敷在我的额头上为我降温，我这才得以入眠。等注意到时，全身都已经被汗水湿透。到了清晨，热度才退了下去。

因为我深夜突发急病，考察团的主要负责人集合起来开会商议对策。有人建议连夜将我送去医院治疗，但最后决定先在宾馆看护我，等天亮后根据我的病情再做打算。

第二天早上，我的高烧转为了低烧，上午9点，在钱明先生的带领下，我和松井前往医院打了点滴。这里打点滴所花的时间是日本的两倍，我请护士帮我稍微调快一些点滴的速度。多亏打了点滴，我又恢复了精神。

我还是第一次经历失去意识。我思考了一下原因，或许是因为止痛药水不适合我这个日本人的体质，或者可能其中加入了一些麻醉的成分。回国后，我询问了我的家庭医生，回答说是因为体内水分不足，大脑的毛细血管一时堵塞引起的。家庭医生建议我，腹泻时往往容易脱水，要大量补充水分。因此，我在旅行途中也有意识地尽可能多补充水分。

关于我生病那一晚的症状，我本人只记得自己还有意识时的部分，根据为我检查症状的团员广池的旅行日记，我才详细了解到当时自己的状况。

广池听金内说我腹泻了，但同时体温也有所下降，我的热度已经降到了36.9度，便来我的房间为我检查身体状况，脉搏66，正常，脸色和唇色稍微有些不健康，呼吸平稳，没有什么特别异常的状况。并且听金内说我自己躺回了床上，判断这是药物的功效，前一日我几乎什么都没吃，空腹服用了止泻药、安眠药、止痛药水等药物，所以感到恶心难受而呕吐。因为安眠药的作用而失去意识倒下。广池认为应该先让我暂且安静躺下，好好休息，第二天必须去医院治疗。而另一位团员松尾为应不应该半夜就送我去医院而犹豫不决，广池便向他说明了我的情况。

广池建议我应该马上停止服用所有药物，这几天只喝点粥和梅干养养胃，因为我已经84岁高龄，为了维持体力，需要通过输液补充葡萄糖和维生素，如果打点滴的话就能恢复精神。我按照广池说的，从医院回来后停止服用任何药物，把在医院配的药都扔了。多亏了广池的建议，我没有再卧病在床，很快就恢复精神，和平常一样继续考察旅行了。

第二天，即5月4日，早上7点30分，我们在地主团长的房间集合，开了个只有日本团员参加的会议。地主团长说，旅行已经进入后半程，大家要更加注意自己的言行举止，不能麻痹大意做出失礼的举动。地主团长提醒大家，这次的旅行不是观光游玩，希望大家重视团队纪律。

当晚，中方和日方就接下去我的行程安排作了商讨，最后决定，我跟随明天返程的王院长一起返回杭州，在那里静养，然后在上海与回国的团员会合。因为5月5日，王院长和陈辉将返回杭州。这天，叶树望先生、松井、池末也和王院长他们一起前往南昌，在南昌考察王阳明的遗迹、樵舍等，并住宿一晚，5月6日乘坐夜班车前往杭州和上海。

我和金内一起跟随王院长行动。起初，钱明先生因为担心我，请求与我同行，但这样一来，接下去的考察活动就会受到影响，我不得不谢绝了他的好意。

通天岩

5月4日上午9点10分，我和松井以外的团员前往通天岩考察。根据诸焕灿先生的报告以及团员的记录，再结合《王文成公全书》中的诗文等内容，记录考察的概要。

通天岩位于赣州市西北10公里的大和山，三面断崖，有数十个大小不一的石窟，总称通天岩。石窟分为忘归岩、观心岩（阳明小洞天）、洞心岩（龙虎岩）、翠微岩、通天岩五大部分。通天岩中有寺院名通天寺。四面岩壁上散布着造像、题刻，可谓艺术的宝库。临岩而立，山谷幽深，古木参天，景色秀丽，山风吹拂，凉气阵阵，是有名的避暑胜地。通天岩的名字来自“山峰屏列，中有一窍，上可通天”之句（《赣州府志》）。

这里还有一传说。起初，通天岩中每日都有米从岩缝中渗漏而出，刚好够寺内所有僧侣一日食用。但是僧人贪得无厌，命一小僧凿大洞窟，让更多的米漏出来。但是，凿了洞窟之后，通天洞便再也不漏米了，只一个劲地漏下秕糠，正所谓“和尚心大吃砻糠”。

王阳明巡抚赣州时，在军务闲暇之余曾来此游览，与友人饮酒、作诗、论文，还向门人讲学。正德十五年（1520）八月八日，王阳明在这里作题为《通天岩》之诗。

通天岩

青山随地佳，岂必故园好？
但得此身闲，尘寰亦蓬岛。
西林日初暮，明月来何早！
醉卧石床凉，洞云秋未扫。

诸焕灿先生在忘归岩上找到了这首诗的摩崖石刻，宽约

1米，字体为行书，落款为“正德庚辰八月八日，访邹（邹谦之）、陈（陈惟濬）于玉岩（通天岩）题壁。阳明山人王守仁书”。摩崖石刻中还有后人和此诗之作。忘归岩洞窟中有据说是王阳明“醉卧石床凉”的石床。王阳明在这里还作了《游通天岩次邹谦之韵》《又次陈惟濬韵》《忘言岩次谦之韵》《圆明洞次谦之韵》《坐忘言岩问二三子》《留陈惟濬》等一系列诗作。

邹谦之（东廓）与陈惟濬（九川）是王阳明的高徒，陈惟濬后来离开了王阳明门下。当时，49岁的王阳明首次提出了“良知说”。晚年的王阳明提倡良知说便始于此。

正德十五年（1520）六月，49岁的王阳明从南昌前往赣州，在那里操练士卒，教授兵法。当时，在南京的明武帝身旁有奸臣构陷王阳明，还有嫉妒王阳明的学问和功勋之人向明武帝进谗言毁谤王阳明，陷王阳明于苦境之中。那时，王阳明写下了著名的《啾啾吟》，在结尾，王阳明写道：

人生达命自洒落，忧谗避毁徒啾啾！

这首诗或许就是在通天岩上作的。

在此之前的正德十三年（1518），王阳明47岁时，讨伐三浰山贼后，在赣州刊刻了著名的《古本大学》和《朱子晚年定论》。前者反对朱子的《大学章句》，陈述王阳明自己的《大学》说；后者是王阳明为了证明自身学说与朱子晚年的学说并无异，而收集朱子晚年书简并刊刻成书。这两本书都在正德十三年的七月刊行。

正德十四年（1519）八月，门人薛尚谦在被称为“阳明门下的颜回”的徐曰仁所记录的阳明语录的基础上，又加上陆原静所记语录，将其整理成《传习录》，并在赣州刊行。正德十五年九月，如前文所述，王阳明重修濂溪书院，聚集门人进行大规模的讲学。

团员一行人考察完通天岩后，又考察了濂溪书院遗址和王阳明曾论学的“祥符宫”。祥符宫原本是道教的道观，清代乾隆元年（1736）改为文庙（孔子庙）。现在位于赣州市厚德路小学内，是赣州现存的最为完整的古建筑。大成殿还在修复中，高17米的柱子象征了孔子的弟子。

十、宸濠之乱

考察南昌遗址

5月5日，晴。

上午8点，我前往食堂。自昨晚以来，我给大家添了很大麻烦，因此特意向大家道歉，并感谢大家无微不至地照顾我。我即将要离开大部队，先一步返回杭州休养，然后在上海与大家集合。我和大家一一道别，并祝愿大家接下去的考察活动顺利完成。

上午9点，在团员的目送下，我们先返回的一行人出发，乘坐下午1点30分飞往南昌的航班。前往南昌的原本是5个人，但是临时加上了我和金内，要多买两张机票费了很多周折。

在赣州机场候机时，陈辉先生将我们的14个行李交给负责托运行李的机场工作人员，工作人员看到只有两个行李上了锁，便说："其他12个如果不上锁就不能办理托运。"陈辉先生只得去买锁，但不巧只买到了两个，他向工作人员说明情况后，工作人员受理了所有行李，但是要求陈辉先生支付剩余行李的锁的费用。陈辉先生十分气愤，回来之后向我们说了这件事。

从飞机上俯瞰，越接近南昌，湖泊便多起来。这是因为这片地区属于鄱阳湖水系。

下午2点20分，我们到达南昌。江西省社会科学院的陈文华副院长等人前来迎接。当地气温32℃。下午3点30分，我们入住五星级豪华酒店青山湖宾馆。在车上时，我询问陈副院长："去年，我听说这里暴发了洪水，情况如何？"陈副院长回答说，洪水暴发是在赣江上游地区。

南昌位于赣江流域，是一座有2000多年历史的古老都市，人口约350万。陈副院长为我们举行了欢迎晚宴，而且为了我们特意要求把菜肴做得比较清淡，不过我还是更喜欢口味厚重的中国菜。晚宴上，我尽量吃得少一些。不过，陈副院长的大胃口还是让我吃了一惊。人就是要这样吃饱了饭才有干劲啊！

宴席上，我聊起关于福建人和日本人的关系的话题，陈副院长说："福建方言里的一到十的发音，和日语很像。"我说到云南人穿和日本很相似的木屐时，陈副院长说，福建人也穿类似的木屐。说到中国文化传入日本时，陈副院长说："不应该说传入，而应该说受用。"这真是一番高见。

和性格爽朗又健谈的陈副院长交流，我的心情也久违地轻松愉悦起来。陈副院长赠送给我由他主编的《农业考古杂志》

2册。

5月6日，多云。

上午9点，我们出发前往考察位于南昌北面40公里处的樵舍。我们渡过穿南昌市区而过的赣江，一边走过长达1500米的长桥，一边眺望矗立在河岸边的滕王阁，壮美景象如梦似幻。我们沿着赣江往北，途中几次询问村民，终于到达了樵舍。后来团员告诉我，因为另一队人不知道樵舍的位置，没能前来考察。

樵舍是王阳明打败妄图篡位称帝的宁王朱宸濠的叛乱军，并将宁王生擒的地方。考察樵舍时，工作人员向我们提供了详细记载王阳明平乱经过的《江西通志》的复印件。

明正德十四年（1519）六月十四日，宁王朱宸濠起兵叛乱。王阳明当时在丰城（江西省），他即下吉安招募义勇军。朱宸濠见王阳明没有着急攻打南昌的打算，便进兵长江，包围安徽省的安庆。

七月十三日，王阳明从吉安出发，进兵南昌。得知此消息的朱宸濠立刻解安庆之围，回兵救南昌，但南昌城已经被攻陷。朱宸濠的叛军与王阳明的军队在鄱阳湖上交战，叛军大败，朱宸濠在鄱阳湖南岸的樵舍被王阳明生擒。二十七日，王阳明进入南昌城。三十日，王阳明向朝廷上奏胜利捷报以及生擒宁王一事。

进入南昌城的王阳明立刻投身于讲学，同时根据战报下达相应的命令。听闻战胜的消息，王阳明确认并非虚报，也为战死的众多将士感到哀伤。

朱宸濠被生擒后，骑马来到南昌，见到王阳明后，将王妃娄氏托付给王阳明说："娄妃，贤妃也。自始事至今，苦谏未纳，适投水死，望遣葬之。"

王阳明18岁携新婚妻子从南昌返回乡里余姚时，途中在广信府（今江西省上饶市）首次听到理学家娄一斋讲宋儒的"格物致知说"。娄妃即娄一斋之女，自小受家学熏陶，耳濡目染，因此面临事变能保全气节。据说，王阳明厚葬了娄妃，并为她立了很大的墓碑，但是在"文化大革命"时被破坏了。

樵舍是个小村庄，江岸边是一大片沙滩，没有埠头，仅停靠着四五艘船。伫立岸边，河水拍岸，卷起波浪，没有航行的船只，四周一片寂静。我想到命运悲惨的娄妃，情不自禁地为她祈祷冥福，愿她的魂魄能得安宁。

下午2点30分，我们回到南昌，前去参观娄妃旧居。娄妃旧居现在叫杏花楼，是一座建在小湖边的秀丽水阁。原本是为娄妃而建的梳妆台。万历年间，成为张位（文端，字洪阳）的别墅。历经数次修葺，现存建筑为1919年修复。

我们离开杏花楼前往滕王阁。这座楼与湖北的黄鹤楼、湖南的岳阳楼并称为江南三大名楼。唐永徽四年（653），唐太宗之弟、滕王李元婴任洪州都督时修建了此楼。之后，因初唐诗人王勃写了千古名篇《滕王阁序》而成为天下名楼。之后历经28次重建，现存建筑为1989年重建，位于赣江与抚河交汇处。滕王阁为9层楼阁，根据宋代建筑样式重建，碧瓦朱栏，艳丽夺目。

参观完滕王阁后，我们前往南昌站。途中，我们经过娄妃的白色雕像。雕像形态优雅美丽，我们便下车拍照留念。

游览杭州

下午3点30分，我们到达南昌站。松井、池末、叶树望诸位先生乘坐开往上海的特快卧铺车，王院长、陈辉先生、金内和我乘坐稍晚些开往上海的普快卧铺车。我们就这样离开了南昌，第二天上午9点30分到达杭州。我和金内随即前往西子宾馆。我们将在这里住到5月17日。

逗留杭州期间，沈善洪教授（杭州大学校长）、马安东教授（同杭州大学）夫妇、钱明夫妇、入谷仙介教授（山口大学人文学部）、静永健先生（杭州大学中文系研究生）前来看望我。王院长为我们专门安排了略懂日语的陈建军先生（浙江省社会科学院）来宾馆陪同我们，他几乎每天都开着王院长的车带我们观光游览。对此，我的感激之情无以言表。

一天，王院长带着纸和笔墨以及刻着我名字的印章前来，拜托我为他题字，我便挥毫写了如下内容：

> 敬赠阳明子诗句王先生：
> 吾心自有光明月，
> 千古团圆永无缺。

5月17日早上7点，我乘坐王院长的车前往上海。

我们和考察团分别后前往了南昌，剩下的团员们按照预定计划继续考察旅行。团员根据笔记、照片以及文献资料向我汇报了之后的考察经过。

十一、团员的报告

从遂川到吉安

5月5日，多云。

吴光先生代替王院长成为考察团的负责人。上午9点，考察团一行人从宾馆出发，前往赣州西北100公里的遂川县。这天天气晴朗。遂川在明代称为左溪，正德十二年（1517）十月，王阳明征讨横水、桶冈以及左溪山贼，一举平定了毒害三省的匪患。

前往遂川的道路路况良好。上午11点15分，考察团到达遂川县人民政府招待所。下午3点，考察团在遂川县文化局局长的陪同下前往博物馆参观。根据团员广池的记录，那里陈列着5000年前出土的文物，贵重展品不少。赫赫有名的井冈山就在附近。王阳明虽然在这里平定了左溪山贼暴乱，但是当地人却不知道王阳明的名字。

5月6日，晴转小雨。

上午9点，考察团出发往北前往140公里外的吉安市。上午11点30分，考察团到达吉安市白鹭宾馆。下午2点，山口秘书长为大家朗读诸焕灿先生的报告。

王阳明的时代，吉安市为吉安县府所在地。当时被称为庐陵吉州。正如《诗经·小雅》中“高岸为谷，深谷为陵”的诗句所写的那样，吉安境内被延绵的丘陵所包围，因庐水流经城旁，又被称为庐陵。

古代这一地区的文化非常发达，是江西庐陵文化和临川文化两大文化繁荣地区之一，从唐宋到明清出了2300名进士，其中状元15人，爱国名臣、鸿儒学士辈出，也因此，吉州被称为“文章节义之邦”“理学之邦”。庐陵也是北宋文学大家欧阳修的故里，与王阳明也有很深的渊源。

王阳明遭宦官刘瑾流放至龙场期间，朝廷权力中心发生了变化，对刘瑾的弹劾更加激烈，最终刘瑾被处死，之前遭受刘瑾一派迫害的官员被再度起用。王阳明也被免罪，于正德五年（1510）39岁时任庐陵县令。这年三月，王阳明到达庐陵，在任期间，为政不事威刑，唯以开导人心为本，政绩显著。

王阳明在庐陵任职11个月，友人湛甘泉称他“卧治六月”。“卧治”出自汉武帝之语。西汉名臣汲黯喜好老庄之道，提倡清静无为的治理方针。汉武帝想任命他为淮阳（河南省）太守，但被他拒绝了。汉武帝对他说：“顾淮阳吏民不相得，吾徒得君之重，卧而治之。”

吉安也是王阳明平定朱宸濠叛乱时招募义勇军的地方，还是因《正气歌》而家喻户晓的宋末忠臣文天祥（1236—1283）的故里。而王阳明力挽狂澜救国家于危难之际，为讨伐乱贼朱宸濠而在这里举义兵，可以说是奇缘了。

吉安出身的名人还有宋代爱国诗人杨万里，与王阳明学术辩论的大儒罗钦顺，王阳明的再传弟子罗洪先等人。

白鹭洲书院

下午3点，考察团在小雨中考察了白鹭洲书院。这座书院位于赣江江心的白鹭洲，风景明媚。这里绿树繁茂，山光水色相映成趣，颇为清雅，又与市井隔绝，是做学问的绝佳之地。旁边相邻着初中、高中等学校。这座书院是南宋淳熙元年（1174）由吉州太守江万里所创建，当时为江南四大书院之一。历代文人墨客都到此游览吟诵。书院前庭的水池据说是宋代时留存至今的。

考察团参观了云章阁与风月楼。云章阁是楼阁之名，原本为书院的藏书楼，文天祥曾在此读书，王阳明也曾在这里讲学，现在是文物陈列室，展示着文天祥的书法等文物。风月楼也是一座楼阁，可以从大堂后面沿着梯子爬上去。风月之名取自某位诗人的题名。

吉安市有很多小学、中学、道路、商店等都以阳明命名，使阳明之名更贴近人们的生活。阳明路宽20米，长600米，“文化大革命”时叫人民路、革命路。

晚餐过后，晚上8点30分，考察团在一楼的接待室内听吴光先生作题为《王阳明与科举制度》的报告。吴先生首先讲解了中国明清时期的官吏考试，即乡试、会试、院试、殿试等知识，接着介绍了王阳明的仕途经历。

青原寺

5月7日，晴。

上午9点，考察团出发渡过赣江，前往吉安市东部15公里的河东乡青原山，考察位于那里的青原寺。这座寺院又名净居寺，王阳明在吉安时，曾在这里讲学。

青原山是江西省的风景名胜之一，宋代诗人杨万里曾写下“山川江西第一景”的诗句盛赞青原山。山间多潭、泉、溪、峡谷。四处散布着有名诗人的诗碑。其中颜真卿的篆书《祖关》，文天祥的亲笔题字“青原山”，黄山谷的长诗碑《游青原山记》，被称为青原墨迹三宝。

唐代神龙年间，佛教传至青原山。当时，这里是天下闻名的佛教圣地，也是江西中部的佛教中心。慧能六祖将禅宗传给弟子行思（宏济）禅师，唐代神龙元年（705），行思禅师开青原安隐寺，也就是现在的净居寺（青原寺），从此，寺院香火旺盛，现在是中国南方的主要道场之一。

上午9点40分，考察团一行到达青原寺山门。山门匾额上刻的“青原山”三个大字即文天祥亲笔手书。寺院右侧是青原山文物管理所，所内收藏着王阳明所题“曹溪宗派”四个大字的白石卧碑，落款是比较少见的“乐山居士王守仁书”。曹溪宗是青原系的一派。寺内保留着很多古迹，寺院后方的山上还建有行思禅师塔。

青原山自古以来就是闻名四方的读书之地，南宋朱熹曾利用寺内两侧的房屋开辟书院，称为青原书院。南宋以来，这座书院在江西闻名遐迩，与白鹭洲书院齐名。

吉州出身的历代名人，大多在此读书讲学。南宋以后，理学兴盛，这两座书院也作为传播理学的书院而驰名天下。青原书院的传心堂和白鹭洲书院的道心堂都是讲学授业的讲堂。王阳明也曾在青原书院讲学。之后，王阳明的门人邹守益、欧阳德、聂豹，以及王时槐、罗钦顺等人都曾在此讲学。后世因王阳明师徒都在此讲学而将书院改称阳明书院。

白鹭洲书院内建有六君子祠，祭祀周敦颐（濂溪）、张载（横渠）、邵雍（康节）、程颢（明道）、程颐（伊川）、朱熹（晦庵），而青原山的阳明书院后方建有五先贤碑，祭祀王守仁（阳明）、邹守益、聂豹、欧阳德、罗洪先。民国十九年（1930），青原书院毁于战火。

距离青原寺300米处有一座明代时建造的阳明书院。这是王阳明的门人为弘扬王学而建的。诸焕灿先生在报告中写道："结构完整，具有典型的明代简朴的建筑风格。是一座围廊式四合院，有20余间，现是吉安地区精神病医院职工宿舍。"

考察团一行对阳明书院进行了考察。

王阳明离开庐陵之后，长年任职于南赣地区，但每次经过庐陵时，他必定会登游青原山，吟诗并刻于石上。但可惜的是，这些诗刻与宋代黄山谷的诗刻一起在"文化大革命"中被毁坏了。

下午3点，考察团前往吉安市博物馆参观。因为毛泽东曾在吉安居住过，因此博物馆内的陈列是以毛泽东为中心布置的。馆内还有毛泽东的客厅、卧室等，此外还陈列着许多古代墓葬出土的文物。

从丰城到抚州

5月8日，晴，夜间有雨。

上午9点，考察团出发前往吉安市东北130公里的樟树市。

下午1点，考察团到达樟树市药都宾馆。王阳明平定宸濠之乱时，曾在樟树集合全军，攻打朱宸濠的大本营南昌。

下午3点，考察团一行在樟树市博物馆周馆长和李主任的陪同下考察阁皂山和鸣水桥。鸣水桥建于宋徽宗政和元年（1111），距离市区30公里。这一带山区是药草采集地，樟树市也是中药之都，同时还是水陆交通枢纽。王阳明在平定宸濠之乱时曾来过这里一两次。

参观完鸣水桥后，考察团前往位于阁皂山的道观崇真宫。崇真宫建筑色彩鲜艳，具有鲜明的道观特色。道观的现存建筑是1991年修复的。道观内供奉东汉末年的道教徒、医药学家葛玄。东汉建安年间，葛玄到阁皂山游览，后得道成仙，被称为葛仙公。

参观中，吴光先生向大家讲解了道家与道教的区别。吴光先生是研究道家和道教的专家，参观道观时，想必他的双眼一定熠熠生辉吧。

这天晚上，团员专门去买了药酒，有人还喝了一些品尝。

5月9日，小雨转晴。

考察团离开樟树市，前往位于东北方向的丰城县。再从那里转向东南前往抚州市。上午11点40分，考察团到达抚州市的抚州宾馆。丰城和王阳明也有关联。

明正德十四年（1519）正月，48岁的王阳明基本平定了南赣的诸贼暴乱，听闻祖母岑氏病危，便奏请朝廷辞官返乡，但未获准，反被命令兼任江西巡抚，前往福州（福建省）平定叛乱。六月九日，王阳明顺赣江而下，然后北上，十五日来到丰城附近，从县令那里听闻朱宸濠起兵谋反，立即乘船返回吉安。

但不巧的是，当时刮着南风，船只无法南下。王阳明便焚香向天祈祷，或许是他的诚意感动了上天，南风立刻停止，变成了北风，王阳明得以顺利到达吉安。之后便如前文所述，王阳明在吉安向各地发出檄文，招募义勇军。

抚州旧名临川。这里是宋神宗时提倡新法、进行政治改革运动的王安石的故里。王安石集结新党支持变法运动，与以司马光为首的旧党以及程伊川等人展开了党争，这就是历史上有名的“元祐党争”。王安石同时也是一位思想家和文学家，且不评价他的变法运动，他在思想和文学领域的成就，便足以值得后人为他在这里建造一座纪念馆。

参观纪念馆时，受工作人员之请，地主团长和吴光先生分别挥毫题字“有邻”和“坚持改革”。

之后，考察团前往临川人民公园参观明代剧作家、诗文家汤显祖之墓。汤显祖出生于抚州，是王门再传弟子罗近溪的门人。初为南京太常博士，后官至礼部主事。晚年归乡里专心戏剧创作，为后世留下了《牡丹亭》等著名剧作。他竭力反对王世贞等人的古文辞学，对清初的诗文产生了重大的影响。

明代的抚州府一直沿用至清末，其遗址现为抚州市第一中学。

陆象山墓

5月10日，多云。

早上8点30分，考察团从抚州出发，前往东部的金溪县。在金溪宾馆稍作休息后，前往考察10公里外的陆象山（九渊）墓。墓位于150米左右的小高坡上，那里还有一个约50户人家的小村子，这里就是陆象山的出生地。巴士沿着狭窄的山间小路前行，沿途村民朝我们投来惊诧的目光。

巴士停在村口，考察团下车穿过村子，走过桥，在满是红土的山上步行大约1公里，来到约100米高的山丘的中腹地带，象山墓就位于那里。台阶下方立着1957年7月1日江西省人民政府修建的墓标。墓保留着原本的朴素式样，墓前立着“大儒文安公陆象山之墓”的碑。陆象山的母亲、兄长和弟弟的墓也在附近。这座墓在1982年被盗挖，1986年修复，基本保留了原来的样子，实在是不幸中的万幸。一想到阳明墓在“文化大革命”中被彻底破坏，就令人无限扼腕叹息。

众所周知，陆象山与朱熹为学友，朱熹提倡唯物论，而陆象山提倡唯心论[①]，二人常为此展开争论。陆象山比朱熹稍早些去世。陆学成为当时的思想风潮，到了明代中期，王阳明继承并发扬其学说，虽然并没有触及象山学说的深层领域，但象山学说因此从宋元时代一直延传至明代，为明代心学的诞生打下了基础。

上午11点30分，考察团从这里出发前往贵溪县，12点30分后到达贵冶宾馆。途中有一片形貌奇特的山峰，其中有一座形似象，或许是因此，人们称陆九渊为象山先生吧。此外，还能远远望见道教本山的龙虎山。

---

① 光按：在20世纪80年代以前，中国学术界通常以朱熹为客观唯心主义者，以陆象山、王阳明为主观唯心主义者。一般不称朱熹为唯物论者。

考察团在贵冶宾馆吃过午餐后，前往考察现已是贵溪中学的象山书院遗址。校园内陈列着与陆象山相关的资料。黑板上写着“热烈欢迎日本代表团来我校考察象山书院”几个大字。校长等人向考察团介绍了象山书院的变迁。陈炎成的《象山书院及其变迁历史》以及易行的《象山书院的兴废》中，记载了象山书院的变迁，内容如下：

> 象山书院前身叫做象山精舍。其遗址位于今江西省贵溪县东南的应天山。应天山自古以来便多有禅宗学者隐居，因此又被称为禅师山，风景秀丽。陆象山在此山中修建方堂，由此眺望，见山的形状酷似一头巨象，而将应天山称为象山，自称象山翁，将草堂命名为象山草堂，书院命名为象山精舍。
>
> 宋淳熙十四年（1187），象山的门人彭世昌来到贵溪县。某日，他与友人游览贵溪县东南84里外的应天山，他们被应天山的秀美风光所吸引，在此结庐，并恳请迎老师陆象山来此讲学，陆象山欣然应允，登山建象山精舍。来此求学者达一百数十人。朱子看其门人名簿后，感叹“今浙东学者多为子静（象山）门人矣”。
>
> 象山书院之后历经变迁。宋绍定五年（1232），陆象山高徒的再传弟子、江东提刑袁甫巡视贵溪时，见应天山交通不便，便上疏朝廷将象山精舍迁至贵溪县南二里的三峰山下的徐岩。但是，象山精舍仍毁于元末的战火中。之后到了明景泰三年（1452），书院得到重建。明正德五年（1510），书院进行了大规模重修，万历八年（1580）废象

山书院，改象山祠。

清乾隆十年（1745），贵溪县知县在城西万安山再建书院，嘉庆十五年（1810）因书院倒毁，迁至城内，重建新舍，并改名为景峰书院。道光三年（1823），因贵溪县儒者上书请愿，书院恢复原名象山书院。咸丰年间毁于战火。同治二年（1863）于城东再建象山书院。1942年5月，因日军入侵贵溪，象山书院旧址与贵溪县城的多数建筑都被烧毁。

工作人员告诉考察团，贵溪县预定明年举行陆象山逝世800周年纪念活动。

鹅湖书院

5月11日，晴。

上午8点30分，考察团出发前往贵溪县东部100公里外的上饶县。上饶在明代叫广信府。上午11点，考察团到达中途的鹅湖，考察这里的鹅湖书院。

鹅湖山位于江西省铅山县境内，这里有一座鹅湖寺。南宋时期，在吕东莱（祖谦）的安排下，朱陆两大儒曾在这里见面论学。之后在此建造书院，即鹅湖书院。宋孝宗淳熙年间，赐敕额“文宗书院”。

宋淳熙二年（1175），朱陆两大儒在此相会。当时，朱子与陆象山的学说有很大差异，二人会面后，朱子“欲令人泛观博览，而后归之约”，而陆象山则是“欲先发明人之本心，而后使之博览”。朱子认为陆象山“教人为太简”，而陆象山认为朱子“教人为支离”，二人互不相让。但朱陆两大儒私下仍是关系亲密的友人。

宋淳熙六年（1179），朱子复兴了唐代隐士李渤所建的白鹿洞书院，并在此讲学。白鹿洞书院也因此闻名于天下。淳熙八年（1181）二月，陆象山偶尔来访。陆象山前来是拜托朱子为其兄之子写墓志铭的。

朱子携友人和弟子来到白鹿洞书院，邀请陆象山前来讲学。于是陆象山便讲了《论语》的“君子小人义利”之章，听讲的门人皆深有感悟。朱子认为陆象山的讲学“切中学者隐微深痼之病”，点出了以学问为志向者的心中所深藏的弊病，并请陆九渊将内容记录下来以勉励学子，即著名的《白鹿洞书堂讲义》。

陆象山比朱子早去世，最终，朱子将陆象山的心学称为“禅”，对此进行了严厉的批判。受当时的思想风潮影响，之后陆学逐渐衰微，直到王阳明出现，才再次兴起其学说。

鹅湖书院四周被低矮的岩山所围绕，如同桃源仙境一般，建筑保存完好。道路旁立着写有“鹅湖书院”大字的幡旗。巴士在一座比较高的小山丘上行驶了约30公里，接着考察团在田地间步行约百米，便看见一扇门，上面悬挂写有“鹅湖书院”四个大字的匾额，接着是几座牌坊，匾额分别刻着“圣域贤阙”“斯文宗主”“穷理居敬”“纵往来学”。地主团长受管理人之请，挥毫题写了“致良知”三字。鹅湖书院还有已故的山井涌（东京大学教授）先生的题字。

中午12点30分，考察团一行到达上饶宾馆，吃完午餐后，下午3点前往考察信江书院，信江书院现为师范学校的一部分。

这座书院设立于清康熙三十五年（1696），是当地的知识分子学习的场所。如前文所述，上饶是娄妃的父亲娄一斋的讲学处。娄一斋曾向王阳明讲述宋儒“格物致知”说，并劝勉他要立下圣学志向。然而上饶人却对娄一斋一无所知。

我常常为自己没能亲眼看到象山书院和鹅湖书院遗址而深感遗憾。在我因生病而离开大部队前，有一个团员对我说：“您能亲临青龙铺考察，已经此生无憾了。”诚如他所言。

东林寺

5月12日，晴，傍晚有小雨。

上午8点，考察团出发前往上饶县西北180公里的景德镇。下午1点，考察团到达景德镇。景德镇被誉为瓷器之都，人口124万，其中从事与瓷器相关行业的人口就有7万。景德镇与佐贺县有田市是友好城市。景德镇也是中国历史上的四大名镇之一，被称为江南雄镇。景德镇窑早在东晋时期便已存在，北宋时达到鼎盛。对于像我这样通过瓷器探求宋元明时代的精神的人而言，在景德镇考察古瓷器是十分有意义的。

下午3点，考察团参观位于郊外的古窑瓷厂，大家前往街道两边的景德镇陶瓷馆、陶瓷商店参观古瓷器陈列展、古窑和新制陶瓷器。

5月13日，晴。

上午8点30分，考察团前往景德镇西北200公里的九江市。九江市位于江西省西北部，长江南岸，也是一座历史悠久的古都，东临鄱阳湖，南依中外闻名的避暑胜地庐山。人口283万。古代又称浔阳、江州。考察团经过武山来到金桥，乘坐渡轮渡江到九江市，上午12点30分到达实华宾馆。下午3点考察东林寺。

东林寺位于庐山西北麓，是东晋名僧慧远于太元十一年（386）创建的寺院，也是中国净土宗的诞生地。从中国渡海来到日本修建唐招提寺的鉴真和尚，也曾在这座寺院修行。寺院西面是千佛塔和西林寺。根据《庐山记》的记载，慧远居住东林寺期间，送别来客时从不经过虎溪。但是有一天，当他送别诗人陶渊明和道士陆修静时，因为太过专注于谈话而不经意间经过了虎溪，突然听到了老虎的吼叫声才恍然回过神，三人大笑而别，后来在这里修建了三笑亭。

寺内有一座三笑亭，所展示的简介大致如下：

> 三笑亭原本为慧远禅师结社时与贤者们聚会的场所，也是慧远禅师的纪念堂。陶渊明和陆修静经常来此与禅师会面，因此得名三笑堂。堂内有慧远禅师雕像，两侧悬挂一对楹联。陶渊明是东晋时期的大诗人，也是慧远的密友。陆修静是有名的道家，庐山道门的第一祖，与慧远、陶渊明互称知己。

翻阅王阳明的诗集，会发现王阳明写下了数量众多的游览庐山诗。其中有一首描写东林寺的诗如下：

庐山东林寺次韵

东林日暮更登山，峰顶高僧有兰若。

云萝磴道石参差，水声深涧树高下。
远公学佛却援儒，渊明嗜酒不入社。
我亦爱山仍恋官，同是乾坤避人者。
我歌白云听者寡，山自点头泉自泻。
月明壑底忽惊雷，夜半天风吹屋瓦。

白鹿洞书院

5月14日，小雨。

上午9点，考察团出发前往考察位于庐山山麓的白鹿洞书院和秀峰寺。庐山南麓风景最为秀美壮丽，秀峰寺等五大寺院和拥有千年历史的白鹿洞书院皆坐落于此。如前文所述，白鹿洞书院由唐代李渤创建。这里再简单介绍一下书院白鹿洞得名的由来。

李渤是一位学者，常探寻适合潜心读书做学问的好去处。一日来到庐山，在五老峰下发现一处似为仙人栖息之处，便在岩石上读书，不知不觉间陷入沉眠，忽地传来一声鹿鸣令他猛然惊醒，睁眼四顾，眼前出现一头通体如雪一般洁白、眼神清澈温厚的白鹿。李渤向白鹿招了招手，不可思议的是，白鹿竟向他走来，坐在他身边。从那之后，白鹿无论昼夜都守于李渤身边，从不离开，李渤在岩石上读书时，白鹿也卧坐一旁。于是世人便称李渤为白鹿先生。这便是白鹿洞书院得名的由来。也因此，白鹿洞书院内有一座白鹿的石像。

明正德十三年（1518），王阳明著《大学古本》《中庸古本》《修道说》赠予白鹿洞书院。书院将著书内容刻于石上。

此三部书的石刻为行书和楷书，是研究王阳明书法的重要遗迹。白鹿洞书院内有一座先贤书院，回廊上有王阳明的《大学古本》等石刻。

平定宸濠之乱后，王阳明来到秀峰寺刻《纪功碑》，并在白鹿洞书院讲学。正德十六年（1521），王阳明为奸臣构陷，又来到白鹿洞书院为诸生讲学。王阳明有一首题为《白鹿洞独对亭》的诗，内容如下：

白鹿洞独对亭

五老隔青冥，寻常不易见。
我来骑白鹿，凌空陟飞巘。
长风卷浮云，褰帷始窥面。
一笑仍旧颜，愧我鬓先变。
我来尔为主，乾坤亦邮传。
海灯照孤月，静对有余眷。
彭蠡浮一觞，宾主聊酬劝。
悠悠万古心，默契可无辩。

需要注意的是，诗中一字都未提到朱子。白鹿洞书院因朱子再兴而名扬天下，王阳明来此讲学，讲的自然是他的心学。当时，王阳明批判朱子学，树立其独特的心学。当时，王阳明已经提出“致良知”为其学问宗旨。王阳明针对朱子的《大学章句》而著《大学古本》，并送至白鹿洞书院，明确地表达了对朱子学的批判。王阳明站在这样的立场上访问白鹿洞书院并作诗，其中当然不会言及朱子了。

秀峰寺创建于五代南唐保大四年（946），原名开先寺。清康熙四十六年（1707），康熙帝巡视淮南时，亲笔题写“秀峰寺”匾额赐寺僧，寺也因此改名为秀峰寺，并扩建寺院规模，成为一座独特的大寺院。但是，寺院的所有建筑后来均被毁，仅存自然景观和遗留的古迹向游客展示其昔日的魅力。团员广池在《王阳明旅日记》中写道：“寺院遭到破坏，现不存，只留下山中古木。从岩缝中渗出的流水声仿佛引人前往幽玄世界。”

王阳明曾作一首题为《游庐山开先寺》的诗。读罢此诗，可以想象王阳明遭到明武帝侧近的张忠、许泰等人谗言污蔑其有谋反之心时的心境，以及秀峰寺周围的秀美景色。

游庐山开先寺

僻性寻常惯受猜，看山又是百忙来。
北风留客非无意，南寺逢僧即未回。
白日高峰开雨雪，青天飞瀑泻云雷。
缘溪踏得支筇地，修竹长松覆石台。

而在《重游开先寺戏题壁》诗中，王阳明明确地记录了当时的心境。

重游开先寺戏题壁

中丞不解了公事，到处看山复寻寺。
尚为妻奴守俸钱，至今未得休官去。
三月开花两度来，寺僧倦客门未开。

山灵似嫌俗士驾，溪风拦路吹人回。
君不见富贵中人如中酒，折腰解酲须五斗？
未妨适意山水间，浮名于我亦何有！

虽然没法看到这首诗的石刻，但是有《又次邵二泉韵》诗的石刻，只不过这是1990年汪智愚所书，何光明所刻。

又次邵二泉韵

昨游开元（先）殊草草，今日东林游始好。
手持青（苍）竹拨层云，直上青天招五老。
万壑吴（笙）竽松籁哀，千峰掩映芙蕖（蓉）开。
坐俯西崖窥落日，风吹孤月江东来。
莫向人间空白首（发），富贵何如一杯酒。
种莲采（栽）菊两荒凉，慧远陶潜骨同朽。
乘风我欲还金庭，三洲弱水连沙汀。
他年海上望庐岳（顶），烟际浮萍一点青。

（备注：石刻内容与《王文成公全书·诗文卷》所录有若干字差异。括弧内的字为《全书》所录字。芙蕖：形状如芙蓉的山峰。种莲采菊：指慧远禅师种莲，陶渊明采菊东篱下。金庭：王阳明的故乡浙江省的山名。三洲：蓬莱、瀛洲、方丈三山。弱水：指禹贡之弱水。）

上记诗中出现了慧远和陶渊明的典故，也正体现了王阳明当时的心境。

中午12点40分，考察团一行在秀峰寺的金堂吃午餐，下午1点50分出发。山间雾气弥漫，气温下降，巴士在曲折的山路间穿行，下午4点到达庐山别墅村。毛泽东也曾在这里下榻。以前是外国人的别墅，也因此建筑都是西洋式的风格。下午5点半，在吴光先生的提议下，由地主团长主持举行了考察旅行的总结座谈会。

5月15日，上午雾有小雨，下午晴。

庐山的平均气温为11.5℃，最高温度30℃，最低温度零下16.8℃。盛夏时平均气温22.3℃。雨和雾的天气较多，一年之中有169天下雨，192天起雾。

上午8点30分，考察团前往庐山观光游览。庐山位于江西省北部，长江南岸，自古以来便是中外有名的游览避暑胜地。庐山之名典出自西汉司马迁的《史记》。晋代时有许多东南亚著名僧侣到此游览。庐山东西29公里，南北16公里，山上多奇峰险崖，银泉飞瀑，山间终年云雾缥缈，变幻莫测。全山共有90余座山峰，其中最大最高的是汉阳峰，海拔1474米。著名的五老峰因五座山峰如五位老人并坐而得名，五老峰形状奇峭，山间多怪石峭壁，溪流深谷，常被云雾包围。

上午8点40分，考察团前往花径公园。这里有唐代诗人白居易的《花径》诗石刻，以茅草盖顶的白居易庐山草堂，以及庐山名人艺术馆。白居易在九江居住了5年，其间饱览此处山川名胜。因此，这里也被称作“白司马花径”。

庐山名人艺术馆内陈列着陶渊明、陆修静、王羲之、苏东坡等人的雕像。明正德十五年（1520），王阳明曾到庐山游览，因此这里也装饰着“王阳明夜观佛灯”的人偶。

上午9点20分，考察团来到仙人堂，参观了各种石刻，9点50分前往大天池。仙人堂是位于绝壁之上的天然石堂，传说这里是吕洞宾的修仙之地。大天池位于山峰之上，池水终年不涸。附近还有晋代的天池寺遗迹。

这里有天池寺摩崖石刻，其中一块横卧的岩石上刻有王阳明的诗。翻阅王阳明的诗集，有题为《夜宿天池月下闻雷次早知山下大雨》诗三首，刻于岩石上的是其中的一首。

昨夜月明峰顶宿，隐隐雷声翻山麓。
晓来却问山下人，风雨三更卷茅屋。

阳明山人王守仁伯安书

这首诗刻于民国时期。

游览完大天池后，团员们吃了午餐，下午1点10分出发前往南昌。下午5点30分到达南昌青山湖宾馆。

5月16日，晴转多云。

这一日，考察团考察了南昌市区以及附近的遗迹。

5月17日，多云转小雨。

这一日，考察团考察南昌的遗迹，上午11点20分在滕王阁观看越剧表演，下午4点10分乘坐特快卧铺列车前往上海。18日上午9点10分到达上海。上海社会科学院的工作人员前来迎接，入住锦江饭店。

十二、光自东方来

解散仪式和回国

5月18日，晴。

早上7点，我和团员金内乘坐王院长的车从杭州西子宾馆出发，经过5个多小时的行驶到达上海，在锦江饭店与考察团会合。王保民先生（浙江省社会科学院外事办公室主任）因为也要出席解散仪式而和我们同行。这次的考察旅行计划能够顺利完成，也要多亏王保民先生在背后的诸多协助。

午餐后，吴光先生将我们介绍给上海古籍出版社的李剑雄先生和庐守助先生，我们谈论了《王阳明全集》《黄宗羲全集》，以及我的著作《王阳明与明末儒学》的中文版翻译出版等事宜。

解散仪式于晚上6点在上海文艺俱乐部举行。出席仪式的除了我们一行人，还有上述上海古籍出版社的两位先生和周益政先生（上海社会科学院）。

仪式由山口秘书长主持，首先由担任顾问的我致辞，接着由王院长、地主团长分别致辞。王院长致辞结束后，向日本团员赠送了自作诗的书法作品，以及刻有日本团员各自名字的西泠印社的印章。我也受王院长之请挥毫题字。在吴光先生的举杯示意下，大家满怀着旅行中的种种回忆，一起干杯庆祝。宴席上，团员鸭下还为大家吟诵了王阳明的诗《啾啾吟》。

我在致辞中对此次考察旅行进行了总结，内容如下：

今天，我们能够一起平安无事地参加解散仪式，是十分值得庆祝的事。特别要感谢王院长在百忙之中抽空特意从杭州赶来参加仪式。沈善洪校长原本也预定参加，但因为有必须要处理的工作抽不开身，未能前来。他拜托我向各位团员致以问候。

回顾过去的这些日子，我们对散布在幅员辽阔的广东、广西、江西三地的数量众多的王阳明遗迹进行了学术考察，取得了超过预期的重大成果。这是近年来日本人在中国遗迹考察中值得大书特书的一笔。

这次考察能取得巨大的成功，都要归功于三省社会科学院的各位学者，省、市等各级政府、文化局的各位领导，各地历史研究专家和考古学专家的支持和帮助。各级政府的领导们为了保证我们团员的人身安全，在路线指引、道路整修、遗迹周边整备等各方面都做了万全的准备。文化局的各位领导和当地的历史学家、考古学家也事先进行了文献和实地的考察，为我们进行详细的介绍。我们还受到当地群众的帮助，一些少数民族群众还跳民族舞蹈来热情欢迎我们。特别要感谢各省社会科学院的学者们，为我们的此次考察活动全权负责，与我们同甘共苦，在旅途中为我们引路。他们的真挚情谊和无私帮助，我将永生难忘。

此次考察活动若没有浙江省社会科学院的王院长、李副院长、吴光先生、王保民先生、钱明先生、邱明先生，余姚市的叶树望先生，杭州大学的沈校长、陈辉先生等各位先生的鼎力相助，就无法顺利完成。特别是王院长在各省社会科学院院长会议上，特意请广东、广西、江西三省（自治区）的社会科学院院长协助此次考察活动。我向各位先生表示真挚而深情的感谢！

去年夏天，我有了组织这样的考察活动的计划，二月时，我不慎罹患急性肺炎，也已渐渐好转。当时，钱明先生正在九州大学做研究，他与思远会的松尾先生商谈后，很赞成这次考察计划。通过他们二人拜托浙江省社会科学院给予支持和协助。

钱明先生与浙江省社会科学院取得联系，松尾先生参考我所写的《王阳明小传》以及余姚市的诸焕灿先生所著《吾心自有光明月——王阳明行迹考察记》的日文翻译版，并在考虑我和团员的健康、体力的基础上制订了详细周密的旅行日程。不仅如此，他还为每个团员复印了《王阳明小传》《王阳明年谱略述》，并与池末美光先生商量后出版了我们的《王阳明遗迹探访旅行记》，分发给每个团员。这是一份非常辛劳麻烦的工作。此外，团员金内、池末等先生也尽力协助松尾先生，考察旅行的准备工作这才得以就绪。在此期间，松尾先生与浙江省社会科学院联系了十多次，并亲自前往杭州确认考察旅行的行程安排。我和日本方的团员一起对这几位先生付出的辛劳表示衷心的感谢！

从东方思想发展的角度来考察阳明学，就会发现它处于东方思想发展的极致的位置，一言概括来讲就是简单的哲学，即最为简易直接的生命哲学，最具有东方特色，并具有与日本的民族性非常契合的性质。与西方思想作对比即可发现，西方思想基于理性主义的立场，分析解明根源并将其理念化，由此构筑庞大的体系；而阳明学则是培养根基，在修正理性主义的偏离和弊害方面发挥作用的情意主义哲学。如果将前者称作发展的思想，那么后者可称作回归的思想。从前者诞生了科学文明，为人类的生存做出了贡献，但是不免产生理性主义的偏离和弊害。

近年来，西方学者终于发现了这一点。该如何才能修正这种偏离和弊害呢？就只能依靠阳明学，或者说是阳明学那样的情意主义的思想。如此来看，就能理解阳明学对今后人类世界的发展具有重要的意义。正所谓“光自东方来”，象征着阳明学，或者说阳明学的思想之光一定能够照耀21世纪的人类世界。

我们通过此次考察旅行，考察了具有世界性意义的阳明学的鼻祖王阳明的相关遗迹，由此探明王阳明的行迹，切身感受他的学风泽被，我们不能就此停下脚步，应该将考察的成果实践于日常生活中，这才是对在旅行中给予我们多方关照的中国学者们最好的回报。

人们常问我：“中国是个怎样的国家？”我会立刻回答：“是个混沌的国家。”中国的思想、文化，以及民族特性，是在具有各种要素的中国大陆风土和以汉民族为中心的多种民族群体的漫长历史中形成的，因此从外部很难窥见其本质。如果仅凭一知半解的知识或者见闻来穿凿附会，反而无法理解其精髓。因此我回答“中国是个混沌的国家”，意为如果不真切理解这一层含义，仅凭一知半解穿凿附会，就会如《庄子》中所写的混沌的故事那样，南海的帝王倏和北海的帝王忽为了报答中央的帝王混沌的恩情，在混沌的身体内开凿了眼、鼻、口、耳等七窍，但是到了第七天混沌就死了，实在是愚昧至极。要想避免如南海与北海的二帝那样犯如此巨大的错，首先必须深入理解混沌之所以为混沌的本质，这是非常重要的。

相信日本的各位团员通过此次的考察旅行，多少切身理解了中国这位混沌的本质，这是十分珍贵的经历，也是巩固中日友好发展的纽带的重要途径。我们将以此为鉴，为进一步加深中日友好关系贡献力量。

最后再一次向浙江省社会科学院的各位先生表示衷心的感谢！

1992年5月18日　冈田武彦

王院长向我们赠诗一首：

作阳明诗送别冈田先生暨联合学术考察团日方朋友

君家只在海东隅，日日海风去复回。
莫遣班机成久别，平湖秋月望君来。

公元1992年5月　王凤贤

5月19日，晴。

我们乘坐下午2点起飞的航班从上海返回福冈，下午3点

10分到达福冈机场。比我们先一步回国的池末先生早已在机场等候，他手持“祝归国 王阳明遗迹日中联合学术考察团 斯人会”的横幅与数十人一起前来迎接我们。我一见横幅，就感受到了他的真情厚意。团员们一起在横幅前合影留念后解散。

在陌生的土地上充满艰难困苦的旅行，和充满愉快回忆的学术考察活动，终于画上了句号。

附记（阳明落星碑揭碑仪式）

1994年，柳桥由雄先生担任团长，组织了第五次王阳明遗迹考察活动。我出于健康状况的考虑没能参加此次考察。此次遗迹考察之旅的主要目的是参加在王阳明的落星地（逝世地）举行的纪念碑揭碑仪式。这块碑是在日本考察团团员的要求下修建的。这里介绍副团长地主正范先生的旅行日记内容。

落星碑揭碑仪式

青龙铺章水河岸的沙地用水泥高高地加固，在其上修建一亭，亭中有一块高2米有余的石碑，被白色的布覆盖着。柳桥由雄团长、细川章副团长和王凤贤院长共同为纪念碑揭碑。那真是激动人心的一瞬间。

回想1992年5月，我们前来这里考察时，只有章水静静地流淌，岸边的沙滩沉默不语，但是所有人都坚信不疑，这里就是王阳明在船中逝世之地。我们一边在脑海中默想王阳明的临终遗言，一边无言地铺上塑料布，摆放祭坛和祭品，然后饱含热泪地祭拜阳明先生之灵。我们还乘船涉江，将酒倒入江中祈福。从那天开始，冈田先生就决心要在这里立一座纪念碑。这座碑现在已顺利竣工并迎来了揭碑仪式。

除去了白布，碑石显现，上刻“王阳明先生落星之处”几个红色大字。这是冈田先生的亲笔手书。首先由柳桥团长向纪念碑鞠躬，并朗诵冈田先生写的祭文。

建阳明王公碑

孟子没，心学绝矣。二千载后公脱颖，发明致良知之旨，简素圣贤学之宗，大发挥其神机也。天降大任其人矣，困身动心多忍性，公岂不为其人乎？身未不惑系缧绁，流谪龙场驿大悟，首唱知行合一说。壮年浸于痨咳矣，何堪禄厚与官封，朝命赴任匪能辞？卧治驰骋各得宜，随所讲学点门人，姚江之旨滋隆盛。宁藩忽叛窥南都，累卵之危撼大明，神速果敢魁党崩，赫赫伟勋照汗青，反被谗陷遭奸佞，吟咏啾啾叙衷肠，得闲讲学会稽陵。忽有大命征西南，以疾固辞不许听，鞭挞病躯驱征程，用兵德化捷交奏，乱贼镇定民向善。病革卧褥力难胜，望乡之念未可制，遂促舟发就归程，死生之理孰得免，青龙铺前落巨星。门人泣请师遗训，此心光明复何言。辛未岁季春四月，余与同志章水行，酹酒诵诗心愈切，万感交迫众呜咽，请建丰碑星陨处，百事筹措无遗漏，竣工于此举式典，甲戌再逢荡春风。千古一日往来事，文武英豪唯公是，左把经书讲圣学，右抚长剑叱千营。岁岁花似人不同，后世学者赞德宏，频颂功业与天齐，扶桑群贤景仰公，在天之灵光千丈，气节风流自永生。

甲戌季春　后学　冈田武彦

中日双方代表一同肃立无声，内心满怀感动。

接着是王院长发表关于王阳明纪念碑揭碑仪式的讲话：

在场的各位女士们，先生们，朋友们，我们一起怀着对先贤的崇敬之情，来参加王阳明先生纪念碑揭碑仪式。我代表浙江省社会科学院，向为修建纪念碑慷慨捐款的日本友人，以及修建纪念碑的江西省大余县人民政府的各位领导和同志们表示衷心而深切的感谢！

王阳明先生出生在浙江余姚，是我国明代著名的哲学家、教育家、政治家、军事家，官至南京兵部尚书。阳明心学不仅影响国内，还远播海外，特别是对日本的明治维新产生了重要的影响。日本人民深深崇敬着王阳明的思想和伟大人格。

明代嘉靖六年（1527），王阳明先生带病奉朝廷之命前往两广处理少数民族暴乱。翌年，因病重而上疏请求还乡，不幸于阴历十一月二十九日，公历1529年1月9日，在江西省南安府青龙铺的船上逝世，享年57岁。

1992年4月30日，“王阳明遗迹中日联合考察团”来到青龙铺考察，中日双方学者和友人，怀着长久以来对先贤的仰慕之情，举行了祭祀仪式。之后，日本友人为在青龙铺修建王阳明纪念碑而筹集资金，冈田先生撰写碑文。这是具有重大意义的事件，不仅象征了中日友好，并且也是弘扬东方传统文化的有力举措之一。

阳明先生的故乡虽然在浙江，但是他的一生与江西省有着深厚的渊源。他曾任庐陵（江西省吉安市）知县，平定宁王朱宸濠叛乱，开设书院教育众多门人。黄宗羲在《明儒学案》中编入的"江右王门"学者有33名。

我们希望大余县的各位领导和同志们，能够充分活用王阳明先生纪念碑，通过开展学术活动和对当地群众的教育，提高群众爱护文物的意识，共同为弘扬中华民族传统思想文化，促进中日文化学术交流做出积极的贡献。

1994年5月2日 浙江省社会科学院　王凤贤

我们在纪念碑前列队整齐，聆听祭文和讲话，不知何时，纪念碑周围聚集了很多男女老幼村民。讲话结束后，村民们在供奉了酒与糕点的纪念碑前点燃自制的红蜡烛和香，各自朝纪念碑祭拜。韩景松（大余县副县长）先生和吕秀元（碑亭修建的主要负责人）先生也进行了祭拜。在王院长等人的劝说下，聚集的村人派出数名代表进行祭拜，但是他们的脸上都挂着笑容。

据说，自从平成四年（1992）我们到这里考察并祭祀王阳明遗迹以后，大余县的学校就在课外学习中教孩子们王阳明的事迹。虽然不知道教的具体内容，但这是我们考察团预期之外的成果之一。

祭祀典礼之后，柳桥先生和我站在碑旁与村民交谈。虽然已经记不清当时说了些什么内容，但应该是“非常感谢在各位的帮助下修建了雄伟的纪念碑，请大家今后也时常来这座碑前祭拜，就像章河之水川流永不息一般，请大家也永远爱护这座纪念碑。这才是真正的中日友好之证明”。

我很感激青龙铺的村民那样聚集过来，那些老人们举着香，用中国的方式作礼拜的情景，至今仍印在我的脑海中。

1994年5月　地主正范

第五章

修复瑞云楼与再访阳明洞

1996 年 10 月 31 日—11 月 5 日

1996 年 11 月 19 日—20 日

一、前往余姚

我们殷切希望位于余姚的王阳明出生地瑞云楼也能得到修复，通过余姚市人民政府的热心关注和我们的资金援助，修复工程已经完成了约三分之二，并且还建造了纪念馆。平成八年（1996）11月3日，余姚市人民政府主办了王阳明纪念馆落成仪式。

我立刻烦劳事务局的松尾正威先生，拜托他召集能参加这次仪式的人员，10月31日，我们与中国的团员在杭州举行了结团仪式，团员中有日本人15名，中国人4名。侯玉祺（浙江省社会科学院院长）先生与杨金荣（浙江省社会科学院副院长）先生也出席了结团仪式。参加考察团的日本人有地主正范（东北振兴研修所理事长）先生，他曾多次和我一起参与王阳明遗迹考察旅行，志津田一男（佐贺县师友协会前会长）先生，广池佐惠子（白光真宏会会员）女士以及事务局的松尾正威先生，除此之外还有10名新团员。此次，我担任顾问，志津田一男先生担任团长。中国方面，王凤贤（浙江省社会科学院前院长）先生担任团长，团员有王保民（浙江省社会科学院外事办公室主任）先生，钱明（浙江省社会科学院副研究员）先生，黄长江（浙江省宁波市外事办公室）先生。王凤贤和钱明两位先生在前几次的王阳明遗迹考察旅行中与我们同甘共苦，一起完成了考察。

10月31日，我们一行人乘坐上午11点起飞的航班从福冈飞往上海，从上海转乘巴士一路来到杭州，全体团员在杭州集合举行结团仪式。11月1日，我们乘坐巴士前往绍兴。上午10点半左右，我们参观了王阳明墓。通向墓地的台阶上积了一层松树的枯叶，墓前也杂草丛生。我回想起这座墓修复时的光景，墓园明明连着学校的校园，为什么学生们不来为墓打扫呢，不禁十分感伤。我便请求陪同引领我们的绍兴市人民政府的人员，务必要时常清扫墓园。

之后，我们一行人前往兰亭，模仿王羲之当时举行的曲水流觞宴，兴致勃勃地游玩，大家各自拾取从上游顺流而下的酒杯，一边饮酒一边回忆往昔。接着大家又前往大禹陵参观，然后在咸亨酒店吃午餐。这家酒店据说也是鲁迅先生喜爱去的。这里的绍兴酒是这家店的特产，市面上买不到。酒液呈现浓郁的黑褐色，美味无与伦比。我至今为止喝过各种各样的绍兴酒，但还是第一次喝到这么醇香甘美的绍兴酒。女性团员们品尝之后，也异口同声地连声说“真好喝，真好喝”，对酒赞不绝口。

午餐后，我们乘坐巴士前往位于余姚东部的宁波市。这里自古以来就是日本留学僧人、留学生和商船往来的著名贸易港口。当天，我们在宁波住宿一晚。11月2日，我们前往参观与道元和尚有渊源的天童寺和阿育王寺。巴士通过市区某处时，为我们担任翻译的黄长江先生告诉我们，那里是王阳明曾经拜访日本和尚了庵桂悟所居住的嘉宾堂的遗址。之后我们前往参观位于宁波西南约60公里、在余姚境内的河姆渡遗址博物馆。傍晚到达余姚县城，出席欢迎晚宴。

11月3日，一行人出席瑞云楼修复落成仪式。巴士已经可以直接开到大门口停靠，但周围还是散落着一些小的民家。从前门进入正门，穿过前庭便是修复后的纪念馆，屋檐下悬挂着“真三不朽”匾额，馆内深处悬挂着写有“文成公像”的彩色王阳明肖像画挂轴，其上还挂着“吾心光明”匾额。

落成仪式在副市长的致辞中开始，之后由我朗诵祝文。担任翻译的是在浙江省社会科学院留学的日本女性研修生。

庆瑞云楼重建文

夫豪杰士生斯世，屡有见奇异之事，明文成王公亦然。母郑氏娠十四月，祖母岑氏一夜梦衣着绯玉之神人，云中鼓吹送授婴儿，惊觉，已而闻啼声。祖父竹轩公异之，乃命名之曰“云”矣。余姚乡人传闻之，公所生称瑞云楼。王公至五岁不言，祖父有悟神僧语，更名“守仁”，即能言。余姚古辈出俊秀，殊四贤名高于世，然而王公尤杰出，其学德功业文章，灿然光辉于天下。而为其良知学也，易简直截易知行，因流布天下各地。然自清初遇诬罔，其学顿衰微将绝，日本识者夙知之，笃学而世世传之，至今莫不知之者。顷者中国之识者，景仰公揭光明月，而勉修复其遗迹。今兹瑞云楼重建，余后学不胜欣快，与同志列此式典，庶王公学遍天下。

日本访中团顾问

九州大学名誉教授

冈田武彦

修复重建后的瑞云楼位于纪念馆后的中庭，是一座两层的建筑。入口的屋檐下悬挂着写有“瑞云楼”三个大字的匾额。进入楼中，正面摆放着王阳明的胸像，后面挂着几幅王阳明晚年所写的《客座私祝》的木板挂轴。

瑞云楼2楼布置着王阳明的父母和祖父母的房间。前文物管理局的章亦平先生[①]还带我们参观了王阳明呱呱坠地时的房间。章先生告诉我们，修复瑞云楼所使用的都是明代的木材，要收集这些木材花费了不少功夫。修复工程预定还有二期、三期。待工程全部完工之日，想必这里一定能成为余姚人的教化圣地吧。

附 记

大正十年（1921），诸桥辙次博士曾经前来探索过王阳明墓，平成九年（1997）5月23日，京都的吴端先生（将来世代综合研究所所员）给了我一份当时记录的复印件，现附录如下。

诸桥辙次博士《游支杂笔》所记大正十年7月3日祭扫王阳明墓台的记录如下：

> 7月1日，到达余姚。这里是王阳明和朱舜水的出生地。途中多有墓地，皆在水田中构筑坟茔安置。坟墓周围松柏苍翠，景色肃然。余姚是中国少有的山紫水明之灵地。余姚四周耸立着四座灵山，即龙泉山、凤凰山、竹山、白山。龙泉山麓有河，土人不知其名，应是姚江。有

① 章亦平（1928—）1996年时任余姚市政协主席，自1986年在余姚县副县长任上认识并接待冈田武彦先生的王阳明遗迹考察团以来，一直积极参与冈田先生主导的中日阳明文化交流活动。

桥名镇东第一桥。王阳明祠位于龙泉山中腹。山北有瑞云楼，为王阳明诞生之处，今荒废（下略）。

7月2日，从余姚出发乘坐火车至百官。（中略）4点到达绍兴城外。从城外雇小船至绍兴住宿的旅馆。旅馆虽不整洁，但还算舒适。立刻前往衙门询问明日将要探访的王阳明墓所在之处，但无一人知晓。前往一家名叫墨润堂的书店询问，回答王文成公墓在城南20里花街洪溪。出南门前往坡塘，便到紫洪山，在此处询问花街何往，答不明。夜晚翻阅《王府志》卷二十二，果有此记事，如拨云见天日，暗夜得光明。夜晚，巡警来查巡。

7月3日，与昨夜前来的巡警两人一起乘船，先至东门外1里许的大禹陵。（中略）从绍兴行15里水路到达坡塘。从坡塘前行，山道愈发崎岖。雇一顶极简易轿子前往花街洪溪。途中15里路仅有一个五六户人家的小村。道路两侧山上松竹茂密，遮天蔽日，一人独自旅行，无限寂寥。在坡塘边询问，报出王文成公、王守仁、王阳明等各种名号，无一人知晓其墓所在地，接近花街洪溪时，偶遇一僧侣，询问其墓所在，即答知道，在鲜虾山，山即在眼前，并不高，风景秀美，状似墓地之处，四周有古松数棵。急忙赶去，然而一路上荆棘茂盛，有齐身之高，披荆斩棘前行，实非易事。忽然骤雨至，雨水飞溅，衣袂全湿。不屈不挠前行，终到达应是墓所在之地。从占地来看，似是大型墓地。墓朝南，有5层坛，大小与西湖岳飞墓相当。下墓地行过一段路，来到水田附近，有一高约2丈的丰碑，为乾隆十六（1751）年立，表刻“名世真方”四字，里大半磨损难以辨认，唯“丹青之勋业，文成之嘉谥”十字清晰。此处确认无疑为王阳明之墓。多年之夙愿，一朝终得实现。归途追上先前问道之僧侣，讨教种种，得知王阳明墓地之草一年一度收割清理，此为当地习俗。（下略）

11月3日下午，落成仪式结束后，我们返回杭州住宿一晚。第二天，我乘坐火车前往上海，其他团员则乘坐巴士前往上海。5日上午，我们参观了上海博物馆，在这里看到了夏朝的青铜器，十分有参考价值。下午，我们从上海出发返回福冈，傍晚在福冈国际机场解散。

二、前往龙场

11月19日，我再次前往贵州省修文县龙场考察阳明洞。这次，我是受了矢崎胜彦先生之请。矢崎胜彦先生笃信王阳明的“致良知”之说，为了人类的下一代而在京都创立了将来世代国际财团，致力于开展国际规模的学术文化活动。

矢崎先生对贵阳的阳明学研究怀有深厚的关心，还为贵阳提供了资金协助。此次，他在北京铸造了一尊王阳明的铜像赠送给贵阳，因为要出席铜像的赠送仪式而前往贵阳，从而有机会考察阳明洞，我也受邀出席赠送仪式。王阳明铜像高2米，是一座坐姿像，由田世信（中国中央美术学院助教）先生制作，神态庄严，仪表堂堂。

出席赠送仪式的除了矢崎先生和我，还有矢崎先生的父亲矢崎又次郎先生，摄影师并川博先生，将来世代国际财团下属综合研究所的研究员吴端先生5人。19日，我们从关西国际机场出发前往上海，再转机到达贵阳垒山机场，从机场前往修文县，入住阳明宾馆。郊外的道路和街道相比之前来时，面貌焕然一新，中国的经济发展速度着实令人惊叹。

19日，我们在修文县阳明宾馆入住一晚，20日上午考察完阳明洞后，出席在阳明洞上方的本祠堂举行的铜像赠送仪式。首先由现居广东省深圳市、对故乡贵阳的阳明学的兴盛怀有极大热情的蒋庆先生介绍铜像赠送的情况，接着由赠送者矢崎胜彦先生和中方负责人致辞。之后，矢崎先生和罗筑云（修文县委书记）先生一起为铜像揭幕仪式剪彩。

赠送仪式上，蒋庆先生朗诵了以下祝词。

阳明先生圣像开光典礼祭

阳明先生祝词

维孔元二千五百四十八年，西元一千九百九十六年十一月二十吉日，吾等后学来自中国之各省及日本，恭会于四百八十年前阳明成道之龙冈圣地，仰先生精神人格之博大，感良知圣教之纯美，逢阳明先生圣像开光之盛典，特备时馐之奠，谨祭吾阳明先生在天之灵。

呜呼！昊天苍苍，品汇茫茫，吾公英灵，长存无疆，忆昔贬谪，万死投荒，一朝觉悟，本心永彰，龙冈讲学，恩沐此邦，教泽东渐，爱遗扶桑，昭昭灵觉，泼泼机藏，生天生地，赖此元良，近世以降，斯学渐亡，真性被缠，良知罹障，放心不返，随物迷荡，天闭地塞，厄难始酿，哀哀我伤，不忍斯殇，复我古学，愈我心创，今我来祭，万象复昌，古祠巍峨，乡堂芬芳，君亭换颜，文柏高杨，天道往还，斯文未丧，东过反哺，道立诣岗，庄严圣像，万古辉煌，传心有人，荐我馨香。

尚飨！

黔中后学　蒋庆　代拟

这篇祝词字里行间流露出蒋庆先生对王阳明的深切崇敬之情。第二天早上，我与吴端先生在贵阳机场道别，看到吴端先生的眼中闪着泪光，我的内心也百感交集。

我朗诵了赞文代替祝词，由吴端先生为我翻译。

王文成公像赞

天将降大任斯人，必动其心忍其性。明余姚王文成公，困心衡虑而后作，自孟子没、圣学绝，千载后程子继之，于此圣学复兴隆，圣人心学未必明，公困学流谪之地，一夜静悟石椁中，方契合于其秘旨，心学为大明于世，或说知行之合一，除学者虚见之弊，或要事上之磨炼，矫陷空寂灭之谬，到知命其学益进，终揭致良知大旨，其学愈易简真切，圣学秘蕴斯开明，公临死谓门弟曰，此心光明复何言。吾心自有光明月，不用求人更问人。王公心学辉万世，其功业亦照汗青，讨宁藩而安王室，征思田而绥民心。公文章博大昌明，其诗亦我逸有致，其为书固成一家，清雅而骨挺神骏。视公像容貌风骨，有温润俊爽气象。私淑公修学肆业，庶为万世开太平！

丙子岁（1996年）十一月

后学　冈田武彦

我的赞文被刻在了铜像基座上。

当天下午举行了祭奠仪式。首先奏乐，在铜像前供奉祭物，接着由担任主祭者的蒋庆先生根据明代仪礼制度，点香向天祈祷，再往地上洒酒，最后进行祭拜。接着由担任总祭者的我在蒋先生的引导下进行了同样的祭拜，之后由参加仪式者依次进行祭拜，祭奠仪式就此结束。

仪式结束后，我们休息了一小时，前往位于西南约4公里的“王阳明玩易窝”。当地政府人员告诉我，位于阳明洞的玩易窝是假借其名，我们现在前往的才是真正的玩易窝，这里也是王阳明的开悟之地。我听后十分震惊，便问为什么一开始没有向我们介绍这里，回答说，因为这里如今已经变成了垃圾场，而且洞中还饲养着猪，不适合外来者参观，也是不得已而为之。据说这个洞一直通到阳明洞。

附　录

《王阳明纪行——探访王阳明遗迹之旅》补录

附录一　王阳明遗迹考察别录[①]

地主正范[②]

一、中日王学交流

昭和六十一年（1986）八月二十二日，我们从长崎机场出发，30日返回大阪机场，进行了为期9天的考察旅行，其间我们前往了上海、杭州、余姚、绍兴、无锡、苏州。虽然只考察了广阔的中国大地的一小部分，但是我们行囊中的收获却是沉甸甸的。本月开始，我将一点点记录此次旅行的见闻。

考察团成员

此次考察团成员共有21名，首先对成员进行一下介绍。

团长冈田武彦先生是九州大学名誉教授，著作有《刘念台文集》《日本的阳明学》《朱子学者书简集》《王阳明与明末儒

① 本文录自《王阳明·东林儒者遗迹探访纪行》，由冈田武彦、地主正范、山口胜朗合著，日本福冈县小郡市思远会1992年4月刊行，分上、下册，上册系地主正范著，今作本书附录一。下册由冈田武彦、山口胜朗著，今略。

② 地主正范（1919—2014），1919年2月生于日本山形县鹤冈市。毕业于山形县立鹤冈中学，就职于株式会社山居仓库，后服兵役，退役后就职于文会堂。1949年任山形县立农业试验场庄内分场修练生教育主任。1952年任财团法人东北振兴研修所理事长，创办了以弘扬阳明学为主旨的《耕心》杂志。2014年4月病逝于鹤岗市。

学》《阳明学的世界》《安东省庵·贝原益轩》《山崎暗斋》(均为明德出版社出版)等，包括其主编的书籍在内，可谓著作等身。冈田先生是在中国和欧美学术界也享有盛誉的学术泰斗，同时也是一位人情味浓厚的先生。

副团长福田殖先生是九州大学教授，主要研究方向为与王阳明相关的思想家，著作有《陆象山文集》《陈白沙文集》《王阳明全集年谱》等。

秘书长难波征男先生是福冈女子学院短期大学教授，与冈田先生合著《月田蒙斋·楠本端山》。难波先生体察冈田先生的愿望，策划了此次遗迹考察活动。难波先生曾与学生们一起前往中国开展过阳明遗迹考察活动。

以下为团员。

福冈市的菰田正郎先生，为爱日书院院长，每月举办一次“阳明学会”，听冈田武彦先生讲座。此次考察团大部分团员也是因“阳明学会”而聚集起来的。

千叶县集英学园园长越川春树先生，东京都乡学研修所所长柳桥由雄先生。这两位先生是《菅原兵治全集》的编委会成员，《耕心》杂志的读者们对他们十分熟悉。

和歌山县多屋林业会会长多屋平夫先生。多屋先生是一位医生，在宾馆时我经常与他同室，受到他很多关照。

加来茂之先生是大分市加来组的社长。为了参加冈田先生在福冈市举行的讲座，每个月乘坐两个小时的快速列车往返听讲，从不缺席，是一位勤勉好学之士。

竹下肥润先生是东京全日本读书人俱乐部的负责人，主持发行*Book News*杂志。他时常感叹“现在的年轻人都不爱读书”。竹下八重为他的夫人。夫妻二人有丰富的外出游历经验，给了我很多建议。大约5年前，夫妻二人游览东北地区时，与我非常偶然地在鹤冈的致道博物馆相遇，这次便加入了考察团。缘分真是不可思议。

上野日出刀先生是长崎活水女子大学的教授。他一边调侃“我讲的是北京官话，在这里行不通”，一边却和当地人打成一片。

细川章女士是佐贺女子短期大学的讲师，一边从事教育工作，一边担任多久圣庙（佐贺县）的护持，尽心尽责。这里的孔子祭祀传统已经延续了数百年的历史，现在仍由多久市主办举行。我也想去参加一次。细川女士的祖母是会津（福岛县）人。

海老田辉巳先生是北九州工业高等专门学校教授和北九州大学文学部讲师。先生也经常作汉诗。

三岛正士先生在福冈市从事农业工作。曾在福冈农士学校接受菰田先生的教导。

毛利春元先生是佐贺女子短期大学助教授，专业领域为西方哲学。

牛尾弘孝先生是大分大学助教授，专业领域为朱子学。

边土名朝邦先生是活水女子短期大学的教授。

小宫厚先生是久留米工业高等专门学校的讲师。

伊藤友子女士是关西国际旅行社的翻译，与我们随行，在旅行中不仅为我们担任翻译，而且每天从一大早就开始工作，有时甚至忙到深夜，为我们提供无微不至的服务，我们都非常感谢她。她的丈夫是九州大学中国文学专业的教授。

以上几位先生和女士都曾参加过冈田先生的讲座，接受过冈田先生的指导。

我是在菰田先生的推荐下参加此次考察旅行团的，和冈田先生在此之前并未见过面，是考察团中的异类。但是我与各位团员相见恨晚，说大家仿佛是有十多年交情的知己可能有点夸张，但至少就像可以交心的朋友那样亲密无间。如今回想起来，我在此次考察旅行中的收获可谓是沉甸甸的，除了考察遗迹得到的学术成果外，这份与团员之间的友情也是弥足珍贵的。

8月22日，我们从长崎出发，经过不到2个小时的飞行到达上海机场。

上海

8月22日下午4点左右，飞机下降高度，可以看到下面土黄色的海面，那是黄海。长江经过上万年的奔腾不息，从内陆带来大量黄土堆积在入海口。上海市和整个江苏省都位于这些黄土之上。

从机场前往上海市区，随处可见正在进行的道路扩建和楼房建造工程，整个城市都充满了活力。我们来到中苏关系密切时期建造的、兼具两国建筑风格特点的巨大建筑——上海展览馆，立刻开始物色各种纪念品和特产，之后前往蓝天宾馆入住。这是一座西洋式的宾馆。房间分配是两人一室，我和多屋先生同住一间。

晚餐后，想外出的团员跟随担任翻译的伊藤女士去看上海的夜景。下车后，道路昏暗宽阔，但是路上人群熙熙攘攘，就像过节一样热闹，或许是夏夜出来纳凉的吧。

稍微步行一段之后，就来到了著名的外白渡桥。这里人来人往，更加拥挤，我生怕跟丢了走在前面的同伴。这座铁桥架在苏州河上，战前这里有个荒唐的规定，外国人过桥免费，而中国人过桥必须缴费。

过桥之后便来到黄浦公园，这里不管是日本人还是中国人都要买门票。进入公园后便看到一幕令我诧异的景象，公园休憩的长凳上挤满了相互拥抱的年轻男女，占不到座位的情侣们则跑到岩石上亲昵。在昏暗的路灯下，这倒是一幅意外鲜明的光景。

黄浦公园是黄浦江岸边一个比较大的公园，恐怕有多不胜数的男女恋人们，晚上来这个公园约会。我仿佛看到了这个伟大的民族如奔腾的长江一般延绵不绝的生命力。

我们还去看了乐队表演，在昏弱的灯光下，几个中年乐手演奏着乐器，几个外国男女满脸通红地舞蹈着。乐手们端正的脸庞给我留下了深刻的印象。或许他们以前都是公务员吧，或者是某个行业的精英吧？

杭州

8月23日早晨，我们乘坐飞机离开上海前往杭州。在刺眼的朝阳下，浙江省社会科学院副院长王凤贤先生前来机场迎接我们。

王先生向大家表示欢迎，冈田团长说：“我们满怀对王阳明先生的敬意，今天终于踏上了这片憧憬已久的土地，我的内心十分激动。”我们的心情也和冈田团长一样。

欢迎宴会由浙江省社会科学院院长沈善洪先生主持举办。

中日双方都发表了很长的致辞。沈先生在致辞中说："王阳明的学问现在在中国越来越受到重视，也给日本很大的影响，此次中日联合考察活动可以说是中日王学交流的第一步。"冈田先生结合自身研究学问的经历，感触良多，非常赞同沈先生的话。

杭州是我们旅行的主要目的地，也是举世闻名的旅游胜地，市区内运河交错，道路两旁的古老梧桐树成为天然的遮阳伞，带给街道凉爽，路上车来人往，熙熙攘攘。

二、贤者之城

余姚市招待所

离开杭州后，我们乘坐巴士前往王阳明的出生地余姚。一路上有省人民政府的两台先导车在前面引路，因为路上有自行车和手推车慢悠悠地行驶，巴士警笛高鸣，不绝于耳。

浙江省社会科学院的吴光先生与我们同行。吴先生是浙江省社会科学院哲学研究所的副所长，研究方向是阳明后学思想家，是一位少壮派学者。

离开杭州市区后，车窗外，阳光灿烂的晴朗天空下，是一片无尽的茂盛稻田，如同一幅优美的田园风景画。运河纵横在田地间，满载着货物的大型货船在河中来往航行。大人和孩童穿梭在田间。这一带水网发达，是鱼米之乡，富饶的粮仓。我们在整个旅行过程中，若没有特殊要求，用餐的主食都是米饭，关于这点下文再详述。

途中经过绍兴，这里也是我们的目的地之一，但现在仅仅在这里吃一顿午餐便要离开。下一个经过的城市是上虞。这一带有很多棉花田，还能看到工厂。上虞也只是路过，并未停留，但这座城市历史悠久，希望之后能来这里考察。

傍晚6点，我们到达余姚。或许因为时近黄昏，余姚给我的第一印象是一座古色古香的小镇。副市长冯英霆女士和其他政府工作人员前来迎接我们，然后带我们入住宿舍。

宿舍是余姚市第一招待所，位于市区中心地带。

城门附近一直有几个男人在徘徊，我们经过城门时跟他们打招呼，男人们也微笑着向我们打招呼。伊藤女士说："几乎没有外国人来过余姚，所以和市民接触时要谨慎些。"但是这里的居民淳朴温和，待人友善，我们没有感到一丝不安。

晚饭后，我和同房间的多屋先生一起去街上闲逛，华灯初上，灯光被道路两旁的树荫遮挡得斑斑驳驳，街道略显昏暗。我们走进书店，用笔书写的方式询问有没有地图，不知不觉间，我们的四周围了一大群人。其中有人盯着我胸前的名牌，意味深长地笑着。原来"地主"在中国是必须被打倒的剥削阶级。

明天终于要考察王阳明遗迹了，我们点燃蚊香，躺在铺了凉席的床上入睡。那是个安静的夜晚。

王阳明讲学处

8月24日，早晨很凉爽，阳光洒在余姚的街道上，但并不是很热，气温比较低。

我们离开招待所，穿过人流熙攘的大街，走过横跨于舜江之上的石拱桥。王阳明曾经讲学的遗迹位于余姚市中心的龙山公园内。龙山海拔68米，与其说是山，不如说是一座小丘陵。王阳明讲学处就位于山的中麓，名叫中天阁。是一座红色圆柱的砖瓦建筑，和中国历史上有名的建筑相比并不壮观。中天阁内放着几张旧桌椅，正面摆放着象征王阳明所坐位置的造型简单的桌椅。

根据说明，中天阁之名取自一个叫方干的诗人的诗句[①]。现存的中天阁是在王阳明逝世351年后的清代光绪五年（1879）重建的。我们坐在椅子上，抚摸桌面，遥想500年前王阳明师徒讲学时的情景。

王阳明出生在余姚。他呱呱坠地的瑞云楼早已经不存。他的父亲名叫王华，官至南京吏部尚书，也就是掌管明王朝南京政府文官的惩罚典赏的长官。王华字德辉，人称龙山公，应该是余姚具有代表性的名门望族吧。

王阳明11岁时，王华移居会稽。会稽就是我们昨天经过的城市，现在名为绍兴，以盛产绍兴黄酒而闻名。之后王阳明再回到余姚的时间，根据《年谱》（明治书院出版《传习录》，近藤康信）记载如下：

> 十七岁时在南昌成婚，十八岁的十二月，携夫人归省余姚。

按照日本的风俗来说就是扫墓和访问亲朋好友吧。那段时期，王阳明还练习书法，领悟到要提高书法不是靠技术，而是要回归内心的专一。后人称“从中可见其后来提倡心学的思想基础”。

---

① 方干，字雄飞，唐代浙江桐庐诗人。其诗有“古树含风常带雨，寒岩四月始知春。中天气爽星河近，下界时丰雷雨均”句。(《玄英集·题龙泉寺绝顶》)

王阳明25岁时归省余姚，在龙泉寺结诗社，开展诗文会。这段时期，王阳明耽溺于辞章，尚未走上圣人之学的道路。

王阳明50岁时，八月返回绍兴，九月前往余姚省墓，与亲朋好友聚会宴游。这个时期，王阳明提出了学术上著名的“致良知”之说，同时，他身为朝廷官员，升任南京兵部尚书，参与到政治中枢之中。因此当时王阳明回乡省墓和交游，规模应该是十分盛大的。但是，那之后不久，他的学说便不断遭到非议，饱受弹劾，数年间都郁郁不得志。王阳明54岁时，《年谱》记载他“与诸生会于余姚龙泉寺，每月初一、初八、十五、二十三开讲”。王阳明在中天阁讲学的时间其实是很短暂的。

这个公园有一块从左往右写的“龙山公园”横额，此外还有一块从右往左写的“龙泉山”石碑，镶嵌在石块砌成的墙上，被草丛遮掩着。《年谱》中记载的龙泉寺或许就在这里吧。如此看来，中天阁或许原本是龙泉寺的一部分。

四先贤故里碑

公园内有“四先贤故里碑”，分别是黄梨洲、朱舜水、王阳明、严子陵四人。石碑约有一人高，十分气派，每个石碑放置在一个有四根石柱的石亭内。四先贤的名字前各冠有三字称谓，黄梨洲是“明遗贤”，朱舜水是“明徵士”，王阳明是“明先贤”，严子陵是“汉高士”，表现了对每个人的评价。余姚市政府为了彰显故乡余姚出身的四位最具代表性的先贤而立了此碑。中天阁也有余姚市人民政府所立的“1981年余姚市文保单位”的标牌。中天阁内部和周边有工作人员在进行修理工事。

黄梨洲为明末清初学者。明朝末期，当清军入侵时，他组织当地子弟结成义勇军进行抵抗，是明朝的忠义之士。同时，他也作为继承了阳明学传统的儒者而知名。与我们同行引导的吴光先生曾发表过题为《黄宗羲（梨洲）与清代学术》的论文，他将论文给了我们一份。

朱舜水也是投身于反清复明运动的人物，因为抗争失败而流亡日本，受水户光圀礼遇。他随身带至日本的孔子像，现在一尊藏于水户，一尊藏于福冈县传习馆高校。

严子陵与东汉光武帝刘秀是同学，刘秀称帝后，严子陵更名改姓过起了隐居生活。光武帝知道他是一位贤才，派人找到他并将他带到宫中。光武帝与严子陵共寝一榻，严子陵将脚放在了光武帝的肚子上。但是，光武帝爱其才能，并未责怪他，而是要他担任谏议大夫，严子陵坚辞不受，来到富春山耕种垂钓，隐居而终。严子陵被后世称为高士，《严先生祠堂记》中赞扬他“云山苍苍，江水泱泱，先生之风，山高水长”。位于乡学研修所（埼玉县岚山町）的金鸡神社的柱子上也有同样的话。越川、菰田、柳桥等诸位先生一边观看，一边感慨万千。

龙山顶上有一个八根红色柱子、金黄色瓦片盖着的三重屋檐凉亭，叫阳明亭。当然这是现代人所建的，但当年阳明先生或许就带着弟子在这里讲学游玩吧。因为王阳明经常带着弟子游学于各地的山水之间。王阳明的游学并不是单纯的游山玩水，而是为了体认“天地万物一体之仁”，也就是体悟良知。

离阳明亭不远处，有一座和阳明亭构造相似的舜水亭，旁边立着一块朱舜水先生纪念碑。背面刻着“逝世三百周年，日本朱舜水纪念会，日本中国文化交流协会”的字样，建碑时间是1983年5月。

从龙山公园俯瞰余姚市区，令人心旷神怡。城市笼罩在一片烟霞之中，舜江蜿蜒流淌，许多船只像吸附在河岸边一般地停泊着，如同一幅江南水墨画。河上架设着几座古老的拱桥和坡度比较平缓的现代桥，桥上人群往来，好不热闹。两岸民房鳞次栉比，几栋五六层高的建筑在烟霞中忽隐忽现。

黄梨洲墓

我们在吴光先生的带领下前往位于郊外的黄梨洲墓。路途较长，巴士时而穿过田地，时而沿着山脚前行。这一带到处都是竹林。低矮的孟宗竹生机勃勃，应该被精心打理过。

巴士在“重要文物·黄梨洲墓”的标牌前停下，我们下车沿着田间小道步行，不久来到一个树木郁郁葱葱，看上去比较富裕的村庄。家家户户门口聚集着大人和孩子，用稀罕的眼光打量着我们。

经过这个村庄后，有3户农家，从这里沿着田间一条笔直的道路往前走，就是位于山上的黄梨洲墓了。这座山名叫化安山。墓周围被清理得很干净。以冈田先生为首的各位先生双手合十，深深低下头去恭敬祭拜。虽然我对于黄梨洲几乎一无所知，但也效仿其他先生们进行祭拜。一行人排着队依次进行了祭拜。

黄梨洲墓前的空地，被称为坟院，只种着数棵不知是橘树还是柚子树，十分简朴。离开这里之后，从之前经过的农家的后面绕过去，是一片山的斜坡，也种着几棵橘树。先到的几位先生已经把路上的杂草都分开了，然而我对此一无所知。这里有个被毁坏的马的石像，马背上雕刻出了马鞍和缰绳，还有竖起来的鬃毛。这很明显是一位有身份的人的墓，有被盗墓的痕迹。石像应该不止一座，而是成对的，另一座或许被掩埋起来了，我们四处搜寻了一下，但没有找到。

这座墓是黄梨洲的父亲黄尊素的墓。黄尊素是东林党人（3日后，我们前往考察了位于无锡市的相关遗迹），明朝大宦官魏忠贤专权时，因弹劾魏忠贤专横乱政而殉难，时年43岁。

黄尊素得知朝廷捕吏前来抓捕自己时，前去会见阳明学者刘念台（年长6岁），痛哭流涕地与他告别，并当场将自己的儿子黄梨洲托付给刘念台。黄梨洲后来就拜在刘念台门下学习。

所谓东林党，指的是以东林为据点的儒者团体，他们是信奉朱子学并重视体验的一个学派，就好比我国的山崎闇斋，朝鲜的李退溪。这些学者对政治投以敏锐的目光，积极评议朝政，试图挽正人心。这次东林党事件，就和王阳明35岁时弹劾当时专权的宦官刘瑾而遭难一样，充满正义感的士大夫往往容易陷入这种磨难中。

黄梨洲比王阳明晚139年出生于余姚。他与那些和父亲黄尊素一起在东林党事件中受牵连而殉难的东林党人的子弟交友，并参加了当时由青年学者结社的复社，对时局变化怀有深切的关心。

黄梨洲所身处的17世纪，统治了200多年的明朝已是穷途末路，面临内忧外患，女真族日益强大，不断蚕食明朝国土。明朝灭亡后，黄梨洲返回乡里，集结子弟组成义勇军，顽强抵抗清军，可惜未能成功，为了躲避清军通缉抓捕，他只得四处躲藏，屡屡遭遇生命危险。当知道反清复明无望之后，他构想了新王朝的理想政治体制，写下了著名的《明夷待访录》。在这部书中，黄梨洲深刻批判了封建君主专制制度，提出了民本主义的思想。他因此也被比作中国的卢梭。

康熙十七年（1678），黄梨洲68岁时被推举为博学鸿儒，康熙帝欲请他参与明史编修，黄梨洲坚辞不往，但是同意推荐自己的儿子黄百家和弟子万斯同前往京师参与编修。黄梨洲临死之际留下遗言说，“自以遭家国之变（明朝灭亡），期于速朽”，因而要家人不做佛事，不做七七，连棺材都不需准备而直接下葬。如今，这位思想家就长眠于此。

黄梨洲在学问上通过老师刘念台继承了阳明学的传统，但是他反对阳明学末流只重视禅的顿悟，而排斥读书实践的方式。他认为学者不能沉溺于空论，要通过读经书把握学问的根本，通过读史书在实践中发挥作用。为此，必须基于确实的证据进行研究，并加以客观的判断。并且不仅要研究古代史，还要研究近世史。黄梨洲自身也基于这一立场，编著了汗牛充栋的史学著作，并培养出了万斯同等优秀的史学家，可以称他为清代史学之祖。他的著作数量极多，其中有被称为中国最早的哲学史的《明儒学案》《宋元学案》，此外还有《易学象数论》《行朝录》《明文案》《明文授读》《金石要例》等，他的文章被收录在《黄梨洲文集》中。

黄尊素、黄梨洲父子同为明朝义士，但是儿子的墓被公布为重点文物保护单位，父亲的墓却破败而无人问津，我不知道这其中的原因。这片墓区内有3户农家，可能过去是守墓人也未可知。我们考察黄梨洲墓期间，农夫跟着我们，和吴先生以及负责翻译的人交流。

我们三三两两地经由田间原路返回，来到巴士等待的地方。虽然阳光照耀着，但并不感到炎热。我们再次回到余姚，吃过午饭后，出发前往下一个目的地绍兴。

余姚是个让我难忘且十分怀念的城市。那里民风淳朴，人们生活朴素，房屋虽然不气派，但山河秀美，有着厚重的历史感。这座小城有着数不清的故事，这里限于篇幅暂且不提。

三、绍祚中兴

文化之都

我们离开余姚，傍晚时分到达绍兴。明天开始进行考察。

绍兴也是一座古都。古代统辖着从杭州以南的钱塘江至余姚的广阔地域，是府衙所在地。春秋战国时代的霸主、越国国君勾践也在这里建都。绍兴至今仍被称为“越”也是源自于此。

越王勾践是与孔子同时代的人物，越国的国名与吴国一起，因“吴越同舟”一语而在日本广为人知。这个成语的意思是，即便是敌对的双方也同心协力。

绍兴是王阳明的先祖王羲之从山东省移居江南时的居住地。王氏后来迁至余姚，因为父亲王华喜爱越地的山紫水明，王阳明10岁时又移居绍兴。或许是佳山秀水出人才，绍兴自古以来也是名人辈出，具有浓厚的文化底蕴。

我们在绍兴考察了徐渭（明代文人）、吕本（明代宰相、朱子学者）、王阳明的故居，还参观了因曲水宴而闻名的兰亭。此外，我们虽然不知道王阳明的墓的位置，但非常幸运的是，绍兴当地旅行社的导游对我们说“王阳明的墓在我的母校兰亭中学附近”，或许是冈田先生为首的考察团成员的诚意感动了王阳明的在天之灵吧，让我们得以考察阳明墓。

我们考察之旅的序曲始于余姚，而在绍兴的土地上一下子达到了高潮。本想逐一记录考察过程，不过首先还是介绍一下参观绍兴酒厂的所见所闻吧。

参观绍兴酒厂

旅行中我们虽然吃的都是中国菜，但因为十分美味，完全没有吃腻。不仅是我，同行的团员们都有同感。我们20个团员总是分成两大桌围坐着吃饭，而每桌的成员每次都会改变。团员中还有一位美食家，每当有看不出食材的菜肴被端上桌时，他都会率先小心翼翼地品尝一口，然后煞有其事地向大家解说“唔，这是淡水鳗鱼”“唔，这是甲鱼”。

除了早餐，午餐和晚餐必然会有啤酒，对于已经喝惯了日本啤酒的我们的舌头，应该说是喉咙而言，中国的啤酒味道略有不足。最主要的是，这里的啤酒是常温的。因此，我们都期待能喝到绍兴黄酒。绍兴黄酒有很多种类，团员中有精于此道的先生在，只要他一句话，餐桌上就会出现深红色或者黄色的美酒。

我们一行人中有不少酒仙，所到之处都会把酒瓶喝空。旅行社的伊藤女士便说：“追加的酒由‘山林王’多屋先生和‘大地主’地主先生请大家喝。”现在回想起来，其实也没有说的那么夸张。

绍兴黄酒正适合搭配油腻味比较重的中餐，这是因为绍兴黄酒有着独特的酸味的魔法。中国绍兴黄酒的年产量大约是7万千克，其中4000千克用于出口，而其中的一半都出口到了日本。

无论如何，绍兴黄酒都是中国的代表酒，数年举行一次的名酒大赛上，绍兴黄酒必定会被选为八大名酒之一。酒是自然的产物，因此故乡的风土条件是十分重要的。绍兴一带的谷仓冬夏温差大，夏季40℃，冬季降至0℃以下。夏季的高温适合酿酒原料糯米生长，冬季的严寒适合酿酒。优质的水源对酿酒是不可或缺的，虽然中国的水几乎都不能直接作为饮用水，但绍兴附近的鉴湖的水质十分优良。

酿造绍兴酒需要在糯米中添加麦曲进行发酵。酿酒厂中巨大的酒桶是日本制造的。桶身位于1楼，而桶口位于2楼，用斗笠形的铁盖盖着。经过4个月的发酵，酒和粕分离，转入储藏用的酒坛中。这个酒坛和陶罐类似，有通气性，能加速酒的成熟，使酒拥有醇厚的芳香。就这样在仓库中储藏3年以上，然后才可售卖。这就是所谓“老酒”。日本人喜欢新酒，但是中国人却喜欢老酒，或许是因为民族特性和我们不同。

酒场贵宾室的墙壁上挂着一副对联，上面写着：

一生事业略存诗
百岁光阴半归酒

这是陆游（放翁）的诗句。陆游是绍兴人，距今800年前的南宋时代，陆游是当时最有才华、最负盛名的诗人。他以诗歌表白心志，以酒排遣忧愁，享受人生乐趣。这种人生在为了工作劳碌一辈子的日本人看来，仿佛是另一个世界，令人羡慕不已。

日本酒除了有古典的一升装酒瓶之外，也有凝聚工艺制作精巧的酒瓶。这家酒厂有一种花雕酒的酒坛上用艳丽的色彩绘制了花、月、天女等图案。酒厂里有年轻的女性工人用极细的笔给烧制出浮雕花纹的酒坛上色，使用的是具有中国特色的红和绿的配色。

还有一件忘了写的事。酿造酒的人为何被称为杜氏？时间回溯到中国周朝时，那个时代最早酿造酒的人姓杜名康，即酒的始祖杜康。因此酿造酒的人也被称为杜氏。

地名的由来

如前文所述，古代绍兴也被称为会稽。会稽这个称呼可以追溯到4000年之前，有一位名叫大禹的贤者，当时黄河之水泛滥引发洪水，大禹为了治水，13年间都在各地奔波。其间，多次经过家门却一次都没有回去。最终，大禹成功治理了洪水。

中国有句老话叫"治水者亦能治国"，大禹接受舜帝的禅让，坐上帝位，建立了夏王朝。大禹在江南会见诸侯并稽（计）功，因此这个地方便以会稽为名。大禹在会稽死去，人们在当地为他建了祠庙。后来到了公元前494年，越王勾践在会稽建都，称为越国。

现在的名称绍兴也有由来，南宋高宗时，绍兴元年（1131），金兵入侵，皇帝出逃至此，建临时都城，因盼望着国家中兴，便题额"绍祚中兴"，改年号为绍兴。自那时以来，这座城市也改名叫绍兴了。我为此深深感叹中国的历史实在是非常漫长，这古老而漫长的历史至今仍活在这座城市里。

四、四方经略之志

波澜壮阔的生涯（一）

我们在绍兴最先考察的是酒厂。沉醉在美酒的芬芳中的我似乎有点放松过头，必须记录一下在绍兴考察的报告了，考察内容有王阳明的故居王府和阳明墓，如果将这次考察旅行比作登山的话，那么在阳明墓祭奠阳明先生便是登上顶峰。登顶的激动和感慨无法用言语形容，不过首先必须从登山的第一步开始。我多次想记录阳明先生波澜壮阔的一生，不过这样会偏离正文主题，还请读者见谅。

王阳明（守仁）10岁时，从余姚移居绍兴。当时的绍兴被称为越，又被称为会稽。父亲龙山公移居绍兴的理由之一是因为这里是“先祖之地”，这里的先祖应该指的就是王羲之了。王羲之是历史上十分有名的书圣，这里暂且不表。

王阳明11岁时，跟随赴任的龙山公前往北京。有一次，王阳明问学塾的先生：“什么是人生第一等事？”先生回答：“读书做学问，将来成为你父亲那样的达官显贵光耀门楣，这便是天下第一等事。”而王阳明却说：“考取功名不是天下第一等事，成为圣贤才是天下第一等事。”听闻此事的龙山公笑着说：“你想要做圣人吗？”龙山公对王阳明也满怀期望。

从那日开始，王阳明便将成为圣贤作为自己毕生的志向。孔子说：“吾十有五而志于学。”而王阳明11岁便立下了志向。孔子又说：“三十而立。”坚定志向不动摇需要花费15年的时间。而王阳明一生中也有无数考验在等待着他。非凡的考验必然造就非凡的人物。

王阳明有所谓“五溺”（任侠、骑射、诗文、神仙、佛教）会动摇心志。这也体现了王阳明一旦下定决心便要贯彻到底的意志。多年以后，王阳明用“一棒一条痕，一掴一掌血”来训诫勉励弟子。

王阳明15岁时，携仆从一起游览长城，眺望辽阔壮丽的塞北风情，一股豪迈之情在胸中油然而生。《年谱》记载他“慨然有经略四方之志”，并且梦见了奋勇抵御外敌的猛将伏波将军马援，作诗盛赞其英勇。当时，北方匈奴时常侵扰边境，朝廷疲于出兵抵御。王阳明想要给朝廷上奏他的平定策略，却遭到父亲的斥责。王阳明早熟而聪慧，有着江南人特有的热血豪情和英勇气概。

王阳明所处的明王朝时代，朱子学作为官学和科举考试的内容，渐渐趋于形式化、礼仪化和教条化，学子们沉溺于考证训诂，将其作为考取功名的工具，而远离了作为学问之根本的身心之学，失去了学问的理想精神。在这种思潮下，人们自然对现世产生怀疑和否定，那些在南方深山的岩洞或者废弃寺庙堂中隐遁的僧侣和修道者，日日枯坐默想的生活便是真实的写照。他们断绝欲望，排除妄念，只一心追求寂静的境界。

王阳明17岁的夏季，家人为他举行了婚礼。新婚当日，他却迷茫外出，来到铁柱宫（道教寺院），见一位器宇不凡的道士寂然趺坐。道士向王阳明讲述了不老不死的养生法，王阳明深感共鸣，与道士面对面静坐调息，彻夜未归。而家人不见了新郎，急得四下寻找。想象此情此景，实在耐人寻味。

王阳明开始学习孔孟圣学是在18岁时，他携妻子返回余姚省亲途中遇见了一位80岁名叫娄一斋的大学者。娄一斋向他讲解《大学》的格物之说，勉励他“为学必要成为圣人”，王阳明将此话深深刻在内心，11岁时立下的成圣志向，此时更加坚定。

王阳明21岁时，居住在绍兴。他想要实践朱子所说的“万事万物皆有理”，他面对竹子沉默思考，开始格竹之理，经过数日却一无所获，反而得了一场病。王阳明成圣的志向开始动摇了，他认为自己没有成为圣贤的资质，放弃了成圣的修行，一头沉迷于训诂记诵的学问。

次年，王阳明会试落榜。这一年，王阳明回余姚省亲，结诗社与友人交游酬唱，下棋为乐。据说王阳明棋艺高超，无人能出其右。王阳明想再一次挑战被他放弃了的朱子圣学。但是，无论如何都无法将事物之理与自己的内心融合为一。王阳明为此烦闷惆怅，又陷入了自我怀疑：“果然圣贤都是与生俱来的，自己没有成为圣贤的资质。”同时又对道教产生了兴趣。但是，他潜意识的深层心理中，对圣贤的憧憬却越发强烈了。

从26岁到35岁的10年间，王阳明居住在北京。当时边境时有兵乱发生，朝廷急需将才。王阳明的热血又沸腾了起来。他遍读兵书，逢人便用瓜果排兵列阵，讨论用兵策略。

28岁时，王阳明考中进士，受朝廷之命督造王越公墓。他在赴任途中，以练习骑马为由骑马先行，不慎落马受伤，据说这也成为折磨他终生，几乎也是引发夺取他性命的肺病的原因。王越公墓在王阳明的监督下顺利完工。王阳明感叹“用人如用兵”。当时墓主的遗族赠予王阳明金银财物作为答谢，王阳明坚辞不受。由此可见王阳明异于常人之处。

王阳明在北京以古诗文与友人交游，但31岁时，他向朝廷提交辞呈请求归越。他这么做的理由是“学古诗文成为李白、杜甫那样的大诗人，终究也不过是诗人，只有立志于心性之学成为颜回那样的人，才是人生第一事”。

不管王阳明的内心产生过多大的动摇，最终他还是会回到初心，回到他童年立下的志向中去。也是在这一年，王阳明的肺病发作了。

波澜壮阔的生涯（二）

王阳明说“学古诗文成为李白、杜甫那样的大诗人，终究也不过是诗人，只有立志于心性之学成为颜回那样的人，才是人生第一事”，并向朝廷提交辞呈返回越中。当时王阳明已经身患肺疾，他便在山洞中作一室，修行道教的养生法。

王阳明无论做什么事，都要坚持到最后。据说他修行道教，学会了未卜先知的能力。一方面，他的意识越来越趋向于出俗遁世，而另一方面，他的心中又潜藏着让他回到现实世界中去的不可思议的力量。因为他的内心产生了对年逾80的老祖母的挂念和对父亲的敬爱之情。王阳明13岁丧母，与继母相处得并不融洽，他对疼爱自己的祖母有着超过常人的孝心。他说：“亲情是人与生俱来的本性。若否定亲情，舍弃世间而出家，就是否定人的本性。佛教、道教从根本上有误的原因就在于此。”由此，王阳明确立了积极入世的儒教立场。

王阳明还前往杭州，在西湖边的道观养病，并经常来往于净慈寺、虎跑寺等寺院。某日，他看到寺内有一僧人，不视不语孤坐三年，他便对僧人大声喝道:“家中既有母亲，为何每日仍坐于此!”僧人流泪向王阳明道谢。第二天，王阳明再次来到寺内，僧人已经回去了。

杭州所见

我们一行人在杭州考察了这两座寺院，两寺都位于西湖畔。西湖笼罩在烟雨之中，远远可以望见白色的湖心岛和建筑物，应该是白堤和孤山一带吧。湖畔杨柳青青，随风拂动。

虎跑寺是著名旅游景点，挤满了不同年龄层的游客，还有很多带着孩子的家长，摩肩接踵，十分热闹。雄伟的佛堂中供奉着巨大的佛像，而后面则卖各种书画。我购买了一幅四季山水画。别的建筑物外还悬挂着蓝色的旗，是专门卖酒的店铺。在一个小小的高坡上有座亭子，有一个乐队正在应游客的要求演奏各种曲子，连日本歌曲和京剧也演奏了。虎跑寺境内宽广，有山，有溪，有瀑布，可以想象昔日僧人们在树下岩石上静坐冥思的情景。

接着我们前往净慈寺。这座寺院直到不久前还是兵营，现在正在进行大修理。一般游客进入参观是禁止的，我们获得了特别许可，在住持灵月禅师的引导下进入寺内。这座寺院虽然已经荒废，但巨大的佛堂还是令我震惊。就算日本的大寺也无法与之相比。那些粗大的柱子上刻着文字，有的豪放，有的秀丽，有的工整，令我眼花缭乱，目不暇接。

在这里我们遇到了一群僧人团体，一问才知道是清水市曹洞寺院的青年僧侣们。他们跟随住持登上南屏山竹林间的石阶，那里有一座佛塔，是如净禅师的塔墓。公元1223年，日本曹洞宗的开山祖道元跟随师父明全渡海来到中国，道元辗转各地修行，在这里遇到了如净禅师，顿悟了曹洞禅宗。青年僧侣们追寻道元的足迹而来到了这里。

青年僧侣们并排站在塔前，其中一人对我们说："我们要供养天童如净禅师，请你们与我们一起来吧。"接着，他们开始诵读般若心经，我们也跟着念。同行的竹下先生后来回想起当时清净肃穆的气氛，述怀说："我感到异常的感动，情不自禁地开始流泪，拼命抑制住啜泣声。"

王阳明曾在这里对僧人大喝，今天我们在这里祭奠道元之师的墓。时至今日，佛教仍在日本兴盛，阳明学也在日本广为传播，这其中或许有什么关联也未可知。

五、下天风

波澜壮阔的生涯（三）

33岁那年的秋天，王阳明又回到了京城北京，主持山东乡试。京城的学风虚靡浮夸，王阳明认为这是"孔孟圣学衰微的结果，为了匡救孔孟之道，必须复兴圣学"。他以此为己任，深深地下定了决心。他将过去所经历的圣学体悟的问题与社会革新合二为一。这一年，王阳明开始招收门人进行讲学。

以复兴孔孟圣学为己任的王阳明，讲学伊始便提出"做学问首先必须立下成圣的志向"。他还给弟弟王守文写了《示弟立志说》，文中写道：

> 夫学，莫先于立志。志之不立，犹不种其根而徒事培

> 拥灌溉，劳苦无成矣。世之所以因循苟且，随俗习非，而卒归于污下者，凡以志之弗立也。故程子曰："有求为圣人之志，然后可与共学。"人苟诚有求为圣人之志，则必思圣人之所以为圣人者安在？非以其心之纯乎天理而无人欲之私与？圣人之所以为圣人，惟以其心之纯乎天理而无人欲，则我之欲为圣人，亦惟在于此心之纯乎天理而无人欲耳。欲此心之纯乎天理而无人欲，则必去人欲而存天理。务去人欲而存天理，则必求所以去人欲而存天理之方。求所以去人欲而存天理之方，则必正诸先觉，考诸古训，而凡所谓学问之功者，然后可得而讲，而亦有所不容已矣。

这篇文章是王阳明44岁时所作。33岁时的王阳明或许尚未领悟上文所写的对于天理和人欲的理解，但是不难想象，以成为圣人为目标的他，在教学方面给予那些学问上停滞不前的学子们何等巨大的冲击。

果然，世上仍有志于成圣的学子纷纷聚集到王阳明的门下。另一方面，那些守旧派官僚和文人，则指责他为沽名钓誉之徒，对他多加非难。这时，王阳明遇到了一位叫湛甘泉（若水）的学者。湛甘泉是著名学者陈白沙的高徒，在朝廷任翰林院编修。湛甘泉一见王阳明，就觉得他非同寻常，与他结为知己之交，毕生为提倡圣学而竭尽全力，不顾周遭非议诘难，给予王阳明很大的鼓舞和慰藉。二人彼此形成深深的默契，后来湛甘泉还为王阳明写了墓志铭。王阳明的讲学虽然遭受各种艰难，但依然使人产生共鸣，潜移默化之中渗入人心。

虽说人生常常充满变数，但纵观王阳明的一生所遭受的磨难，特别是对体弱多病的他而言，实在是常人无法承受之深重，可谓历经百死千难。

当时，明孝宗所宠幸的以刘瑾为首的八个侧近，人称“八虎”。明孝宗驾崩后，年幼的明武宗即位，“八虎”垄断朝政，专横跋扈。言官戴铣等人激烈弹劾刘瑾，反遭刘瑾逮捕，被投入狱中。王阳明凭着一腔热血和正义感，无法坐视不顾，便上疏直言不讳地为戴铣辩护：“铣等职居谏司，以言为责；其言而善，自宜嘉纳施行，如其未善，亦宜包容隐覆，以开忠谠之路。乃今赫然下令，远事拘囚，在陛下之心，不过少示惩创，使其后日不敢轻率妄有论列，非果有意怒绝之也。下民无知，妄生疑惧，臣切惜之！今在廷之臣，莫不以此举为非宜，然而莫敢为陛下言者，岂其无忧国爱君之心哉？惧陛下复以罪铣等者罪之，则非惟无补于国事，而徒足以增陛下之过举耳。然则自是而后，虽有上关宗社危疑不制之事，陛下孰从而闻之？……伏愿陛下追收前旨，使铣等仍旧供职，扩大公无我之仁，明改过不吝之勇。”

刘瑾看到这篇奏疏勃然大怒，将王阳明逮捕，处以“廷杖四十”之刑，打得王阳明昏死过去，幸而之后又醒来，侥幸活了下来。但是，接下去等待王阳明的，是贬谪贵州龙场当驿丞的磨炼。

龙场位于中国西南部贵州省的崇山峻岭之中，当时是一个蛮荒落后的小山村，远离中央政权，少数民族群居，瘴气弥漫，毒虫遍地，人烟稀少。西乡隆盛触怒岛津久光而被流放至奄美德之岛的永良部，那里也是类似的蛮荒之地。

不仅如此，王阳明还要躲避刘瑾派来的刺客的追杀。在这样的状况下，王阳明对于“遵从命运的安排死在龙场，还是找个地方隐居遁世度过一生”产生了迷茫，万千思绪涌上心头，一时不知所措。

王阳明从北京到杭州的一路上躲避刺客，快到故乡绍兴时，因为刺客追得紧而无法前往绍兴。走投无路的王阳明情急之下在钱塘江边脱掉衣物鞋帽，与友人诀别，接着跳入钱塘江假装投水自尽，实则趁夜色乘上商船隐迹海上。商船向南航行至舟山群岛时遭遇了台风，一夜之间漂流到了福建省。

王阳明在福建上岸，走入山中，在一座寺院内过了一夜。这座寺院其实是个虎穴，半夜老虎回来见王阳明，便向他大声吼叫，并在他四周来回走。躲在一旁暗暗观看的寺僧以为王阳明必死无疑，天亮之后，寺僧进入寺院，却惊讶地发现王阳明毫发无损，睡得正香。寺僧说：“你不是普通人。”郑重地将王阳明请入寺内。

非常不可思议的是，王阳明在寺内遇见了20年前新婚之夜在铁柱宫遇见的那位对他讲养生术的道士。王阳明回想起那天晚上，道士预言说：“20年后我们会在海上再次相会。”王阳明便将自己忤逆朝廷，躲避刺客，九死一生，历经艰险来到这里的经过告诉了道士，并流露出想要遁世隐居的念头。道士听闻后对他说：“公既有名朝野，若果由此匿迹，将来之徒假名以鼓舞人心，朝廷寻究汝家，岂不致赤族之祸？”接着为王阳明占一卦，得“明夷”卦，即要他“在黑暗的时代韬光养晦等待时机”。王阳明恍然大悟，下定决心要坦然面对命运，当即题写一首诗表明心迹：

险夷原不滞胸中，何异浮云过太空。
夜静海涛三万里，月明飞锡下天风。

若不顾亲人的安危，只为一己之意逃避现实，这不是为人子者应有的行为。王阳明想起自己还担负着复兴圣学的伟大使命，无论龙场是何等蛮荒偏僻之地，都要贯彻自己的学术理想。这样下定决心后，王阳明的内心已经毫无一丝动摇，此刻他的心境坦然超脱，勇敢地前往贬谪地。

波澜壮阔的生涯（四）

王阳明被刺客追杀，假装投水自尽，躲入福建的山中遇到了昔日有过一面之缘的道士，经道士点拨顿悟之后，毅然下定决心前往贬谪地龙场。

令王阳明改变心境的原因之一是他的逃亡和遁世会给家人带来灾祸，原因之二是王阳明自觉地将弘扬圣学作为上天给予自己的使命，为此要将个人生死安危置之度外。王阳明当时受大义驱使，内心豪情万丈。

王阳明回到杭州，这次他光明正大地带着门人和仆从，沿着钱塘江前往龙场。当时已是十二月，父亲龙山公任南京吏部尚书，不久致仕返乡，他一定会百感交集地目送儿子离去吧？

王阳明出发之际为弟子讲学，虽然弟子听讲之后表现出了对圣学的极大热情，但王阳明也担忧没有真正愿意毕生追求圣学的人。这时，王阳明的妹夫徐爱也拜于门下，奋然有志于圣学。徐爱后来被王阳明称为孔门的颜回，终生践行良知之学。徐爱的加入，一定令王阳明欣慰不已吧。

王阳明一行到达龙场，是在第二年春，是年王阳明37岁。龙场位于贵州省西北部，崇山峻岭，荆棘丛生，常有毒蛇猛兽出没，瘴气遍布，湿热难当。这里的原住民都居住在洞穴中，讲话如同鸟兽，通过同样被流放至当地的人的翻译才勉强听懂。王阳明在此搭建了一间仅能遮风挡雨的小屋。就这样，他在这方小天地中专心读书，教化当地少数民族，日复一日，他的内心也愈渐开朗。但是，王阳明的仆从们因为远离故土，水土不服而纷纷抑郁成疾。在同样的境遇中，有人可以豁达乐观，而有人却郁郁病倒。王阳明亲自为仆从们砍柴挑水，去山中觅食，照料仆从，还为仆从唱歌，说一些平时自戒的笑话，让仆从打起精神来。就这样，王阳明渐渐地和当地少数民族变得亲密起来，少数民族为他修建了简陋的房子，之后又陆续建了龙冈书院、寅宾堂、何陋轩、君子亭、玩易窝等，王阳明也开始在当地讲学，龙场变成了他的教化之地。

因为王阳明在少数民族中日益有威望，引起思州土司的猜忌，他派使者前去侮辱王阳明，龙场的少数民族愤怒地殴打了使者。这说明王阳明的教化已经感化了少数民族，并且不仅是少数民族，连仆从也深受影响。

龙场悟道

贬谪龙场对王阳明而言虽然是人生一大挫折，但也是他的心境产生质变的重要契机。他已经超脱了利害得失和自身荣辱，唯独还有一点尚未超脱，那就是“我为何物”这一念。当时，父亲龙山公因遭刘瑾迫害，被迫致仕，王阳明在家书中得知了这一消息，深知是自己连累了父亲。多年后他自悟“只要行孝悌便可成圣人”，可见他的自责是何等强烈。

王阳明凿了一口石棺，在里面日夜端坐，早已做好死的觉悟的他，只是顺从天理感召，抛却内心一切琐事杂念冥想。某天夜半，他忽然领悟到“格物致知”的本意，情不自禁地大声喊着雀跃起来。仆从以为他发了狂，十分惊慌。所谓“格物致知”是孔子的弟子曾子所著《大学》中的“三纲领”（明明德、亲民、止至善）“八条目”（格物、致知、诚意、正心、修身、齐家、治国、平天下）中的二条目。

王阳明一直以来都遵从朱子的学说，坚信“物和心是分别存在的，通过究明事物所含天理（格物致知），就能把握万事万物之理”，以成圣为人生目标，夜以继日地只为究明事物之理。然而他一直无法解明穷理之法的疑问，也因此深受其困扰。年轻时甚至与友人一起坐在竹林前格竹之理，最终生了一场大病。

在龙场大悟的王阳明超越了朱子的学说，他领悟到天理并非独立于事物之外存在，而是已经在人们的内心之中。他作诗道：

人人自有定盘针，万化根源总在心。
却笑从前颠倒见，枝枝叶叶外头寻。

他在诗中说明，每个人出生时都拥有一颗向善的心。

孔子说：“四十而不惑。”而王阳明在37岁时便已大悟。因为他的大悟，他在龙场讲学的规模也越来越大。王阳明认为《大学》三纲领之一的明明德，即为体认自身的明德（圣性），而亲民即体认民众的明德。王阳明被贵州提学副使邀请至贵阳书院讲学。这个时期，他提出了著名的“知行合一”学说。

之后，王阳明贬谪期满，被任命为江西省吉安府庐陵县的县令。是年三月，39岁的王阳明赴庐陵上任。他在龙场仅仅两年多的时间，却教化当地民众，改变了当地的风俗和习气，使民智开化。

王阳明波澜壮阔的一生仍在继续，直到57岁病逝。龙场的少数民族感念王阳明的人格和恩德，每逢春秋都会聚集到他的旧居前供奉祭拜，并且家家户户都供奉他的牌位。王阳明在贵州的门人叶梧等数十人为他建了祠，并在建祠《碑记》中写道：“立祠足以追崇先生乎？构堂以为宅，设位以为依，陈俎豆以为享祀，似矣。追崇之实，曾是足以尽之乎？未也。夫尊其人，在行其道，想像于其外，不若佩教于其身。”

六、啾啾吟

船中讲《大学》

王阳明贬谪龙场两年，在这期间，他教化少数民族，极大地改善了当地民风。39岁那年的三月，他被任命为江西省吉安府庐陵县知县，十月升任南京刑部的官吏，重返中央政权，之后又历任要职。因为当时，陷害他的刘瑾一党已经伏诛。

当时，王阳明周围聚集了大量的门人。41岁那年的十二月，王阳明升任南京太仆寺少卿，与升任南京工部员外郎而前往南京赴任的妹夫徐爱一起乘船返回绍兴。王阳明就在船中向徐爱讲解《大学》。徐爱记录了当时激动的心情：“爱因旧说汩没，始闻先生之教，实骇愕不定，无入头处。其后闻之既久，渐知反身实践，然后始信先生之学为孔门嫡传，舍是皆傍蹊小径，断港绝河矣。如说格物是诚意功夫，明善是诚身功夫，穷理是尽性功夫，道问学是尊德性功夫，博文是约礼功夫，惟精是惟一功夫，诸如此类，皆落落难合。其后思之既久，不觉手舞足蹈。”

《年谱》中记述当时的徐爱“闻之踊跃痛快，如狂如醒者数日，胸中混沌复开，仰思尧、舜、三王、孔、孟千圣立言，人各不同，其旨则一”。可见，徐爱经历了思想上的巨大转变。

游学四明山

王阳明回到乡里后，希望与徐爱结伴游学群山，他的愿望在42岁那年的五月终于实现了。

《年谱》记载他们“从上虞入四明”。

上虞就是我们一行人前往余姚时，巴士经过的地方。同行的吴光先生指着远处一片紫色的群山对我们说：“那就是四明山。”同车的团员们的脑海中立刻想到王阳明和徐爱等人游学四明山的情景，纷纷探出身子，脸上充满了憧憬和惊喜。《年谱》记载王阳明游四明山的过程如下：

> 五月终，与爱数友期候黄绾不至，乃从上虞入四明，观白水，寻龙溪之源；登杖锡，至雪窦，上千丈岩，以望天姥、华顶；欲遂从奉化取道赤城。适久旱，山田尽龟坼，惨然不乐，遂自宁波还余姚。

宁波是东南沿海的港口，根据《年谱》记载，地理位置不明确，但是可以想象此次登山游学是多么意气风发。五月即公历的六月，正是万物蓬勃生长的季节。

未能参加这次活动的黄绾给王阳明寄去书信，王阳明回信道："此行相从诸友，亦微有所得，然无大发明。其最所歉然，宗贤不同兹行耳。后辈习气已深，虽有美质，亦渐消尽。此事正如淘沙，会有见金时，但目下未可必得耳。"可见，王阳明对黄绾怀有很大的期待。《年谱》还记载："先生兹游虽为山水，实注念爱、绾二子。盖先生点化同志，多得之登游山水间也。"

山中贼与心中贼

这一时期，明王朝统治下的边关地区防备薄弱，内乱不绝。江西省南部山区有山贼盘踞，欺凌周边百姓，形成各自的势力范围。当时，王阳明任都察院左佥御史，这是监察和弹劾官吏不正的官署的副长官。

王阳明巡抚南赣各地，颁布"十家牌法"以区分普通百姓和山贼。保护百姓安居乐业的同时，给予山贼严厉的惩罚。同时，从各府县调集士兵进行训练，给予丰厚的酬劳来提高士兵的积极性，一时间军队士气高涨。

王阳明就算在连续的征战中，也悠然自得地为弟子讲学，与平时并无二致。他在给弟子杨仕德的信中写道："破山中贼易，破心中贼难。"

只平定山贼暴乱不能从根本上解决问题，若能扫除自己内心的恶念，使内心变得纯净无垢，这才是人生的大事。对王阳明而言，战场也是他弘扬心学工夫的教化场所。

47岁那年的三月，王阳明向朝廷请求辞官，未能获准。长期的军务繁忙损害了他的健康，令他长年疾病缠身。他又转战江西与广东交界处，相继击破那里的山贼，投降者不计其数。所到之处，他都开办学校进行讲学，教导礼仪，一扫当地的陋习，百姓变得衣着得体，行为举止彬彬有礼，朝夕都能听闻吟诵诗歌声。

战地讲学

随着江西、广东地区的山贼被陆续平定，王阳明便每日为随行的薛侃等30余名弟子讲学。他在对《大学》深思熟虑的基础上，在军营中撰写了《古本大学》《朱子晚年定论》等著作。王阳明在戎马倥偬之中，还不忘做学问和讲学。

47岁那年的六月，王阳明因为战功和先祖的功绩而世袭百户。同年，他最心爱的弟子徐爱因病去世，年仅31岁。王阳明为此悲痛不已。

宸濠之乱

笔者写这份笔记，到现在已经第11节，下个月就满一年。虽然略显冗长，但正如前文所述，为了表达笔者伫立于王阳明破败的墓前那种黯然神伤的感慨，必须再介绍一下王阳明波澜壮阔的人生，请读者见谅。

宸濠之乱对王阳明而言，是可以与贬谪龙场相提并论的人生苦难。请允许笔者稍微详细记述一下事件的过程。

平定江西、广东山贼暴乱之后，王阳明向朝廷提请致仕，但未获许可。六月，王阳明还未来得及脱去戎装，就被命令前往福建平定叛乱。平乱结束，军队返回的途中，王阳明偶尔得知南昌城的宁王朱宸濠举兵图谋叛乱的消息。[①]在国家危难之际，王阳明自然不会袖手旁观。他立刻招募义军，义军是可以不听从朝廷命令的独立军队。

朱宸濠花费十几年招兵买马，集结十万军队密谋反叛。叛军声势浩大，一时间势如破竹，渡过鄱阳湖，接连攻下南康、九江，直逼南京，形势十分危急。王阳明看到朱宸濠的大本营南昌城兵力空虚，便率全军攻打南昌，用了十多天攻下南昌城，并生擒朱宸濠。王阳明果断的应对作战为朝廷立下了大功。但是，这又招致了他人的嫉妒和非议，关于这点放在后文叙述，这里先来介绍几个小插曲。

其一

王阳明进入南昌城后，在都察院设役所，开中门，让所有人都能看到内部，他在役所给门人讲学，与平日并无二致。当使者前来通报“活捉朱宸濠”的消息时，他也正在讲学。听闻这一消息，王阳明立刻从席间站起身对将士行赏，之后又坐回席间。听闻捷报的门人们都欢喜雀跃，兴奋不已，唯独王阳明平静地说：“适闻宁王已擒，想不伪，但伤死者众耳。”接着继续讲学。

其二

朱宸濠被生擒后，被五花大绑地坐在马上押送城内，见到王阳明后，朱宸濠说：“娄妃，贤妃也。自始事至今，苦谏未

---

① 此段记载与史实略有出入。据钱德洪《阳明先生年谱》记载，正德十四年（1519）“六月，奉敕勘处福建叛军。十五日丙子，至丰城闻宸濠反，遂返吉安起义兵”。说明王阳明是在奉旨前往福建平乱途中，在江西丰城得知宁王朱宸濠反叛，遂折返吉安起义兵平叛。而非福建平乱结束后军队返回途中得知宁王举兵谋叛才前往平叛的。

纳，适投水死，望遣葬之。”

娄妃即王阳明18岁时教授其圣学的大儒娄一斋的女儿。王阳明令人从水中找到娄妃尸体并打捞上来，尸体上扎着纸绳，没有一点伤痕。王阳明下令厚葬了娄妃。

王阳明生擒了宸濠叛乱的罪魁祸首，按理说这件事应该告一段落了，但没想到风波又起。一直以来嫉恨王阳明的学术、威望和军功的明武宗侧近张忠、许泰等人，有意不向武宗禀报宸濠之乱已经平息的消息。明武宗便御驾亲征前往征讨宁王。王阳明急忙上疏劝阻说：“王师征伐必然劳民伤财，我会押送朱宸濠前往南京，接受陛下处置。”并令军队即刻押送朱宸濠前往南京。

然而张忠、许泰却以王师已经出征，不可扫其威名为由，令王阳明将朱宸濠放归鄱阳湖，由武宗亲自再抓。王阳明竭力劝阻。

王阳明的押送队伍到达杭州时，由张永率领的武宗先锋2000人已经驻军在那里。张永曾是刘瑾党派的一员，王阳明就是因他们的谗言而被贬谪龙场，但此时，张永已被王阳明的学术和品德所折服，对他十分尊敬。张永说：“如今陛下侧近小人专权，若忤逆他们的意愿，必将招致大祸。请你稍作让步，将宁王移交给我。我率军先到此，是为了调和你与那些权臣之间的矛盾，绝非抢你的功劳。若激起那群小人的怨恨，无益于天下百年大计。”

王阳明相信了张永的话，将朱宸濠交给张永，自己前往南屏山净慈寺养病。曾经因为刘瑾而被贬谪龙场，如今又因张忠等人陷入苦境。张忠等人甚至构陷王阳明，说他与朱宸濠密谋反叛，因提前得知事情不成，所以才讨伐宸濠。王阳明因自身的德行和军功而遭如此嫉妒和污蔑。

当时，朝廷和学术界都以朱子学为正统，王阳明的学说被视为异端，但因为他学问深厚，德行和才能出众，令他享有很高的声誉，因此前来拜他门下的学子络绎不绝。所以王阳明遭受诘难，背后也有思想学术上的排挤打压的原因。朱子自身也曾担任过天子的侍讲，然而其学说在当时也未得到公认，其门人还被免职，著述也被禁止刊行。孔子在世时也不被世人所接纳，屡次遭遇险境。正义和真理的巨人，往往会承受世俗的风暴。

王阳明的德治

王阳明在杭州将朱宸濠交给武宗手下张永之后，前往净慈寺静养。

之后，王阳明又回到南昌，任都察院左佥御史，监察弹劾官吏的不正行为。王阳明即便遭受了佞臣张忠等人的挑衅，也有礼有节，不卑不亢地应对，避免了灾祸。王阳明令士兵在南昌城内巡查，有青壮年的，令他们去城外开垦田地，让老年人留守家中。他令明武宗的驻留军队负责城内治安。王阳明在路上遇到驻留军队士兵的葬礼，就会停车进行吊唁。久而久之，南昌城内的驻留军将士们也感念王阳明的仁爱，纷纷归服。

这年冬季，因为宸濠之乱中死难将士人数极多，街上到处都是祭奠死者的哭声，不绝于耳。驻留士兵多从北方招募而来，听闻哭声顿生思乡之情，也跟着哭泣起来。最终，驻留军撤出了南昌城，年轻士兵返回了家中，南昌再度恢复了往日的安宁。

奸臣的挑衅

但是，张忠、许泰等人对王阳明的嫉恨还在继续。王阳明

49岁那年，他们伪造圣旨引诱王阳明从南昌前往南京，妄图以“没有圣命擅自离开任地”为由构陷王阳明。王阳明察觉了他们的阴谋，没有前往。

对王阳明的阴谋变本加厉，甚至构陷“王阳明已经完全掌控了江西的军队，到处收买人心，早晚要反叛明武宗，其证据就是就算有皇上的命令他也绝不离开江西，请皇上立刻召见他，确认他是否有叛逆之心”。奸臣对王阳明的嫉恨和猜忌已经到了这种地步。明武宗果然听信谗言，召见王阳明。

得知此事的张永立刻前去见王阳明，告知他事情始末。张永曾经是奸党的一员，但现在已经深深信服王阳明，在杭州接受王阳明押送而来的朱宸濠，为他的困境解了围。

王阳明听从圣召，立刻离开南昌前往南京。得知消息的张忠怕事情败露，便伪造圣旨要王阳明停留在南京南部的芜湖。

虎口脱险

一天夜晚，王阳明独自寂寥地坐在芜湖岸边，听着湖水打破寂静，一下下拍打湖岸的声音。王阳明深刻思索这个充满私欲和阴谋的世界，向门人述怀道：“以一身蒙谤，死即死耳。如老亲何？此时若有一孔可以窃父而逃，吾亦终身长往而不悔矣。”

即便是几次死里逃生仍坚忍不拔的王阳明，也不由得发出这样的感叹。这番话表达了他遭受迫害被逼至绝地，进退维谷的心境。他登上曾经游览过的九华山，在一间草庵中静坐沉思。明武宗派来监视王阳明的人看到他的举动后复命说，王阳明正在潜心修道，没有丝毫要反叛的迹象，若皇上召见他，他一定会前来的。

就这样，王阳明总算摆脱险境返回南昌。

回应批判

王阳明来到吉安南部的泰和时，收到了一位名叫罗钦顺的著名朱子学者寄来的书信，信中批判了王阳明的学问。当时的朝廷和学术界主流思想是朱子学，王阳明的学说属于异端邪说。随着王阳明的声望越来越高，他所遭受的非议、中伤、猜忌和谩骂也越来越多。

王阳明善意地接受了罗钦顺的书信，并写了回信。其内容概要为：王阳明否定了朱子认为《大学》有误脱而增补的内容，根据古本《大学》进行解释，认为："《大学》古本乃孔门相传旧本耳，朱子疑其有所脱误，而改正补缉之。在某则谓其本无脱误，悉从其旧而已矣。失在于过信孔子则有之，非故去朱子之分章而削其传也。夫学贵得之心，求之于心而非也，虽其言之出于孔子，不敢以为是也，而况其未及孔子者乎？求之于心而是也，虽其言之出于庸常，不敢以为非也，而况其出于孔子者乎？"王阳明洋洋洒洒写了一长篇回信，堂堂正正地表明了自己的见解。这封书信在官学界都激起了巨大的波澜。

啾啾吟

六月，王阳明来到江西赣州，进行规模盛大的军事操练。当时，南赣群山有山贼出没，扰乱治安，王阳明举行军事演练，是为了震慑山贼，同时也是他身为都察院左都御史的职责。

这一时期，明武宗身边有一个叫江彬的侧近，怀着恶意秘密查探王阳明的举动。得知此事的门人为了避免不必要的猜疑，劝王阳明小心谨慎行事，而王阳明全然不以为意，作诗示门人，即有名的《啾啾吟》。

啾啾吟

知者不惑仁不忧，君胡戚戚眉双愁？
信步行来皆坦道，凭天判下非人谋。
用之则行舍即休，此身浩荡浮虚舟。
丈夫落落掀天地，岂顾束缚如穷囚！
千金之珠弹鸟雀，掘土何烦用镯镂？
君不见东家老翁防虎患，虎夜入室衔其头？
西家儿童不识虎，执竿驱虎如驱牛。
痴人惩噎遂废食，愚者畏溺先自投。
人生达命自洒落，忧谗避毁徒啾啾！

诗中说，坚定自己的信念前行，无论走到哪里都是平坦大道。不要患得患失，忧愁焦虑，结果如何上天自有评判。人生就像无人之舟航行在无尽的大海上，明明拥有能够掀翻天地的力量，却为何要被束缚变为囚徒。因噎废食、畏溺自投都是愚者的行为，人知天命就会活得洒脱磊落，又何必在意他人的恶意中伤而哭泣叹息呢？

曾经感叹想要“窃父而逃”的王阳明，如今已经一转心境，变得坦然无畏，坚持正义，直面艰险。王阳明的这种性格，令他终生都饱受苦难。当然，不仅王阳明，历史上因追求真理而受难的人，大抵经历都是如此。后文所记的高忠宪等人也是这样的悲剧人物。

提倡“致良知”

王阳明在南昌迎来了50岁的正月。横暴的朝廷军队早已撤离，百姓久违地欢度平和的新年。这一年，王阳明首次向门人讲“致良知”。“致良知”与“知行合一”“拔本塞源论”同为王阳明学说的根本宗旨，也是著名的哲学论题。

王阳明34岁时首次向门人讲述圣学，当时的王阳明强调首先要立下成圣的志向。他将立志视为“学问要紧的大头脑”。当时的学者们都将学问作为满足自己的私欲和追求功名利禄的手段，而王阳明则以倡导心学，即自我的心性为学问的目的。

王阳明在龙场的崇山峻岭中顿悟到圣人之道就在自己的内心。他因此而欢欣雀跃，仆从们却惊慌失措。王阳明对门人说：“你们的心中也有圣人。”门人都惶恐不敢接受，王阳明又说：“这是你们与生俱来的，人人心中都有圣人。”圣人之所以为圣人，其本质是良知，王阳明晚年说：“良知是造化的精灵。”王阳明认为良知即是天理本身。

王阳明对于良知的思索，是在克服了百死千难之后领悟到的心境。门人以为内心有圣人，便在工夫和努力上有所懈怠，贪图安逸而不注重工夫的积累，导致陷入空虚。王阳明提出“致良知”，就是要一改门人的陋习，要他们在实践中实现良知。

王阳明的学问的源头可以追溯到陆象山。陆象山虽然是朱子的学术对手，但二人也是亲密的学友。陆象山与朱子一同泛舟湖上，欣赏山水美景，二人的友情超越了学问的异同。朱子也邀请陆象山到刚复建不久的白鹿洞书院讲学。虽然二人的学术论点有很大差异，但都有成为圣贤的共同目标。

陆象山在白鹿洞书院的讲学，鲜明地阐述了心学主张，他的讲学令朱子及其门人都深有感悟。陆象山在讲学中尖锐地批判了人自古以来所有的难以消除的对功名利禄的贪念，辨明了义与利、公与私的关系，表明了自己的学术立场。他指出，人容易受功名的诱惑，由此引发的种种困惑与混乱，导致主体性的丧失，正是关乎人之存在根本的问题。陆象山深刻指出了当时的知识分子中存在的追求名利之念，即所谓功利心。

上文节选自“王阳明·东林儒者遗迹考察团”副团长福田殖先生的《陆象山文集》解说部分。王阳明在这一年编著了《象山文集》，并找到象山的子孙，彰显象山的学德，可谓情真意切。他还应南昌门人之求，在白鹿洞书院讲学。

七、故乡的阳明

归乡

明武宗驾崩，明世宗即位，原本受宠的佞臣也被疏远。政局似乎有云开雾散见青天之势。六月，王阳明因旧功升任南京兵部尚书。八月，返回故乡省亲。距离他上一次回乡已经过去5年了。九月，他回到出生地余姚，祭扫祖先墓，并前往自己出生的瑞云楼，因思念亡母而潸然泪下。瑞云楼和王氏先祖墓碑现已不存，余姚市人民政府正在考证墓地所在位置。

写到这里，笔者收到了一封来信，落款是这次一同考察的福冈的菰田正郎先生。信中说：“为我们考察王阳明遗迹作向导的浙江省社会科学院哲学研究所所长吴光先生，请我们协助他们为王阳明建碑，我拜托9月访华的冈田武彦先生询问详细情况。”我当时想着碑会建在王阳明的出生地余姚，还是墓地周围。而今已经过去了一年，回想起来仍十分怀念。

回到故乡的王阳明每日与亲朋好友宴会游玩，向他们讲说“致良知”，有74人拜他为师。

十二月，他被朝廷封为新建伯，特进光禄大夫（朝廷顾问）、柱国（武将最高称号），兼南京兵部尚书，赐禄米千石。此外，明世宗还派遣使者赐予白金、文绮，并赐赏词。皇帝的使者还前往王阳明父亲龙山公的家中，赐美酒羔羊。王阳明父子得到了无上的荣光。

龙山公生日当天，亲朋好友欢聚一堂。龙山公说：“宁濠之变，皆以汝为死矣而不死，皆以事难平矣而卒平。谗构朋兴，祸机四发，前后二年，岌乎知不免矣。天开日月，显忠遂良，穹官高爵，滥冒封赏，父子复相见于一堂，兹非其幸欤！然盛者衰之始，福者祸之基，虽以为幸，又以为惧也。”

王阳明回答道：“大人之教，儿所日夜切心者也。”

王阳明百感交集，写下《归兴》诗：

百战归来白发新，青山从此作闲人。
峰攒尚忆冲蛮阵，云起犹疑见虏尘。
岛屿微茫沧海暮，桃花烂漫武陵春。
而今始信还丹诀，却笑当年识未真。

终于从五年的戎马倥偬与人情离乱中抽身而出，满头白发返回故乡的王阳明，远远眺望故乡的群山，感叹从此终于可以闲散悠然度过余生。还丹诀为道教用语，意为修养生命之根源，这里当然是指良知。

还丹诀

王阳明终于逃脱了诽谤他的学德、嫉妒他的军功的奸党们如毒沼般险恶的阴谋奸计，50岁那年的八月，他回到了绍兴。他所作的其中一首归乡诗中写道："青山从此作闲人。"字里行间洋溢着终于回到家乡的安心从容感。但是后一句却写道："而今始信还丹诀，却笑当年识未真"，又表明如今才刚识得人心之根本的还丹（良知），因此无法真正避世做闲人。在乱世之中倡导圣学才是王阳明终生不变的志向。而他终于领悟到良知才是圣学的源流，他没有任何理由要将良知藏而不发。

孔子与阳明

孔子根据自己的经历说："学而时习之，不亦说乎？"（《论语》）"习"就是通过切身实践来掌握。既是体认，亦是领悟。如前文所述，王阳明通过时常实践来体认良知，他的感悟是非常深刻的。

孔子接着说："有朋自远方来，不亦乐乎？"时常实践良知的人的周围，必然会聚集慕名而来志同道合的学友。事实上，王阳明从50岁起居越的这几年，他的门人在不断地增加，他也倾力开展讲会，与门人进行学术问答。

孔子又说："人不知而不愠，不亦君子乎？"王阳明的弟子感叹先生自征宁藩以来，天下谤议益众。有的说先生功业势位日隆，天下忌之者日众；有的说先生之学日明，故为宋儒争是非者亦日博；有的说先生自南都以后，同志信从者日众，而四方排阻者日益力。王阳明则回答："我在南都以前，尚有些子乡愿的意思在。我今信得这良知真是真非，信手行去，更不着些覆藏。我方才做得个狂者的胸次。使天下之人都说我行不掩言也罢。"这就是孔子所谓"不愠"吧。

辞退爵位

王阳明51岁那年的正月，上疏朝廷请求辞退新建伯爵位与恩赐，但未获准。他在疏中写道："夫殃莫大于叨天之功，罪莫甚于掩人之善，恶莫深于袭下之能，辱莫重于忘己之耻。四者备而祸全，故臣之不敢受爵，非敢以辞荣也，避祸焉而已。"

在处理宸濠之乱时，朝廷的记功赏赐十分不公，但王阳明仍表现出了强烈的正义感。

二月，父亲龙山公病逝，年70岁。在越地，每逢丧葬有做饼装饰灵堂，以鱼肉犒劳前来吊唁的访客的风俗。王阳明将其改为简单的菜肴，只是对于老人和远道而来的客人，仍以鱼肉招待，可谓用心周到。

天泉桥之宴

八月，王阳明在天泉桥摆下宴席。《年谱》中记载："中秋月白如昼，先生命侍者设席于碧霞池上门人在侍者百余人。"这个月，这部手稿写到此的今日（十月十七日），我在家中也欣赏到了同样皎洁的明月。

我们一行人到访了王阳明故居，花费很多时间仔细考察。考察团团长冈田武彦先生在《人与文化》杂志上刊登的文章中详细记录了我们考察时的情景，这里引用冈田先生文章的内容：

这座故居原本是南京兵部尚书王守仁（阳明）的府邸，被称为王府，位于绍兴上大路王衙弄内。我们一行人撑着伞，沿着高耸而略有斑驳的民居白墙间的小巷，如穿过缝隙般地前行，来到故居前。现存建筑建于清代，原本的建筑毁于太平天国运动。但是，当时的石门的门框和柱子依然残存，可以窥见王府当年是何等气派。此外，还残留着饮酒亭和天文台的遗迹，饮酒亭所在的位置依然保留着明代旧居的样貌。根据同访的团员竹下夫人的话，现在那里住着一位生活贫困的老妇人，已经全然没有了王阳明在时饮酒亭的风雅情趣。天文台遗迹在进入石门的位置，据说王阳明在此观测天文。只有石墙还保留着原本的样子，高约2.35米，长约53米，宽约17米的规模。

王衙弄之前，有一个长约35米，宽约25米的长方形池，被称为王衙弄池。我想着这或许是碧霞池吧，但似乎并不是。这个池原本也在王阳明宅邸内，根据王阳明的《年谱》记载，王阳明于明嘉靖三年（1524）旧历八月，53岁时，在中秋之夜，一轮皓月的皎洁光辉下，与弟子百余人聚集在碧霞池边举行了一场酒宴。

酒意正酣，众人或投壶（将箭矢投入壶中，胜者令败者饮酒作罚），或聚算，作种种游戏，还有人击鼓，或泛舟池上。王阳明见众人沉溺于酒兴，便作诗告诫他们。诗中写道：

须怜绝学经千载，莫负男儿过一生。

又写道：

铿然舍瑟春风里，点也虽狂得我情。

《论语》中有以下内容：

> 子路、曾皙、冉有、公西华侍坐。……鼓瑟希，铿尔，舍瑟而作，对曰："异乎三子者之撰。"子曰："何伤乎？亦各言其志也。"曰："莫春者，春服既成，冠者五六人，童子六七人，浴乎沂，风乎舞雩，咏而归。"夫子喟然叹曰："吾与点也！"

孔子听了曾皙的志向后，感叹着称赞了他。

王阳明在诗中说："曾皙的志向，乍一看是舍弃了世间一切，似乎有一心想要实现自己高远志向的狂者之风，实际上这是在世事上不断磨练积累的结果。我的心境也与他相同。"王阳明见弟子们轻蔑世事，有高谈阔论而舍弃道义的倾向，便作诗暗中予以训诫。弟子们听罢诗，次日便来到王阳明面前为昨夜的狂态认错反省。

碧霞池上有一座天泉桥，弟子可泛舟嬉戏池上，想必池要比现在这个大许多吧。

龙泉寺讲会

54岁那年的九月，王阳明回到出生地余姚省墓，并在龙泉寺中天阁为门人讲学，定于每月的初一、初八、十五、二十三日亲自讲学。

王阳明引用《孟子》的话勉励弟子说："虽有天下易生之物，一日暴之，十日寒之，未有能生者也。"他还殷切期望弟子说："故予切望诸君勿以予之去留为聚散，或五六日，八九日，虽有俗事相妨，亦须破冗一会于此。务在诱掖奖劝，砥砺切磋，使道德仁义之习日亲日近，则势利纷华之染亦日远日疏。”如此也可知门人的为学状况。此外，这一年他还提出了著名的“拔本塞源论”。“拔本塞源论”被佐藤一斋称赞为古今独步的大学问。

王阳明直到56岁的6年间都在家乡度过，这期间他频繁讲学问答。例如他在给邹守益的信中说：“古礼之存于世者，老师宿儒当年不能穷其说，世之人苦其烦且难，遂皆废置而不行。故今之为人上而欲导民于礼者，非详且备之为难，惟简切明白而使人易行之为贵耳。”具体阐述了祭祀先祖的要领。

弟子南大吉致书王阳明，信中称“惟以得闻道为喜，急问学为事，恐卒不得为圣人为忧，略无一字及于得丧荣辱之间”。王阳明读信后感叹道：“此非真有朝闻夕死之志者，未易以涉斯境也！”于是回信道：“夫惟有道之士，真有以见其良知之昭明灵觉，廓然与太虚而同体。……故凡慕富贵，忧贫贱，欣戚得丧，爱憎取舍之类，皆足以蔽吾聪明睿知之体，窒吾渊泉时出之用。”得知欧阳德因政务繁忙而疏于学问时，王阳明写信劝勉道：“吾所讲学，正在政务倥偬中，岂必聚徒而后为讲学耶？”

王阳明还给聂豹写了洋洋千言的长信，信中说：“夫人者，天地之心；天地万物，本吾一体者也。生民之困苦荼毒，孰非疾痛之切于吾身者乎？不知吾身之疾痛，无是非之心者也。是非之心，不虑而知，不学而能，所谓良知也。”

就这样，王阳明一心投入讲学育人之中。然而他没想到的是，他又将被卷入残酷的战火之中去。

奉命征讨两广

56岁的五月，朝廷下令王阳明以南京兵部尚书兼都察院左都御史（监察官吏的长官）之职，平定广西思恩、田州地方的土司叛乱。思恩与广东省临近，田州位于广西腹地。对于久病缠身的王阳明而言，这个命令太过严苛。王阳明上疏请辞，但未获准。

八月，王阳明奉命赴两广。出发之际，他给门人留下书信道："但愿温恭直谅之友，来此讲学论道，示以孝友谦和之行，德业相劝，过失相规，以教训我子弟，使无陷于非僻；不愿狂躁惰慢之徒，来此博弈饮酒，长傲饰非，导以骄奢淫荡之事，诱以贪财黩货之谋，冥顽无耻，扇惑鼓动，以益我子弟之不肖。……书此以戒我子弟，并以告夫士友之辱临于斯者，请一览教之。"这就是著名的《客座私祝》，表达了王阳明对弟子的规劝和殷切期盼之情。

当时，王阳明并不知道，他的生命只剩下短短的一年。

天泉证道

在出发前一天的九月八日晚，门人钱德洪与王畿因辩论阳明学的根本宗旨无法得出结论，而找王阳明求答。《年谱》中记载如下：

> 是日夜分，客始散，先生将入内，闻洪与畿候立庭下，先生复出，使移席天泉桥上。德洪举与畿论辩请问。

在送别的门人如潮水般散去之后，王阳明将两位弟子邀请至天泉桥上。夜空中一轮皎洁明月，月光下二人的争论就此展开。

王畿对于王阳明的"四句教"理解为："心体既是无善无恶，意亦是无善无恶，知亦是无善无恶，物亦是无善无恶。若说意有善有恶，毕竟心亦未是无善无恶。”

对此，钱德洪认为：“心体原来无善无恶，今习染既久，觉心体上见有善恶在，为善去恶，正是复那本体功夫。若见得本体如此，只说无功夫可用，恐只是见耳。”

两人各执己见，无法得出定论。

王阳明说：“我今将行，朋友中更无有论证及此者，二君之见正好相取，不可相病。汝中须用德洪功夫，德洪须透汝中本体。……良知本体原来无有，本体只是太虚。……人心本体亦复如是。太虚无形，一过而化，亦何费纤毫气力？德洪功夫须要如此，便是合得本体功夫。……上根之人，世亦难遇。一悟本体，即见功夫，物我内外，一齐尽透，此颜子、明道不敢承当，岂可轻易望人？二君已后与学者言，务要依我四句宗旨：无善无恶是心之体，有善有恶是意之动，知善知恶是良知，为善去恶是格物。……我年来立教，亦更几番，今始立此四句。人心自有知识以来，已为习俗所染，今不教他在良知上实用为善去恶功夫，只去悬空想个本体，一切事为，俱不着实。此病痛不是小小，不可不早说破。”

正如王阳明所担心的“此病痛不是小小”那样，他的门人后学只在形式上追求心的本来之圣和无善无恶，最终流于虚无，遭受世人批判。但那晚星月之下的师徒三人论道，成为千古佳话。

八、阳明去世

离开家乡

天泉证道的第二天，也就是九月九日，王阳明离开绍兴的宅邸，踏上前往两广的旅途。家人和亲友聚集在家门前目送他离去。这其中还有他出生不久的孩子王正亿，被母亲抱在怀中来送别父亲。送别行列里还有昨夜参加送别宴会的大批门人，以及在天泉桥上问答的钱德洪和王畿。再次踏上征途的王阳明，却再也没能回到这里。

王阳明每到一处，都会受到当地门人的热烈欢迎，甚至令他有些应接不暇。十月，王阳明到达前几年还在任的南昌城，一听说“王公来了”，父老军民纷纷前来迎接，一时间万人空巷，道路被挤得水泄不通，百姓们林立在路两旁迎王阳明入城。王阳明平定宸濠之乱的军功、在南昌府施行的仁政以及高尚的学德，深深触动了当地百姓的内心，使大家对他充满了崇拜与敬仰。

百姓们欢呼着抬起王阳明乘坐的轿辇，一个接一个地举过头顶，一直送入府衙内。想要一睹他尊容的人们如潮水般里三层外三层地围着，从东门进入又从西门而出，人潮涌流不断，不少人两次、三次地反复出入。从清晨开始直到过了晌午才逐渐平静下来。

翌日，王阳明祭拜孔子庙，在明伦堂讲《大学》。大批门人聚集听讲，甚至有人因相隔太远听不到声音。

在吉安，王阳明受到300余名弟子的欢迎，王阳明勉励门人说：“尧、舜生知安行的圣人，犹兢兢业业，用困勉的工夫。吾侪以困勉的资质，而悠悠荡荡，坐享生知安行的成功，岂不误己误人？”

平定叛乱

十一月二十日，王阳明到达土司暴乱之地，广西与广东交界的梧州。王阳明在梧州开府，作为大本营，收集情报，确定平乱策略上报朝廷。

这场叛乱的起因是土司与地方官之间的矛盾。王阳明上疏请求解除撤散官军，采用土司自治自卫的方式管理当地。他的建议被朝廷采纳。被委以全权的王阳明首先解散了数万由当地征募的官兵，并陆续撤散了各地的守备军队。如此打破了敌我力量平衡后，土司首领卢苏、王受反而感念王阳明的名声和德行，自愿向他投降。王阳明说："惟欲生全尔等，今尔等方来投生，岂忍又驱之兵刃之下。尔等逃窜日久，日宜速归，完尔家室，修复生理。"

不久，各路群匪也来南宁城投降，王阳明仅杖罚一百便释放了他们。于是他们欢喜雀跃，哭泣谢恩，发誓向朝廷效忠。田州、思恩、南宁等地恢复和平后，王阳明立刻开办学校，教化众人。

盘踞在八寨、断藤峡的数万名山贼暗通越南，据险而守，出没于方圆四周，烧杀抢掠，骚扰百姓，百姓苦不堪言。王阳明发动急袭剿灭山贼。人们感叹"数百年来的豺虎巢穴终于清扫一空"。

思念故乡亲友

九月，王阳明给绍兴的钱德洪和王畿寄了信，信中写道："地方事幸遂平息，相见渐可期矣。近年不审同志聚会如何，得无法堂前今已草深一丈否？想卧龙之会，虽不能大有所益，亦不宜遂而荒落，且存饩羊，后或兴起，亦未可知。余姚得应元诸友相与倡率，为益不小。近有人自家乡来，闻龙山之讲，至今不废，亦殊可喜。"

十月，钱德洪和王畿给王阳明写了信，王阳明回信说："德洪、汝中书来，见近日工夫之有进，足为喜慰。而余姚、绍兴诸同志，又能相聚会讲切，奋发兴起，日勤不懈。吾道之昌，真有火然泉达之机矣。……守俭、守文二弟，近承夹持启迪，想亦渐有所进。正宪尤极懒惰，若不痛加针砭，其病未易能去。父子兄弟之间，请既迫切，责善反难，其任乃在师友之间。"

孔子游历诸国，最后感叹："归乎归乎！吾党之小子狂简，斐然成章，吾不知所以裁之。"回到了鲁国专心教育。王阳明的心境也和孔子一样吧？

十一月二十五日，因为病情加重，王阳明乘坐轿辇返回梧州，越过梅岭进入南安，在这里换乘船沿水路而上。门人周积前去看望。

王阳明边咳嗽边问："近来进学如何？"周积见王阳明十分虚弱，询问病体是否无恙，王阳明回答："病势危亟，所未死者，元气耳。"

阳明逝世

十一月二十九日，王阳明将周积唤至枕边，紧闭的双眼微微张开，说："吾去矣。"周积哭着问："何遗言？"王阳明嘴角微笑着说："此心光明，亦复何言？"不久便瞑目而逝。

心明即为致良知，这是王阳明穷极毕生的志向。王阳明57年的波澜壮阔的生涯画上了句号。

十二月三日，王阳明入殓。四日，因为走水路，棺椁被安置在船上。目送船离去的百姓站在河边，悲戚的哭声响彻天地，仿佛是自己的父母去世了一般。

王阳明的遗骸由门人守护着沿赣江而下，翌年正月到达南昌。南昌正是几个月前，王阳明赴任途中来访，受到民众热烈欢迎的地方。南昌百姓也都前来吊唁，哭声满城。在南昌换船，横渡鄱阳湖。之后改抬棺陆行，前往钱塘江畔的王家宅邸。

阳明归乡

王阳明的灵柩回到他魂牵梦萦的家乡，是在早春二月的四日。养子正宪带着年幼的正亿，与亲族子弟一起在门外等候灵柩到来。正亿当时还没有关于父亲的记忆。夫人们在门内哭。

灵柩通过石门，安置在气派的宅邸内部的中堂。每天都有百人以上的门人从全国各地赶来吊唁，很多人在葬礼结束之后仍不愿离去。吊唁的人在王衙弄来来去去，十分拥挤。书院和寺院中，门人们依然在主持讲会。讲学就是对王阳明的吊唁之心。

未受追赠荣典

当时，朝廷本应彰显王阳明生前的功绩，追赠他荣誉，但因有人竭力反对而未能施行。

王阳明50岁时，因平定宸濠之乱的功绩被封为新建伯，特进光禄大夫、柱国，被赐予白金文绮，父子一起接受至上尊荣。而这次，他平定广西匪乱，恢复社会秩序的功绩，却未上报给朝廷。甚至他的学说也被打成“伪学”——连“异学”都不如的“伪学”，并遭到禁止。在他去世后，对他的忌惮和中伤也未停止。

王阳明仅次于徐爱的高徒、后来撰写《阳明先生行状》的黄绾当时任詹事，他写长文上奏朝廷，为王阳明平反昭雪，并请求朝廷给予王阳明追赠。他在疏中写道：“臣所以深知守仁者，盖以其功与学耳。然功高而见忌，学古而人不识，此守仁之所以不容于世也。”并列举王阳明的四大功绩，维护他的学说正统性：“是守仁之学，弗诡于圣，弗畔于道，乃孔门之正传也，可以终废其学乎？”甚至直言不讳地写道：“然以辱之非守仁，遂致陛下失此良弼，使守仁不获致君尧、舜，谁之过与？臣不敢以此为辱是也。况赏罚者，御世之权。以守仁之功德，劳于王事，乃常典不及，削罚有加，废褒忠之典，倡党锢之禁，非所以辅明主也。”可惜这封上疏最终未能获准，王阳明依然没有得到任何追赠。

39年后的哀荣

39年后的隆庆元年（1567），当时的隆庆帝下诏，追封王阳明为新建侯，谥“文成”。当时的诏书与上文提到的黄绾当初的上疏，从内容到主旨几乎一模一样。诏书末尾写道：“兹赠为新建侯，谥文成，锡之诰命。于戏！钟鼎勒铭，嗣美东征之烈，券纶昭锡，世登南国之功。永为一代之宗臣，实耀千年之史册。冥灵不昧，宠命其承！”此外，“六月十七日，遣行人司行人赐造坟域，遣浙江布政使司堂上正官参政，与祭七坛。”

所谓谥号，是根据生前的功绩，死后由天子赠予的名号。谥号二字中包含“文”，表明是才学一流的人物。因此，王阳明的谥号“文成”代表了极高的荣誉。朱子的谥号是“文公”。

孔子的谥号“大成”是元成宗追赠的，意为集大成者，代表了孔子学问的精髓。王阳明的“文成”应该是仅次于孔子的“大成”吧？

王阳明的学说也终于摆脱了“伪学”的污名，作为继承尧、舜、孔子以来的正统学问而被官方认可。

九、阳明墓

寻找墓石

十一月十日，王阳明下葬。门人千余人身穿丧服参加葬礼，扶棺恸哭。全国各地赶来送葬的人们也都哀哭不已。《年谱》中记载：“洪溪去越城三十里，入兰亭五里，先生所亲择也。”洪溪是王阳明生前亲自选定的墓地，靠近和王氏先祖王羲之有着深厚渊源的兰亭。

我们一行人最初无法确定王阳明墓所在的位置，祭拜阳明墓几乎无法实现，幸运的是，与我们同行的绍兴当地旅行社的工作人员告诉我们，王阳明的墓在他曾经就读的兰亭中学附近。我们便立刻请他带领我们前去。

巴士到达目的地时，虽然雨停了，但乌云低沉，黑压压地覆盖在墓地所在的山顶上。吴光先生打头阵，行动敏捷的难波先生紧随其后，冈田先生和团员们跟随他们。山坡很陡峭，也没有道路，我们拨开荆棘，抓着树枝攀登上去。登上山后，我们并没有发现墓石，也没有任何类似墓的遗迹。

我们抬头仰望，发现一处类似坟墓的地方，周围青松苍翠，间或挺立着数棵赤松。这不是身份高贵之人的墓地所种植的树吗？我们这么想着，跟在前面的人身后，踏着泥泞的红土继续往上攀登。但是，到达之后还是什么都没有发现，连墓石和墓砖的残片都没有。

我们发现了大约一平方米的没有长荆棘杂草的空地，便在那里聚集起来，采了小小的野菊插在地上。

我们在心中默默祈祷:"阳明先生，我们十分仰慕您。日本人的血脉中流淌着先生的学问，明治维新就是其中的精华。请您安息吧。"

我们伫立片刻，便沉默地下山了，每个人都一言不发。

山下有一位老农，他告诉我们，这里的阳明墓在"文化大革命"时被破坏，用作建造学校的地基了。

如上文所述，这座墓是奉皇帝的诏书而建造的，规模不可能不大。并且王阳明的父母的墓也在这里，山麓还有他们的墓碑，而现在已经全部被毁了。我们无语凝噎，黯然神伤。我默默地想，哪怕在这里立一根写有"文成王阳明先生在此长眠"的木柱也好。①

有形之物终究会消失。哪怕是墓石也无法永久保存。但是，精神会延续不断地被传承下去，永不消散。

发现墓所

我参加"王阳明·东林儒者遗迹考察团"来到中国考察旅行，趁着热情还未消散之际，记录了王阳明波澜壮阔的一生。并且上一节中，我记录了我们寻找阳明墓地，发现一片残片都未能保存下来，便计划能够修复重建破坏严重的阳明墓的经过。这里，我向大家报告一个好消息。

① 光按：据时任绍兴县文联主席的李月兔先生对我说，王阳明墓实际上是抗日战争中被日机炸毁的（因为墓地附近驻有国民党军队），到"文化大革命"中遭到彻底破坏。1987年秋，绍兴县人民政府请民工清理了墓园，同年12月8日我再次陪同冈田武彦、牛尾弘孝二先生来考察墓园遗址时发现了一块残碑，挖出来后看到了残留的"王阳明"字迹，也确证了是王阳明墓地所在。此残碑曾由兰亭文保所保存。

首先，引用一下冈田武彦先生的书简：

去年12月，我出席在厦门大学举办的国际学术会议之后，12月8日，在吴光先生等人的陪同下前往绍兴市，考察王阳明墓遗迹，这次去时，杂草已经被清除，墓地遗迹清晰可见，墓碑上部的三分之一保存在兰亭，也看了墓碑重建的设计图。考察阳明墓遗迹时，吴光先生发现了一株灵芝（日语叫“万年茸”，是一种珍贵的中药材），将它送给了我。或许是冥冥之中有什么因缘，我将它分给了前年一起参加考察的团员们。

文后还添附了照片。

阳明墓被发现并得到确认，实在是让人欣喜不已。冈田先生他们想必一定高兴得无以复加吧。墓地重修工程仍然在洪溪进行，重修之后的墓一定庄严雄伟。

墓碑只残留了上部三分之一，从墓地运往3公里外的兰亭保存。虽然不知道其中的缘由，但总觉得很不可思议。

墓碑残存

在那场“文化大革命”中，孔子像等文物几乎被破坏殆尽，阳明先生的墓也被破坏得痕迹不留，被用作学校的地基，这在当时是不足为奇的。问题在于，为什么有三分之一块墓碑残存下来了。

破坏阳明先生墓时，或许其中有一个人知道王阳明，并且很崇敬他，趁着监工不注意偷偷地将墓碑藏在了草丛中。天黑后，等监工和工人都回去之后，与志同道合者一起将墓碑运往兰亭。关于下部三分之二为什么不存的问题，或许是放倒墓碑的时候断裂了，要搬运两部分的时间和人手都不够吧。[①]

这里换个话题，中国古代国家殷商的汤王，他的宰相是著名的伊尹，在就任宰相的前一天还是个普通百姓。此外，同样是殷商的高宗某天晚上梦见有高人对他说："这个国家有一位隐居的圣人，让他来当宰相吧。"高宗便令人四方搜寻，终于发现了一个名叫傅说的人。傅说当时与受刑的囚犯一起充当筑路的奴隶，终日辛勤劳作。

在中国，如上文所例举的伟大人物往往隐藏于乡间田舍，充当农夫苦役。破坏阳明先生的墓的工人之中，或许就有一个深明大义、追求圣学的人物，我这种胡思乱想也不是空穴来风的。无论如何，墓碑的三分之一能保存下来，这是令人无比高兴的事。

阳明逝世后的门人

我想再稍微记述一下阳明先生逝世后的情况。行文冗长，还望各位读者见谅。这里要记述的是关于阳明先生逝世后他的门人的情况。一代思想伟人和阳明学鼻祖逝世后，留下来的门人的活动情况又是如何呢？

王阳明逝世两年后，从佛教上来说应该是三年忌，高徒薛侃在杭州南郊的天真山建了精舍祭祀阳明先生。天真山也是王阳

---

① 光按：以上一段是地主先生的猜测之词。实际情况是，我在1987年12月发现的墓碑残存是埋在墓前泥土里的，我只发现一角，后来完全挖出后才知是阳明墓的残碑。至于墓碑的其余部分，可能早在建兰亭中学时就被运走作学校基石了。

明时常念想的地方。精舍内有学舍、讲堂、食堂、澡堂等设施，可以容纳百人。二月与八月时，大批门人会聚在此追悼亡师，举行祭祀仪式。他们作诗、献供品、开讲会，以此纪念阳明先生。

如前文所述，王阳明逝世后，他的学说被打上“伪学”的烙印，学习阳明学也被明令禁止。主持天真书院的薛侃也因此受到了惩罚。或许是因为王阳明逝世后不久，学说就遭到禁止，门人们也分散各地，自立门户。在担心门派分裂的欧阳德等高徒的呼吁下，门人们再次聚集起来讲论阳明学，总算使阳明学有了复兴的兆头。这时距离王阳明逝世已经过去多年了。

之后，王阳明生前到过的地方纷纷建起了学校和祠堂，就和中国到处可见祭祀孔子的庙一样。在我们日本而言，就好比全国各地都祭祀菅原道真。

阳明先生人生最困难的时期应该是在龙场流谪时。而当时的龙场，家家户户也供奉着他的牌位。后来，王阳明建的龙冈书院也被修复，还建了一座气派的祭祀先生的祠，建祠《碑记》写道：“立祠足以追崇先生乎？构堂以为宅，设位以为依，陈俎豆以为享祀，似矣。追崇之实，会是足以尽之乎？未也。夫尊其人，在行其道，想像于其外，不若佩教于其身。”这些弟子真是深得阳明先生的真传。

就这样，随着尊崇阳明先生的热潮不断高涨，朝廷的方针也发生了变化。王阳明逝世后39年，阳明学被公认为继承孔子的正统学问，王阳明本人也被追赠了殊荣。

兰亭

我们一行人考察了绍兴市区的王阳明故居。考察郊外的阳明墓的那天，我们还去参观了兰亭，兰亭距离阳明墓约15分钟车程。说到兰亭，一定会有人想到曲水宴。现在日本京都的城南宫和太宰府的天满宫会举行曲水宴，它的发祥地其实是兰亭。

兰亭第一次举行曲水宴，是东晋永和九年（353）的三月三日。我写这篇文章时正好也是3月3日，真是奇妙的缘分。当然，当时的三月三日换算成现在的公历应该是4月下旬了。

曲水宴的主持者是王羲之，他是王阳明的先祖。王氏原本是北方人，王羲之的时候迁移到了会稽郡山阴县，也就是现在的浙江省绍兴。王羲之在会稽郡担任类似内史、太守之类的官职。当时的官吏和军人大多为文化人，王羲之也是如此。他与儿子王献之以及王氏一族、名士文人41人聚集在兰亭，举行祓禊仪式，之后便举行了曲水宴。

兰亭位于生长着茂林修竹的兰渚山的山麓，一条宽约1米的清浅小溪流过，水面贴着低矮的砾石，曲折绕转，缓缓流淌，这就是曲水。

王羲之他们沿着曲水两侧坐下，拾取从上游顺流而下的酒杯饮酒，并作诗酬和，十分风雅。因为将酒杯放于水中漂流，因此叫流觞。苦苦思索而作不出诗的人，就要被罚喝三大杯酒，或许其中也有人为了喝酒而故意装作无法作诗的样子吧。当时的41人中，被罚杯的有王羲之的儿子等16人。

王羲之在曲水宴上收集了37首诗，将它们整理编集后，亲自写序。这就是千古名篇《兰亭集序》。且不说文章辞藻如何优美，王羲之的书法可以说是行书的最高杰作。王羲之亲笔写的《兰亭集序》由王羲之的子孙代代相传，到第七世孙智永禅师时，当时的皇帝唐太宗将《兰亭集序》收为己有，可见唐太宗对王羲之的书法有多痴迷。唐太宗驾崩后，还将《兰亭集序》一起陪葬，世称“兰亭殉葬”。后来，唐太宗的墓被盗，《兰亭集序》真迹也下落不明。现在留存于世的，是王羲之后来写的，或者有人模仿王羲之的笔迹而写的。

去年［昭和六十二年（1987）］4月，日本与中国的41位著名书法家也聚集在这里，模仿当年的王羲之举行曲水宴，拾取酒杯饮酒，还在现场挥笔题字，新闻中报道了这件事。

关于兰亭这一地名由来，据说是越王勾践下令在这里种植兰花，汉代在这里设置驿站而得名的。兰被称为王者之香，兰室是君子的居室的代名词。兰花以高贵的香气，曲线美的叶片和优雅的花姿深得人们喜爱，也难怪越王要在这里种满兰花。《兰亭集序》中没有提到兰花，或许当时已经不存在了吧。

兰亭现在是著名的旅游胜地，内有流觞亭、右军祠、墨华亭、御碑亭等优美的建筑组成的建筑群。右军祠是祭祀王羲之的祠堂，王羲之曾担任三军中的右军将军，因此世称“王右军”。

御碑亭是近年重建的，内有一块高6米有余的巨大石碑，刻着乾隆皇帝的《兰亭即事》诗。我们在这里拍了集体纪念照。我稍微留心寻找兰花，在御碑亭的石台阶两侧和另一处发现了数株。

关于兰亭的介绍就到此，接下去我大胆尝试翻译了王羲之亲笔的《兰亭集序》的部分内容，以供读者参考。

这里有高耸的山峰，茂盛的树林，修长的竹子。又有清澈流淌的溪流。我们引溪水作为九曲之水，贤人名士们排列坐在曲水两侧。虽然没有演奏琴笛的盛况，但喝一杯酒，作一首诗，也足够来畅快抒发深藏内心的情绪了。仰首观望宇宙的无垠浩大，俯首观察大地上的万物众生，兰亭的景色实在给人带来极大的快乐。有的人与友人畅谈自己的胸怀抱负；有的人按照自己喜好的方式放纵无羁地生活。虽然各有各的爱好，安静与躁动各不相同，但当他们对所接触的事物感到高兴和满足，竟然不知道衰老将要到来。过去所喜欢的东西，转瞬间已经成为旧迹，而人也终将死去。况且寿命长短，无法预测，所以才让人想要珍惜。古往今来的人们都会感叹欢乐早逝，人生苦短，这是何等悲伤的事。所以我把大家所作的诗篇一一记录下来。后世的读者，也将对这次集会的诗文有所感慨。

十、东林书院

前往杭州、无锡

我们一行人离开绍兴，乘坐巴士前往杭州。在王阳明的时代，这里被称作钱塘，王阳明赴江西时，他的众多弟子们都聚集在此为他送别。王阳明就从这里乘船沿水路南下。上文所提及的净慈寺也位于这里。

我们前往考察杭州的道教寺院黄龙洞。现在已经是旅游景点，寺院内有戏剧表演和乐队演奏，十分热闹。还有悬挂着红旗的酒店。我混杂在游客的人群中到处参观。

我们又前往虎跑寺，这里是王阳明一声大喝唤醒坐禅僧人的地方。

巴士行进途中，在西湖边停下。西湖自古以来就是著名的风景名胜，游客摩肩接踵，几乎没有落脚之地。西湖被笼罩在一片烟雨之中，只能远远地隐约望见苏堤。我们返回巴士，一边看着窗外在风雨中飘摇的湖畔柳树，一边朝湖州前行。

我们在湖州吃了午饭。因为这里是优质毛笔的产地，我们便来到工艺美术商店，一边注意出发的时间，一边尽情购物。按照预定计划，我们要在这里换成游船，悠然地横渡太湖前往无锡，享受一次湖光山色的船旅，但不巧正赶上台风登陆，船只不得出航，我们只能再度乘上巴士。

巴士行驶约1小时后，在我们的右侧可以看到太湖。这时雨停了，不时有阳光透过云层洒落。巴士在田间道路上疾驰，太湖忽隐忽现。这条道路非常长，虽然旅途比较单调，但是可以自由调换座位，听别的团员聊天。

当晚，我们入住锦园小箕山宾馆，这是一座有着一个大庭院的两层西洋风格白色建筑。宾馆内部装修豪华，厚重的地毯，格调高雅的器具，床和浴室还有卫生间都别具一格，房间里还有冰箱。服务员对我们说："请自由品尝冰箱中的食物和饮料。"桌上还摆放着盛满梨的果盘。服务真是周到细致。

我请冈田先生为我随身带的白扇上题写了"兀坐"二字。"兀坐"是我之前在巴士中听到的词。

太湖

第二天一早，我与同室的多屋先生一起出门散步。我们来到宾馆后方，这里有凉亭，可以望见如大海般宽广的太湖，湖水呈铅灰色，有些浑浊，与铅灰色的天空融为一体。太湖有琵琶湖的3倍大，只有从空中才能看清其全貌。湖上浮着点点渔船，都停泊不动。远处左手边的山丘上隐隐可见一座佛塔。这里在古代是吴越相争之地，也是强者们梦寐以求之地。

太湖仿佛吞噬了这些强者的梦一般，看上去盈满忧愁。这座宾馆有一个很大的庭院，太湖是庭院的借景。宾馆引入湖水形成巨大的人工池，池上还有残败的莲花。多屋先生之前被人开玩笑说，他的话后面只要接上“一旦言此事，不由想要钱”这句俗语，就会变成一首打油诗。于是他便笑着打趣道：“锦园太湖地，购买土特产。一旦言此事，不由想要钱。”

东林书院

在无锡，我们考察了此次考察旅行的第二大目的地——东林书院。我完全没有任何东林书院的相关知识，冈田先生对我们说：“明末儒者顾宪成、高忠宪等人以东林书院为据点，提倡朱子学，修正阳明后学的流弊，挽救腐败堕落的政治。”

顾宪成逝世后，卷入朝廷内党派斗争（以权宦魏忠贤为首）的高忠宪被迫下野，东林书院也遭到破坏。当朝廷开始抓捕东林党人时，高忠宪向朝廷上书后，在自宅的止水（静止不流动的水池）中投水自尽。这片止水后来也被复原，位于书院附近。

高忠宪在遗书中写道：“臣虽削夺，旧系大臣，大臣受辱则辱国，故北向叩头，从屈平之遗则，君恩未报，愿结来生。”

刘念台听闻讣告，赞叹道：“若非学力坚定者，不可用如此死法。”

“北向叩头”是向明熹宗作最后的诀别，像这样为忠义而徇死的例子，不仅在中国，在日本也有不少，而且他们都是为了提倡正学、恪守道义而死。权宦魏忠贤在两年之后伏诛。

枫桥夜泊

我们在苏州参观了有名的寒山寺。这座寺院因唐代诗人张继的《枫桥夜泊》而天下闻名。同行的加来先生为我们吟诵了这首诗。当加来先生吟诵到“夜半钟声到客船”一句时，无论是加来先生还是聆听的我们，都充满了身临其境感。只是寒山寺的钟声意外的小。寺门前有个商店，一位操着一口流利日语的老人在热情招呼游客。

我们还去参观了孔子庙。孔子庙的结构规模很宏大，但似乎已荒废多时，破败萧条，门可罗雀，与之后我们前去的道观玄妙观的香火旺盛形成鲜明对照。圣堂的正面也没有本应摆放的圣像，只挂了一幅画像，用肮脏的塑料布罩着。

我们从苏州乘坐火车返回上海。这里没什么特别值得记录的事。只是我们入住的酒店南林饭店，与日本随处可见的宾馆很相似，只要在房间里，就让人完全感受不到身在中国。只有从窗户向下望时，看到街道上车辆的洪流才切实感到是在中国。

我不由得怀念起余姚那个虽然破旧，却能让人体会到中国旅行风情的招待所了。

附录二 《王阳明纪行》补录[1]

吴　光

本人自1981年从中国人民大学历史系研究生毕业分配到浙江省委党校执教并于1984年调入浙江省社会科学院哲学所担任副所长、所长开始，花了大量精力从事阳明学派资料的整理和阳明学的义理研究，也参与了一些重要学术活动的策划与组织工作。现就主要行迹回顾如下：

一、主持《王阳明全集》《黄宗羲全集》《刘宗周全集》等大型古籍整理工作，为学术界提供研究阳明学的重要文献资料

1983年我在浙江省委党校任职期间，发起成立了由沈善洪先生任会长、本人任常务副会长的浙江省中国哲学史研究会，开始策划并主持编校《黄宗羲全集》。在我的观念中，是把黄宗

① 因本文作者曾4次参与由冈田武彦先生主导的“日中学者王阳明遗迹联合考察团”并两度担任中方团长，且主持了上海古籍出版社1992年版《王阳明全集》标点本和浙江古籍出版社2010年版《王阳明全集新编本》标点本的编校工作，并主编了中国人民大学出版社2009年版“阳明学研究丛书”11册，故撰写了《我的阳明学研究行迹》一文发表于《宁波市委党校学报》2018年第4期。今辑录其相关内容，题名《〈王阳明纪行〉补录》收入本书，内容略有修改。

羲作为明代阳明心学的殿军、清代力行实学的开创者对待的，我对黄宗羲的定位是明清之际具有民主思想的伟大启蒙思想家。这个大型古籍整理项目没有任何官方立项的资助，完全是白手起家。最早是由我与浙江古籍出版社总编方福仁协商确定，邀请省社科院学术委员会主任兼省中哲史研究会会长沈善洪担任主编，本人担任执行主编实际主持全盘工作，负责全集的编目、辑佚、考辨、统稿等工作，中哲史研究会的骨干成员李明友、方祖猷、洪波、夏瑰琦、钱明等人参与点校，也吸收了会外学者魏得良、姚延福、桂心仪、张良权等人参加。整个工程费时11年（1983—1994），全套12册，550万字，由浙江古籍出版社陆续出版。各册附录了本人撰著的《黄宗羲遗著考》，第12册附录了拙著《黄宗羲传》和陆京安等编《黄宗羲全集人名索引》。全集出版后，获得了浙江省人民政府哲学社会科学优秀成果一等奖和中国图书奖。2005年又出了本人主持的增订版，获得国家图书馆任继愈馆长的赞扬，他说："承寄赠《黄宗羲全集增订版》，收到。资料内容更充实，印刷质量也更精美，定可传世。"同时，也获得时任国务院总理温家宝的认可。温总理有关于黄宗羲思想的3封亲笔书函，说："我喜读黄宗羲的著作，在于这位学问家的许多思想有着朴素的科学性与民主性"，表达了以"万民之忧乐"为天下头等大事的民本情怀。

1986年10月，在宁波举行"黄宗羲国际学术研讨会"期间，时任浙江省社会科学院哲学所所长的本人，向浙江省社会科学院院长沈善洪、副院长王凤贤先生建言编校整理《王阳明全集》，并获得两位院领导的支持。自1987年开始，由吴光主持编校，钱明协助编目、收集佚文佚著，我和钱明、董平、姚延福共同点校的《王阳明全集》上下册于1992年由上海古籍出版社正式出版。对此，陈来先生著《阳明学研究的回顾与前瞻》一文中这样写道："浙江学者的阳明学文献的整理工程很值得一提。自20世纪80年代以来，在吴光先生的主持下，先作了《黄宗羲全集》的校点，很有价值；后来又作了《刘宗周全集》也很有价值。1992年春吴光先生等编校的《王阳明全集》上下册由上海古籍出版社出版。这部全集对推动王阳明及其思想的研究起了不小的作用。文献的校点出版，使研究有资料可据，使得原本有资料困难的研究得以开展。明代哲学文献的建设是浙江学者的一大贡献。文献的标点新印，对今人作研究提供了最重要的便利，也促进了研究的更广泛发展。同时，文献的标点整理本身也是一项学术工作。"①

《王阳明全集》先后重印10多次，印数在10万册以上，获得浙江省人民政府哲学社会科学优秀成果二等奖。2013年10月18日《光明日报》公布了从1949年至2012年间出版的2.5万种古籍整理图书中评出的91种精品，我们编校的《王阳明全集》入选其中。

1996—1997年，由我策划主持与台湾"中央研究院"中国文哲研究所合作整理的《刘宗周全集》首先在台湾地区出版（全5册，250万字，台湾"中央研究院"中国文哲研究所筹备处1997年出版）。该《全集》由时任浙江国际阳明学研究中心主任的吴光与时任台湾"中央研究院"文哲所所长的戴琏璋共

① 陈来：《阳明学研究的回顾与前瞻：兼评〈阳明学研究丛书〉》，《光明日报》2010年2月1日。

同任主编，由吴光组织大陆学者陈剩勇、丁晓强、何俊、黄宣民等点校，文哲所钟彩钧、蒋秋华负责编审。这是本中心首次与台湾地区学者合作整理出版古籍文献。

2005年6月6日，时任浙江省委书记的习近平同志邀请本人为他讲解中国哲学与浙学的前沿问题，其中探讨了王阳明、黄宗羲和浙学的内涵与精神。我向他赠送了由我主编、上海古籍出版社出版的《中华文化研究集刊》第一辑《中华人文精神新论》和第二辑《阳明学研究》论文集各一册。

二、组建国内首个国际阳明学研究中心，组织阳明遗迹实地考察

1.首个国际阳明学研究中心建立的回顾

1992年7月，由本人建言起草、王凤贤院长修改定案、浙江省社会科学院党委批准组建的国内首家国际阳明学研究中心——“浙江国际阳明学研究中心”（院内名称是“浙江省社会科学院国际阳明学研究中心”），由时任浙江省社会科学院院长王凤贤任主任，吴光、滕复任副主任，钱明任秘书长，董平任副秘书长，著名中国哲学史家冈田武彦、冯契、任继愈、张岱年、韦政通先生等被聘为顾问。1996年，浙江国际阳明学研究中心重新组建，由吴光任主任，钱明任副主任兼秘书长。2006年，吴光辞去主任职务，由钱明任主任，王宇任副主任、张宏敏任秘书长。2021年10月，钱明退休，张宏敏任秘书长，主任暂缺。

浙江国际阳明学研究中心主要从事阳明学与儒学的研究，并积极开展有关研究领域的国内及国际间的合作与交流，中心

与日本、新加坡、韩国、美国以及我国台湾、香港地区的儒学与阳明学研究学者联系密切，与浙江省内杭州、余姚、宁波、绍兴等地及北京、上海、江西、贵州、湖北有关儒学与阳明学研究团体保持着良好的合作关系。

由浙江国际阳明学研究中心先后策划主办的国际性学术会议有：黄宗羲民本思想国际学术研讨会（2006年，余姚市）；王阳明故居开馆典礼暨国际学术研讨会（2007年，余姚市）；纪念王阳明逝世480周年暨阳明学派国际学术研讨会（2009年，杭州市）；纪念王阳明逝世485周年学术研讨会（2014年，绍兴市）。

2.参与中日关系史上迄今行程最长的学术考察——王阳明遗迹考察之旅

在中日阳明学交往史上，由日本冈田武彦先生发愿启动，由浙江省社会科学院积极配合的王阳明遗迹考察之旅是值得大书一笔的。

20世纪80年代至90年代（1986—1995），由国际著名阳明学家、日本九州大学名誉教授冈田武彦先生（1908—2004）发起、浙江省社会科学院哲学研究所参与发起，先后组织了7次中日学者王阳明遗迹考察活动①，对浙江、贵州、广西、广东、江西、江苏、安徽、湖南及上海的王阳明遗迹进行了系统性考察，取得了丰硕成果，可以说是当代中日文化学术交流的一个创举。我院参与联合考察的学者主要是王凤贤院长、吴光研究员和钱明研究员。兹将主要活动追记如下：

---

① 冈田先生率队考察王阳明遗迹共有7次，但组团考察实为6次。第二次是1987年12月上旬，由我专程到厦门迎接并陪同冈田武彦、牛尾弘孝二先生到杭州、绍兴、余姚考察访问。本书第65—76页。

1985年夏，冈田武彦先生致函浙江省社会科学院哲学研究所（当时我任主持工作的副所长，自1986年10月至1991年底我任该所所长），说他计划组织王阳明遗迹探访之旅来浙江等地考察，希望中方协助。随后，由我起草复函代表浙江省社会科学院同意接待。1986年8月下旬，由冈田武彦、荻田正郎、福田殖先生率领的“王阳明·东林儒学遗迹考察团”正式来访中国。由我和一位日语翻译代表浙江省社会科学院陪同该考察团访问了浙江的余姚、绍兴和杭州等地。这是冈田先生一行的首次王阳明遗迹考察之旅。

访问团在杭州逗留期间，浙江省社会科学院沈善洪院长和王凤贤副院长宴请了冈田武彦先生一行，提出了进行中日两国中青年学者交流的建议与设想，冈田武彦先生深表同感，并表示回国后即尽快制订出具体的交流计划与合作项目。1986年底，即由福田殖先生来函代表冈田先生和荻田先生邀请我访问日本，我回信建议与本所秘书钱明先生一起前往访问，福田先生回函同意，遂由冈田先生出面正式邀请我和钱明助理研究员一起访问福冈等地。我们于1987年3月底至4月中首次访问日本，参访了九州大学、京都大学、名古屋大学、筑波大学等名校，拜访了荒木见悟、岛田虔次、山下龙二、高桥进等一批日本著名学者。回国后，我撰写了《樱花时节访扶桑》的访问散记，发表于浙江省社科联主办的期刊《探索》1987年第3期、第4期。

1987年12月初，我代表浙江省社会科学院院长兼杭州大学校长沈善洪先生，专程到厦门邀请、迎接出席朱子学国际会议的冈田武彦先生和日本大分大学副教授牛尾弘孝先生二人再次访问杭州与绍兴。考察了解了绍兴县筹建修复王阳明先生墓的详细情况，并确定由日方募捐资助修复王阳明墓。这是冈田一行的第二次王阳明遗迹考察之旅。在此之前，绍兴县已经完成筹建王阳明墓修复委员会，并开辟了草莱、显示出墓园原貌的基础，日本方面也已完成了由冈田先生发起、有181人参与、共计345万日元的募捐活动，并通过浙江省社会科学院将款项转交给了绍兴县人民政府。

1989年4月，冈田武彦先生亲率33人“日中学者王阳明遗迹联合考察团”第三次来华访问考察，并在绍兴出席了王阳明墓修复揭碑仪式，后又参加了在余姚举办的首届国际阳明学研讨会。当时我应聘在新加坡东亚哲学研究所访问研究，未能参与。

1992年4月9日至5月19日，由日本斯人会与浙江省社科院共同组织的第四次“日中学者王阳明遗迹联合考察团”，对广西、广东、江西三省（自治区）的王阳明遗迹以及宋明理学遗址作了实地考察。冈田武彦先生是考察团的顾问，日方团长是东北振兴研修所理事长地主正范先生，成员15人；中方团长是时任浙江省社会科学院院长的王凤贤，成员有浙江省社会科学院吴光研究员、钱明副研究员、杭州大学日语翻译陈辉先生、余姚市文管会副主任叶树望先生等4人，因在江西考察途中冈田先生身体不适，王凤贤院长陪同冈田先生提前返回杭州，后半程的中方团长由吴光代理。本团从杭州出发，赴两广、江西30余县市，作了为期41天、行程7000多公里的实地学术考察。4月30日上午，我们与冈田先生一行肃立在江西大余县青龙铺的章水岸边，“洒酒问苍天，吊慰阳明灵”，两国学者共同举行了一次虔诚肃穆的祭奠活动。当时，我与冈田先生互赠了感怀诗以纪此行。

1993年4月18日至25日，第五次日中学者王阳明遗迹联合考察活动举办。日方团长地主正范、中方团长吴光，共有16名成员。这次考察了江苏镇江的金山寺、六朝古城墙，南京的明皇宫、夫子庙、阅江楼遗址；安徽滁州的琅琊山、乌衣江，芜湖的赭山，枞阳的浮山，青阳的九华山；浙江桐庐的严子陵钓台等。

总之，从1986年至1995年，在冈田武彦先生的亲自组织、指导和感召下，中日两国学者和民间人士共同组织了7次王阳明遗迹考察。我们将这持续10年、横跨中国8个省市区和80余个市县、行程两万余里、总计200多人次参与的大规模学术考察活动，称为“当代中日文化学术交流的壮举”，绝不为过。它对于中日两国学者的阳明学研究尤其是对于浙江、贵州、江西、江苏、广东、广西的阳明学研究起了十分重要的、积极的推动作用。

3. 中日学者共同推动修复王阳明墓

如上文所述，1985年8月，由冈田武彦、菰田正郎、福田殖先生率领的“王阳明·东林儒学遗迹考察团”来访中国。由吴光陪同该团成员访问了余姚（王阳明出生地瑞云楼）、绍兴（阳明洞天、王阳明故居、兰亭洪溪山墓地等）、杭州（虎跑寺、净慈寺、黄龙洞等地）。

在绍兴探访王阳明墓地期间，代表团成员所有人都不知道洪溪在哪里，王阳明墓在哪里，于是联系了绍兴县文管会，最后在一个老农的导引下，才找到了王阳明墓地所在的大体位置。但眼前杂草丛生，不知墓在何处。访问团只好面对荒山野草遥祭王阳明先生。冈田先生心情沉重，潸然泪下。在返回的路上，冈田先生表示有意募捐资助修复王阳明墓。我表示愿意牵线搭桥，推动重建。事后，我与绍兴县人民政府领导、县文管会、文联领导协商修墓问题，得到县府领导的大力支持。于是成立了绍兴县王阳明墓修复委员会，由副县长章榴先任主任，我任首席顾问，并邀请南京工学院教授根据《山阴县志》等历史资料拿出了王阳明墓的修复设计图，我又在《浙江日报》发了一条《绍兴王阳明墓开始修复》的新闻，并将修建委员会文件、修复方案和浙报新闻寄给冈田先生。冈田先生便在福冈市发起募捐，从市长到市民均踊跃出资，共募集到345万日元（约合9万元人民币），通过浙江省社会科学院转给了绍兴县人民政府。于是，绍兴县在1987年秋正式开始了王阳明墓的修复工作。

1987年12月上旬，当我再次陪同冈田先生来到绍兴鲜虾山南麓的王阳明墓地时，绍兴县已经芟除荒草，露出墓基。据当地老农说，王阳明墓是在抗日战争期间被日本飞机炸毁的。之后由于各种原因，一直没有重建。我便到处搜寻残碑，果然在墓地一隅看到一角石碑，挖出来一看，就是刻着“王阳明”字样的残碑。我又发现一株灵芝并赠送给冈田先生，冈田先生如获至宝，异常激动。后来在他的《王阳明纪行——探访王阳明遗迹》一书里作了详细记载。

1989年3月，王阳明墓顺利竣工。墓前设石祭桌，供桌后即为墓碑和墓冢。墓碑上镌隶书“明王阳明先生之墓”，由绍兴籍著名书法家、浙江省文史研究馆馆员沈定庵先生题写。同年4月，冈田先生亲率33人的王阳明遗迹探访团第三次来华访问。在考察完王阳明在贵州的遗迹后，便专程赶往绍兴出席了王阳明墓修复揭碑仪式，并参加了在余姚举办的首届国际阳明学研讨会。

三、主持策划省社科规划重大课题与国家社科基金课题“阳明学派系列研究”，主编并出版了《阳明学研究丛书》11本。

2000年初，我在浙江省社会科学院哲学所会议上提议：为深入推动阳明学的研究，建议以阳明学研究为中心策划两个系列性研究项目，一个是资料型的（“阳明学研究资料丛书”），一个是思想研究型的（“阳明学研究丛书”）。我的提议得到了哲学所同仁的一致同意。于是由董平所长策划、设计“阳明学研究资料丛刊”课题（该课题后期由钱明研究员负责），吴光负责策划并主持“阳明学系列研究丛书”课题。我主持的课题得到了浙江省2001年度社科规划重大课题立项资助，并以“王阳明与阳明学派系列研究”为名得到了国家社科基金2002年度规划课题的立项资助，这个课题由吴光主持，董平、钱明、吴震、徐儒宗、何俊、尹晓宁、陈永革、朱晓鹏、刘宗贤、蔡德贵、杨小明、朴姬福等十多名阳明学专家学者共同承担，前后历经8年，其最终成果是包括9部专著、1部译著、1部论文集的“阳明学研究丛书”，于2009年由中国人民大学出版社正式出版。这套丛书在学术界反响很大，《光明日报》《中华读书报》《哲学研究》《孔子研究》《浙江社会科学》等报刊均发表了书评，由国家社科基金专家组评定为“优秀”等级项目结题，并荣获浙江省人民政府哲学社会科学优秀成果二等奖。

四、吴光的阳明学研究概述

我由于花费大量精力于主持整理王阳明、黄宗羲、刘宗周3部全集和“阳明学研究丛书”，影响了撰著系统研究王阳明与阳明学学术专著的工作成绩。对此，我并不后悔。因为我的古籍整理为学术界提供了珍贵资料，使许多学者受益，这甚至比多写一两部专著的作用还要大。但我在近25年中也陆续撰著了20多篇专题研究阳明学的论文，提出了若干具有创见性的观点与论说。

我的第一篇阳明学研究论文是《万化根源在良知》[①]。该文针对学界一般都将阳明心学概括为“心即理”的“心”本体论述，揭示出王阳明与此前心学（如象山心学、白沙心学等）不同之处，在于进一步指出了“心之本体即良知”“良知即天理”的根本性道理，因而主张概括为“良知”本体论。此后，我在《光明日报》发表的几篇阳明学论文中明确地将阳明心学界定为“良知心学”，以区别于多数学者的一般性“心学”定位。

中国大陆的阳明学研究，在1978年以前，基本上受教条主义的“哲学党性”影响，给王阳明扣上“主观唯心主义的反动哲学家”“镇压农民起义的刽子手”“镇压少数民族起义的刽子手”的政治大帽子，是浙江学者首先打破禁忌，开始客观评价唯心主义的积极意义和王阳明的历史功绩。[②]吴光于1980年9月在北京民族文化

---

① 该文发表在《孔子研究》1993年第3期，收入拙著《儒道论述》。

② 参见吴光：《谈谈哲学的党性》，《光明日报》1980年10月1日《哲学》副刊；沈善洪、王凤贤：《王阳明学说的内在矛盾》，载《论宋明理学：全国宋明理学学术讨论会论文集》，浙江人民出版社1983年版。

宫中青年哲学史工作者会议上发表的批评哲学党性与阶级性的发言中虽然没有论及王阳明，但从一般方法论上破除了“唯心主义等于反动落后，唯物主义等于进步先进”的“党性禁锢”。当时任职于浙江省社会科学研究所的沈善洪、王凤贤二先生撰写了《王阳明学说的内在矛盾》一文提交1981年12月在杭州举行的全国宋明理学学术讨论会，其后又撰写了《论王阳明哲学思想的积极意义》一文发表于《中国哲学》第五辑，这大概是1950年以来中国学术界最早从正面肯定王阳明哲学的“积极意义”的翻案文章了。

到今天，那几顶强加于王阳明的极左帽子已经被学界与政界一一摘掉了，代之而来的是比较客观公允的积极评价。其中最有代表性的评价是时任国家副主席的习近平同志于2011年在贵州大学与师生座谈会上的讲话，他评价王阳明既是一个伟大的哲学家、思想家，又是一个伟大的政治家、军事家，一生真正做到了知行合一。在党的十八大以后，习近平同志在多个场合高度肯定性评价了王阳明，全国兴起了阳明心学研究热。我在这股阳明热中也应邀在《光明日报》《中国纪检监察报》《浙江日报》《中国思想文化评论》等报刊发表了多篇研究阳明心学的论文，并应邀在中央机关、省市机关以及学校、企业、社区作了多场专题学术讲座，对阳明良知心学的内涵、精神及其当代价值等问题作了比较具体的探讨。

我在阳明学研究方面的创见主要有四，一是将阳明心学界定为“以‘良知’为本体，‘致良知’为修养方法，‘知行合一’为实践工夫，‘明德亲民’为政治应用的‘良知心学’”[①]；

① 吴光：《王阳明心学的结构·精神·启示》，《光明日报》2017年2月4日国学版。

二是跳出以往偏重于“心即理”“知行合一”“致良知”的三段论式哲学研究模式，而重点研究了王阳明以“明德亲民”为命题的民本政治论思想[①]；三是从黄宗羲民主启蒙思想与王阳明思想的关系研究中作出了“知行合一重在行”“从‘致良知’到‘行良知’”的论述，揭示了从阳明良知心学到梨洲力行实学的思想转型之关键所在[②]；四是总结了王阳明与阳明学的“真精神”是:“良知即天理”的道德自觉精神，“以民为本”的人文精神，“和而不同”的包容精神，“知行合一”的实践精神[③]。

我的阳明学研究心得，集中体现在由我策划并与我的研究生张宏敏、金伟东、袁新国合著的《王阳明的人生智慧》一书。在书中，我们精选了王阳明良知心学的名言警句100句，我将它们分为“立志勤学”“改过责善”“良知即天理”“致良知”“知行合一”“明德亲民”6篇加以解读，并冠以拙论《吾心自有光明月——王阳明的生平事功与良知心学》作为全书“导论”。该书由方正出版社出版，也算是我们研究阳明心学的集体心血结晶吧。

虽然，我从事阳明学研究已有30多年，但深度广度都很不够，更深更广的研究只能期待于未来了。

---

① 吴光:《王阳明的亲民思想及其当代意义》,《光明日报》2014年7月24日史学版。

② 吴光:《论黄梨洲对阳明心学的批判继承与理论修正》,（台北）《鹅湖月刊》1993年12期。

③ 吴光:《王阳明心学的结构·精神·启示》,《光明日报》2017年2月4日国学版。

附：吴光“阳明学研究”论著目录（1992—2018）

1.主编“阳明学研究丛书”1套11册

“阳明学研究丛书”（全11册，吴光主编；306万字），中国人民大学出版社2009年10月版，以国家社科基金优秀项目结题，获浙江省人民政府哲学社会科学优秀成果二等奖。

2.主持王阳明及其后学文献整理5种

（1）《王阳明全集》（繁体字标点本，上、下2册，110万字），吴光、钱明、董平、姚延福编校，上海古籍出版社1992年12月版，获1994年浙江省第六届哲学社会科学优秀成果二等奖；2011年出繁体字标点本修订版，全3册；2012年出简体字校点本，全3册。

（2）《王阳明全集新编本》（繁体字标点本，全6册，200万字），吴光、钱明、董平、姚延福编校，浙江古籍出版社2010年12月版，列入“浙江文丛”。

（3）《黄宗羲全集》（繁体字标点本，全12册，550万字），沈善洪主编、吴光执行主编，浙江古籍出版社1985—1994年版，获1995年中国图书奖及1997年浙江省第七届哲学社会科学优秀成果一等奖；2005年1月、9月出增订版；2012年出修订版，全22册，列入“浙江文丛”。

（4）《刘宗周全集》（正体字标点本，全5册，240万字），戴琏璋、吴光主编，（台北）“中国文哲所”1997年初版。

（5）《刘宗周全集》（繁体字校点本，全6册，250万字），吴光主编，浙江古籍出版社2007年版；2012年出修订版全

12册。

3. 阳明学研究专著1种

《王阳明的人生智慧——阳明心学百句解读》，吴光、张宏敏、金伟东合著，方正出版社2016年11月版。

4. 主编阳明学研究论文集2种

（1）《阳明学研究》，上海古籍出版社2000年10月版。

（2）《阳明学综论》，中国人民大学出版社2009年10月版。

5. 主持阳明学研究译著1种

《王阳明与明末儒学》，冈田武彦著，吴光、钱明、屠承先译。

6. 独撰阳明学研究专题论文（选20篇）

（1）《万化根源在良知——阳明心学论纲》，《孔子研究》1993年第3期。

（2）《论黄梨洲对阳明心学的批判继承与理论修正》，（台北）《鹅湖月刊》1993年12期。

（3）《从阳明心学到"力行"实学——论黄宗羲对王阳明刘宗周哲学思想的批判继承与理论创新》，《中国哲学史》2007年第3期。

（4）《阳明学研究丛书·总序》，载吴光主编《阳明学研究丛书》，中国人民大学出版社2009年10月版。

（5）《谈谈阳明学的真精神——兼论刘宗周黄宗羲对阳明学的转型》，贵州·教育文化论坛2010年第4期。

（6）《王阳明全集新编本编校说明》，载《王阳明全集新编本》，浙江古籍出版社2010年版。

（7）《吾心自有光明月——王阳明的生平事功与良知心学》，

载《王阳明全集》简体字本，上海古籍出版社2012年版。

(8)《王阳明的思想学说及其当代意义》,《文汇报》2013年6月24日。

(9)《吴光访谈录：吾心自有光明月——现代视野下的阳明良知学》,《当代贵州》2013年第21期。

(10)《王阳明的亲民思想及其当代意义》,《光明日报》2014年7月24日。全文另载《孔学堂》2014年第1期。

(11)《王阳明“知行合一”论的内涵及其现实意义》,《贵州大学学报》2015年第1期。

(12)《王阳明思想学说的当代价值》,《当代贵州》2015年第23期。

(13)《浙江阳明学研究的回顾与展望》,《杭州研究》2016年第3期。

(14)《王阳明〈传习录〉的当代启示》,《中国纪检监察报》2016年1月4日。

(15)《王阳明心学的结构·精神·启示》,《光明日报》2017年2月4日国学版。

(16)《“知行合一”的内涵及其现实意义》,《光明日报》2017年4月10日。

(17)《王阳明的人生与学问》,《光明日报》2017年4月30日。

(18)《王阳明奏设平和、和平、崇义三县的缘由与历史意义》,《贵州文史丛刊》2017年第2期。

(19)《王阳明良知心学的理论构成、根本精神与当代启示》，载宁波中华文化学院编《阳明思想与治国理政》，宁波出版社2016年6月版。

（20）《我的阳明学研究行迹》，发表于《中共宁波市委党校学报》2018年第4期。今辑录其主要小节题名《〈王阳明纪行〉补录》收入本书，内容略有修改。

附录三　日本学者考察王阳明遗迹之旅简览

徐修竹

1986年8月22日至30日，由日本九州大学名誉教授冈田武彦、九州大学教授福田殖率领的“王阳明·东林儒学遗迹考察团”一行21人来华，对浙江杭州、绍兴、余姚及江苏无锡、苏州二省五市进行了为期9天的考察活动。考察团主要考察了余姚中天阁、四先贤故里碑亭，绍兴王阳明新建伯府、王阳明墓遗址等王阳明遗迹。在杭州期间，浙江省社会科学院王凤贤、吴光、钱明等接待宴请考察团一行，王凤贤提出进行中日两国中青年学者交流的建议与设想，得到考察团成员认同。

1987年12月6日至10日，受浙江省社会科学院院长沈善洪邀请，其时在厦门出席朱子学国际会议的冈田武彦和日本大分大学副教授牛尾弘孝两人在吴光陪同下赴杭州、绍兴、余姚三市，对余姚瑞云楼、中天阁，绍兴王阳明墓进行考察，并了解绍兴市筹建修复王阳明先生墓的详细情况，确定由日方募捐资助修复王阳明墓。冈田武彦归国后即发起募捐活动，共筹集

300多万日元。

1987年3月，日本国士馆大学名誉教授志贺一朗就中日共同开展“王阳明与湛甘泉旧迹调查”一事，与中国社会科学院哲学所副所长李国惠等达成一致。12月17日至31日，中日双方共同组织以王阳明诞生地为中心的调查活动，赴江苏、安徽、浙江考察王阳明遗迹。1988年8月24日至9月2日，又开展以王阳明大悟之地（龙场）为中心的调查活动，赴广东、贵州考察王阳明、湛甘泉相关遗迹。两次调查先后有十余人次参加，日本方面参加的有志贺一朗夫妇、疋田启佑、森明彦、内村健二、山田隆幸、渡部英喜等，中国方面有蒙培元、张春波、刘长林等。

1989年3月，王阳明墓修复工程竣工。3月30日至4月10日，冈田武彦率领由33名成员组成的“王阳明遗迹探访团”第三次来华，对浙江省杭州、绍兴、余姚，贵州省贵阳、修文以及四川省成都的王阳明遗迹和儒学遗址作了为期12天的考察。4月5日，考察团出席绍兴的王阳明墓修复揭碑仪式；4月6日参加余姚举办的国际阳明学研讨会。此次考察后，冈田武彦、地主正范、山口胜朗将前二次考察报告整理成《王阳明遗迹探访纪行（上、下）》，并于1992年4月出版。

1990年10月21日至24日，志贺一朗出席在福建武夷山举办的纪念朱熹诞辰860周年国际学术会议，对武夷山的王阳明遗迹进行了考察。

1992年4月9日至5月19日，由日本斯人会与浙江省社科院组织的第四次“日中联合王阳明遗迹学术考察团”，赴广西、广东、江西三省（自治区）30余县市，对当地王阳明遗迹以及宋明理学遗址作了为期41天、行程7000多公里的实地考察。日方团长是东北振兴研修所理事长地主正范，冈田武彦任顾问，成员15人；中方团长是时任浙江省社会科学院院长的王凤贤，成员有吴光、钱明等4人。4月30日上午，考察团一行在王阳明逝世的江西大余县青龙铺的章水岸边举行祭奠活动。冈田武彦“洒酒问苍天，吊慰阳明灵”。事后，大余县人民政府提议在青龙铺修建纪念碑亭，得到冈田武彦赞同。归国后，冈田武彦立即发起募捐。后经浙江省社会科学院的协力，修建纪念碑亭得到落实。

1993年4月18日至25日，中日联合组织王阳明遗迹学术考察团对王阳明遗迹进行第五次考察。日方团长为地主正范，中方团长为吴光，成员共16名。考察团考察了江苏镇江的金山寺、六朝古城墙，南京的明皇宫、夫子庙、阅江楼遗址；安徽滁州的琅琊山、乌衣江，芜湖的赭山，枞阳的浮山，青阳的九华山；浙江桐庐的严子陵钓台等史迹。

1994年4月28日至5月8日，中日联合组织第六次王阳明遗迹考察活动。考察团日方主要成员为冈田武彦、地主正范，中方主要成员为王凤贤、钱明，成员共24名。考察团先后考察了江西南昌、分宜、吉安、赣州、大余，湖南岳阳、汨罗、长沙等地与王阳明相关的遗迹与历史文物。5月2日，在江西大余县青龙铺举行了“王阳明先生落星之处”纪念碑亭落成仪式。5月6日，在长沙岳麓书院举行了“中国传统书院学”讲座，日方学者难波征男就岳麓书院的历史沿革及阳明学与书院制度等问题作了专题演讲。此次考察还重点对王阳明在被贬谪贵州途中的一些史迹做了调查研究，获得了一些新资料，澄清了某些误断，经系统整理后，作为新版《王阳明全集》之补足。此次考察后，冈田武彦得知余姚的王阳明故居瑞云楼修复工程在资金上存在较大困难，于是在日本国内发起募捐活动，为修复工程筹集资金。

1995年4月27日至5月9日，中日联合组织第七次王阳明遗迹考察活动，成员共8名，主要考察了江西萍乡至贵州龙场这条王阳明当年赴谪之路。

1996年10月31日至11月5日，冈田武彦携捐款，并率21人代表团赴余姚出席瑞云楼修复落成典礼。典礼后，又赴贵州修文县出席由京都将来世代财团理事长矢崎胜彦捐赠的王阳明铜像落成仪式和阳明精舍奠基仪式。

1998年，冈田武彦派遣松尾正威等人从杭州出发，沿王阳明当年赴谪之路，经江西、湖南，赴贵州考察。